Das Buch

Charlotte ist 33 und eigentlich glücklich mit ihrem Leben und mit Frank, ihrem Freund. Das Einzige, was fehlt, ist ein Kind, doch leider will es seit Jahren nicht klappen. Also beschließen die beiden, das Leben kinderlos zu genießen und buchen gleich mal eine Fernreise.

Vier Wochen später blickt Charlotte ebenso fassungslos wie freudestrahlend auf einen positiven Schwangerschaftstest. Das Glück scheint perfekt. Ungefähr drei Wochen lang. Dann taucht das »War das alles?«-Gespenst auf und lässt Charlotte auf einmal an Frank zweifeln, der elf Jahre lang unangefochten der beste Mann der Welt war. Ihre Freundinnen zeigen ihr verständnislos einen Vogel, als sie ihnen ihr Herz ausschütten will – also wendet Charlotte sich an Tom, ihren besten Freund und Seelenverwandten. Kein Problem, denn sie kennt Tom seit der Grundschule, und außerdem sind schwangere Frauen für Männer so attraktiv wie eine Schlachtplatte für Vegetarier. Dachte Charlotte. Doch Tom fühlt da anders, und mit Charlottes Bauch wächst auch das Chaos in ihrem Leben und Herzen. Noch vier Monate bis zum Geburtstermin. Ob die wohl ausreichen, um eine Entscheidung zu treffen?

Die Autorin

Anette Göttlicher, Jahrgang 1975, ist Journalistin, Autorin und Schreibcoach. Sie liebt Australien, Digitalfotografie und ihre Heimatstadt München, in der sie mit ihrem Mann und ihrer kleinen Tochter lebt. Mehr unter www.anettegoettlicher.de und www.goettlicherschreiben.de

In unserem Hause ist von Anette Göttlicher bereits erschienen:
Paul darf das!

Anette Göttlicher

Die Melonen-schmugglerin

Roman

Ullstein

Besuchen Sie uns im Internet:
www.ullstein-taschenbuch.de

Umwelthinweis:
Dieses Buch wurde auf chlor- und säurefreiem Papier gedruckt.

Originalausgabe im Ullstein Taschenbuch
1. Auflage September 2009
3. Auflage 2009
© Ullstein Buchverlage GmbH, Berlin 2009
Umschlaggestaltung: HildenDesign, München
Titelabbildung: HildenDesign unter Verwendung eines Motivs
von © Diego Cervo/shutterstock
Satz: LVD GmbH, Berlin
Gesetzt aus der Sabon
Druck und Bindearbeiten: CPI – Ebner & Spiegel, Ulm
Printed in Germany
ISBN 978-3-548-26685-5

»Nicht was wir erleben, sondern wie wir empfinden,
was wir erleben, macht unser Schicksal aus.«

Marie von Ebner-Eschenbach

Für Linda und
den zweiten Lieblingsmenschen

20. WOCHE

(2. BIS 9. MÄRZ 2008)

Samstag

Ich hätte mir doch diesen Button kaufen sollen. I'M NOT FAT – I'M PREGNANT! war auf ihm zu lesen.

Ich weiß nicht, warum ich früher davon ausging, dass man als Schwangere neun Monate lang mit einer süßen, prallen Kugel herumläuft, bei deren Anblick alle Leute wohlwollend lächeln und einen fragen, ob man denn schon einen Namen für den Kugelinhalt habe. Ich bin jetzt jedenfalls schon am Ende des fünften Monats angelangt – und von einer hübschen, runden Murmel kann nicht die Rede sein. Bei mir verteilt sich das Baby, das nun immerhin bereits die Hälfte seiner Zeit in meinem Körper hinter sich hat, eher gleichmäßig. Auf meinen Bauch, meine Hüften, meine Oberschenkel, meinen Po und mein Gesicht. Ach ja, und ein bisschen trage ich es auch noch in meinen Brüsten spazieren. Mich hat noch niemand gefragt, ob ich schwanger bin, und ich verstehe auch, warum. Nichts ist peinlicher, als jemandem freudestrahlend zum Nachwuchs zu gratulieren, um dann als Antwort zu hören: »Ähm, nö. Aber bei Aldi war kürzlich Toffifee im Angebot.«

»Ich bin nicht fett, ich bin schwanger!«, teile ich in Ermangelung des Buttons Anita mit. Für sie wohl etwas unvermittelt, denn wir hatten uns gar nicht unterhalten, sie kam nur gerade auf dem Weg vom Wohnzimmer in die Küche an mir vorbei. Sie mustert mich von oben bis unten und besonders meine Körpermitte, ringt sich dann ein mittelherzliches »Oh, ach? Na dann, Glückwunsch!« ab und lässt mich im Flur stehen. Wie ungeschickt von mir. Da hätte ich auch gleich zu ihr sagen können: »Du bist ja im unschwangeren Zustand dicker als ich in der zwanzigsten Woche, juhu!«

Also noch ein Button. Wie wäre es mit I'M NOT RUDE, I'M PREGNANT? Ach was, ich kaufe mir gleich so eine Button-Maschine, denn ich brauche unbedingt noch einen mit der Aufschrift I'M NOT HAPPY THOUGH I'M PREGNANT.

»Was stehst du denn da alleine rum? Komm mit in die Küche, da sind die anderen!«

Meine Freundin Katrin zupft mich am Ärmel. Wenn ich eine beste Freundin hätte, dann wäre das Katrin. Aber da ich kein Anhänger von Ranglisten im zwischenmenschlichen Bereich bin (Sie werden später erfahren, warum), ist Katrin einfach meine Freundin. Und sie ist nicht so, wie Freundinnen in Frauenromanen meistens sind. Weder ist sie wunderschön noch megaerfolgreich noch ein bisschen verrückt, und sie fährt auch kein altes VW Käfer Cabrio. Sie fährt überhaupt kein Cabrio, sondern einen Skoda Fabia in Hausfrauenblau. Klar sieht sie toll aus, in meinen Augen, meistens zumindest. Und ein bisschen Erfolg hat sie auch. Aber sie ist ein ganz normaler weiblicher Mensch. Sie ist einen Meter fünfundsechzig groß, hat rotblonde, zu einem Pagenkopf geschnittene Haare, guckt gerne *Desperate Housewives* und sagt für *Grey's Anatomy* Abendtermine ab, arbeitet in einer Steuerkanzlei, liebt Prosecco, sammelt Schuhe und mag Urlaub auf den Kanarischen Inseln sowie Städtetrips nach London. Auf mich hat Katrin immer eine sehr beruhigende Wirkung, denn sie hat überhaupt kein Problem damit, durchschnittlich zu sein. »Du wirst sehen, normal zu sein, ist bald wieder en vogue«, sagte sie, als ich sie mal vorsichtig auf ihr klischeeerfüllendes Leben aufmerksam machte. Und wahrscheinlich hat sie recht. Vielleicht sind in ein, zwei Jahren so viele Leute, von Fernsehteams begleitet, nach Neuseeland ausgewandert, haben ihren Lebenstraum vom Bagel-Restaurant in Dresden wahr gemacht oder ihr Glück in neuen Brüsten gefunden, dass man ein Exot ist, wenn man einfach gar nichts Besonderes macht.

Ich will nicht in die Küche. In der Küche sind nämlich nicht nur die anderen, dort ist auch Tom. Ich will aber auch nicht ins Wohnzimmer. Im Wohnzimmer ist der Rest der anderen, und Frank. Sinnbildlich für meine derzeitige Situation, dass ich auf dem Gang rumstehe, unschlüssig bin und mir deswegen ziemlich leidtue.

»Ich … ich wollte grad aufs Klo, du weißt ja, ich könnte momentan dauernd rennen …«, lüge ich und verschwinde im Bad. Ich setze mich auf den Rand der Badewanne und überlege. Irgendwann muss ich wieder raus aus diesem Raum, und dann kann ich entweder in die Küche gehen oder ins Wohnzimmer. Rechts oder links? Tom oder Frank?

Frank ist mein Freund. Seit zehn Jahren sind wir ein Paar, und bis vor ein paar Monaten hätte ich schwören können, dass das immer so bleiben würde. Frank und Charlotte, Charlotte und Frank, das war eine Bank, das war so klar, dass ich ihn dazu nicht mal heiraten musste. Wir lernten uns vor elfeinhalb Jahren ganz unspektakulär bei der Arbeit kennen. Und seit wir zusammen sind, habe ich mir nie wieder Gedanken über das Thema Beziehung gemacht – ich hatte einfach eine. Eine unkomplizierte, schöne, warme, erfüllende, glückliche und bombenfeste Beziehung. Dachte ich jedenfalls.

Tom ist ebenfalls mein Freund – seit siebenundzwanzig Jahren. Er war in der Grundschule mein Schulwegpartner, denn er wohnte in der Siedlung eine Reihe weiter hinten. Jeden Morgen holte er mich ab, und jeden Mittag gingen wir zusammen nach Hause. Hand in Hand, behauptet meine Mutter, allerdings kann ich mich daran nicht erinnern. Als wir ins Gymnasium kamen, zog Tom mit seiner Familie weg, sehr weit weg: von Ottobrunn bei München nach Germering bei München. Wenn man zehn ist, ist das eine Entfernung, die für eine Freundschaft tödlich ist. Und schließlich gab es damals weder Handy noch Internet. Durch Letzteres fand Tom mich zwanzig Jahre später wieder. Seitdem sind wir eng befreundet. »Es gibt keine Freundschaft zwischen

Männern und Frauen«, sagt Frank immer, aber er irrt. Es gibt sie sehr wohl. Zumindest, bis sie mit hundertprozentiger Wahrscheinlichkeit irgendwann schiefgeht.

»Charlotte, alles klar bei dir?«, höre ich Katrin von draußen besorgt fragen.

»Jaja, alles gut!«, rufe ich fröhlich, »ich komme gleich!« Ich wasche mir die Hände, widerstehe der Versuchung, an Toms Aftershave zu schnuppern, und verlasse das Bad. Spontan entscheide ich mich dann für das Wohnzimmer und biege links ab. Frank lächelt, als er mich sieht, zieht mich an sich und streichelt mir über mein leicht gewölbtes Bäuchlein.

»Da bist du ja! Geht's dir gut? Soll ich dir noch ein alkoholfreies Bier holen, bevor ich gehe?«

»Wie – bevor du gehst?«, frage ich irritiert.

»Ja, ich muss noch zum Michi, der hat morgen Geburtstag und feiert rein. Hab versprochen, vorbeizuschauen.«

»Ui, ich komme mit!« Flucht ist eine hervorragende Idee.

»Das geht nicht«, sagt Frank.

»Warum denn nicht???«

»Weil Michi und die anderen im Netzer & Overath sind, und das ist ein Raucherclub.«

»Ja und?«

»Charlotte!«

»Scheiß-Raucherei.«

»… sagt die, die sich schon auf ihre erste Zigarette in einem Jahr freut …«

»Wieso in einem Jahr? Unser Baby kommt doch Ende Juli!«

»Ja, aber vergiss die Stillzeit nicht!«

Manchmal kotzt es mich wirklich an, dass Frank immer recht hat. Dabei ist er eigentlich das Gegenteil von einem Klugscheißer. Fast peinlich ist es ihm, wenn er mal wieder besser informiert ist oder etwas schneller kapiert als die anderen. Trotzdem tut er es. Immer wieder.

Jetzt, da Frank gleich zur anderen Party aufbricht, wäre es mir lieber, er würde bleiben. Ich weiß wirklich nicht, was ich will. Und ich fürchte, dass das nicht allein die Schwangerschaftshormone sind. Oder doch? Früher war alles so einfach, so entspannt, so schön. Nie habe ich an Frank gezweifelt, nie uns als Paar in Frage gestellt. Wir waren zusammen, es war gut so, und in vierzig Jahren würden wir, wenn alles glatt lief, gemeinsam irgendwo am Meer in der Sonne sitzen und über unser schönes Leben reflektieren. Wir sangen doch so gerne zusammen »Will you still need me, will you still feed me« von den Beatles, und in meinem ganz persönlichen Musikvideo zu diesem Lied habe ich immer Frank und mich im Sommer-Cottage auf der Isle of Wight gesehen. Warum hat diese Aussicht auf einmal etwas Beängstigendes? Nun, wo es sogar möglich ist, dass wir beim In-der-Sonne-Sitzen ein paar Enkelkinder auf den Knien schaukeln werden? Warum jetzt auf einmal dieses War-das-alles-Gespenst? Gerade jetzt, wo es doch erst richtig losgeht und wir bald eine kleine Familie sind?

Zehn Minuten später ist Frank weg und ich halte Schwangerschafts-Smalltalk mit Toms Freund Stefan. Ja, es geht mir gut, nein, keine Übelkeit, oh, danke, dass du findest, ich sehe fantastisch aus, das finde ich auch, hihi. Ja, wir wissen schon, was es wird, entweder ein Junge oder ein Mädchen, haha. Klar, Namen haben wir auch schon, natürlich verrate ich den, wieso auch nicht?

Noch etwas später, es ist inzwischen ein Uhr nachts, hat sich die ganze Party erwartungsgemäß in die Küche verlagert. Ich bin immer noch übellaunig. Heute wäre ein guter Abend, um mich zu betrinken. Überhaupt ist es erschreckend, welch große Rolle der Alkohol in meinem Leben gespielt hat, und das, obwohl meine wirklich wilde Zeit schon ein paar Jahre zurückliegt.

Nein, keine Übelkeit, und ja, wir wissen, was es wird, entweder … Was mache ich eigentlich hier?

Tom, der heute dreiunddreißig wird, lehnt am Kühlschrank. Seltsam, dass mir zehn Jahre lang nicht aufgefallen ist, wie gut er aussieht. Groß, schlaksig, dunkelblond ist er, die Haare sind kurz geschnitten. Aber ich weiß, dass er Locken hätte, würde er sie länger wachsen lassen. Und wie er die Nase kräuselt, wenn er lacht … Es gibt nur ein einziges Foto, auf dem ich dieses Lachen festgehalten habe, denn so lacht Tom nur, wenn er wirklich entspannt und glücklich ist.

Er unterhält sich gerade mit Markus und dessen Freundin Sandra. Und mit Anita. Ja, genau. Anita vom Flur. Es gibt ja zwei Arten von pummeligen Frauen: die, die fett und undiszipliniert aussehen, und die, bei denen die Molligkeit knackig und appetitlich wirkt. Anita gehört leider zur letzteren Sorte. Ihr rundes Gesicht enthält zudem zwei große braune Augen und eine niedliche Stupsnase sowie einen vollen, immer leicht glänzenden Mund. Sie hat eine Haut, die so glatt und samten ist, dass man sich Pickel auf ihr nicht mal vorstellen kann, sie braucht kein Make-up und hat obendrein Zähne, mit denen sie Perlweiß empfehlen könnte.

»Lass uns doch nächstes Wochenende nach Hintertux fahren«, höre ich Markus sagen, »ein Freund von mir hat dort eine Hütte, und Schnee gibt's auch noch genügend!« Tom nickt begeistert, und Anita hängt sich an seinen Unterarm, schaut zu ihm auf und schwärmt ihn an, wie dufte sie diesen Vorschlag findet. Moment mal! Tom will mit Markus und Sandra – und mit Anita – auf eine Hütte fahren? Sofort surrt bei mir das Kopfkino los und zeigt einen Film, in dem Hajo von Stetten und Christine Neubauer die Hauptrollen spielen. Schnee, Sonne, blauer Himmel, rot-weiß karierte Bettwäsche und Kerzenlicht am Abend. Ein Pärchen und zwei Singles, die sich ein Bett teilen müssen, denn es gibt insgesamt nur zwei …

»Ich finde, Anita und Tom wären ein nettes Paar!«, flüstert Katrin mir ins Ohr und grinst. »Ich wollte ja eigentlich aufhören mit der Kuppelei, aber als ich gehört habe, dass Markus und

Sandra noch zwei Plätze auf der Hütte frei haben, konnte ich nicht anders ...«

Oh, Katrin! Oder soll ich dich Brutus nennen? Aber du hast ja keine Ahnung. Ich habe dir nie etwas erzählt. Warum nicht? Weil das alles einfach gar nicht geht. Weil ich eben keine dreizehn mehr bin, sondern dreiunddreißig, und weil ich mich da auf etwas eingelassen habe, was vollkommen verkehrt ist. Und weil du es nicht verstehen würdest.

Ich weiß, dass ich jetzt besser aufbrechen sollte. Es ist halb drei Uhr morgens und die meisten Partygäste sind bereits nach Hause gegangen. Wenn ich noch länger bleibe, bin ich irgendwann mit Tom alleine. Und mit Tom alleine zu sein, ist seit ein paar Wochen keine gute Idee mehr. Genauer gesagt, sogar eine sehr schlechte Idee. Aber eine wahnsinnig verlockende. Wir würden in der Küche sitzen, ~~Gin Tonic mit Gurken trinken~~, ich würde noch ein alkoholfreies Bier trinken und Tom ein Augustiner, und dabei würden wir die Party nachbesprechen. Vielleicht würde Tom mir eine seiner wunderbaren Fußmassagen verpassen ...
Noch nie in meinem Leben hat sich ein Mann so zärtlich und liebevoll mit meinen Füßen beschäftigt wie er. Nachdem er sie mir das erste Mal massiert hatte, ging ich am Tag danach zu Rossmann und kaufte die Fußabteilung leer: Hornhautraspel, Schrundencreme, einen speziellen Fußbalsam, Zehentrenner und Nagellack. Seitdem ist die Haut meiner Füße zarter als die meiner Hände, und ich kann gar nicht mehr verstehen, wie ich das früher aushalten konnte, dieses abscheuliche Kratzen, wenn ein Seidenkniestrumpf beim Anziehen an rauer Fersenhornhaut Widerstand leistet ...

»Das tut so gut, Tom, das machst du wunderbar!«
»Schöne Füße verdienen eine gute Behandlung. Aber du weißt ja, was Vincent Vega ...«

»Nein, weiß ich nicht!«

»Sag bloß, du hast den Film immer noch nicht gesehen?«

»Ich bin der einzige Tarantino-Banause, den es gibt. *Pulp Fiction* nicht gesehen, *Kill Bill* nicht, weder Teil eins noch zwei, und *From Dusk Till Dawn* fand ich eher eklig als lustig.«

»Bei *From Dusk Till Dawn* hat Tarantino auch nicht Regie geführt.«

»Ach so, ja. Und was sagt nun Vincent Vega über die Fußmassage?«

»Wir könnten uns den Film einfach zusammen ansehen, ich habe die DVD hier.«

»Weißt du, wie spät es ist, Tom?«

»Vier Uhr morgens. Na und? Bist du zu müde? Musst du morgen früh raus?«

»Nein. Aber mit dir DVD zu gucken, ist …«

»… gefährlich?«

»Ja, genau. Gefährlich.«

»Hmmm …«

»Tom, ich gehe jetzt. Schlaf gut, mein Schöner.«

»Charlie …« Niemand außer Tom hat je ungestraft meinen Namen abgekürzt.

»Charlie, mein Herz, bitte bleib. Bleib heute Nacht, bleib morgen, bleib den ganzen März, das ganze Jahr. Bleib für immer. Für immer bei mir. Ich werde dein Kind lieben, als ob es mein eigenes wäre, und wir werden für immer miteinander glücklich sein!«

»Charlie?«

Ich zucke zusammen.

»Charlie, was ist los? Träumst du?«

Ich und träumen!

»Äh, entschuldige, ich war in Gedanken. Und ich muss jetzt wirklich heim.«

Auf einmal bin ich sauer auf Tom. Den ganzen Abend hatte er keine Zeit für mich, hat sich nicht um mich gekümmert und mir kein einziges Kompliment gemacht. Stattdessen hat er sich prächtig amüsiert und ein Skiwochenende mit Anita verabredet. Und auch jetzt reagiert er völlig falsch: »Na klar, ist eh spät für eine werdende Mami! Soll ich dir ein Taxi rufen?«

»Nee, lass mal, ich geh zu Fuß«, sage ich und füge hinzu, was man so äußert, wenn man eine Party verlässt: »Danke für alles, war 'ne super Feier! Und sag Bescheid, wenn du morgen Hilfe beim Aufräumen brauchst.«

Tom erwähnt seine Spülmaschine und entlässt mich mit einem freundschaftlichen Bussi auf die Wange in die Märznacht. Er macht sich nicht mal Sorgen, dass mir etwas passieren könnte.

Die kalte Luft bringt mich wieder zur Vernunft. Ich hadere mit mir selbst. Charlotte, werd endlich erwachsen! In ein paar Monaten musst du das sowieso sein. Also fang heute Nacht damit an. Was, bitte schön, soll Tom denn tun?

Ich überquere die Rosenheimer Straße und sortiere die Fakten.

a) Ich habe einen Freund, den ich liebe.
b) Ich bin schwanger von ihm.
c) Ich habe einen besten Freund.
d) Ich habe einen besten Freund, in den ich mich verliebt habe.
e) Wie blöd kann man eigentlich sein?
f) Zurück zu a).
g) Tom mag Frank.
h) Frank mag Tom.

Was habe ich von dieser Party erwartet? Was habe ich von Tom erwartet? Und warum kann ich nicht wie alle anderen Schwangeren gemeinsam mit meinem Partner Glück und Vorfreude genießen? Schluss mit dem Selbstmitleid, Drama Queen. Das Leben ist kein Ponyhof.

Als ich in die Pariser Straße einbiege, fällt mir ein, dass ich meinen Hausschlüssel vergessen habe. Ich muss gar nicht erst nachsehen, ob er in meiner Tasche ist, ich sehe ihn vor meinem geistigen Auge dort baumeln, wo ich ihn hingehängt habe: an Toms Garderobe. Leider passiert mir so was häufiger. Ich deponiere irgendetwas an einem Ort und weiß beim Ablegen des Gegenstandes schon, dass ich ihn dort garantiert vergessen oder nicht wiederfinden werde. Zum Beispiel meine Lohnsteuerkarte, die ich im Regal zwischen zwei Bücher gesteckt habe, die Ohrringe mit den grünen Swarovskisteinen in der Espressotasse oder meinen Australian Nugget im Blumentopf. Und trotzdem mache ich all diese Dinge.

Mein Schlüssel baumelt also an der Garderobe von Tom und nützt mir dort nur bedingt.

Tom macht schnell auf, als ich klingle. Zu schnell irgendwie. Und gemeinerweise trägt er nur noch graue Boxershorts und ein schwarzes T-Shirt, auf dem in orangefarbenen Buchstaben »Ich war's nicht!« steht. Kurz überfällt mich die Vision einer halbnackten Anita, die in der Schlafzimmertür erscheint und »Wer hat denn da geläutet, Hase?« fragt. Aber ich habe wohl doch zu viele »Fernsehfilme der Woche« gesehen.

»Tom, du könntest jetzt nach rechts greifen, meinen Schlüssel nehmen, der dort an deiner Garderobe baumelt, ihn mir geben und die Tür wieder zumachen«, sage ich streng.

»Ja, das könnte ich.«

»Ja.«

»Das sollte ich sogar.«

»Ja. Das solltest du.«

Tom schließt die Tür.

Nur leider hinter mir.

1. WOCHE
(21. BIS 28. OKTOBER 2007)

Samstag

Der Urlaub fängt gut an. Wir stehen seit einer halben Stunde am Check-in-Schalter der ETIHAD in einer Schlange von Wartenden.

»Und das ist wirklich eine seriöse Fluglinie, die du da rausgesucht hast?«, will Frank wissen.

»Aber ja, Hase. Das ist die nationale Fluglinie der Vereinigten Arabischen Emirate, und das Durchschnittsalter der Flotte beträgt nur drei Jahre!«, referiere ich aus dem Wikipedia-Eintrag über ETIHAD.

Hase ist beeindruckt.

»Okay, okay! Ah, und jetzt tut sich auch was, hurra!«

Tatsächlich kommt Bewegung in die Warteschlange. Allerdings in die falsche Richtung. Und dann sehe ich mit rot-weißem Absperrband bewaffnete Polizisten, die Fluggäste vom Schalter wegscheuchen. Zwei Minuten später ist der Platz vor dem Check-in leer bis auf einen großen blauen Samsonite-Koffer, der einsam auf dem spiegelblanken Marmorboden steht und einen betretenen Eindruck macht. Schließlich trägt er die Schuld an der ganzen Aufregung.

»Meinst du, da ist wirklich eine Bombe drin?«, frage ich Frank und ziehe ihn zu einer Säule, hinter der wir zur Not in Deckung gehen könnten.

»Na klar!«, sagt Frank zu einer zierlichen Blonden mit Pferdeschwanz und setzt sein charmantestes Grinsen auf, »darf ich den Kuli behalten?«

Sprachlos sehe ich zu, wie mein Freund Mitglied im ETIHAD Guest Club wird. Er, der bei Kaufhof die Kassiererin grundsätzlich mit »Nein, ich habe keine Payback-Karte« begrüßt.

Die Sache mit dem Samsonite-Koffer zieht sich. Er explodiert zwar nicht, aber es findet sich auch kein Besitzer. Kurz bevor Frank ein Latte-macchiato-Abo von Feinkost Käfer, deren Lokal sich ganz in der Nähe des ehemaligen ETIHAD-Check-in-Schalters befindet, abschließen kann, werden einige Meter weiter zwei provisorische neue Schalter eröffnet. Von acht auf zwei – man kann sich vorstellen, was das für eine Auswirkung auf die Schlangen der Reisenden hat. Ich komme mir vor wie im nachmittäglichen Unterschichtenfernsehen auf RTL oder Pro-Sieben. »Mitten in der Family« oder so.

Die 33-jährige Charlotte und ihr langjähriger Freund Frank haben sich schon lange auf ihren heiß ersehnten Thailand-Urlaub gefreut. Doch bereits am Münchner Flughafen kommt alles anders als geplant! Wegen eines verdächtigen Gepäckstücks der Marke Samsonite muss die Polizei die Check-in-Schalter absperren. Die Stimmung ist gereizt. Der 40-jährige Journalist wird Mitglied im ETIHAD Guest Club. Und als die beiden nach Stunden des Bangens und Hoffens endlich fast an der Reihe sind, geschieht das Unfassbare …

»Ich bin Pilot!«
»Das mag ja sein, Herr Wanninger, aber Sie haben trotzdem zehn Kilo Übergewicht!« Die Dame vom Bodenpersonal mustert Herrn Wanninger streng, und ich korrigiere meine akustische Wahrnehmung dahingehend, dass sie »Übergepäck« gesagt hat.
»Ja, aber ich bin Pilot bei LTU!«
Ich muss mich zusammenreißen, um dem stiernackigen Typen vor uns nicht höflich, aber siegesgewiss mitzuteilen, dass ihm das gar nichts nützen wird, weil wir hier schließlich bei ETIHAD sind. »Einen Moment bitte, Herr Wanninger«, flötet die Dame vom Bodenpersonal und greift zum Telefonhörer. Eine Minute später schippert sein Übergepäck schwankend über das Laufband, und Herr Wanninger und sein Übergewicht ziehen zufrieden von dannen.

Noch ein Grund, nie LTU zu fliegen, notiere ich im Geiste. Von diesem unverschämten Stiernacken möchte ich nicht nach Mallorca gebracht werden.

Der Schock sitzt tief für das junge Paar, doch es kommt noch schlimmer. Auf Frank und Charlotte wartet die nächste Hiobsbotschaft. Wird der Traumurlaub zum Alptraum? Und wird ihre Beziehung das verkraften oder daran zerbrechen? Das sehen Sie nach der Werbung …

»Es tut mir sehr leid, aber die Maschine nach Abu Dhabi ist komplett ausgebucht«, bedauert die Dame am Schalter, »ich habe leider keine zwei Sitzplätze mehr für Sie. Also, nebeneinander, meine ich.«
Manchmal hat es auch Vorteile, wenn man nicht mehr frisch verliebt ist. Sechsstündige Trennungen können unserer gefestigten Beziehung nicht so schnell etwas anhaben.
Im Flieger sitze ich dann dort, wo ich immer sitze, wenn ich Langstrecke fliege – in der Mitte und vor den Toiletten, neben einem Kleinkind und direkt hinter LTU-Pilot Wanninger, der gleich mal testet, wie weit er seine Sitzlehne zurückstellen kann. Frank hingegen hat einen seitlichen Gangplatz neben einer attraktiven Asiatin, die definitiv schon geschlechtsreif ist. Ich trage es mit Fassung, beschließe, Alkohol zu konsumieren und das Kind konsequent zu ignorieren.

Was ich allerdings nicht wissen konnte – der kleine Fabian aus dem Salzburger Land stellt sich als höchst anregender Gesprächspartner heraus. Ich beneide den Fünfjährigen fast um die tolle Reise, die er vor sich hat. Er ist mit Mutter und Omama unterwegs nach Australien, um dort Onkel Adi zu besuchen und fünf Wochen zu bleiben. Damit die Reise für den Junior nicht zu anstrengend wird, haben die drei einen zweitägigen Stop-over in Abu Dhabi eingeplant.
»Cool. Als ich so alt war wie du, sind meine Eltern mit mir nach

Elba gefahren, und da hatte ich noch Glück! Die Nowaks von nebenan waren immer nur auf dem Campingplatz in Krumpendorf.«

»Sie haben sicher auch kein Englisch im Kindergarten gelernt!«, meint Fabian.

»Du kannst ruhig du zu mir sagen«, biete ich ihm an. Der Kleine könnte locker mein Sohn sein. Ich lenke Fabian ab, indem ich ihm das Tetris-Spiel des Inflight-Entertainment-Systems zeige, und ordere heimlich noch einen Rotwein. Eigentlich hätte ich lieber was Stärkeres, aber dafür müsste ich bezahlen. In Reiseflughöhe mutiere ich zum Geizkragen. Noch nie habe ich in einem Flugzeug etwas gekauft.

Als Fabian schläft, sehe ich ihn an. Schlafende Kinder sind wirklich ein wundervoller, meditationsfördernder Anblick. Und ich denke nach. Über mein Leben und die Tatsache, dass ich kein Kind habe.

Vor fast vier Jahren verbrachte ich ein paar Monate in Australien und nahm den langen Flug zum Anlass, die Pille abzusetzen. 30, Gelegenheitsraucherin und 20 Stunden Sitzen, das schrie geradezu nach Thrombose, und ich wollte nicht bereits auf dem Hinflug sterben. Ans Kinderkriegen dachte ich dabei noch nicht direkt, als ich die Pille zu Hause ließ. Und als Frank mich über Ostern in Sydney besuchte, auch nicht. Nach zwei Monaten fiel mir auf, dass ich eigentlich mal wieder meine Tage bekommen könnte. Der Schwangerschaftstest war negativ. Meine Periode bekam ich immer noch nicht, dafür allerdings Pickel. Aber nach einem guten halben Jahr hatte sich alles wieder eingependelt. Die Pickel verschwanden, und mein Zyklus wurde zu einem, nach dem man die Uhr stellen konnte. Frank und ich taten das, was man landläufig als »es drauf ankommen lassen« bezeichnet. Wir hatten Sex, verhüteten nicht, guckten aber auch nicht auf den Kalender.

Nach einem pillenfreien Jahr fiel mir auf, was passiert war. Nichts. Also begann ich, nachzuforschen, wie das eigentlich genau funktioniert mit dem Schwangerwerden. Ich las mich quer durchs Internet und war nach zwei Stunden erstaunt, dass die Menschheit nicht längst ausgestorben ist.

Ich berechnete mit einem interaktiven Eisprungkalender meine fruchtbaren Tage und erzählte Frank davon. Irgendwie kam ich mir blöd vor, wenn ich von meinem sprungbereiten Ei wusste und er nicht. Sex nach Plan klappte überraschend gut, nur selten verpassten wir die entscheidenden Tage. Trotzdem bekam ich Monat für Monat pünktlich meine Periode.

Nach zwei Jahren gingen wir zum Arzt, am selben Tag. Frank ging mit seinen Spermien zum Urologen und ließ sie checken, und ich unterzog mich bei meiner Frauenärztin einer gründlichen Untersuchung. Ergebnis: wir waren beide topfit, reproduktionstechnisch gesehen. Soweit man das sagen konnte. Die Gleichberechtigung hat sich in diesem Bereich nämlich noch nicht durchgesetzt. Ein Mann muss in den allermeisten Fällen nur ein Mal sein Sperma abgeben, dann lässt sich genau sagen, ob er voll, eingeschränkt oder gar nicht zeugungsfähig ist. Bei der Frau hingegen kann es tausend Ursachen geben, warum sie nicht schwanger wird, und viele kann man nur durch komplizierte Untersuchungen herausfinden.

Wir beschlossen, zunächst keine weiteren Schritte zu unternehmen. »Wahrscheinlich haben wir bisher einfach nur kein Glück gehabt«, tröstete mich Frank und begann, mir mit stochastischen Formeln vorzurechnen, wie hoch die Wahrscheinlichkeit lag, in zwei Jahren nicht schwanger zu werden, obwohl alles in Ordnung war. Und wir »übten« fleißig weiter, während rund um uns herum der halbe Freundeskreis Kinder bekam.

2006 war ein hartes Jahr für uns mit unserem Kinderwunsch, der mittlerweile konkrete Formen angenommen hatte. Wir waren zwar nicht verzweifelt, aber traurig, dass es nicht klappen wollte. Und natürlich erlebt man in solchen Zeiten nur Paare, die mal eben die Pille absetzen und – uuuups – sofort schwanger werden.

Vier von Franks besten Freunden wurden innerhalb weniger Monate Väter. Ich sah überall nur noch weibliche Kugelbäuche, stand ständig bei Karstadt in der Spielwarenabteilung und erwarb Stofftiere, Rasseln und Beißringe. Immer mit der bangen Frage im Hinterkopf: Würde ich jemals auch für mein Baby Spielzeug kaufen?

Nur meine Internet-Freundinnen aus dem Kinderwunsch-Forum hielten zu mir und wurden ebenfalls nicht schwanger. Mit den Jahren waren wir eine richtige kleine Clique geworden. Susi aus Wien, Tamara aus Hamburg, Hanna aus Bern, Elisabeth, die in Singapur lebt, und ich. Wir waren mehr oder weniger verzweifelt, jammerten uns gegenseitig im Forum, per E-Mail oder Skype etwas vor, bauten uns wieder auf, fieberten zyklusweise untereinander mit und tauschten uns aber auch über andere Dinge aus als über den Versuch, schwanger zu werden. Ich habe keines der vier Mädels je persönlich getroffen, aber mit ihnen verbindet mich mehr als mit mancher Bekannten aus dem echten Leben.

Ich war sowieso noch verhältnismäßig gut dran, weil ich nie zu der Sorte Frauen gehörte, die ihr Lebensglück ausschließlich in Kindern finden. Ich bin der festen Überzeugung, dass Glück wenig mit dem Wahrwerden von Wünschen zu tun hat. Mit Wünschen, Träumen und Zielen: ja. Aber nicht unbedingt mit deren Erfüllung. Früher dachte ich, die Liebe sei der wesentliche Bestandteil des Glücks, genauer gesagt das Verliebtsein. Denn alle glücklichen Menschen, die mir begegneten, waren immer furchtbar verliebt. Ob in der *BUNTEN,* in den Werken von Goethe oder in *Verbotene Liebe,* überall wimmelte es von glücklichen, verliebten Paaren und ihrem jeweiligen Gegenpart, den traurigen und einsamen, weil unglücklich verliebten Seelen. Und auch ich war nur glücklich, wenn ich verliebt war. Nach der dritten gescheiterten Beziehung kapierte ich: Das kann's nicht sein. Jedes Mal, wenn das Verliebtsein abgeklungen war, ließ ich mich verlassen. Das klingt auf den ersten Blick widersinnig. Haben es nicht immer diejenigen leichter, die Schluss machen? Mitnichten. Denn als Beziehungsbeenderin muss ich mich mit unangenehmen Dingen herumplagen wie mit dem Zweifel »Hätte ich nicht doch bei ihm bleiben sollen?«, und im schlimmsten Fall bereut man dann seine Entscheidung tatsächlich und findet sich in der unangenehmsten und schmerzhaftesten Situation wieder, die der große Roman der Liebe bietet: jemanden zurückhaben zu wollen, von dem man sich aktiv getrennt hat. Meistens kommt nämlich diese Einsicht so spät, dass der Verlassene beleidigt ist oder schon jemand Neues an der Angel hat. Und selbst wenn der in den Wind geschossene Interesse an der Fortführung der Beziehung zeigen sollte: Kann man wirklich jemanden begehren, der so wenig Stolz an den Tag legt? Schwerlich.

Deswegen ließ ich mich immer verlassen. Erfahrungsgemäß bleiben einem auf diese Art mehr der gemeinsamen Freunde erhalten, man bekommt Zuwendung, Rotwein, Schokolade und ein nahezu unbegrenztes Kontingent an erlaubtem Selbstmitleid.

Das ist die hohe Schule des Selbstbetrugs. Und ich war jung und dumm genug, damit ungefähr acht Jahre lang ganz gut zu fahren. Bis ich Frank traf. Aber das ist eine andere Geschichte, und die soll ein andermal erzählt werden.

Mir war also immer klar: Ein Kind macht mich genauso glücklich oder nicht glücklich wie mein Partner, mein Job, meine Freunde oder meine Schuhe. Natürlich sollte alles passen und sich gegenseitig ergänzen – aber mein Glück oder Unglück kommt von innen. Oder wie sagte Marie von Ebner-Eschenbach: »Nicht was wir erleben, sondern wie wir empfinden, was wir erleben, macht unser Schicksal aus.«

Diese weise Erkenntnis hielt mich allerdings nicht davon ab, mir zu wünschen, schwanger zu sein. Während die meisten Frauen im Internet-Kinderwunschforum immer von »Wunschbabys« sprachen und von diesen kleinen, süßen Wesen, die sie so gerne im Arm halten würden, oder davon, wie sehr sie sich danach sehnten, ihr Kind aufwachsen zu sehen, wünschte ich mir, schwanger zu sein. »Ich bin schwanger«, diese Worte wollte ich so gerne einmal aussprechen. Und ich wollte einen Bauch bekommen, ich wollte ein solches alienartig aussehende Wesen auf dem Ultraschallbild bestaunen, ich wollte 15 Kilo zunehmen und stolz und liebevoll meine Hand auf meine Kugel legen, ich wollte sogar all die Zipperlein haben, von Morgenübelkeit bis Wasser in den Beinen. Ich sah vor meinem geistigen Auge, wie Frank meinen Bauch küssen und mit seinem ungeborenen Kind sprechen würde, hörte uns über Namen diskutieren und mit Spannung darauf warten, dass man endlich sehen könnte, ob es ein Junge oder ein Mädchen werden würde. Sogar die Geburt wollte ich gerne erleben, mit all ihren Schmerzen. Einmal an die Grenzen gehen und über sie hinaus. Einmal schwanger sein und ein Kind gebären. Das Normalste der Welt und doch das Aufregendste, was eine Frau erleben kann. Das wollte ich. Erst mal zumindest.

Aber es sollte wohl nicht sein. Als ich nach zwei Jahren zusammen mit Susi, Tamara, Hanna und Elisabeth vom Forum »Kinderwunsch« in die Abteilung »Fortgeschrittener Kinderwunsch« wechselte, schwirrte mir schnell der Kopf. Postkoitaltest, Zyklusmonitoring, Insemination, Clomifen, IVF, ICSI, Kryo … Das alles entsprach so gar nicht meiner Vorstellung eines in Liebe und Leidenschaft gezeugten Kindes.

»Wenn du wirklich ein Baby willst, warum bist du dann nicht längst in einer Kinderwunschklinik?«, fragte mich meine Freundin Angela, eine der wenigen, der ich die Wahrheit erzählt hatte, unverblümt.

»Weil ich meinem Kind später, wenn es mal fragt, sagen können will: Du bist das Ergebnis einer stürmischen Nacht auf den Malediven oder auf einer Almhütte im Engadin«, verteidigte ich meine Untätigkeit, »und nicht: Du bist das Ergebnis der ruhigen Hand von Professor Doktor Müller-Lüdenscheid.«

»Ach komm, Charlotte«, entgegnete Angela, »Romantik ist

beim Thema Kinder wirklich fehl am Platz. Aber das merkst du spätestens, wenn dir das Balg zum dritten Mal quer über deine 2000-Euro-Eckcouch von boConcept gekotzt hat.« Sie musste wissen, wovon sie sprach, denn Angela war Mutter eines zweijährigen Sohnes.

Mitte 2006 wurde Tamara durch eine In-vitro-Fertilisation schwanger, und am Ende desselben Jahres schafften Elisabeth und Susi es – die eine spontan und ohne Hilfsmittel, die andere mit Medikamenten und Zyklusüberwachung. Tamaras Sohn David ist mittlerweile ein halbes Jahr alt, Susis Zwillinge Leon und Luis kamen im August und Elisabeths Tochter Lia vor vier Wochen auf die Welt – am Tag, an dem Hanna mir mitteilte, dass sie schwanger ist. Ich freute mich über jede einzelne Schwangerschaft meiner Internet-Mädels, und die Freude war größer als der Neid. Die Happy Ends meiner Forumsgenossinnen machten mir viel mehr Mut als die Schwangerschaften in meinem realen Freundeskreis. Vielleicht weil ich bei Tamara und den anderen wusste, wie lange es gedauert und wie viel Verzweiflung, Frust, Angst und Tränen es sie gekostet hatte. Nach und nach wurden also alle schwanger, die es wollten. Nur ich nicht.

Vielleicht war ich zu romantisch, vielleicht noch nicht verzweifelt genug. Jedenfalls sagte ich vor vier Wochen – es war ein schöner Herbsttag, und Frank und ich schlenderten sonntags durch den Englischen Garten: »Was denkst du – sollen wir das mit dem Baby einfach erst mal auf Eis legen?«
»Auf Eis legen? Wie meinst du denn das?« Frank dachte offensichtlich schon an Kryokonservierung.
»Einfach mal vertagen. Nicht verhüten natürlich, aber auch nicht auf den Kalender schauen, nicht jeden Monat bangen, hoffen und wieder enttäuscht werden. Ich habe es so satt!«
»Und du meinst, das Umschalten funktioniert so einfach?«
»Nein, sicher nicht. Aber ich habe eine Idee, wie es klappen könnte.«

»Erzähl!«

Stolz erzählte ich meinem Liebsten von meinem ausgefeilten Plan, mit dem ich meine Psyche und meine Eierstöcke überlisten wollte.

»Ich bin jetzt dreiunddreißig«, informierte ich ihn, »nicht gerade blutjung fürs erste Kind, aber auch noch nicht am Ende meiner Halbwertszeit. Wie wäre es, wenn wir in zwei Jahren, also wenn ich fünfunddreißig werde und bis dahin noch kein Baby habe und nicht schwanger bin, direkt in eine Kinderwunschklinik gehen? Und dann ziehen wir das volle Programm durch, bis zum Schluss, versuchen alles. Keine halben Sachen. Wenn es dann immer noch nicht klappt, soll es wohl nicht sein.«

»Gute Idee. Maus, ich hab Hunger, kehren wir ein?«

Ich kannte Frank zum Glück gut genug, um zu wissen, dass seine knappe Antwort kein Ausdruck von Desinteresse, sondern seine Art der Zustimmung war. Und als ich im Bergwolf die beste Currywurst Münchens verdrückte und ein Pils dazu trank, fühlte ich mich auf einmal ganz leicht, frei und glücklich.

»Was schaust'n mich so an?«

Fabian ist aufgewacht. »Mir san fei scho fast in Abu Dhabi!«

»Oh, echt? Na, dann schnall dich mal wieder an!«

Über den Flughafen von Abu Dhabi gibt es nicht viel zu berichten. Sein Attraktivitätslevel reiht sich nahtlos zwischen Münster-Osnabrück und Berlin-Tegel ein. Nur dass hier die Leute, die während unserer Stunde Wartezeit permanent die kostenlosen Internetterminals belegen, Turbans oder Schleier tragen und dass es in den Souvenirshops Kamele in allen erdenklichen Formen und Farben gibt.

Auf dem Weiterflug nach Bangkok sitzen Frank und ich dann wieder nebeneinander. Der Dritte in unserer Reihe ist ein britischer Mittvierziger, der auf dem Weg zu seinem »amazing girlfriend« nach Pattaya ist, wie er uns ungefragt mitteilt. Allein diese Selbstauskunft lässt nichts Gutes ahnen. Er bestellt zu jeder Dose Heineken einen Brandy und mischt dann beide Getränke. Ich habe ja selbst schon viel ausprobiert – Gin mit Gurken, Rotwein mit Zitronenlimo, Malibu mit Kirschsaft –, aber niederländisches Bier mit Brandy? Mir wird schlecht.

Acht Stunden später schlurfen wir ein bisschen erledigt über den riesigen neuen Bangkoker Flughafen Suvarnabhumi, »Suwanapuuuuh« sprechen ihn die Thais aus. Als ich meinen großen Rucksack vom Gepäckband auf meinen Rücken wuchte, spüre ich es plötzlich im Slip. Warm und ein bisschen feucht. Ich renne auf die Toilette und beruhige mich: Ich leide nicht unter Harninkontinenz. Aber ich habe meine Tage bekommen! Eine Woche zu früh. Das ist mir in den letzten vier Jahren, in denen ich meinen Zyklus per Exceltabelle überwacht habe, noch nie passiert.

Ich teile meinem Freund die Neuigkeiten mit.
»Ist doch super, dann bringst du das jetzt in Bangkok hinter dich und hast deine Ruhe, wenn wir am Strand sind«, findet er. Typisch Frank.
Kurz, ganz kurz streift mich der Gedanke, dass meine fruchtbare Zeit jetzt in den Urlaub fällt, was nicht der Fall gewesen wäre, wenn ich meine Tage planmäßig in einer Woche bekommen hätte. Aber es gelingt mir, diese Idee sofort wieder von mir zu schieben. Zu viele Urlaube wurden nach meiner Periode geplant. Wir hatten schon Sex in Neuseeland und Oberösterreich und sogar am Kap der Guten Hoffnung, genauer gesagt, in Kapstadt. Das Kap selbst ist zwar hübsch, aber ein wenig überlaufen und ziemlich gut einsehbar.

Um neun Uhr morgens Ortszeit sind wir im »Little China Princess«, einem gar nicht kleinen Hotel mitten in Chinatown, mit großartigem Panoramablick über den Moloch Bangkok.
»Wir legen uns jetzt aber nicht hin, gell?«, sage ich, »sonst können wir heute Abend nicht schlafen.«

»Nee, wir sollten am besten gleich losziehen.« Frank wippt auf der Bettkante auf und ab und bemüht sich, Entschlossenheit auszustrahlen.

»Ja, genau, jetzt gleich«, fordere ich dynamisch.

»Sofort.«

»Lass mich nur noch kurz ausprobieren, ob die Matratze auch gut ist.«

»Tolle Idee!«

»Schön hart, das Bett.«

»Ja, tut gut, sich mal auszustrecken …«

»Wir gehen gleich los, ja?«

»Logo!«

»Schön, ich freu mich schon.«

»Chrrrrrrr …«

Sechs Stunden später verirren wir uns erholt und guter Dinge in Chinatown, essen auf einem Markt undefinierbare, frittierte Tiere, und ich fotografiere mein liebstes asiatisches Motiv: elektrische Leitungen. Wie die hier in Bangkok verlegt werden, ist schier unglaublich. Irgendwann gebe ich mal einen teuren, drei Kilo schweren Bildband in Schwarz-Weiß heraus, der den Titel »Asian Electricity« trägt und für dessen Realisierung ich monatelang durch Megalopolen wie Kuala Lumpur, Shanghai und Phnom Penh gereist bin. Die *Süddeutsche* stellt ihn groß auf der ersten Seite des Feuilletons vor und die Met in New York …

»Du, Charlotte?«

»Hm?«

»Was machen wir eigentlich morgen?«

Auf diese Frage habe ich mich schon die ganze Zeit gefreut. Das Planen eines vorab ungeplanten Urlaubs gehört zu meinen absoluten Lieblingsbeschäftigungen. Das Abenteuer ruft, und ich komme! Ich kann dann kurz vergessen, dass ich nur drei Wochen frei habe und zu Hause in Kürze wieder mein normales Leben auf mich wartet: mein Job, die Krümel unter der Couch und der Eisprungkalender. Nicht, dass ich mein Leben nicht gut finden würde, nein. Ich mag meinen Beruf, ich liebe mein München und unsere Wohnung in Haidhausen, und ich kann mich auch mit den Bröseln arrangieren. Selbst wenn ich nie verstehen werde, wie sie es so weit nach hinten unter das Sofa schaffen. Ich mag sogar den Eisprungkalender, der an den fruchtbaren Tagen Bienchen anzeigt, die Blümchen bestäuben. Süß. Und so sexy.

2. WOCHE

(28. OKTOBER BIS 4. NOVEMBER 2007)

Dienstag

Okay, okay, ich wollte Abenteuer. Jetzt habe ich eines. Leider hatte ich – wie so oft – meinen Wunsch nicht sorgfältig genug formuliert. Ich wollte ein Abenteuer mit Frank. Ein glamouröses Abenteuer. Und eines, das nicht unangenehm riecht.

Wenigstens ist es nicht mein Durchfall, sondern Franks. Ich hatte ihn noch gewarnt. Globetrotter wie ich wissen, dass man fernab vom Meer kein Seafood essen soll, zumindest nicht in Bangkok. »Wieso, der ist doch frisch!«, hatte er gemeint und auf den Krebs gedeutet, der sich in seinem Aquarium bewegte. Für mich ein Argument, ihn nicht zu bestellen. Ich habe da ein kleines Kindheitstrauma. Als ich ungefähr vier war, war ich mit meinen Eltern im Griechenlandurlaub. Abends in der Taverne durfte ich immer Fische, Krebse oder Hummer aus dem Aquarium aussuchen. Am letzten Tag der Ferien bekam ich dann mit, was mit »dem da, der schaut so lieb« weiter geschah. Seitdem bekomme ich ein schlechtes Gewissen, wenn ich Wassertiere in Aquarien sehe.

Das Argument, das Frank davon abgebracht hätte, den Krebs zu bestellen, habe ich allerdings erst jetzt durch Google herausgefunden. Gerade in südlichen Ländern setzen solche Tiere nämlich gerne mal Bakterien unter dem Panzer an, wenn sie länger in zu warmem oder nicht sehr sauberem Wasser gehalten werden.

Das Ende vom Bakterienlied sieht jetzt so aus, dass ich mich in Neu-Sukhothai im Nordwesten Thailands befinde und auf der Suche nach Kohletabletten bin. Alleine, versteht sich, denn der arme Frank frequentiert die Toilette unseres Bungalows und ruht sich zwischendurch auf dem Bett unter dem Ventilator aus.

In Neu-Sukhothai gibt es erstaunlich viele Klamotten- und Technikkramläden. Dafür ist die Apothekendichte eher gering. Doch schließlich entdecke ich ein Geschäft, auf dem »Pharmacy« steht.

»Excuse me, do you speak English?«

»Yes, yes!«

Man muss dazu sagen, dass die Thais es als unhöflich empfinden, eine Frage zu verneinen, und deswegen grundsätzlich mit »Yes« antworten, auch wenn es das einzige englische Wort ist, das sie kennen. Trotzdem schildere ich dem älteren Herrn im weißen Kittel blumig Franks Magen-Darm-Problem und erzähle auch vom bakterienverseuchten Krebs im Aquarium in Chinatown. Ich bin ganz froh, mich mit jemandem unterhalten zu können, der mehr als »uuuh, aaaah« von sich gibt.

»Yes, yes!« Der Mann freut sich sichtlich über meine Geschichte, schreitet aber nicht zur Tat.

»Ähm, do you have … charcoal pills? And paracetamol?«

Beim Wort Paracetamol geht ein Strahlen über das Gesicht des älteren Herrn, und er überreicht mir eine Plastikdose, die 100 Tabletten enthält – 500-er Paracetamol. 30 Baht soll der Spaß kosten, umgerechnet 60 Cent. Um auch noch die Kohletabletten zu bekommen, stelle ich Franks Leiden nun pantomimisch dar. Mit Erfolg. Die restliche Belegschaft der Apotheke klatscht Beifall, als ich fertig bin, und die Mädchen kichern erfreut. Und ich bekomme einen losen Blister mit runden schwarzen Dingern, die – hoffentlich – Kohletabletten sind.

Im Minimarkt neben unserem Guesthouse kaufe ich fünf Liter Wasser und trete dann an, um Frank zu retten.

»Armer Schatz, hier, nimm die Kohletabletten und das Paracetamol gegen die Kopfschmerzen. Und viel trinken, mindestens einen Liter pro Stunde!«

»Mmmmpf.«

»Meinst du, du bist morgen wieder fit, damit wir uns Alt-Sukhothai anschauen können? Hier ist es ja nicht so spannend …«

»Mmmmmpf!«

Okay, okay. Ich geh ja schon. Helfen kann ich Frank weder durch mein Mitgefühl noch durch meine Anwesenheit.

Eigentlich bin ich immer gerne alleine gereist. Wobei »immer« ein bisschen übertrieben ist. Ein Mal in meinem Leben war ich bisher wirklich auf eigene Faust unterwegs, wenn man die Woche Skilager in Tirol außer Acht lässt, wo mich meine Eltern im zarten Alter von vierzehn Jahren aussetzten, damit ich meine Schüchternheit überwinde. Fünfzehn Jahre später hatte ich mich davon so weit erholt, dass ich einen zweiten Versuch wagte, ohne Begleitung auf Reisen zu gehen. Nach Australien. Richtig, der Trip, vor dem ich die Pille absetzte, weil ich Angst hatte, im Flugzeug einer Thrombose zu erliegen.

Eine Tour durch Australien, insbesondere entlang der Ostküste, hat allerdings mit dem Alleinsein ungefähr so viel zu tun wie eine betriebliche Weihnachtsfeier mit dem christlichen Glauben. Alle besuchen dieselben Orte und machen die gleichen Dinge, und die unzähligen Backpacker unterscheiden sich hauptsächlich dadurch, ob sie die Küste »rauf-« oder »runterfahren«. Ich lernte gleich am ersten Abend in Sydney Solveig aus Stockholm kennen und reiste fortan mit ihr zusammen. Es klappte wunderbar zwischen uns. So eine Urlaubsbekanntschaft hat den Vorteil, dass die Reisepartnerin – im Gegensatz etwa zur besten Freundin – die ganzen Anekdoten und Schwänke aus deinem Leben noch nicht kennt. So hat man genügend Gesprächsstoff für Wochen.

Hier jedenfalls, in Neu-Sukhothai an einem schwül-heißen Dienstagmittag im Oktober, macht das Alleinsein keinen Spaß. Das liegt unter anderem daran, dass der Ort nur zum Übernachten gedacht ist und die eigentliche Attraktion elf Kilometer nördlich liegt. Tagsüber ist hier kein Tourist unterwegs. Außer mir. Ich flüchte in ein Internetcafé, streife vor der Tür automatisch meine Flip-Flops ab und betrete barfuß den gefliesten Raum, in dem ein riesiger Ventilator die schwere Luft durchpflügt. Ein Thai-Junge, der halb schlafend in einer Hängematte schaukelt, macht eine halbkreisförmige Bewegung mit dem Kopf, die wohl bedeuten soll, dass ich mir einen der fünf freien Rechner aussuchen kann. Ich nehme mir eine kalte Coke Zero aus einem Kühlschrank, der an der Wand steht, und lasse mich vor einem PC nieder. Tja, und was mache ich jetzt im Internet? E-Mails schreiben? Um den neidischen Daheimgebliebenen von Schmuddelkrebsfolgen im langweiligen Neu-Sukhothai zu berichten? Schlechte Idee. Ich schreibe lieber einen Blogeintrag über den Abend in Bangkok. Den Restaurantbesuch lasse ich aus. Stattdessen hänge ich meine Digicam an den Rechner und lade Bilder von der schönen, bunten Straßenbeleuchtung von Chinatown in den Artikel. Eigentlich sollte man es mal anders machen. Es gibt Tausende Blogs wie meines, in denen es um die schönen Seiten des Reisens geht. Aber niemand schreibt, wie es manchmal wirklich ist. Wie man sich zum Beispiel fühlt, wenn man sich mitten im nordthailändischen Niemandsland den Magen verdorben hat und es einem so dreckig geht, dass man am liebsten den nächsten Flug nach Hause nehmen würde. Armer Frank. Ich weiß genau, wie er sich jetzt fühlt. Hoffentlich geht es ihm bald besser.

Ich bezahle ein paar Baht für Coke und Internet, schlüpfe wieder in meine Flip-Flops und kehre zu meinem Freund in den Bungalow zurück. Frank schläft. Er ist blass, und sein Gesicht ist von kleinen Schweißperlen bedeckt. Aber wie ich anhand der leeren Wasserflaschen feststellen kann, hat er drei Liter getrunken. Sicher wird es ihm bald besser gehen. Ich gebe ihm einen zärtlichen Kuss auf die Schulter und verlasse den Bungalow wieder. Im Empfangsraum des Guesthouse hole ich mir eine eiskalte Dose Singha-Bier und setze mich mit ihr, einer Zigarette und meinem iPod auf die Terrasse. Es gibt wahrlich Schlimmeres.

Freitag

Alt-Sukhothai war toll. Am Mittwoch war Franks Magenverstimmung verflogen, und wir konnten mit einem Songthaew in die alte Stadt fahren, uns dort für 40 Cent pro Nase und Tag Fahrräder mieten und die alten Tempelanlagen erkunden.

Heute Morgen flogen wir dann zurück nach Bangkok, um von dort aus den Bus nach Trang zu nehmen, ganz im Südwesten des Landes. Laut *Loose* und *Lonely Planet* soll es nahe der Grenze zu Malaysia ein paar schöne, vom Massentourismus noch unentdeckte Inseln und Strände geben.

Nach ungefähr einer Stunde Fahrt im klimatisierten V. I. P.-Bus stelle ich fest, dass mir die Stellung der Sonne nicht gefällt.

»Frank, irgendwas ist komisch. Eigentlich müsste die Sonne von vorne kommen, weil wir doch nach Westen fahren.«

»Vielleicht sind wir noch auf der Umgehungsstraße um Bangkok.«

Ich blicke aus dem Fenster. Überall Grün, so weit das Auge reicht. Reisfelder und Bananenplantagen.

»Hm.«

»Nee, hast recht. Seltsam.«

Wir fragen einheimische Mitreisende – außer uns sind keine Touristen an Bord –, ob dieser Bus wirklich nach Trang unterwegs ist.

»Yes, yes! Trat!«

Trat? Trang? Wie jetzt? Ich konsultiere den *Lonely Planet*. Was benachbart klingt, liegt weit auseinander – weiter geht's in Thailand kaum. Trat befindet sich ganz im Osten, kurz vor der Grenze zu Kambodscha. Gewohnheitsmäßig will ich schon Frank beschuldigen, weil er nicht genau hingesehen hat, als er die Tickets kaufte, doch dann fällt mir ein, dass mir das genauso hätte passieren können. Und eigentlich ist es ja auch egal.

»Dann fahren wir eben nach Trat«, sage ich zu meinem ob meiner Entspanntheit ziemlich verwunderten Freund. »Ist doch spannend. Mal sehen, was es dort zu erleben gibt.«

Trat ist toll. Eine kleine, unbedeutende Provinzstadt mit einem riesigen Nachtmarkt, auf dem man für ein paar Baht herrlich essen kann. Die Spezialität von Trat ist allerdings etwas anderes: das Zauberöl, Yellow Oil, Namman Leuang. Überall wird es in kleinen Fläschchen mit pinkfarbenem Etikett verkauft. Es duftet nach Pfefferminz, Eukalyptus und anderen ätherischen Ölen und wird nach dem Geheimrezept einer längst verstorbenen Einheimischen hergestellt. Wir kaufen unser Fläschchen in einem winzigen Laden in einer Seitengasse.

»What is it for?«, fragt Frank die alte Frau, der der Laden gehört.
»Anything«, erklärt sie und gibt uns ein bisschen von dem Öl auf die Handfläche.
»Now, rub your hands!«
Wir tun wie geheißen, und sie bedeutet uns, die Handflächen vors Gesicht zu halten und tief einzuatmen.
»You see?«
Oh ja. Mir wird angenehm schwindlig, gleichzeitig fühle ich mich wach wie nach zwei doppelten Espressi und wunderbar erfrischt.
»It's good against anything«, erklärt die alte Frau und macht eine weit ausholende Bewegung mit der Hand, »sunburn, wounds, headache, hangover, mosquito bites, sore muscles … and for baby!« Dabei deutet sie auf meinen Bauch und lacht verschmitzt.
»No, no, I'm not pregnant«, beeile ich mich zu sagen.
»No«, sagt sie. »But you will see!«

Sonntag

Wir sind auf Koh Chang, einer Insel, die eine halbe Stunde Fahrt mit der Fähre von Trat entfernt liegt. Im Norden Koh Changs, am White Sand Beach, war es uns zu belebt, dort fühlte es sich zu sehr nach Phuket an. Nach einer Übernachtung und einer

Full Moon Party am Strand zogen wir weiter nach Süden, zum Lonely Beach. Für 200 Baht pro Nacht mieten wir uns eine kleine Bambushütte in einem Palmenhain am Meer. Der Bungalow ist denkbar einfach: eine Matratze auf dem sauber gefegten Holzboden, ein Moskitonetz und ein altersschwacher Ventilator, das war's. Da es nur eine Steckdose gibt, muss man sich abends entscheiden, ob man Licht oder Luft möchte.

Ich möchte hier am liebsten gar nicht mehr weg.

3. WOCHE
(4. BIS 11. NOVEMBER 2007)

Montag

Wir sind immer noch auf unserer glücklichen Insel. Morgens frühstücken wir Banana Pancakes auf der Terrasse unseres kleinen Resorts, mit Blick über das Meer. Anschließend gehen wir an den Strand, solange die Palmen noch ihren Schatten auf den Sand werfen und man die Hitze ertragen kann. Mittags ziehen wir dann weiter auf die Holzterrasse der Tree House Lodge am südlichen Ende des Strandes. Die Plattform ist wie der Bug eines Schiffes über dem Wasser auf Pfähle gebaut. Es gibt mehrere Ebenen, Sonnensegel, Liegestühle und eine kleine Bar, an der man sich kaltes Singha und kleine Snacks kaufen kann. Unten gluckst das Meerwasser um die Pfähle, und der Blick schweift über die weite Bucht und den weißen Sandstrand des Lonely Beach. Wir lesen, schlafen, träumen, hören iPod und trinken Bier. Ich bin glücklich.

Als wir am späten Nachmittag zu unserer Hütte zurückkehren, duschen und uns fürs Abendessen umziehen, bemerke ich einen leichten Sonnenbrand auf meinen Schultern. Hatte die alte Frau in Trat nicht gesagt, dass ihr Zauberöl dagegen hilft? Ich drücke Frank das Fläschchen mit dem pinkfarbenen Etikett in die Hand und bitte ihn, die geröteten Hautstellen damit einzureiben.
Ich liege bäuchlings auf der Matratze und genieße die Massage und den Duft des gelben Öls. Er ist scharf und sanft zugleich, süß und herb. Ich atme tief ein und spüre wieder den leichten Schwindel wie in dem kleinen Laden in Trat.
»Das riecht vielleicht intensiv«, meint Frank und massiert mich weiter, obwohl das Öl längst eingezogen ist. Und irgendwann sagt er nichts mehr.

Als wir wieder aufwachen, ist es stockdunkel. Eng umschlungen und ineinander verwunden liegen wir auf der Matratze.

»Was ist passiert?«, will ich wissen.

»Ich weiß es nicht … Ich habe deinen Rücken mit dem Zauberöl massiert. Dann weiß ich nichts mehr.«

»Ich auch nicht.« Ich sehe mir meinen Freund genauer an und stelle fest: »Du bist nackt.«

»Selber nackt!«

Tatsächlich.

Ein Blick auf die Uhr verrät, dass zwei Stunden vergangen sind.

»Wo ist denn das …«, beginnt Frank, blickt suchend umher und verstummt dann. Ich folge seinem Blick und sehe, wonach er sich umgesehen hat. Das Fläschchen mit dem pinkfarbenen Etikett steht auf dem Holzboden neben der Matratze. Es ist zugeschraubt und leer.

4. WOCHE
(11. BIS 18. NOVEMBER 2007)

Montag

Wir sind wieder zurück aus Thailand. Leider ist mein Plan nicht aufgegangen, die Rückreise so knapp zu kalkulieren, dass sie nicht klappt. Am Abend, bevor unser Flieger zurück nach München ging, saßen wir noch auf dem Nachtmarkt in Krabi auf kleinen gelben Plastikstühlen und aßen Grünes Curry für umgerechnet 40 Cent. Und obwohl in Thailand meistens alles nach Plan läuft und Flugzeuge, Busse und Shuttles pünktlicher sind als die Münchner S-Bahn bei Temperaturen unter dem Gefrierpunkt, hatte ich doch heimlich gehofft, dass unser Flug nach Bangkok vielleicht annulliert würde. Dann hätten wir den Flieger nach Hause unmöglich erwischen können.

Nicht mal ein Trostkauf am Flughafen war uns vergönnt. In Bangkok war schottischer Single Malt im Angebot, 25 Jahre alter Laphroaig für 150 Euro. Frank bekam feuchte Augen, griff nach der Flasche und sagte streng zu mir: »Aber der wird weder für die Herstellung von Käsekuchen missbraucht noch mit Coke Zero gepanscht. Dass das klar ist!« Frank sagt sonst nie Sätze, die mit »dass das klar ist« enden. Ich versprach ihm hoch und heilig, sein nach Torf riechendes Getränk nicht anzurühren, und legte heimlich eine Stange Rote Gauloises und Lindor-Schokokugeln in den Einkaufskorb des Duty-free-Shops. An der Kasse zeigten wir unsere Bordkarten vor. »Sorry, no alcohol on flights to Abu Dhabi«, bedauerte der Kassierer und nahm Frank den Whisky weg. Frank erklärte ihm, dass er den Laphroaig nicht im Flugzeug zu trinken gedenke, sondern zu Hause. Aber es half alles nichts. Wir durften keinen Alkohol kaufen. Auch in Abu Dhabi nicht. Diesmal war ich diejenige, die litt, denn dort war Hendrick's Gin, der einzig wahre, im Angebot.

Freitagmorgen um sieben landeten wir in München und stiegen frierend und übermüdet in die S-Bahn.

»Ich bin noch nicht wieder hier angekommen«, jammerte ich, als die Bahn am Besucherpark des Flughafens hielt, »mein Geist ist noch in Asien!«

»Ja, geht mir genauso«, meinte Frank, »ach, Maus, ich wär auch gerne noch länger geblieben. Normalerweise freu ich mich ja nach drei Wochen Urlaub wieder tierisch auf zu Hause, aber diese Reise war so schön, ich hätte glatt noch ein paar Wochen oder Monate so weiterziehen können.«

»Oder irgendwo eine Bar am Strand aufmachen«, sagte ich, »weißt du noch, der Zettel an der Bamboo Bar in Tonsai? For Sale? Das wär's echt. Viel kann ja so ein Holzteil nicht kosten. Wir könnten bayerisches Bier importieren, das geht immer gut, und du könntest den ganzen Tag deine Musik auflegen …«

»Für ein oder zwei Jahre könnte ich mir das echt vorstellen.«

Ich wunderte mich ein bisschen. Frank ist gar nicht der Auswanderertyp. Er ist sehr geerdet, heimatverbunden und hat ein Talent, das mir leider manchmal fehlt: Er weiß sehr genau, was er hat, und weiß es zu schätzen.

Als die S-Bahn in Hallbergmoos hielt, endete unser thailändischer Strandbartraum abrupt. Bei Anpassungsschwierigkeiten nach der Rückkehr von einer schönen Reise muss man sich einfach nur herzhaft von schlecht gelaunten Pendlern anschnauzen lassen. »Dean'S amoi Eana Graffl do weg, i mog mi hiehocka, zefix!« Schon ist man vollends zurück im deutschen Kaltland.

Heute muss ich wieder ins Büro. Eigentlich gehe ich gerne dorthin. Meine Agentur hat Räume in einem schönen Altbau in Haidhausen angemietet, und wenn ich nicht selber dort arbeiten würde, würde ich mich sicher um so ein schickes Büro beneiden. Wir haben weiße Computer von Apple, es gibt kostenloses Obst, und die Espressomaschine ist von DeLonghi. Und nebenbei macht die Arbeit auch Spaß, meistens zumindest. Wir entwickeln Marketingkonzepte für Kunden aus dem Food- und Gastronomiebereich. Ich bin fürs Internetmarketing zuständig.

Erste Arbeitstage nach Urlauben sind im E-Mail-Zeitalter ja sehr viel angenehmer als früher. Man muss nur vor dem Rechner sitzen und ab und zu eine Zahl stöhnen. »Siebenhundertfünfunddreißig ...« zum Beispiel.
»Ach, du Arme«, fühlt der Kollege dann mit und lässt einen in Ruhe die Inbox sichten. Obwohl er natürlich aus eigener Erfahrung weiß, dass höchstens dreißig Mails wirklich relevant sind.
Mittags – ich bin inzwischen bei »Dreihunderteinundvierzig ...« angelangt – mache ich eine Pause und lade meine Urlaubsbilder auf das MacBook, während ich The Shins über Kopfhörer laufen lasse, »New Slang«, das Lied, das ich im Urlaub rauf und runter hörte. Schade eigentlich, dass sich außer mir niemand je die Fotos ansehen wird. Frank vielleicht, aber auch nur, wenn ich sie auf unserem Heimcomputer als Bildschirmschoner installiere. Und Tom eventuell. Er mag meine Bilder und ist wahrscheinlich der einzige Mensch, der mein Talent zum Fotografieren erkannt hat und zu schätzen weiß.
Ach ja. Es ist fein, im deutschen Herbst Urlaub in den Tropen zu machen. Aber es ist ganz und gar nicht fein, danach in den deutschen Winter heimzukehren. Alles ist wie immer. Bei Apollo Optik sind Gleitsichtwochen, und Erwin Müller schickt mir Bettwäschekataloge. Wie unglaublich frustrierend. Je schöner die Reise, desto härter der Aufprall auf dem Boden der schmuddeligen Alltagstatsachen. Was bleibt? 641 Digitalfotos. Ein paar Songs aus der Wiedergabeliste »Thailand 2007«, die mich immer an Koh Chang und den Lonely Beach erinnern werden. Und ein leeres Fläschchen mit pinkfarbenem Etikett.

5. WOCHE

(18. BIS 25. NOVEMBER 2007)

Dienstag

Heute ist etwas Seltsames passiert. Ich suchte nach einem Haarband, weil ich meiner Haut eine Feuchtigkeitsmaske gönnen wollte und dazu meine Haare irgendwie aus dem Gesicht schaffen musste. Haarbänder sind mir ein absolutes Mysterium. Ich kaufe ständig welche, und trotzdem werden es immer weniger. Irgendwo in unserer Wohnung muss es ein schwarzes Haarbandloch geben.

Ich suchte also mal wieder und fand nichts. Da fiel mir ein, dass ich in Thailand drei Haarbänder erworben hatte, eines davon am letzten Tag in Krabi. Ein schwarz-weißes im Zebralook. Frank hatte sich noch darüber lustig gemacht. Und auf dem Rückflug hatte ich meinen iPod darin eingewickelt. Mit etwas Glück befand sich dieser samt Umwicklung noch in der Umhängetasche, die ich im Urlaub dabeigehabt hatte. Und so war es dann auch. Bei dieser Gelegenheit räumte ich gleich die ganze Tasche aus.

Als ich sie leer wähnte, stülpte ich sie um, und etwas Hartes fiel heraus, rollte über das Parkett und verschwand unter dem Schuhregal. Ich ging auf die Knie und fischte es unter dem Regal hervor. Es war das Fläschchen mit dem Zauberöl aus Trat.

Und das Seltsame daran: Die kleine Flasche mit dem pinkfarbenen Etikett war noch fast voll.

6. WOCHE
(25. NOVEMBER BIS 2. DEZEMBER 2007)

Samstag

Ich besuche meine Freundin Tina auf dem Land. Tina ist fünf Jahre jünger als ich, verheiratet und hat ein sechs Monate altes Baby. Deswegen muss ich immer zu ihr in die Pampa fahren, denn Klein Mia findet Fortbewegungsmittel jeglicher Art zum Brüllen. Laut Tina schreit sie, wenn man sie in den Kinderwagen verfrachtet, als wolle man ihr die Haut bei lebendigem Leibe abziehen, und im Schalensitz fürs Auto hält sie die Luft an, wird blau im Gesicht und droht zu ersticken, wenn man sie nicht sofort wieder herausnimmt. Da ich natürlich nicht für das frühzeitige Ableben der Tochter meiner Freundin verantwortlich sein will, fahre ich eben zu ihr raus.

Als ich an ihrem Haus ankomme, steht Tina bereits frierend im Regen vor der Tür.

»Hast du dich ausgesperrt?«

»Psssssst! Schrei doch nicht so. Mia schläft, und ich wollte nicht, dass du klingelst.«

»Ach so. Sorry. Ist denn Thomas nicht da?«

»Doch. Aber er kann nur auf Mia aufpassen, wenn sie schläft. Alles andere überfordert ihn total.« Sie sieht gehetzt auf ihre Uhr. »Los, fahren wir Kaffee trinken. Wir haben eine Stunde, maximal anderthalb, dann wacht Mia wieder auf …«

Wir eilen also zum Café im Ort. Leider hat es geschlossen. Dauerhaft. »Schon wieder einer pleite«, seufzt Tina, »also, es gäbe noch das Blue Star, das ist eigentlich eine Disko, aber man kann dort auch nachmittags schon ganz gut Pizza essen. Oder den Alten Wirt, wenn du Lust auf eine Schweinshaxn mit Knödeln hast.«

»Eigentlich wollte ich nur einen Kaffee trinken …«

Schließlich sitzen wir in der ARAL-Tankstelle, der letzten vor der Autobahn. Aber der Kaffee ist nicht so schlecht, wie ich befürchtet habe.

»Wie sieht es denn eigentlich mit deinem Kinderwunsch aus?«, will Tina wissen, nachdem sie mir erzählt hat, dass sie seit einem halben Jahr nicht mehr länger als zwei Stunden am Stück geschlafen hat und sich neulich in den Riem-Arcaden wiederfand, ohne einen Schimmer davon zu haben, wie sie dort hingelangt war.

»Och«, sage ich, »du, im Moment bin ich ganz happy mit meinem Leben, wie es gerade ist.« Ich meine das ganz ehrlich. »Und außerdem habe ich eh gerade meine Tage bekommen, zwar irgendwie anders als sonst, aber dennoch. Das Thema ist also momentan nicht aktuell.«

»Das klingt entspannt«, sagt Tina, »aber irgendwann klappt es bei dir sicher auch, davon bin ich überzeugt. Und dann freust du dich genauso tierisch wie ich, wenn du an einem verregneten Wintersamstag bei ARAL einen Kaffee trinken gehen kannst.«

Ich kichere angestrengt. Tina tut mir leid. Und ich fühle mich auf einmal unermesslich frei.

Tinas Handy klingelt. Nein. Es schreit. Ich muss wohl irritiert dreinblicken, denn sie klärt mich auf: »Das ist Mia beim Autofahren. Lustig, nicht?«

»Lustig, ja. Hihi.«

Tina nimmt das Gespräch an, und dann müssen wir zurückfahren. Mia ist unplanmäßig früh aufgewacht, und Thomas findet die Ohropax nicht.

7. WOCHE

(2. BIS 9. DEZEMBER 2007)

Dienstag

Ich liege im Bett und kann nicht einschlafen. Frank schläft schon seit einer halben Stunde und schnarcht nicht mal, aber ich finde einfach keine bequeme Position. Außerdem sind meine Füße kalt. Und kalte Füße erschweren das Einschlafen bekanntermaßen ganz erheblich. Ich versuche es mit einem alten Trick. Ich nehme mir vor, aufzustehen, in die Küche zu gehen und mir eine Wärmflasche zu machen, um allein schon bei der bloßen Vorstellung dann doch lieber im warmen Bett zu bleiben und aus Versehen einzuschlafen. Male mir genau aus, wie es sich anfühlt, die Bettdecke zur Seite zu schieben, die kalte Luft des ungeheizten Schlafzimmers an meinen Beinen zu spüren, stelle mir vor, wie sich die kleinen Härchen an meinen Unterschenkeln bibbernd aufrichten … Härchen?!

Zwei Minuten später sitze ich auf dem Rand der Badewanne und rasiere mir die Beine. Dass Dezember ist und sowieso keiner außer Frank meine nackten Waden zu Gesicht bekommt, ist schließlich kein Grund, zu verlottern.

»Charlotte, spinnst du?«

Oh. Schuldbewusst lasse ich Franks Rasierer sinken.

»Weißt du, wie spät es ist?!«

Aha. Er hat also nichts dagegen, dass ich mir mit seiner Klinge die Beine enthaare, er findet es nur nicht gut, dass ich mir um zwei Uhr nachts mit seiner Klinge die Beine enthaare.

Mit glatter Beinhaut und einer Wärmflasche an den Füßen schläft es sich viel besser ein. Das Letzte, was ich denke, bevor ich in den Schlaf gleite: Mein Busen tut weh.

Mittwoch

Am nächsten Morgen spüre ich immer noch ein Ziehen in meinen Brüsten. Vor allem an den Seiten. Sehr seltsam, das hatte ich noch nie. Hoffentlich ist es nichts Ernstes, denke ich besorgt, während ich an ihnen herumdrücke. Wann war ich eigentlich das letzte Mal beim Frauenarzt zur Vorsorge? Ist schon länger her. Da fällt mir auf einmal noch ein anderer möglicher Grund ein, warum mein Busen schmerzen könnte. Ich gehe ins Bad und öffne das Medikamentenschränkchen. Dort in der silbernen Wrigley's-Dose müsste er sein, zwischen ein paar alten Kondomen und meinen Restbeständen an Diane 35. Ein Schwangerschaftstest.

Diesen Moment habe ich mir ehrlich gesagt irgendwie anders vorgestellt. Vielleicht ein bisschen wie den Jahreswechsel von 1999 auf 2000. Man wusste nicht genau, ob nicht doch die Welt untergeht oder zumindest das Licht aus. Und jetzt starre ich auf die zwei blauen Streifen, die das grüne Plastikstäbchen zieren, auf das ich gerade gepinkelt habe. Zwei Streifen. Ich bin schwanger. Ganz eindeutig. Ich konnte den Test gar nicht so schnell unter mir hervorziehen, wie sich der zweite Streifen eingefärbt hat. Doch die Gefühlsexplosion bleibt aus.

»Ich bin schwanger!«, sage ich probehalber laut zu den grünen Fröschen auf unserem weißen Duschvorhang, denn Frank ist schon auf dem Weg ins Büro. »Offensichtlich«, sagt mein Kopf, »aha« mein Herz, und die Frösche sagen gar nichts. Vorsichtig, als ob er kaputtgehen könnte, wenn er runterfällt, trage ich den Teststab in die Küche und lege ihn dort auf die weiße Arbeitsfläche. Dann mache ich mit meinem Handy ein paar Fotos. Anschließend verstecke ich den Test in einer Schublade und fahre in die Arbeit.

»Charlotte, kommst du mit, eine rauchen?« Mein Kollege Christian steht in der Bürotür und schwenkt seine Zigarettenschachtel.

»Ja klar, ich mach nur noch schnell diese Präsentation fertig, okay?«

»Holst mich dann ab, ja?«

»In fünf Minuten.«

Auf dem Weg über den Gang zu Christians Büro fällt es mir wieder ein. Ich darf ja gar nicht rauchen! Ich bin schwanger! Ich bekomme ein Kind! Ein Kind, das unter erheblichem Singha-Einfluss gezeugt wurde und schon einige wein- und wodkaselige Nächte und viele rote Gauloises hinter sich hat. Aber offensichtlich hat es das überlebt, denn sonst wäre der Test jetzt nicht mehr positiv, oder? Wie schnell fällt das Schwangerschaftshormon, wenn man einen Abgang hatte? Und was haben diese leichten Blutungen zu bedeuten, die ich vor ungefähr drei Wochen hatte und irrtümlich für meine Periode hielt? Mir wird auf einmal abwechselnd heiß und kalt, und am liebsten möchte ich in mein Büro zurückgehen und mich hinter meinem Computer verstecken. Leider hat Christian mich schon gesehen.

»Charlotte, alles klar? Du bist ja ganz blass um die Nase!«

Danke, Christian, denke ich und sage erleichtert: »Ich weiß auch nicht, mir geht's grad nicht so gut. Vielleicht hatte ich gestern einen Glühwein zu viel auf dem Tollwood.«

»Dann solltest du vielleicht lieber nicht rauchen.«

»Hm, nee, besser nicht. Ich hol mir mal 'ne Cola.«

Wieder an meinem Platz, befrage ich Google zu meinen Sorgen und finde schnell heraus, dass alles möglich ist. Es gibt zahlreiche Frauen, die ihre Periode ganz normal weiterbekamen, manchmal monatelang, und die trotzdem gesunde Kinder zur Welt brachten. Es gibt aber auch genauso viele Fälle von frühen Abgängen. Und was meinen Alkoholkonsum angeht, lerne ich, gilt das »Alles-oder-nichts-Prinzip«. Klingt gut, besagt aber selbst bei sehr optimistischer Auslegung lediglich, dass man das Baby verlieren kann oder nicht. Atmen, Charlotte, einfach weiteratmen, jetzt bloß nicht hysterisch werden. Dass der Test – ich checke kurz meine Handy-Fotos – so schnell und deutlich positiv war, ist schon mal gut. Und ansonsten kannst du jetzt eh nichts mehr ändern. Es kommt, wie's kommt.

Als ich Google wieder schließen will, fällt mir auf, dass ich mit der allgemeinen Abteilungs-Benutzerkennung bei iGoogle eingeloggt bin. Ich sollte also besser meine Spuren verwischen. Wenn meine Chefin entdeckt, dass jemand heute, am 4. Dezember 2007, um 11 Uhr 30 »Frühschwangerschaft«, »Blutungen« und »hcG-Wert« eingegeben hat, könnte es sein, dass sie recht schnell auf mich kommt. Alle anderen Schwangerschaftskandidatinnen sind nämlich heute außer Haus unterwegs. Weil ich schon mal am Aufräumen bin, klicke ich im Webverlauf noch etwas weiter zurück und tilge weitere digitale Hinterlassenschaften. »Hendrick's Gin«, »Bar« und »München« zum Beispiel. Brauche ich jetzt erst mal nicht mehr. Unglaublich, wie schnell sich das Leben ändert, nur weil man auf einen mintfarbenen Stab gepinkelt hat.

Abends kann ich es kaum erwarten, dass Frank endlich nach Hause kommt. Wo er nur bleibt? Ich habe zwar weder Babyschühchen gekauft noch eine Schleife um den Schwangerschaftstest gemacht, aber ich brenne trotzdem darauf, ihm die Neuigkeiten mitzuteilen. Und ich will es endlich jemand anderem als dem Duschvorhang laut sagen. »Ich bin schwanger!« Dass diese drei Worte jemals aus meinem Mund kommen würden, kann ich immer noch nicht ganz fassen. Ich erlaube mir, ein bisschen glücklich zu sein. Und warte weiter auf Frank.

Er sperrt die Haustür auf, als ich schon längst im Bett bin. Ich stelle mich schlafend und amüsiere mich heimlich über seine Bemühungen, sich möglichst leise die Zähne zu putzen und im Dunkeln seine Klamotten aus- und den Schlafanzug anzuziehen. Geschieht dir recht, mein Schatz. Wer zu spät kommt … Als ich seinen vertrauten Körper neben meinem spüre und er mir vorsichtig, um mich nicht zu wecken, einen Kuss auf die Schulter gibt, tue ich so, als würde ich aufwachen.

»Hey ... wo warst'n du so lang?«, murmle ich, scheinbar schlaftrunken.

»Ich hatte doch heute Weihnachtsfeier, hab ich dir doch erzählt ...«

»Ach ja, stimmt ... Du, Frank?«

»Ja? Komm, lass uns schlafen. Ich muss morgen um sieben raus.«

»Gleich. Ich muss dir noch was wahnsinnig Wichtiges erzählen!«

»Kann das nicht bis morgen warten, Maus? Ich bin so müde!«

Statt einer Antwort knipse ich das Licht auf meinem Nachttisch an, greife in die Schublade und halte Frank den Schwangerschaftstest unter die Nase.

»'ne neue Zahnbürste? Schick. Und das ist so unglaublich wichtig?«

»Frank, das ist ein Schwangerschaftstest! Ein positiver, und wie der positiv ist, schau doch mal auf die zwei dicken Striche! Ich bin schwanger! Wir bekommen ... wohl ... ein Baby!«

Das »wohl« im letzten Satz bedeutet: wenn alles gut geht, wenn ich in den letzten Wochen nicht zu viel gesoffen habe, wenn ich den nächsten kritischen Monat überstehe, wenn unser Baby nicht eines von den 25 Prozent ist, das sich früh schon wieder verabschiedet. Aber diese ganzen Zweifel haben Zeit bis morgen.

»Charlotte! Ist das wirklich wahr?« Er starrt fassungslos auf die Zahnbürste.

»Ja«, sage ich, »herzlichen Glückwunsch, Papa!« Ich gebe meinem sprachlosen Freund einen Kuss, drehe mich auf den Bauch, und das Letzte, was ich vor dem Einschlafen denke, ist: Wie schön, wenn einem der Busen weh tut!

Freitag

Zwei Tage später bin ich mit meinen Freundinnen Katrin, Becky, Miriam und Cora auf dem Weg nach Barcelona. Jedes Jahr machen wir zusammen einen Weihnachtsausflug, statt uns etwas zu schenken.

Keine der vier weiß bisher von meiner Schwangerschaft, nicht mal Katrin. Ich gehöre nämlich nicht zu den Frauen, die schon gleich am ersten Tag, wenn mal die Regel ausbleibt, einen Test machen und dann sofort zum Frauenarzt rennen. Nein, ich gehöre zu denen, die erst mal im Internet recherchieren, was das denn nun genau bedeutet, so ein positiver Schwangerschaftstest. Und bei meinen Nachforschungen fand ich heraus, dass ich erst in der 7. Woche bin. Das klingt nach mehr, als es ist, weil die moderne Schwangerschaftsberechnung nämlich schon beginnt, wenn man noch gar nicht schwanger sein kann: am ersten Tag der letzten Regelblutung. Sprich, bei mir am 21. Oktober. Woche eins und zwei der potentiellen Schwangerschaft finden also vor Befruchtung des Eis statt, das dann mit Glück zum Embryo und mit noch viel mehr Glück irgendwann zum Baby wird. Ab Woche drei ist man theoretisch schwanger, aber erst ab der fünften Woche kann man es wissen. Ab Woche sechs kann der Frauenarzt per Ultraschall schon einen Herzschlag des Fötus sehen, das muss aber nicht so sein.

Fazit: Biochemisch gesehen bin ich schwanger, aber wenn ich jetzt schon zum Arzt gehen würde, könnte es mir passieren, dass man noch nicht viel sieht bis auf – und das habe ich jetzt wieder aus dem Internet – »einer gut aufgebauten Gebärmutterschleimhaut und der Fruchthöhle«. Und weil ich mich vor dem Warten und Bangen fürchte, werde ich meine Gynäkologin erst aufsuchen, wenn sie zumindest etwas Erdnussgroßes in meinem Bauch erkennen kann.

Momentan befinde ich mich in einer Art Zwischenwelt. Ich bin schwanger, aber ich kann es nicht richtig glauben, weil ich nichts davon merke. Immer wieder sehe ich mir die Bilder von meinem Test auf dem Handy an. Und wünsche mir, ich hätte einen dieser neuen Tests gemacht, bei denen kein Strich oder Nichtstrich meine Welt auf den Kopf stellt, sondern ein Wort: schwanger.

Wir treffen uns am Münchner Flughafen. Ein gackernder Mädelshaufen, *Marienhof* meets *Sex and the City*. Jeans in den

Stiefeln, Pashminas um die Hälse, Trolleys an der Hand, iPods in der Manteltasche, Sonnenbrillen im Haar und dauernd am Fotografieren mit zigarettenschachtelkleinen, silbernen Digitalkameras, schon vor dem Abflug. Jede von uns wird nächste Woche ein Fotoalbum bei Facebook online stellen, das »Barcelona 2007« heißt oder so ähnlich.

Gehöre ich noch dazu? Irgendwie ist alles anders mit diesem Zellklümpchen in meinem Bauch.

»Huuuuuuuhuuuuu!«, unterbricht Cora meine Gedanken, die als Letzte auf unsere Gruppe zusteuert. »Mädels, was haltet ihr von einem Prosi zur Einstimmung auf unser Wochenende?«

Prosi ist Prosecco. Zustimmendes Gegacker. Mir bleibt das Gackern im Hals stecken, denn mir fällt ein, dass Alkohol ja jetzt genauso tabu für mich ist wie Zigaretten. Wie soll ich das bloß den anderen erklären, ohne dass sie Verdacht schöpfen? Na ja. Ein Glas Prosecco geht wohl. Mein tapferer kleiner Zellklumpen hat schon so viel mitgemacht, bevor ich überhaupt von seiner Existenz erfuhr. Irgendwie schaffe ich es, die Hälfte meines Glasinhalts unbemerkt der Hydrokultur-Agave zuzuführen, neben der ich stehe.

Während des Fluges muss ich die ganze Zeit an den Zellklumpen denken. Mein Leben fühlt sich jetzt schon komplett auf den Kopf gestellt an. Die Perspektive, wahrscheinlich in ein paar Monaten ein Baby zu bekommen, verändert alles. Und ich finde es aufregend und spannend, ein Geheimnis zu haben. Nicht mal Katrin ahnt etwas. Als ich mir im Flieger eine rosafarbene Folsäure-Tablette einwerfe, sieht sie mich nur besorgt an und meint: »Hast du Kopfschmerzen, Liebes? Hoffentlich wird es keine Migräne! Ausgerechnet an unserem Barcelona-Wochenende, das wäre ja wieder mal was …«

Sie hat recht – so ein Wochenende, auf das ich mich lange gefreut habe, ist prädestiniert dafür, dass ich es in einem abgedunkelten Zimmer und mit einem kalten Waschlappen über den Augen verbringe. Danke, Katrin, für die Steilvorlage.

»Ach, ich weiß nicht – Migräne ist das nicht, aber es geht mir nicht so gut. Echt blöd, wenn das nicht besser wird, kann ich gar nichts trinken ...« Ich heuchle Enttäuschung.

Als wir abends auf dem Passeig de Gracia unsere Tapas in einer kleinen Bar essen, bin ich die Einzige, die Wasser trinkt. Und wenn ich je behauptet habe, ich könne auch ohne Alkohol lustig sein, dann revidiere ich das jetzt. Jedenfalls kann ich das nicht, wenn die anderen eine Flasche Rotwein nach der andern leeren. Am Anfang geht es noch. Kurzzeitig kann ich mich sogar von der heiteren Stimmung anstecken lassen. Doch dann schaue ich zu, wie sie an mir vorbeiziehen. Ihre Stimmen werden lauter, das Gelächter wird schriller, die Gesten ausladender. Ich bin einigermaßen schockiert, wie der Alkohol meine Freundinnen verändert. Umso schlimmer, dass mir das bisher nie aufgefallen ist, weil ich fröhlich mitgezecht habe. Ich werde immer stiller und verstumme schließlich ganz, aber die anderen merken es nicht einmal. Ich schäme mich fremd. Cora baggert den jungen Kellner an und sieht nicht, dass dem das sichtlich peinlich ist. Becky erzählt detaillierte Geschichten von ihren letzten Dates, und selbst meine bodenständige Katrin entblödet sich nicht, ebenfalls eine Single-Story zum Besten zu geben.

»Wisst ihr, dass der Abend von Anfang an zum Scheitern verurteilt war? Warum? Hey, der Typ hieß Torsten!« Sie spricht es »Tochsten« aus, was den Rest der Meute zu wildem Gekicher und wiederholten »Tochsten«-Rufen veranlasst.

»Tochsten holte mich also ab, und stellt euch vor – mit einem schwarzen Porsche!« (»Pochsche« natürlich.) Ich weiß, was jetzt kommt, denn ich kenne Katrins Hass auf Porschefahrer. Nur weil ihr vor zehn Jahren mal ein Typ, der einen 911er fuhr, die große Liebe versprach und dann nach mehrmals vollzogenem Beischlaf und einem schönen Wochenende in Kitzbühel doch lieber weiter jagen ging, statt mit ihr ein Reihenhaus anzufinanzieren und eine Familie zu gründen, kann sie diese Automarke jetzt nicht mehr leiden. Verständlich, aber irgendwann muss auch mal wieder gut sein. Der arme Tochsten jedenfalls hatte vom ersten Moment an keine Chance.

»Ich meine, hallo, wer fährt denn an einem Samstagabend mit dem Auto in die Innenstadt, wenn es öffentliche Verkehrsmittel gibt?« Dass die Sache ganz anders ausgesehen hätte, wenn Tochsten sie mit einem MINI oder Audi abgeholt hätte, fällt ihr nicht auf. Und mich interessiert in diesem Moment alles andere als wie der Abend mit dem Porschefahrer weiterging. Katrins Erzählung läuft im Hintergrund weiter, während ich die Gunst der Stunde nutze und mir den Teller mit den Patatas Bravas unter den Nagel reiße. Wenn ich schon nicht trinken darf, dann will ich wenigstens lecker essen.

»… Pampers! Der Klassiker.« Bei diesem Stichwort zucke ich zusammen und lasse die gerade in den Dip getunkte heiße Kartoffel fallen.

»Noch mal, Becky, bitte, ich war gerade abgelenkt!« Was für eine Geschichte erzählt Becky da, in der Pampers vorkommen?

»Ach, vorgestern im Supermarkt. Da sehe ich vor mir an der Kasse meinen Traummann. Ich denke noch ›Hallo, schöner Mann!‹, da legt er das Paket Windeln aufs Band. Mannmannmann.«

Ich muss insgeheim grinsen und stopfe mir schnell die runtergefallene Patata Brava in den Mund. Ich stelle mir Frank, den ja auch immer alle Frauen so attraktiv finden, Pampers aufs Band legend vor und wie sich daraufhin die Mundwinkel der Frau hinter ihm enttäuscht senken. Meine Laune hebt sich etwas. Das wird toll.

Nach der Tapas-Bar bringe ich noch den Besuch einer weiteren Bar hinter mich, trinke Coke Zero, massiere mir demonstrativ ab und zu die Schläfen und stelle fest, dass Alkohol a) das Zeitempfinden verändert und b) munter macht. Denn für mich ziehen sich die Minuten wie Stunden, und um ein Uhr bin ich dermaßen müde, dass ich beschließe, alleine in unsere Wochenendwohnung in der Avinguda Diagonal zurückzufahren. Ich sehne mich so sehr danach, meinen Kopf auf ein Kissen zu legen und die Augen zu schließen, dass ich kurz befürchte, tatsächlich rasende Kopfschmerzen zu bekommen.

Die Mädels sind nachsichtig und drängen mich nicht zum Bleiben, denn ich sehe wohl wirklich müde aus.

Als ich im Taxi durch das nächtliche Barcelona fahre, den Kopf an das kühle Glas der Fensterscheibe gelehnt, und dem Taxifunk in schwindlig machend schnellem Katalanisch lausche, fühle ich Glück in meinem Inneren aufsteigen. Draußen glitzert die Weihnachtsbeleuchtung, überall sind Sterne und Christbäume zu sehen. Und ich werde ein Kind bekommen! Endlich. Frank und ich werden unserem Sohn oder unserer Tochter die Welt zeigen und alles mit unserem Kind neu erleben. Es wird wunderbar werden. Und dafür verzichte ich gerne auf Rotwein, Zigaretten und das Nachtleben.

Draußen schaufelt jemand Schnee. »Krrrrrrrr«, schrappt der Schneeschieber über Asphalt und Streusand, »krrrrrrrr«, immer wieder, in einem gleichbleibenden Rhythmus. Ich öffne die Augen. Moment mal. Es ist stockdunkel. Wer räumt so früh am Morgen den Schnee weg? Dann fällt mir wieder ein, dass ich in Spanien bin. Langsam werde ich ein bisschen wacher und stelle fest, dass das Geräusch nicht von der Straße kommt, sondern hier in meinem Zimmer stattfindet. Ich taste nach dem Schalter der Nachttischlampe und knipse sie an. Und dann sehe ich die Übeltäterin: Es ist Katrin, die neben mir auf dem Bett liegt. In voller Klamottenmontur. Sie liegt auf dem Rücken, dünstet Alkohol und Zigarettenrauch aus und schnarcht lauter, als ich es bei Frank selbst zu Oktoberfestzeiten je erlebt habe. Ich stupse sie sanft mit dem Fuß an und räuspere mich. Das wirkt leider nur ungefähr fünf Atemzüge lang, dann geht das Schneeschippen weiter, diesmal mit mehr Streusand: »Krrrrr, k-ck-ck-krrrrr, krrrrr …« Jetzt trete ich etwas fester zu. Ächzend dreht Katrin sich auf die Seite und mir den Rücken zu. Ich freue mich und knipse die Lampe wieder aus. Von Frank weiß ich, dass es nicht möglich ist, in Seitenlage zu schnarchen. Ich kuschle mich in meine Decke und bin gerade dabei, wieder einzuschlafen, als es neben mir in einem sanft ansteigenden Crescendo und eine Oktave tiefer wieder losgeht: »Krrrrr, krrrrrr …« In einem letzten verzweifelten Versuch beuge ich mich über Katrin und halte ihr die Nase zu. Mit dem Ergebnis, dass sie heftig die Luft einzieht, sich wieder auf den Rücken dreht und noch lauter schnarcht.

Jetzt reicht's mir. Ich schnappe mir mein Bettzeug und fliehe aus unserem Zimmer. Im Wohnzimmer mache ich es mir auf der Couch bequem. Die müssen gestern noch ganz schön heftig gefeiert haben. Ich warte auf das Gefühl des Bedauerns, dass ich nicht mitmachen konnte, aber da ist nichts. Das ist der Vorteil, wenn man erst mit knapp Mitte dreißig schwanger wird. Ich habe die letzten fünfzehn Jahre so viel gefeiert, getanzt, getrunken und geraucht, dass es für eine ganze Weile reicht. Außer harten Drogen habe ich so ziemlich alles mitgemacht: Exzesse, Abstürze, durchgemachte Nächte, schlimme Katertage und sehr, sehr viele lustige und ausgelassene Abende. Ich war in Restaurants, Cafés, Kneipen, Bars und Clubs von München bis Mailand, Berlin bis Bangkok und Kapstadt bis Krefeld. Und vielleicht ist eine Pause jetzt gerade gut, denn allmählich häufen sich die Déjà-vus, und immer häufiger stelle ich fest, dass ich eigentlich nichts verpasst hätte, wenn ich am Samstagabend mit einem guten Buch zu Hause geblieben wäre.

Samstag

Als ich drei Stunden später erfrischt und ausgeruht aufwache, beneide ich Katrin noch weniger um den gestrigen Abend. Mit angehaltenem Atem husche ich schnell in unser Zimmer und hole mir ein paar Sachen aus meiner Tasche. Es ist acht Uhr morgens. Ich ziehe mich an, fabriziere meine Kontaktlinsen in die Augen, tusche mir halbherzig die Wimpern, verlasse die

Wohnung und mache mich auf die Suche nach einem Café, in dem ich frühstücken kann.

Leider finde ich keines, das um diese Uhrzeit schon geöffnet hat, und lande bei Starbucks. Gut, dass Frank nicht hier ist. Er hätte sich geweigert, den Laden zu betreten. »Abzocker«, höre ich ihn grummeln, »vier Euro für einen Kaffee, der zu vier Fünfteln aus Milch besteht, das ist eine Frechheit!«

»Aber eine leckere Frechheit«, hätte ich geantwortet und aus Prinzip noch einen Brownie für drei Euro dazubestellt.

»Un Latte macchiato venti to stay, por favor …«, ordere ich in perfektem Coffeeshopspanisch, »äh, sin caf … decaf …«

»Descafeinado?«, fragt mich der junge Mann hinter der Theke und lächelt freundlich.

»Genau, äh, bien!«, stottere ich und komme mir blöd vor.

»Todo, señorita?«

»No … Por favor.« Ich deute auf ein Stück dunkelbraunen, unglaublich saftig aussehenden Schokoladenkuchen mit dickem Zuckerguss.

»Tarta de chocolate?«

»Si, gracias.«

»De nada, señorita!«

Na bitte, geht doch. Es macht Spaß, auf Spanisch zu kommunizieren, und ich fühle mich gleich wieder etwas weltmännischer. Und weil ich bald sowieso zwanzig Kilo zunehmen werde, kann ich auch ohne schlechtes Gewissen meinen Tag mit der Tarta de chocolate beginnen. Ich setze mich auf ein Sofa, schlürfe meine Latte macchiato, versenke meine Zähne in die saftige Sünde und blicke durch die auf den Fensterscheiben klebenden Deko-Schneekristalle auf die Avinguda Diagonal. Alles fühlt sich wunderbar an. Ich bin zur richtigen Zeit am richtigen Ort. Dieses Glücksgefühl muss ich unbedingt teilen.

»Hallo? Frank?«

»Hey, Maus, du bist es …« Er klingt in erster Linie verschlafen und in zweiter erfreut. Ich blicke auf die Uhr. Viertel vor neun. Na ja.

»Hab ich dich geweckt? Das tut mir leid.«

»Nee, passt schon, ich wollte heute eh nicht so spät raus. Ich möchte in die Stadt gehen und mir ein paar Klamotten kaufen, T-Shirts, eine neue Jeans und so.«

Na, so was! Kaum bin ich ein Wochenende nicht da, passieren die ungewöhnlichsten Dinge.

Ich berichte Frank vom gestrigen Abend und Katrins Kampfschnarchen. Als wir unser Gespräch beendet haben, fällt mir auf, dass er sich gar nicht nach meinem Zustand erkundigt hat. Also rufe ich noch mal an.

»Ich bin's wieder!«

»Was gibt's denn noch, Charlotte?«

»Du hast mich gar nicht gefragt, wie es mir geht!«

»Ähm, aber du hast doch erzählt, dass es dir gut geht.«

»Stimmt, aber immerhin …«, ich senke meine Stimme, »… immerhin bin ich schwanger!«

»Ja, das ist wahr. Ich kann es noch immer nicht ganz glauben. Wann gehst du denn jetzt endlich mal zum Arzt?«

So hatte ich mir sein Interesse nicht vorgestellt.

»Nächste Woche vielleicht.«

»Weißt du, ich hätte halt gerne so ein Ultraschallbild, damit ich es wirklich glauben kann, dass wir ein Baby bekommen.«

Typisch Frank. Er braucht etwas Handfestes.

Ich beende unser nicht besonders romantisches Gespräch und hoffe, dass sich seine Aufmerksamkeit erhöht, wenn ich ihm ein Beweisfoto zeigen kann.

Gegen Mittag erwachen die anderen aus ihrem Delirium und sind bereit, der Sonne gegenüberzutreten. Nur Becky weigert sich beharrlich, Bett und Wohnung zu verlassen.

»Aber Becky, draußen hat es zwanzig Grad, das wird vermutlich der letzte warme Tag für ein paar Monate sein! Schau dir den blauen Himmel und die Sonne an, bei so einem Wetter muss man doch einfach rausgehen!«

»Ich lass mir doch nicht vom Wetter vorschreiben, wie und wo ich meinen Tag zu verbringen habe«, protestiert Becky und zieht sich die Bettdecke über den dunkelblonden Lockenkopf, »und überhaupt, wozu gibt es Rollläden?«

Katrin, Cora, Miriam und ich verlassen die Wohnung und winken ein Taxi heran.

»A la mar, por favor!«, bittet Miriam den Fahrer, und der bringt uns nach Barceloneta. Obwohl ich ja gerade in Thailand war, freue ich mich sehr, das Meer wieder zu sehen. Ich fühle mich am Meer immer ein bisschen besser. Vielleicht ist es die Weite, vielleicht der spezielle Geruch nach Salz und Fisch, vielleicht ist es das Rauschen der Wellen, die Spiegelung der Sonne auf dem Wasser oder alles zusammen – jedenfalls haben meine Probleme und Sorgen die Tendenz, temporär zu schrumpfen, wenn meine Füße in weichem Sand versinken und der Horizont weit weg ist.

Wir spazieren am Saum des Wassers entlang, spielen Fangen mit den Wellen und machen eine Menge Strandfotos. Dann suchen wir uns an der Promenade eine Bar unter Palmen und lassen uns auf weiße Ledersofas sinken. Wir trinken Kaffee und Cola, setzen unsere großen, dunklen Sonnenbrillen auf und reden ausnahmsweise mal nicht viel. Für den Moment genügt es, in der Sonne zu sitzen, auf die Palmen und das blaue Meer dahinter zu blicken und sich über diesen warmen Tag zu freuen, während zu Hause im feuchtkalten Deutschland der Vorweihnachtsstress tobt.

»Charlotte, hast du noch Kippen?«, will Miriam von mir wissen.

»Äh, nein, ich habe gar keine dabei«, sage ich und halte die Luft an.

Miriam wirft mir einen misstrauischen Blick zu, den ich trotz ihrer Sonnenbrille wahrnehme.

»Stimmt, du hast gestern Abend auch schon nicht geraucht. Haste aufgehört, oder wie?«

Aufhören! Das ist die Idee!

»Ich habe gestern nicht geraucht, weil ich Kopfschmerzen hatte und immer noch habe«, lüge ich, »aber ich habe wirklich schon darüber nachgedacht, ganz aufzuhören. Ab 2008 ist doch sowieso Rauchverbot in den Kneipen und Bars, und da ich sowieso nur beim Weggehen rauche, kann ich es dann auch gleich ganz lassen.«

»Gute Idee«, sagt Cora und geht in den Keller der Bar, um Zigaretten zu ziehen. Noch mal Glück gehabt.

»Aber schwanger bist du nicht, oder?«, fragt Katrin auf einmal beiläufig. Mein Magen rutscht mir zwischen die Kniekehlen, aber ich lasse mir nichts anmerken.

»Nicht dass ich wüsste!«

Warum erzähle ich eigentlich nicht, was los ist? Die Gefahr, das Baby wieder zu verlieren, ist nicht der Grund, warum ich noch schweige. Der wahre Grund ist, dass ich es selbst nicht ganz glauben kann. Obwohl ich alle paar Stunden heimlich die Fotos von meinem positiven Test auf meinem Handy ansehe, ist das Ganze noch so abstrakt für mich. Eine chemische Reaktion des Testmaterials auf meinen Urin, mehr nicht.

Ich schütze also für den Rest des Wochenendes Kopfschmerzen vor. Und obwohl ich nach außen hin alles interessiert und fröhlich mitmache, kreisen meine Gedanken doch die ganze Zeit nur um das eine. Unglaublich, wie schnell sich ein ganzes Leben verändern kann. Und das ist erst der Anfang.

8. WOCHE

(9. BIS 16. DEZEMBER 2007)

Mittwoch

Heute vor einer Woche habe ich den Test gemacht. Und außer Frank und Hanna, meiner im fünften Monat schwangeren Internetfreundin, habe ich immer noch niemandem davon erzählt, nicht mal Katrin. Ich befürchte, dass ich ihr mit meinen Neuigkeiten weh tun könnte. Denn ich weiß genau, dass sie gerne Kinder hätte, am liebsten drei. Sie liebt Kinder, sogar viel mehr als ich. Ich mag Kinder natürlich auch. Aber es strengt mich wahnsinnig an, mit den Kindern meiner Freunde zu spielen. Obwohl ich mich für einen fantasievollen Menschen halte, finde ich es nach ein paar Minuten nervtötend, mit einem Softballschläger in der Hand so zu tun, als sei ich Steffi Graf im Finale von Wimbledon gegen Boris Becker alias Mika, den Sohn meiner Freundin Angela. Meine einzige Hoffnung ist, dass das beim eigenen Kind später mal anders wird. Muss ja.

Katrin jedenfalls hat nicht das Problem, dass es mit dem Schwangerwerden nicht klappen würde. Sie befindet sich noch im Problem davor – sie hat keinen Vater für ihre Kinder. Katrin gehört zu der riesigen Gruppe attraktiver, netter, selbständiger und normaler Frauen Anfang dreißig, die keinen Mann finden.

Seit einer Woche weiß ich also, dass ich wahrscheinlich ein Kind bekommen werde. Ich habe mich schon daran gewöhnt, nicht zu rauchen und keinen Alkohol zu trinken, auch wenn das, gerade jetzt in der Vorweihnachtszeit, wirklich schwierig ist. Ich habe immer noch keinen Arzttermin ausgemacht, und es verunsichert mich sehr, dass ich gar nichts von meiner Schwangerschaft spüre. Mir ist nicht schlecht, mein Busen ziept nicht mehr, und wenn, dann nur, weil ich so oft an ihm herumgedrückt habe. Ich habe weder den Drang, häufiger als sonst die Toilette aufzusuchen, noch eine Gurke durch Nutella zu ziehen. Alles ist wie immer, und gleichzeitig hat dieser zweite Strich auf der mintfarbenen Zahnbürste mein Leben auf den Kopf gestellt. Heute Morgen habe ich mit meiner Chefin das Marketingbudget für 2008 verhandelt, und als ich ihr zu diesem Zweck den Aktionsplan für das nächste Jahr vorlegte, musste ich die ganze Zeit daran denken, dass ich bei vielen Terminen gar nicht mehr da sein werde.

»Charlotte! Alles klar? Du bist ganz weiß im Gesicht!« Miriam hält mich am Ärmel fest, als ich von der Toilette zurück in unser Büro gehe.
Nichts ist klar. Ich hatte gerade Blut in meinem Slip. Nicht viel, aber genug, um Angst zu bekommen.
»Miri, ich muss dir was erzählen. Jetzt.«
Miriam versteht sofort, dass es um etwas Wichtiges geht.
»Wir gehen runter und eine Runde um den Block, okay?«
»Ja. Danke.«
Schweigend fahren wir die fünf Stockwerke nach unten und treten in die kalte Dezemberluft. Miri zündet sich eine Zigarette an, ich nicht. Stattdessen vergrabe ich meine Hände in den Manteltaschen, hole dann tief Luft und sage: »Miri, ich bin schwanger!«
Miriam bleibt stehen und sieht mich an. Ich merke, wie ihre Augen zu meiner Körpermitte wandern. Als ob man dort schon etwas sehen könnte. Dann sieht sie mir wieder in die Augen, fängt an zu grinsen, fällt mir um den Hals und drückt mich fest an sich.
»Charlotte! Das ist ja wunderbar! Ich freu mich ja so für dich, für euch! Endlich hat es geklappt! Toll, toll, toll!«
»Ja.«
»Freust du dich denn nicht? Mensch, ein Baby, eine kleine Charlotte oder ein kleiner Frank, wie schön!«

Ich erzähle ihr von meiner Entdeckung auf der Toilette. Miriam bleibt ganz ruhig.

»Keine Panik, Süße. Das kann schon mal vorkommen in der Frühschwangerschaft.«

»Ich weiß nicht …«

»Was sagt denn der Arzt?«

»Ich war noch gar nicht.«

»Was? Wie weit bist du denn ungefähr?«

»Es müsste jetzt die achte Woche sein.«

»Na, und worauf wartest du? Ab zum Frauenarzt! Am besten sofort. Ich lass mir was für die Chefin einfallen. Na los!«

»Aber ich hab meine Versichertenkarte gar nicht dabei …«

»Charlotte. Du weißt genau, dass das eine faule Ausrede ist. Ich kenn deine Scheu vor Ärzten, aber in diesem Fall ist das was anderes. Es geht nicht nur um dich, es geht auch um dein Baby, also los, spring über deinen Schatten. Wenn du willst, ruf ich für dich an und mach einen Termin. Ich bekomm garantiert sofort einen!«

Das glaube ich ihr ungeprüft. Und sie hat natürlich recht. Ich hätte längst zu meiner Gynäkologin gehen sollen.

Eine Stunde später sitze ich im Sprechzimmer meiner Ärztin.

»Na, dann schauen wir doch einfach mal nach«, sagt sie entspannt, als ich ihr von meinem positiven Test berichte.

Und eine Minute später sehe ich mein Baby zum ersten Mal. Genauer gesagt sehe ich etwas, das aussieht wie die Schwarzweißkopie einer Erdnuss. Meine Ärztin ist begeistert.

»12,9 Millimeter«, ruft sie fröhlich, »genau richtig für die achte Woche! Und hier …«, sie zoomt auf die Erdnuss, »… hier sehen Sie das kleine Herz schlagen!«

Niemand hätte mich auf diesen Augenblick vorbereiten können. Mir, der sich die Faszination von unscharfen Ultraschallbildern, auf denen man sowieso kaum was erkennt, nie erschließen konnte, laufen Tränen die Wangen hinunter. In mir schlägt ein zweites Herz! Und erstaunt stelle ich fest, dass ich zu zärtlichen Gefühlen gegenüber einer Erdnuss fähig bin.

»Und hier haben wir den Dottersack …«, erklärt Frau Dr. weiter.

»Dotter? Ich bin doch kein Huhn!«

»Der Dottersack ernährt den Fötus, bis sich die Plazenta ausgebildet hat«, erklärt mir die Ärztin. Ich höre nur mit halbem Ohr zu, so fasziniert bin ich von dem Herzschlag, den ich ganz deutlich auf dem Bildschirm erkennen kann.

»Hat aber einen ziemlich hohen Puls, das Kleine!«

»Ja, ungefähr doppelt so hoch wie Ihrer. Das gehört so.«

»Aha. Muss ich eigentlich jetzt irgendwas beachten? Ich meine, klar, kein Alkohol, keine Zigaretten, Folsäure nehme ich auch. Und sonst?« Ich berichte ihr auch vom Blut in meinem Slip und meiner Pseudo-Periode vor drei Wochen, was sie aber nicht weiter beunruhigend findet.

»Nun ja, die ersten zwölf Wochen sind grundsätzlich kritisch«, sagt sie dann, »jede vierte Schwangerschaft endet in dieser Zeit wieder.« Als sie mein entsetztes Gesicht bemerkt, fügt sie hinzu: »Allerdings ist es schon mal die halbe Miete, wenn man das Herz schlagen sieht. Machen Sie sich keine Sorgen. Sieht alles nach einer intakten Schwangerschaft aus. Woher das Blut kam, kann ich nicht sagen, es kann einfach noch von Ihrer letzten Regelblutung gewesen sein. Trotzdem würde ich an Ihrer Stelle am Wochenende vielleicht nicht gerade nach Paris fliegen oder so, einfach aus psychologischen Gründen. Einen Abgang können Sie hier genauso haben wie in Paris, aber wenn es in Paris passiert, machen Sie sich vielleicht hinterher Vorwürfe, und das muss ja nicht sein.«

Ich mache mir sofort noch viel mehr Sorgen.

»Machen Sie sich keine Sorgen«, wiederholt meine Ärztin, »in vier Wochen sehen wir uns wieder, und dann ist die kritische Zeit sowieso schon vorbei. Dann bekommen Sie auch Ihren Mutterpass. Und bis dahin – einfach entspannen und von Ihrem Mann verwöhnen lassen!«

Die hat leicht reden. Ich habe ja nicht mal einen Mann, nur einen Freund. Und dass ich diesen Mutterpass nicht sofort bekomme, ist kein gutes Zeichen. Bestimmt stellt sie ihn mir nicht aus, weil eben nicht sicher ist, ob sich die Mühe überhaupt lohnt.

Die Arzthelferin, bei der ich den nächsten Termin vereinbare, beruhigt mich. »Die allermeisten Schwangerschaften führen zu gesunden Babys«, sagt sie, »glauben Sie mir, ich arbeite seit zwei Jahren in dieser Praxis!« Na dann.

Sie sieht meine besorgte Miene, kann offensichtlich Gedanken lesen und fährt fort: »Und den Mutterpass bekommen Sie nur deshalb noch nicht, weil uns die Vorlagen ausgegangen sind und ich erst nachbestellen muss. Hier, schauen Sie, alles leer vor lauter Schwangeren!« Sie zieht eine Schublade auf und zeigt mir eine flache, leere Schachtel, die mit »Mutterpässe« beschriftet ist.

»Aber ich gebe Ihnen schon mal ein paar Sachen zum Lesen mit.« Sie wirbelt auf ihrem Drehstuhl herum, stößt sich mit ihren weißen Sneakers am Boden ab und rollt elegant und exakt den Schwung ausnutzend genau bis vor die Tür des großen Einbauschranks hinter ihr. Ihre einstudierte, geschmeidige Bewegung zeugt von viel Übung. Mich beruhigt das. Sie öffnet den Schrank und entnimmt ihm einen dicken Stapel an Broschüren, Flyern, Magazinen und Katalogen.

»Tüte?«

»Ja, bitte, das wäre nett.«

Sie verfrachtet den Papierberg in eine Plastiktragetasche und drückt mir die pralle Tüte mit der Aufschrift »Fakedungin – gib dem Scheidenpilz keine Chance!« und der mittelgut geglückten Illustration eines vor einer entschlossen dreinblickenden Cremetube flüchtenden Scheidenpilzmännchens in die Hand. Durch den halb transparenten Kunststoff kann ich erkennen, dass das vorderste Heft den Titel »Ich werde Mami!« trägt. Ich werde Mami. Wow. Die meinen mich.

Mutterpasslos, aber glücklich grinsend verlasse ich die Praxis.

»Hase, ich habe eine gute und eine schlechte Nachricht«, sage ich zu Frank, kaum dass er unsere Wohnung betreten hat. »Welche möchtest du zuerst wissen?«

»Hm, ich dachte, solche Fragen werden nur in schlechten Filmen gestellt«, antwortet mein Freund und zieht sich die Schuhe aus, »aber gut, dann natürlich zuerst die schlechte, bitte.«

»Wir können am Wochenende nicht nach Paris fliegen.«

»Wir wollten doch gar nicht nach Paris!«

»Na ja, hätte aber doch sein können. Wie auch immer, wir können leider nicht fliegen.«

»Aha. Wie schade. Und die gute Nachricht?«

Statt zu antworten, gebe ich ihm das kleine, quadratische, schwarz-weiße Ultraschallbild mit der Erdnuss drauf.

»Wow … ui … ist das … unser Baby?« Frank bekommt feuchte Augen.

Unser Fötus, will ich ihn korrigieren, nicke aber nur.

»Das hat aber schon einen großen Kopf!«

»Großer Kopf? Zeig mal.« Ich bin schon wieder beunruhigt und denke sofort an einen Hydrozephalus.

»Ach so, das, nein, das ist nicht der Kopf. Das ist der Dottersack.«

Es gelingt uns, dieses kleine, pixelige Bild, auf dem man wirklich fast nichts erkennen kann, eine Viertelstunde lang aufgeregt zu besprechen.

»Frank, wir sind jetzt Eltern«, sage ich begeistert zu ihm, »Erdnuss-Eltern!«

9. WOCHE

(16. BIS 23. DEZEMBER 2007)

Mittwoch

Hallo Katrin! Hast Du heute Abend Zeit für mich? Küsschen, Charlotte

Hey Sweetie, klar doch! Wie wär's mit Tollwood? 19 Uhr bei der Feuerzangenbowle? Knutsch, Katrin

Uff. Heute muss ich Katrin endlich erzählen, dass ich schwanger bin. Wie fange ich das bloß an? Wie sage ich es meiner besten Freundin?
»Wie wär's einfach mit ›Ich bin schwanger‹?«, schlägt Frank vor. Wäre Frank ein Buch, er wäre ein Ratgeber mit dem Titel »Kauf eines gebrauchten Hauses: Besichtigung, Kaufvertrag, Übergabe«. Dieses Buch gibt's wirklich.

Mit einem mulmigen Gefühl im Magen, das nicht von meiner Erdnuss herrührt, sondern von dem bevorstehenden Geständnis, gehe ich von der U-Bahn-Station Theresienwiese auf den Eingang des Tollwood-Geländes zu. Ich bin dick eingemummelt, trage meine schönen neuen Fellstiefel über der Jeans, meinen geliebten olivgrünen Parka mit Fellkapuze, einen dicken braunen Grobstrickschal und eine dazu passende Mütze. Damit sehe ich genauso aus wie neunzig Prozent der weiblichen Tollwood-Besucherinnen. Aber was macht das schon. Wie sagt Katrin immer? »Normal ist das neue Anders!«

Ich erkenne meine Freundin, die ebenfalls Stiefel, Parka, Mütze und Schal trägt, an der Art, wie sie ihre Zigarette hält.
»Hallo Süße!«

»Hey Charlotte. Schöne Mütze! Neue Stiefel? Kenn ich noch gar nicht. Komm, holen wir uns eine Feuerzangenbowle, ich brauch dringend was Warmes zu trinken!«

»Bleib du hier, ich hole uns was!«

Es war naiv zu glauben, dass Katrin nicht merken würde, dass in meinem Becher Kinderpunsch ist. Sie sieht sofort, dass mein Zuckerstück nicht brennt, schnuppert kurz an meinem Getränk und sieht mich dann lächelnd an:

»Charlotte, du bist schwanger, stimmt's?«

»Ähm …«

Sie fällt mir um den Hals, wobei sie um ein Haar ihre heiße Feuerzangenbowle samt loderndem Zuckerwürfel über meinen Parka gegossen hätte, und drückt mich fest an sich.

»Charlotte, das ist wunderbar! Ich freu mich so für dich! Endlich hat es geklappt! Toll, toll, toll! Ich werde Tante! Oh, wie ich mich freue …«

Ich bin platt.

»Und ich dachte, du bist vielleicht sauer …«

»Sauer? Wieso das denn???«

»Na ja, weil du doch auch so gerne Kinder möchtest.«

»Klar, möchte ich. Und ich werde welche haben, mindestens drei! Erst Zwillinge und dann noch eins!«, lacht Katrin, und ich glaube ihr aufs Wort, dass sie das schaffen wird.

»Mach dir keine Sorgen, Charlotte. Frau W. hat gesagt, dass ich 2007 den Mann fürs Leben kennenlerne, und so wird es sein! Und wenn dein Kind laufen kann, werde ich schwanger. Ganz bestimmt.«

Frau W. ist die Wahrsagerin, bei der Katrin Anfang des Jahres war. Sie hatte mir ausführlich davon berichtet. Eine richtige Hellseherin wie aus dem Bilderbuch, eine dicke, in schwarze, wallende Gewänder gehüllte Frau mit dunklen, langen Haaren, Kristallkugel, Pendel und Räucherstäbchen. Ich war natürlich skeptisch. Ich glaube zwar an Übersinnliches und bin überzeugt davon, dass es weitaus mehr gibt, als man hören, sehen und begreifen kann. Ich glaube auch an Horoskope, Homöo- und

Telepathie. Aber Kristallkugeln sind mir unheimlich. Katrin hingegen war überzeugt von Frau W. und ihren Prophezeiungen.

Nachdem ich meiner Freundin alles über meine 12,9-Millimeter-Erdnuss und ihr kräftig schlagendes Herz sowie über die Entstehungsgeschichte derselben erzählt habe, finde ich, dass wir nun genug über mich und den Fötus gesprochen haben, und lenke das Thema wieder auf Katrin und die Weissagung der Frau W.

»2007 ist aber nicht mehr lang«, gebe ich zu bedenken, »da musst du dich ranhalten!«

»Genauer gesagt bleiben mir noch zwölf Tage, um meinen Traummann kennenzulernen. Aber das reicht. Im Prinzip genügen ja ein paar Sekunden!«

Ich bewundere Katrins unerschütterlichen Optimismus. Wenn ich an ihrer Stelle wäre, fast vierunddreißig und seit vier Jahren Single, ich hätte unter Garantie schon irgendeinen BWL studiert habenden und Ralph-Lauren-Polohemden zu Mokassins tragenden Typen genommen, wäre wahlweise depressiv geworden oder hätte zumindest vorsichtshalber Eizellen einfrieren lassen. Aber das war immer schon der große Unterschied zwischen Katrin und mir. Während das Schicksal es meistens gut mit mir meinte, übte ich mich immer schon in Zweckpessimismus. Katrin hingegen wurde vom Leben schon weitaus mehr gebeutelt als ich. Die Scheidung ihrer Eltern, der Tod ihrer Tante, ein Ex-Freund, der ihr Geld für Drogen ausgab, ein weiterer Ex, der sie zwei Jahre lang stalkend verfolgte, nachdem sie sich von ihm getrennt hatte, das sind nur einige Dinge, die meine Freundin mitmachen musste. Und trotzdem schafft sie es fast immer, das Leben von der positiven Seite zu sehen. Sie ist nicht immer gut drauf, aber wenn es ihr mal schlecht geht, sieht sie diese Stunden oder Tage als notwendigen Schatten, ohne den es kein Licht gäbe. Eine Begabung, um die ich Katrin manchmal beneide. Selbstmitleid ist ihr genauso fremd, wie es mir vertraut ist.

»Was sagt denn Frank eigentlich dazu, dass er Papa wird? Er ist sicher total aus dem Häuschen, oder?«, möchte Katrin später noch wissen. Wir sitzen mittlerweile im Essenszelt, und ich schaufle eine riesige Portion Country Potatoes mit Guacamole, Chilisauce und Sour Cream in mich hinein.

»Klar, er freut sich«, nuschle ich zwischen zwei Kartoffelecken, »aber du kennst ihn ja. Er ist keiner, der deswegen verrückte Dinge tut. Ich meine, er hat mir zum Beispiel keinen Heiratsantrag gemacht.«

Manchmal passiert das – man spricht Dinge aus, während man sie denkt. Und das fühlt sich dann so an, als habe man sie erst gesagt und dann gedacht. Ich höre mich Heiratsantrag sagen und denke: Ja, verdammt, das wäre eine gute Gelegenheit gewesen. Warum hat Frank mich nicht gefragt, ob ich seine Frau werden will?

»Och«, meint Katrin, »das finde ich jetzt ehrlich gesagt nicht so schlimm. Sieh es doch mal andersherum. Möchtest du geheiratet werden, weil du schwanger bist oder um deiner selbst willen? So hast du immerhin noch die Chance, dass ihr irgendwann einfach so heiratet, aus Liebe, und nicht, weil du ein Kind bekommst.«

Sie hat natürlich mal wieder recht. Wenn man es so betrachtet, sollte ich mich freuen, dass Frank mir keinen Antrag gemacht hat. Und außerdem will ich ja gar nicht heiraten.

Wenn Menschen Bücher wären, wäre Katrin ein Roman, der erst noch geschrieben werden muss. Denn die Hauptfigur wäre eine weder neurotische noch hysterische noch depressive Frau, keine schusslige Bridget Jones und keine egozentrisch-manische Marie Sandmann. Eine ganz normale Frau. Eben etwas wirklich Besonderes.

10. WOCHE

(23. BIS 30. DEZEMBER 2007)

Montag

Ich habe keine Lust mehr, schwanger zu sein. Ja, jetzt schon nicht mehr. Dabei habe ich erst ein Viertel hinter mir!

Nein, natürlich habe ich noch keinen Bauch, nicht mal einen Ansatz davon. Zwei Kilo zugenommen habe ich, aber die sitzen an meinem Po und meinen Oberschenkeln. Aber das ist nicht der Grund meines Unmuts. Ich will nicht mehr schwanger sein, weil ich jeden Tag Angst habe, nicht mehr schwanger zu sein. Ich bin schon so weit, dass ich mir die Übelkeit, die die meisten Schwangeren plagt, herbeisehne. Bitte, lieber Gott, gib mir ein Zeichen, dass meine Erdnuss noch lebt!

Mein Handy klingelt. Ich zucke zusammen. Ich glaube an Gott, und ich glaube auch daran, dass er mir manchmal Zeichen gibt, aber dass er gleich anruft, hätte ich nicht erwartet. Ein Blick auf das Display gibt Entwarnung: Es ist nicht Gott, es ist Tom.

Auch schön.

»Charlie? Bist du's?«

»Tom! Ja. Was gibt's? Ich bin noch in der Arbeit.«

»Ich auch. Wollte nur kurz fragen, wann das Gedu… das Konzert heute Abend losgeht.«

»Das Konzert, ja, warte mal eben …« Ich versuche mich verzweifelt daran zu erinnern, welches Konzert er meint, und bedeute gleichzeitig Miriam pantomimisch, mir bitte meinen schwarzen Moleskine-Jahresplaner 2007 zu geben, der außerhalb meiner Telefonschnurreichweite am Rand meines Schreibtischs liegt.

»Sag bloß, du hast es vergessen?« Tom kennt mich gut. Aber

Miriam auch, denn sie reicht mir meinen Kalender, aufgeschlagen beim heutigen Datum. Ich gebe ihr einen stummen Luftkuss, sehe das Wort »Weihnachtsoratorium« in meiner eigenen Handschrift und bin wieder im Bilde.

»Natürlich nicht! Um 19 Uhr 30 geht es los. In der Allerheiligen-Hofkirche in der Residenz. Wo auch immer die ist.«

»Hm, vielleicht in der Residenz?«

»Sag an. Die Residenz ist groß, Schatz!«

»Finden wir schon. Soll ich dich um sieben vom Büro abholen?«

»Das wäre nett. Super. Bis später!«

Drei Stunden später klingelt mein Handy wieder, und wieder ist es Tom, der nun unten im Regen steht. Netterweise hat er ein Taxi mitgebracht und trägt einen dunkelgrauen Nadelstreifenanzug, den ich sehr schön finde. Tom ist ein Typ, der Anzüge tragen kann, ohne verkleidet, affig oder spießig zu wirken. Und mit dem Taxi ist er heute nur da, weil es regnet und gleichzeitig so kalt ist, dass es eigentlich schneien müsste. Er macht das nicht, um anzugeben, und er ist auch nicht so dekadent, jeden Weg in der Stadt mit dem Taxi zurückzulegen. Wenn es heute trocken wäre, wären wir mit der U-Bahn gefahren.

Dankbar lasse ich mich auf die schwarzen Ledersitze des Mercedes fallen und drücke Tom einen Kuss auf die Wange.

»Charlie! Alles in Ordnung mit dir?« Er sieht mich prüfend an.

»Ja, passt schon.«

»Stress gehabt in der Arbeit? Du bist irgendwie blass.«

»Erzähl ich dir nachher. Jetzt will ich erst mal Bach hören!« Ich spreche es aus und frage mich gleichzeitig: Will ich Tom wirklich schon erzählen, dass ich schwanger bin? Aber warum eigentlich nicht. Ihm würde ich genauso wie Katrin und Miriam nicht verschweigen, wenn … Nein, daran darf ich gar nicht denken.

Wir verlassen das Taxi am Odeonsplatz und machen uns auf die Suche nach der Allerheiligen-Hofkirche. Nachdem wir drei Mal durch die gesamte Residenz gelaufen sind, fragt Tom einen Passanten und wir erfahren, dass die Kirche genau auf der anderen Seite ist. Ziemlich durchnässt betreten wir das Gebäude, als die Musiker bereits ihre Instrumente stimmen. Schnell huschen wir auf unsere Plätze, die zum Glück sehr weit hinten und ganz außen sind, so dass wir kaum böse Blicke ernten. Dann geht es auch schon los.

Und ich bin gleich mal verwirrt. Das Weihnachtsoratorium beginnt meines Wissens mit Pauken, Geigen und Trompeten und dann, schneddldeng, dem »Jauchzet, frohlocket …«-Chor. Aber was wir jetzt hören, klingt anders, Pauke und Blasinstrumente fehlen. Chor sehe ich auch keinen.

Stattdessen spüre ich Toms Blick auf mir. Ich drehe meinen Kopf zur Seite, und tatsächlich, er guckt mich an, fragend und etwas skeptisch.

»Das ist nicht das Weihnachtsoratorium«, flüstere ich, »das ist irgendwas anderes.«

»Der Hauptact kommt also noch?«, flüstert Tom zurück.

»Ja, ich sag dir dann Bescheid.«

Das aktuelle Stück, das da vorne gegeben wird, hört sich phasenweise ganz schön schräg an. So schräg, dass ich ab und zu richtig zusammenzucke, wenn wieder ein Musiker des Orchesters um einen Halbton danebengreift oder seinen Einsatz verpasst. Üben die noch, oder wie?

Nach dem Stück und höflichem Applaus des Publikums in der vollbesetzen Kirche tritt ein Mann auf die Bühne und sorgt für Klärung. Wir haben soeben dem Bayerischen Landesjugendorchester gelauscht. Die müssen also tatsächlich noch üben.

Das Weihnachtsoratorium selbst wird von Erwachsenen gespielt und ist wunderschön wie immer. Ich bin erleichtert. Denn wenn ich jemanden überzeuge, mich zu etwas zu begleiten, sei es ein Konzert, ein Restaurantbesuch oder eine Weltreise, dann fühle ich mich ein bisschen dafür verantwortlich, dass es dem anderen auch gefällt. Ich kann das einfach nicht abschalten. Der Einzige, bei dem das nicht so ist, ist Frank. Heißt das jetzt, dass es mir egal ist, was er denkt und von meinen Vorschlägen hält? Oder bin ich bei ihm einfach entspannter, weil ich weiß, dass er mich auch noch mag, wenn mal etwas danebengeht? Ist das Desinteresse oder Urvertrauen? Oder ganz was anderes? Müsste ich …

»Hey!« Tom stupst mich an. Vor lauter Denken habe ich den Schluss des Oratoriums verpasst. Um mich herum klatschen alle. Rasch schließe ich mich dem Applaudieren an.

»Hat's dir gefallen?«, frage ich meinen besten Freund, als wir die Kirche verlassen und in die kühle Dezembernacht treten. Der Regen hat aufgehört.

»Ja, war echt super«, sagt er, »die Musik ist wunderschön. Eigentlich mag ich ja Klassik mit Gesang nicht so gern. Meine Mutter hat früher immer ganz laut Opern gehört, wenn sie traurig war. Deswegen bekomme ich immer so ein beklemmendes Gefühl, wenn ich Arien höre. Aber Bach ist was anderes. Echt schön. Danke, dass du mich überredet hast!«

Ich freue mich von Herzen, hake mich bei Tom unter und frage: »Gehen wir noch wo hin?«

»Klar. Wonach ist dir? Edel-Bar in der Theatinerstraße, Irish Pub am Dom – oder Alternativkneipe im Gärtnerplatzviertel?« Wie gut er mich kennt! Obwohl Tom mit seinem Anzug heute eher in die Barista Bar in den Fünf Höfen passen würde, entscheide ich mich für die dritte Option – schicker Tom in leicht schmuddeligem Ambiente, dieser Kontrast gefällt mir. Wir nehmen wieder ein Taxi und lassen uns in die Reichenbachstraße bringen.

Der Trachtenvogel ist eine winzige, verwinkelte Bar mit abgewetzten, niedrigen Sitzmöbeln und schummeriger Beleuchtung. »Auch'n Bier?«, möchte Tom wissen.

»Ja, äh, nein, halt! Eine Apfelschorle, bitte.«

Tom zieht eine Augenbraue hoch, kommentiert die für mich eher ungewöhnliche Bestellung aber nicht, sondern besorgt mir das gewünschte Getränk. Wir setzen uns in eine Ecke, und Tom holt eine Packung Luckys aus seiner Sakkotasche, hält sie mir hin.

»Nee, danke.«

»Noch darf man! In zwei Wochen nicht mehr«, gibt er zu bedenken. Ich fasse mir ein Herz. Hole tief Luft.

»Ich darf jetzt schon nicht mehr.«
»Wieso, übst du schon fürs Rauchverbot?«
Er ahnt wirklich gar nichts! Noch kann ich zurückrudern. Ich muss es ihm nicht sagen. Schwer einzuschätzen, wie er reagieren wird. Natürlich wird er sich für mich freuen, denn er weiß, dass ich gerne ein Kind hätte. Allerdings weiß er nicht, dass Frank und ich es schon vier Jahre versucht haben. Irgendwann hat er mal nachgefragt, ganz beiläufig, wie es eigentlich aussähe mit unserer Familienplanung. Ja, ich glaube, er benutzte wirklich das Wort Familienplanung. Ich weiß noch genau, was ich geantwortet habe. Manchmal bleiben mir Sätze aus Dialogen jahrelang Wort für Wort im Gedächtnis, auch wenn sie gar nicht wichtig sind.

»Sagen wir mal so: Wir unternehmen nicht direkt etwas dagegen«, untertrieb ich damals. Hätte ich das zu Katrin gesagt, sie hätte sofort begriffen, was ich nicht gesagt, aber gemeint habe: Ja, wir wollen ein Baby, wir wünschen uns sehnlich eines, ich ermittle jeden Monat den Zeitpunkt meines Eisprungs und wir timen den Sex danach und, ja, ich mache nach dem Beischlaf eine Kerze im Bett. Aber diese Details wollte ich Tom ersparen. Darin liegt der Unterschied zwischen einer besten Freundin und einem besten Freund. Das Harry-und-Sally-Syndrom? Nein, nicht bei Tom und mir. Trotzdem erschien und erscheint mir Tom nicht als der richtige Adressat für Einzelheiten im Koitusbereich.

Charlotte, nun mach mal nicht so ein Drama daraus. Es ist an sich nichts Besonderes, schwanger zu sein, einige Frauen waren es vor dir, und einige werden es nach dir sein. Ein Kind zu bekommen, ist die normalste Sache der Welt, und Tom wird nicht tot umfallen, nur weil eine 33-jährige Freundin von ihm schwanger ist. Du bist nicht seine pubertierende kleine Schwester.

»Es ist nämlich so, ich, also, äh, ich bin nämlich schwanger, weißt du?«

Jetzt ist es raus. Nicht gerade elegant formuliert, aber vielleicht ist jetzt auch nicht der richtige Zeitpunkt, um sich über die unsachgemäße Benutzung des Wortes »nämlich« zu ärgern.

»Charlie … das ist ja wunderbar!« Er sieht mich an und strahlt. Auch Toms Blick wandert unwillkürlich kurz zu meinem Bauch, bevor er mich in den Arm nimmt und mir gratuliert.

»In welchem Monat bist du denn? Wann kommt es? Ein Mädchen oder ein Junge?« Er ist ganz aufgeregt. Wie süß. Eigentlich hätte ich genau diese freudige, höchst interessierte Reaktion von Frank erwartet, fährt es mir durch den Kopf, und nicht »'ne neue Zahnbürste?«. Aber ich bin unfair. Frank ist schließlich der Vater der Erdnuss und war deswegen bei aller Freude auch ein wenig geschockt.

»In der zehnten Woche«, antworte ich meinem besten Freund und erkläre: »Man rechnet heute nicht mehr in Monaten, sondern in Wochen. Vierzig sind es insgesamt.«

»Wow, ein Viertel ist schon rum?« Jetzt, wo er es sagt, fällt es mir auch auf. »Aber man sieht doch noch gar nichts …«

Ich erzähle ihm von der Erdnuss, die mal ein Baby wird, und dass die Maßeinheit im Moment noch Millimeter sind.

»Und wann ist der Termin?«

»Am 27. Juli 2008. Noch ganz schön lang hin, gell?«

»Oh Charlie, das sind echt tolle News. Ich freu mich so für dich und Frank.«

»Danke.«

»Was ist mit dir, du freust dich doch auch, oder?«

»Ich bin überglücklich«, sage ich wahrheitsgemäß, »aber ich habe auch große Angst, es wieder zu verlieren.« Und ich erzähle Tom von meinen Problemen, von den Blutungen, von meiner lähmenden Furcht und dass ich mich nicht traue, mich so richtig zu freuen, bevor ich nicht mindestens die kritischen zwölf ersten Wochen überstanden habe.

»Charlie«, sagt Tom, nimmt mein Kinn zwischen seine Finger

und sieht mir in die Augen, »du wirst in sieben Monaten ein gesundes Baby zur Welt bringen. Vertrau mir. Ich weiß das einfach. Ich kann dich mit diesem Kind sehen, ich bin ganz sicher, dass alles gutgehen wird. Du bist ein Glückskind, vergiss das nicht!«

Eine Träne löst sich vom unteren Lidrand meines linken Auges, rollt mein Gesicht hinunter und versickert zwischen Toms Daumen und meinem Kinn. Ich muss jetzt etwas sagen.

»Du musst jetzt nichts sagen.« Tom zieht mich an sich und hält mich im Arm. Hält mich einfach nur fest und wiegt mich ganz leicht.

Ich weiß nicht, wie lange wir so dasitzen. Die Barfrau hält uns bestimmt für ein Pärchen, geht mir mal durch den Kopf. Und wenn schon.

»Wollt ihr noch was trinken?«

»Äh, nein danke … Wie spät ist es denn?«, frage ich die Barfrau erschrocken.

»Halb zwei«, sagt sie und es klingt wie »Geht bitte«. Schließlich ist heute Montag. Und außer Tom, mir und einer älteren, leicht derangiert wirkenden Frau, die nicht ihr erstes Bier dieses Abends aus der Flasche trinkt und aussieht, als sei sie im Trachtenvogel festgewachsen, ist kein Gast mehr anwesend.

»Ups. Ich muss nach Hause, Tom.«

Wir zahlen, gehen nach draußen, und Tom raucht auf dem Weg zum Gärtnerplatz eine Zigarette. Ich muss lachen, als er den Rauch bei jedem Ausatmen so weit von mir wegbläst, als könne er damit mein Kind gefährden. »Nun übertreib mal nicht«, sage ich, »lass mich lieber mal ziehen, nur ein Mal!«

»Spinnst du?« Er bleibt stehen und sieht mich ehrlich empört an. »Nix da. Kommt gar nicht in Frage!«

Ich tue so, als hätte ich einen Scherz gemacht, und Tom winkt ein Taxi heran.

»'n Amd, die Herrschaften!« Der Taxifahrer hat verdammt gute Laune für einen kalten Dezembermontag. »Wo derf's hiegeh?«

»In die Breisacher Straße, bitte«, sagt Tom zum Fahrer und zu mir: »Keine Widerrede, ich bring dich nach Hause und laufe dann zu Fuß heim.« Und etwas leiser fügt er hinzu: »Auf schwangere Frauen muss man ganz besonders gut aufpassen.« Bei jedem anderen würde ich mir solche Sätze verbitten, aber Tom sagt das auf eine Weise, durch die ich mich beschützt und wohl fühle. Er sagt es nicht von oben herab, nicht übertrieben, nicht spöttisch, sondern einfach nett und fürsorglich.

Als ich die Wohnungstür aufsperre, bin ich glücklich. Was sich rasch ändert, als plötzlich ein sichtlich übellauniger Frank in langen Bundeswehrunterhosen und einem ausgeleierten weißen T-Shirt vor mir steht. Er sieht müde aus. Und sauer. Saurer als müde.

»Wo warst du?«, faucht er und sieht mich wütend an.

»Ich, ich …«, stammle ich, nicht, weil ich nicht wüsste, wo ich war, sondern weil ich solche Fragen von meinem Freund nicht gewohnt bin. Ich gehöre nicht zu den Frauen, die nie ohne ihren Freund weggehen oder den Liebsten stets haargenau über ihre außerbeziehungsmäßigen Aktivitäten informieren. Frank weiß oft nicht genau, wo ich bin und was ich mache, und umgekehrt. Wir finden das erfrischend und spannend, und mir ist meine Freiheit heilig.

»Weißt du eigentlich, wie spät es ist?«, fährt Frank fort, als hätte er meine Antwort nicht gehört. Eine rhetorische Frage offenbar, denn er spricht sofort weiter: »Es ist zwei Uhr morgens! Ich kann nicht schlafen, weil ich nicht weiß, wo du bist, du gehst nicht an dein Handy, und ich mache mir tierische Sorgen um dich! Du bist schwanger, schon vergessen? Und außerdem muss ich morgen um sechs raus, ich muss nämlich trotz Heiligabend noch bis Mittag arbeiten!« Letzteres entkräftet irgendwie seine nachvollziehbaren Argumente, und bei mir kehren Muttersprache und Bewegungsfähigkeit zurück. Ich hole mein Handy aus der Handtasche und klappe es auf. »4 Anrufe in Abwesenheit« sehe ich und »5 neue Kurzmitteilungen«.

»Es tut mir leid, Frank«, sage ich und meine es auch so. »Ich war mit Tom im Weihnachtsoratorium und danach noch im Trachtenvogel, hab ihm von unserem Baby erzählt, und dann haben wir einfach die Zeit vergessen. Ich wollte nicht, dass du dir Sorgen machst.«

Franks eben noch wutverzerrtes Gesicht wird mit jedem Wort von mir weicher, bis er am Ende wieder der Mann ist, den ich kenne und liebe. Mein Frank mit seinen noisettebraunen Augen, den langen Wimpern, die schöner sind als meine, dem Grübchen im Kinn und den zwei senkrechten Computerfalten über der Nasenwurzel.

»Gut, dass du da bist«, murmelt er, und wir umarmen uns. Und ich fühle mich schon zum zweiten Mal am heutigen Abend so wunderbar geborgen.

11. WOCHE
(30. DEZEMBER 2007 BIS 6. JANUAR 2008)

Sonntag

»Sag mal, Frank, was machen wir eigentlich an Silvester?« Normalerweise stelle ich diese Frage im August, spätestens im September. Nicht, weil mir der Jahreswechsel so wichtig wäre. Aber da ich weiß, dass es mich trotzdem deprimieren würde, ihn allein zu Hause zu verbringen, bin ich immer froh, wenn ich dieses Thema so früh wie möglich geklärt habe.

»Puh, keine Ahnung. Was Ruhiges.«

Ach. Und ich hatte vor, morgen nach New York zu fliegen und mich dort am Times Square kräftig zu betrinken.

»Klar was Ruhiges. Aber lieber was Ruhiges mit Freunden und bei Freunden als zu zweit hier in der Wohnung.«

Frank weiß zum Glück, dass ich unter Romantik etwas anderes verstehe als Silvester zu zweit und ist nicht beleidigt.

»Hm, wir könnten mal die Hubers fragen …«

»… ob sie uns einladen?«

»Warum nicht?«

»Ich weiß nicht, ich lade mich nicht so gerne selbst ein.«

»Dann müssen wir sie halt einladen. Vielleicht haben die Roths ja auch Lust.«

»Aber wir haben doch keine Spülmaschine.«

»Stimmt auch wieder. Maus, lassen wir es einfach auf uns zukommen, meinst du nicht? Es ergibt sich schon noch was.«

»Du bist lustig. Ich meine Silvester 2007 auf 2008, morgen, nicht nächstes Jahr!«

»Hör mal, Charlotte. Einladen willst du dich nicht, du willst aber auch nicht die anderen einladen. Fällt dir was auf?«

Habe ich schon mal erwähnt, wie wenig ich es mag, dass Frank immer recht hat?

Eine Stunde später treffen wir beim Spaziergang durchs Viertel am Pariser Platz zufällig Steffi, Flo und Julian: die Hubers. Julian ist anderthalb. Und ohne dass ich ein Wort sagen muss, laden sie uns für morgen zu sich nach Hause ein. »Wenn euch das nicht zu langweilig ist …«, gibt Steffi nur zu bedenken, und Frank und ich tauschen einen amüsierten Blick. »Och, das passt schon«, sagt er, »aus dem Alter, in dem man an Silvester wilde Partys feiern und sich hemmungslos betrinken muss, sind wir doch eh raus. Danke für die Einladung!«

»Ja, wir kommen sehr gerne«, pflichte ich ihm bei.

»Super«, findet Steffi, »ach ja, die Roths kommen auch.«

Weihnachten war super. Von meinen Eltern bekamen wir einen wunderschönen Thai-Buddha aus Bronze. Und das, obwohl sie erst an Heiligabend erfuhren, dass sie Großeltern werden. Als ich den voraussichtlichen Geburtstermin nannte, war ihnen das Nachrechnen deutlich anzusehen, abgelöst vom Entzücken ob der guten Wahl ihres Geschenkes. Leider konnte es sich mein Vater nicht verkneifen, laut zu hoffen, sein Enkelkind habe keine Schlitzaugen. »Papa, Schlitzaugen sagt man nicht, genauso wenig wie Neger!«

»Ach ja, und wie sagt man dann?« Mit dieser Gegenfrage hatte ich nicht gerechnet.

»Äh, vielleicht … asiatische Gesichtszüge?«

»Ja, besteht denn die Gefahr, dass …«

»Nein!!! Also echt, Papa. Das ist nicht lustig.«

Und so verging der Heiligabend mit viel gutem Essen, Wein für Frank und meine Eltern, Mineralwasser für mich und schönen Diskussionen über schmale Augenpartien, den unpraktischen weißen Teppichboden der Nachbarn und potentielle Vornamen für das neue Familienmitglied. Ich plauderte relativ entspannt mit und versuchte, meine Sorge um die kleine Erdnuss zu verdrängen und nicht alle zwei Sätze mit »… wenn ich die ersten zwölf Wochen überstehe« zu beenden.

Montag

Silvester also. Schon wieder. Und das letzte Mal zu zweit, wenn ich … Das letzte Mal zu zweit. Ich kann mir das ehrlich gesagt gar nicht vorstellen. Und ich frage mich, warum ich in den letzten vier Jahren nicht mehr Zeit damit verbracht habe, genau das zu tun. Normalerweise malt man sich doch das Leben mit Kind in bunten Farben aus, wenn man sich eines wünscht, oder? Nicht so ich. Vielleicht, weil ich zu viel Angst hatte, dass es nie klappen würde und es mir dann noch schwerer fiele, mich von diesem Traum zu verabschieden. Vielleicht auch aus dem Aberglauben heraus, dass ich nicht schwanger würde, wenn ich es mir zu sehr wünschte. Und ziemlich sicher auch, weil ich einen Schritt nach dem anderen gehen wollte: erst schwanger werden und dann ein Baby haben. Hört sich logisch an, aber für viele ist die Schwangerschaft ja nur das Mittel zu einem Zweck, der Kind heißt, und wenn es möglich wäre, würden sie die Brutphase auf neun Wochen verkürzen. Nicht so ich. Wenn überhaupt, habe ich mir immer nur ausgemalt, wie es wohl sein muss, ein Kind zu erwarten. Ich warte nämlich ganz gerne auf etwas Schönes.

Nicht bedacht habe ich zwei Dinge: diese furchtbare Angst, den Embryo wieder zu verlieren, und die Tatsache, wie sehr sich das Alkohol- und Zigarettenverbot auf mein Leben auswirkt. Am Silvesterabend dauert es keine zehn Minuten, bis ich mich vor Hubers und Roths outen muss. Nur, weil ich den angebotenen Begrüßungsdrink ablehne und nicht mit Michi auf den Balkon gehe, um eine zu rauchen.

Sie freuen sich riesig mit und für uns, und Flo, dieser große, kräftige Kerl, nimmt mich in den Arm und drückt mich so fest an sich, dass ich fast keine Luft mehr bekomme. Auch Silke und Michi, die Roths, sind begeistert. Sie haben selbst noch kein Kind, und ich bin mir nicht sicher, ob sie eines planen oder nicht. Ich frage so etwas nie. Aus eigener leidvoller Erfahrung bin ich in dieser Hinsicht taktvoll. Allerdings sind die beiden ein paar Jahre jünger als Frank und ich und machen auch nicht gerade den Eindruck, als würden sie sich verzweifelt ein Kind wünschen.

Mitternacht also. Schon wieder. Mein erster nüchterner Jahreswechsel seit 16 Jahren. Ohne Rausch ist das Ganze noch alberner als sonst. Dass sich etwas ändert oder gar verbessert, nur weil da jetzt eine neue Zahl am Ende des Datums steht, entbehrt wirklich jeder logischen Grundlage. Dass das jeder weiß und trotzdem alle jedes Jahr feiern, ist nur dem Alkohol zu verdanken. Und ich meine das gar nicht abwertend.

Viertel nach zwölf. Jeder hat jedem zu Silvester gratuliert, alle haben sich ganz doll lieb, und nun sind Steffi, Flo, Silke, Michi und Frank losgezogen auf die Reichenbachbrücke, um von dort aus einen Blick auf Münchens Feuerwerk zu werfen. Ich bin freiwillig in der Wohnung geblieben, um Julian zu trösten, falls er wach wird. »Geht nur, es macht mir wirklich nichts aus«, sagte ich und meinte das ernst. Ich bin viel zu nüchtern und müde, um jetzt in der Januarkälte rumzulaufen. Außerdem kann ich auf diese Weise endlich mal Neujahrs-SMS absondern, ohne dass mir die Finger beim Tippen einfrieren. Liebevoll formuliere ich Wünsche für 2008 und sende sie an meine Lieblingsmenschen: meine Eltern, Katrin, Miriam, Tom. Keine Massen-SMS, sondern individuell auf den Empfänger zugeschnittene Texte.

Trotzdem bin ich dann froh, als Frank und ich uns gegen drei Uhr früh auf den Heimweg machen, zu Fuß von der Eduard-Schmid-Straße unten in der Au hinauf nach Haidhausen. Ich bin nicht erschöpft, aber müde. Und ich genieße es, Hand in Hand mit Frank durch die Stadt zu laufen, die sich allmählich beruhigt. Nur noch ab und zu flackern ein paar letzte Raketen auf, vereinzelt knallt und knattert es noch in den Straßen, und die Gehwege sind übersät von den Überresten und Umverpackungen der Knaller, von Pappbechern und leeren Sektflaschen.

Als wir von der Hochstraße in die Rablstraße einbiegen, passiert es plötzlich. Ich glaube, ich werde an dieser Straßenecke mein Leben lang daran denken müssen, was mir am frühen 1. Januar 2008 ohne Vorwarnung durch den Kopf schießt, innen gegen meine Schädeldecke knallt und dann in kleiner werdenden Kreisen durch mein Hirn wabert.

Charlotte, denke ich – besser gesagt, denkt es mich – Charlotte, nun ist es so weit, du wirst dein Leben lang nach Silvesterpartys mit diesem Mann an deiner Seite nach Hause laufen. Egal, ob dieses Zuhause weiterhin die Altbauwohnung in der Breisacher Straße sein wird oder eine Doppelhaushälfte in Vaterstetten. Du wirst immer diese Hand halten, immer diesen Schritt neben deinem spüren, diese Stimme hören.

Und obwohl in meinem Inneren eine zweite Stimme laut wird, die ruft: Stopp, halt, nicht weiterdenken, hör auf damit!, spricht die erste Stimme weiter und lässt sich nicht zum Verstummen bringen. Als wir zum Rosenheimer Platz kommen, sagt sie: Charlotte, du wirst nie wieder einen anderen Mann küssen, nie wieder mit einem anderen schlafen, nie wieder neben einem anderen aufwachen und einschlafen. Ihr seid jetzt eine Familie. Das heißt, dass ihr zusammenbleiben müsst, ob du willst oder nicht.

Woher kommt jetzt auf einmal diese böse Stimme? Eben war ich doch noch froh und glücklich, dass meine Hand in Franks warmer Hand liegt, dass er es ist, mit dem ich nach Hause gehe und der der Vater meines Kindes ist. Schon klar, dass es immer zwei Seiten gibt, aber ich hätte gut darauf verzichten können, die andere Seite kennenzulernen, ausgerechnet um drei Uhr früh am Neujahrsmorgen, wenn ich null Promille im Blut habe.

Aber mit den unerwünschten Gedanken ist es genauso wie mit den uneingeladenen Gefühlen – es sind die, die sich am hartnäckigsten in einem festbeißen und sich nicht so einfach wieder abschütteln lassen. Und so kommt es, dass ich um halb vier im Bett liege, todmüde bin und nicht schlafen kann, während

Frank neben mir selig schnarcht. Ich sehe ihn an. Beziehungsweise gucke ich dorthin, wo ich seinen Kopf vermute. Am
Schnarchen höre ich, dass er mir den Rücken zudreht. Langsam
gewöhnen sich meine Augen an die Dunkelheit, die nicht ganz
schwarz ist, weil durch die Jalousien ein bisschen Straßenlater-
nenlicht ins Zimmer fällt. Ich erkenne Franks Hinterkopf mit
den dichten, dunklen Haaren, die von ein paar silbernen Sträh-
nen durchzogen werden, die ich sehr mag. Aber was ist das? Ich
kneife die Augen zusammen und versuche, mehr zu erkennen.
Aber es ist zu dunkel. Also taste ich nach dem Schalter meiner
Nachttischlampe und knipse sie an. Und im Schein der Lampe
sehe ich es ganz deutlich: Frank beginnt, am Hinterkopf die
Haare zu verlieren! Da schimmert ganz eindeutig ein wenig
Kopfhaut durch.

Ich schäme mich fürchterlich für meine Oberflächlichkeit, aber
ich kann mir nicht helfen. Diese Entdeckung verstärkt mein Be-
klemmungsgefühl, das die Stimme, die in der Rablstraße zu
sprechen begann, in mir ausgelöst hat.

»Ist was passiert? Geht's dir nicht gut?«
Ich zucke zusammen. Das Schnarchen hat aufgehört, und Frank
sieht mich verschlafen an. Die beginnende Hinterkopfglatze ist
aus meinem Blickfeld gerückt.
»Nein, nein, alles klar!«
»Liebling, darf ich dich was fragen?«
»Klar«, sage ich. Hoffentlich fragt er mich jetzt nicht, ob ich ihn
heiraten will. Das wäre kein gutes Timing.
»Warum machst du mitten in der Nacht das Licht an und starrst
mich an?«
Gute Frage.
»Gute Frage.«
Ich kann ihm schlecht von meiner Haarausfallentdeckung er-
zählen und schon gar nicht davon, welche fiesen Gedanken sie
bei mir ausgelöst hat. Schon gar nicht um vier Uhr früh. So
kennt Frank mich nicht, und ich habe nicht vor, das zu ändern.

»Ich bin es einfach nicht gewöhnt, dieses Leben ohne Alkohol«, jammere ich also, »ich kann nicht schlafen!«

»Mach dir halt einen Schlaftee.«

»Bäh.«

»Oder eine Wärmflasche. Du hast sicher wieder kalte Pfoten, oder?« Er taucht unter die Bettdecke und testet die Temperatur meiner Füße.

»Machst du mir eine?«

Frank stöhnt gequält, kann meinem flehenden Blick aber nicht lange widerstehen, krabbelt knurrend und leise fluchend aus dem warmen Bett und tappt barfuß und gähnend in die Küche, aus der ich kurz darauf das Zischen und Knattern des Wasserkochers höre. Jetzt nicht einschlafen, denke ich. Jetzt nicht einschlafen. Das wäre unfair. Wenn er schon extra … Nicht einschlafen. Nicht … einschlafen. Nnn … einschl …

12. WOCHE

(6. BIS 13. JANUAR 2008)

Mittwoch

Mein Handy piept. »Vier neue Kurzmitteilungen empfangen«. Ich freue mich. Vier SMS auf einmal, das passiert selten, und ich habe heute nicht mal Geburtstag.

»Nachrichtenübermittlung an MaPi fehlgeschlagen«, lautet Kurzmitteilung Nummer eins, »Nachrichtenübermittlung an Miriam/D1 fehlgeschlagen« Nummer zwei. Ich ahne dunkel, was sich hinter der dritten und vierten SMS verbirgt. Die ganze Mühe des individuellen Neujahrs-SMS-Textens war umsonst. Warum passiert das Fehlschlagen nie mit Kurzmitteilungen, die man im Suff schreibt? Hmpf.

Noch eine Woche bis zu meinem nächsten Frauenarzttermin. Und ich mache mich völlig verrückt. Stundenlang sitze ich vor dem Laptop und surfe im Internet. In meinem Schwangerschaftsforum gibt es ein Unterforum, das »Zu früh gefreut« heißt, ein Titel, den ich überdenkenswert finde. Dabei soll er eigentlich nur das schlimme Wort »Fehlgeburt« verschleiern. Denn darum geht es in diesem Forum. Um Frauen, die ihre Babys verloren haben. Manche ganz früh, in der fünften Woche, manche in der elften Woche. Und einige hat es besonders hart getroffen. Sie haben ihr Baby tot auf die Welt bringen müssen, manchmal nur ein paar Tage vor dem errechneten Geburtstermin. Ich weiß, dass ich ihre Berichte nicht lesen sollte. Sie lassen mir Tränen des Mitgefühls übers Gesicht laufen.

Ich weiß, dass diese Lektüre nicht gut für mich ist. Viel zu viele negative Schwingungen, zu viel Angst, das ist sicher nicht gut für meine Erdnuss. Aber ich kann einfach nicht aufhören. Ich versuche, mir einzureden, dass ich die kritischste Zeit schon hinter mir habe und dass das Risiko eines Abgangs signifikant sinkt, wenn man erst das Herz des Kindes hat schlagen sehen. Aber kaum habe ich mich einigermaßen beruhigt, stolpere ich über den Beitrag einer Frau, die ihr Baby in der 13. Woche verloren hat. Gerade als sie sich in relativer Sicherheit wiegte und aufatmete, weil sie die ersten zwölf Wochen überstanden hatte. O mein Gott. Bitte nicht. Ich könnte es nicht ertragen. Ich bin nicht so stark wie diese Frauen im Forum, die das überstehen und es nach ein paar Monaten einfach weiter versuchen. Und ich bin schon dreiunddreißig.

Ich bin kurz davor, ohne Termin bei meiner Frauenärztin vorbeizufahren und um einen Ultraschall zu betteln, als mich Katrin mit einem Anruf rettet.

»Hey Süße, gutes neues Jahr!«

»Dir auch! Leider ist meine Neujahrs-SMS nicht angekommen. Habe ich aber gerade erst gemerkt, sorry.«

»Macht nichts. Wie geht's dir?«

»Gut. Viel zu gut.«

»Hä?«

»Ich fühle mich vollkommen unschwanger«, jammere ich und berichte Katrin von meiner Sehnsucht nach einer Übelkeitsattacke, einem Fressanfall, schmerzenden Brüsten, nach irgendeinem Zeichen, dass meine kleine Erdnuss noch lebt.

»Natürlich geht es deinem Baby gut«, sagt Katrin, »deine Ängste sind ganz normal! Ich kenne keine Mutter, die sich keine Sorgen gemacht hat.«

»Hm, ich schon.«

»Ja, aber nur, weil sie es nicht zugegeben haben – oder weil du erst nach der zwölften Woche von ihren Schwangerschaften erfahren und die Angstphase nicht mitbekommen hast.«

Das ergibt Sinn. Ich entspanne mich ein wenig.

»Charlotte, du bist doch nun schon so weit. Die Gefahr sinkt mit jedem Tag. Denk mal ein bisschen positiver.«

»Du hast ja recht. Aber …«

»… und hör auf, im Internet zu surfen! Das ist nicht repräsentativ. Die vielen Millionen Frauen, die gesunde Babys zur Welt gebracht haben, schreiben nämlich nicht in solchen Foren.«

Ich fühle mich ertappt und schließe schnell den Browser.

»Wie war eigentlich deine Silvesterparty?«, frage ich.

»Sehr lustig«, sagt Katrin, »und stell dir vor … ich habe jemanden kennengelernt!«

Ich schäme mich ein bisschen. Heute ist der 9. Januar, und in den ersten neun Tagen des frischen Jahres habe ich mich nur mit mir selbst beschäftigt. Vor lauter Embryosorgen habe ich sogar vergessen, dass Katrin 2007 noch ihren Mann des Lebens kennenlernen wollte.

»Echt? Erzähl. Wann genau?«

Katrin kichert. »Ich war doch mit Miri auf der WG-Party dieser Jungs, die wir eigentlich beide nicht kannten. Einer von denen ist der Bruder eines ehemaligen Kollegen von Miris Ex-Mitbewohner. Egal. Ziemlicher Männerüberschuss auf der Feier. Aber eher so die BWLer-Fraktion, du weißt schon. Blau kariertes Hemd mit V-Ausschnitt-Pulli darüber, Jeans, brauner Ledergürtel, Puma-Sneakers. Typen, die dich nicht nach der Handynummer fragen, sondern dir sagen, dass sie dich ›bei XING adden‹ werden. Gruselig.«

»Aber du hast doch gesagt …«

»Ich war ja noch nicht fertig!« Sie freut sich hörbar darüber, ihre Geschichte erzählen zu können.

»Es war zwanzig vor zwölf, als mich ein Mann am Buffet fragte, ob wir uns die letzte Crème Brûlée teilen wollen.« Katrin liebt Crème Brûlée. Volltreffer.

»Das ist ja ziemlich romantisch! Erzähl weiter.«

Und meine Freundin berichtet mir von Sebastian, mit dem sie sich nach dem gelungenen Crème-Brûlée-Auftakt so gut unterhielt, dass beiden die allgemeine Hektik kurz vor Mitternacht entging und sie plötzlich alleine in der Wohnung waren, weil alle anderen unten auf der Straße auf das neue Jahr anstießen. Als sie das erzählt, überfällt mich eine Vision.

»Aber du hast nicht ... ich meine, du bist nicht gleich mit ihm ...«, frage ich vorsichtig.

»Wo denkst du hin! Ich bin doch lernfähig. Nein, wir hatten keinen Sex. Wir haben nicht mal geknutscht! Das haben wir gestern zum ersten Mal getan. Im Auto vor meiner Haustür. Gefühlte drei Stunden lang. Und du hattest recht. Es ist ja so romantisch, wenn man sich Zeit lässt!«

»Na ja, mit Zeit lassen meinte ich eigentlich nicht eine Woche ...«

»Also nun mach aber mal halblang. Für mich ist das schon sehr lang. Lob mich lieber mal!«

Ich lobe. Und fordere Details. »Wie alt ist er, wie sieht er aus, was macht er? Wein oder Bier? Bayern oder Sechzig? Münchner oder Zugereister? Auto oder Fahrrad? Fitnessstudio oder Joggen?«

Sebastian scheint mir ein Bier trinkender, mittelgut aussehender Münchner IT-ler mit Kleinwagen zu sein, der Judo macht und sich nicht für Fußball interessiert. Klingt eigentlich ganz gut. Bis auf Judo – das ist irgendwie Achtzigerjahre, mit den ganzen Gürteln und so. Ich kenne niemanden, der heute noch ernsthaft Judo macht. Aber im besten Fall kann man das Sebastian als liebenswerte Originalität auslegen. Schlimmer finde ich, dass er sich nicht für Fußball interessiert. Ich weiß nicht, warum, aber für mich gehört das einfach zusammen – Männer und Fußball. Und die Männer, die nichts mit diesem Sport anfangen können, weder aktiv noch passiv, sind alle ein bisschen seltsam. »Andererseits immer noch besser, er gibt es zu«, teile ich meine Gedanken mit Katrin, »es gibt nichts Schlimmeres als Männer, die so tun, als interessierten sie sich für die Bundesliga, und die dann keine Ahnung haben und schön essen gehen wollen, während Bayern in der Champions League gegen Real Madrid spielt!«

»Ehrlich gesagt ist mir das ziemlich egal, ob er Fußball mag oder nicht«, sagt Katrin, »wichtiger ist mir, dass er nicht mehr bei Mama wohnt, einen akzeptablen Musikgeschmack hat und dass ich ihn einfach mag!«

»Mag?«

»Na ja, wir kennen uns gerade mal neun Tage. Dafür ist mögen doch ganz gut.«

»Klar«, beeile ich mich zu sagen, »aber so richtig verliebt klingt das ja nicht …«

»Look who's talking.«

Sie hat recht. Ich sollte zu diesem Thema gar nichts sagen. Von dem Zeitpunkt, an dem ich Frank kennenlernte, bis zu dem, an dem wir ein Paar wurden, verstrichen anderthalb Jahre. Frank war mein Kollege in meinem ersten Job. Ich arbeitete damals in der PR-Abteilung der *Süddeutschen Zeitung*, und Frank war dort Jungredakteur. Alle anderen Mädels fanden ihn toll. Seine braunen Augen, die dunklen Locken, das verschmitzte Lachen, die weißen Zähne und seine überaus charmante und immer gut gelaunte Art. An mir prallte diese jedoch komplett ab – eigentlich stehe ich nämlich auf blonde, eher schwedisch aussehende Männer mit blauen Augen. Und Leute, die immer gut drauf sind, sind mir von Haus aus suspekt. Trotzdem fand ich Frank nett, und er war ein toller, loyaler Kollege, mit dem man viel Spaß haben konnte. Monatelang arbeiteten wir fröhlich zusammen und kamen nicht mal auf die Idee, privat etwas miteinander zu unternehmen. Für Frank passte ich nämlich genauso wenig ins Beuteschema wie er in meines, erzählte er mir Jahre später. Seine Freundinnen vor mir waren allesamt blond, pferdeschwänzig, unglaublich sportlich und 24 Stunden am Tag energiegeladen. Ich dagegen bin brünett, habe kurze Haare und noch nicht die Sportart gefunden, die mich so sehr begeistert, dass ich ihr zuliebe nach der Arbeit mein Sofa verlasse oder auf einen Abend in der Kneipe verzichte. Überhaupt bin ich nicht so der hektische Typ. Ich liebe die Gemütlichkeit. Abenteuer mag ich nur auf Reisen, ansonsten gehe ich Aktivitäten wie Riverrafting oder Eisklettern lieber aus dem Weg.

Trotzdem verstanden Frank und ich uns prächtig. Und dann kam ein Abend auf dem Oktoberfest. Ein Jahr kannten wir uns da schon. Wir verbrachten diesen – im Nachhinein betrachtet entscheidenden – Abend der Beziehungsanbahnung nicht zusammen. Die PR-Abteilung ging zusammen mit Marketing, Disposition und Anzeigenabteilung ins Hacker-Zelt, während die Redaktion im Hippodrom war. Klar, die Journalisten mussten natürlich dort hin, wo sich die Promis tummeln. Nach genau anderthalb Maß Bier, ich weiß es noch wie heute, sandte ich Frank die erste SMS, die ich ihm je schickte. Ich habe sie bis heute aufgehoben, und sie hat neun Handys überdauert.

Na, wie isses im Hippodrom? Tanzt du schon auf der Bank? Nettes Weibsvolk anwesend?

Franks Antwort kam prompt und warf mich etwas aus der Bahn.

Langweilig ist es. Banktanzverbot wegen Empore :-(. Weibsvolk? Interessiert mich nicht. Denn du bist ja nicht da.

Wieder ein Moment in meinem Leben, der ohne Alkohol komplett anders verlaufen wäre. Denn ich trank rasch meine zweite Maß aus und textete zurück:

Och. Wäre auch lieber da, wo du bist. Schade eigentlich.

Wir flirteten den ganzen Abend weiter und versuchten, uns per SMS für das After-Wiesn-Clubbing im Zoozie'z zu verabreden. Allerdings wurde daraus nichts, denn ich war nach sieben Stunden Bierzelt und drei Litern Hacker-Pschorr einfach zu müde und zu betrunken, um mich noch ins Zoozie'z zu schleppen. Und Frank gab später zu, dass er zwar noch kurz dort war, aber nicht böse, dass er mich nicht fand.

Als die Wiesn vorbei und wir wieder nüchtern waren, ging es zwischen uns so weiter wie vorher. Soll heißen, es gab kein ›zwischen uns‹. Nur das SMS-Schreiben behielten wir bei. Telefoniert haben wir nie, aber Hunderte von Kurzmitteilungen getippt. Meistens harmlos und manchmal, meist unter Alkoholeinfluss, flirtend, aber nie so, dass man es im Ernstfall nicht als Spaß hätte abtun können. Ganz, ganz langsam verliebten wir uns ineinander. Ich merkte, dass ich mich morgens mehr darauf freute, ins Büro zu fahren. Dann kam die nächste Stufe: Für mich hieß es nicht mehr »Thank God, it's Friday«, sondern »Ach, schon wieder Freitag«. Dann wurden auf einmal Tage, an denen Frank nicht im Büro war, langweilig und öde. Und bei SMS Nummer 1369 war es dann so weit: Wir wechselten vom Kollegialen ins Private und gingen zusammen ins Kino. Als Kollegen betraten wir den Saal, als Paar verließen wir ihn. Nicht, dass während des Films irgendetwas zwischen uns passiert wäre, nein. Kein wildes Knutschen, nicht mal ein Kuss. Aber als Frank dann draußen auf der Sonnenstraße wie selbstverständlich meine Hand in seine nahm und wir schweigend durch den Winterabend gingen, war es klar: Wir waren ein Paar.

Verliebt, richtig verliebt habe ich mich erst Wochen später. Dafür aber umso heftiger. Und das hielt ganze drei Jahre lang an.

»Hast recht«, sage ich zu meiner Freundin, »dieses Ding mit dem Blitzschlag wird sowieso überbewertet. Mensch, ich freu mich so für dich. Unglaublich, dass es doch noch geklappt hat. Und du hast ihn tatsächlich noch 2007 kennengelernt!«

»Ja, hab ich doch gesagt«, lacht Katrin. Dann wird ihre Stimme ernster: »Das Blöde ist nur, dass ich doch übermorgen in den Urlaub fliege ...«

»Stimmt, das hatte ich ganz vergessen! Fuerteventura wieder, gell?«

Aus mir unerfindlichen Gründen liebt Katrin diese Insel, die ich leider in einem Anflug von »Egal, Hauptsache Sonne und Meer«-Irrglauben auch schon mal besucht habe und auf der es nichts gibt außer Steinen, ein paar schönen Stränden und dem Club, in den Katrin jedes Jahr fährt. Aber solange ich nicht mitmuss, gönne ich ihr den Spaß.

»Ja, und diesmal fast drei Wochen!« O Gott, drei Wochen auf Fuerteventura, und ich wäre reif für Erholungsurlaub auf einem Bio-Bauernhof im Bayerischen Wald.

»Aber Sebastian ist zum Glück selbst nicht da. Er fliegt ziemlich genau zur gleichen Zeit für drei Wochen nach Bali.«

»Na, dann passt es doch. Dann könnt ihr euch jetzt zwanzig Tage lang ganz furchtbar vermissen, und wenn ihr beide erholt und gebräunt wieder·da seid, startet ihr durch. Und habt euch gleich eine Menge zu erzählen.«

»Genau. Ach, Charlotte. Das ist alles so romantisch. Und Frau W. hatte doch recht! Vielleicht solltest du auch mal zu ihr gehen?«

»Wieso, ich hab doch einen Kerl, ich brauche keine Wahrsagerin«, antworte ich und merke eine halbe Sekunde später, wie überheblich das klingen muss. Deswegen schiebe ich schnell hinterher: »Wobei ich mich ehrlich gesagt manchmal frage, ob Frank wirklich der Mann ist, mit dem ich den Rest meines Lebens verbringen möchte ...«

»Charlotte! Spinnst du?«

»Nee, ehrlich.« Ich berichte Katrin von meinem Gedankenerlebnis Hochstraße Ecke Rablstraße. Und von meiner Entdeckung, dass die Dichte der Locken an Franks Hinterkopf abnimmt.

»Charlotte, du spinnst komplett«, findet Katrin und klingt gar nicht amüsiert. »Das müssen die Schwangerschaftshormone sein. Anders kann ich mir das echt nicht erklären. Hör mal! Du hast ein Goldstück von Mann, der alles für dich tut. Frank liebt dich. Er ist gut zu dir. Ihr versteht euch gut. Und – obwohl das nicht wichtig ist – er sieht auch noch gut aus. Was willst du denn mehr?«

»Nicht mehr. Was anderes ... vielleicht«, versuche ich mich zögernd zu rechtfertigen.

»Und falls du es vergessen hast: er ist der Vater deines Kindes!«, übergeht Katrin meinen Einwurf. »Echt, Charlotte, entschuldige bitte, aber hör auf zu spinnen und erzähl den Quatsch deiner Sanduhr.«

»Parkuhr.«

»Hä? Was?«

»Schon gut.« Ich beeile mich, das Thema rasch wieder auf Sebastian zu lenken. Ich kann Katrins Empörung sogar verstehen. Wenn mir eine schwangere Freundin so etwas erzählen würde, würde ich ähnliche Worte dafür finden. Dazu kommt, dass Frank und ich in unserem Freundeskreis den Status des Vorzeigepaares innehaben, skandalfrei und happy-ever-after, wie Michael und Corinna Schumacher, Heino und Hannelore und Christian Neureuther und Rosi Mittermaier. Nicht gerade ein Club, in dem man Mitglied sein möchte. Aber wir wurden ja nicht gefragt. Nicht mal die Tatsache, dass wir nie geheiratet haben, stört die anderen. Da hört man tatsächlich Gemeinplätze wie »Wahre Liebe braucht keinen Trauschein«, und Katrin findet unsere wilde Ehe natürlich hochromantisch.

Vielleicht sollte ich mir doch mal eine Sanduhr besorgen.

13. WOCHE

(13. BIS 20. JANUAR 2008)

Montag

Eine SMS vor acht Uhr morgens. Die kann eigentlich nur von Tom sein, der sicher schon beim ersten Kaffee in seinem Büro sitzt. Was Tom macht, weiß ich leider nicht, obwohl ich ihn schon oft danach gefragt habe und er mir schon oft davon erzählt hat. Ich weiß nur, dass er Physik studiert, klammheimlich seinen Doktor gemacht und nun einen Job in einem Unternehmen hat, das Solartechnik herstellt. Aber ich wusste auch bei meinem Vater dreißig Jahre lang nicht, was er den ganzen Tag tat, und der war Filialleiter einer Bank.

> Juhu! 12 Wochen vorbei! Glückwunsch, Bald-Mami :-) Wusste doch, dass alles gutgeht. Du bist einfach ein Glückskind! Freu mich auf Ultraschallbilder. LG, Tom

lautet die Kurzmitteilung. Ich will zurückschreiben, dass ich erst am Mittwoch erfahren werde, ob das kleine Wesen in mir noch lebt, ob sein Herz noch schlägt und dass man es leider meist nicht spürt, wenn es das nicht mehr tut, wie ich aus dem Forum »Zu früh gefreut« weiß. Aber als ich die SMS getippt habe, kommt mir der Text schwarz auf weiß doch ein bisschen zu krass vor, und ich drücke auf »abbrechen«. Meldung speichern? Nein.

Stattdessen stehe ich auf und schleppe mich unter die Dusche. Während das heiße Wasser von oben auf meinen Kopf prasselt, überprüfe ich meinen Körper. Ist mir schlecht? Nein, gar nicht. Im Gegenteil. Ich habe Hunger. Bewegt sich da etwas in meinem Bauch? Es soll ja vereinzelt Frauen geben, die ihr Baby schon in der 13. Woche spüren können. Die glücklichen. Aber bei mir tut sich da gar nichts. Und von einem Bäuchlein ist noch nicht mal ein Ansatz zu erahnen. Frustriert und ängstlich räume ich die Dusche für Frank und überlege kurz, ob er nicht eigentlich der richtige Adressat für meine Sorgen wäre. Aber immerhin ist er der Vater der Erdnuss, und ich glaube, seit ich ihm erklärt habe, wie labil so eine Frühschwangerschaft ist, macht er sich noch mehr Sorgen als ich. Und irgendwie fühle ich mich verpflichtet, ihn nicht noch weiter zu beunruhigen. Für ihn muss es ja fast noch schlimmer sein als für mich. Immerhin findet das Ganze außerhalb seines Körpers statt. Nicht, dass ich etwas tun könnte, um das Baby zu behalten. Aber Frank muss sich noch machtloser fühlen.

In der Küche werfe ich die Espressomaschine an und eine Kapsel ein. Ein Kaffee mit Koffein morgens muss sein und ist unbedenklich, ich habe es natürlich nachgelesen. Als mir der anbetungswürdige Duft des frisch gebrühten Espressos in die Nase steigt und ich gerade beschließe, dass dieser Tag doch noch mein Freund werden könnte, schleicht sich auf einmal meine Freundin Angela in meine Gedanken, die mir vor einem Jahr mal erzählte, wie sie bemerkte, dass sie schwanger war: »Ich konnte auf einmal keinen Kaffee mehr riechen«, hatte sie gesagt, »weißt du, ich, der Latte-macchiato-Junkie, mochte das Zeug plötzlich nicht mehr. Da war mir klar, dass etwas faul war.«

»Jede Schwangerschaft ist anders«, sage ich in strengem Tonfall zu meinem Espresso und dann zu mir selbst: »Nun werd bloß nicht hysterisch!«

»Wer ist hysterisch?«

Ich lasse beinahe die Espressotasse fallen.

»Frank! Hast du mich erschreckt!«

Mein Freund steht nackt in der Küchentür und sieht gut aus. Bei seinem Anblick muss ich daran denken, dass wir schon länger keinen Sex mehr hatten. Genauer gesagt, seit dem positiven Test Anfang Dezember nicht mehr. Und es ist mir bis jetzt gar nicht aufgefallen! Ihm auch nicht? Ich werfe einen prüfenden Blick in sein Gesicht und dann auf seinen Penis. Beide sehen ziemlich entspannt aus.

»Was schaust du mich denn so an? Noch nie 'nen nackten Mann gesehen?«, fragt Frank und kreist grinsend mit den Hüften, als wolle er einen unsichtbaren Hula-Hoop-Reifen oben halten. Flap-flap-flap macht es. Ich muss lachen und bin mir gleichzeitig sicher: Er denkt gerade an vieles, aber nicht an Sex.

»Also, wer ist hysterisch?«

»… Katrin.«

»Katrin … hysterisch?« Frank runzelt die Stirn. Hätte ich doch lieber »Becky« gesagt, das wäre glaubwürdiger gewesen.

»Erzähl ich dir heute Abend«, verspreche ich und hoffe, dass bis dahin sein Interesse an meinen Weibergeschichten signifikant gesunken ist.

»Okay«, sagt er, lässt seinen Penis noch einmal propellerartig durch die Luft kreisen und verschwindet dann popowackelnd aus der Küchentür. Ich muss lachen und vergesse für einen kurzen Moment, wovor ich Angst habe.

Der Tag verläuft in Wellen. Im Büro bin ich zunächst gut abgelenkt. Ich habe nämlich vor lauter Espresso, Babysorgen und wirbelnden Penissen völlig vergessen, dass um neun Uhr eines dieser superwichtigen Projektmeetings begonnen hat. Begonnen hat, nicht beginnt, denn als ich meine verwaiste Arbeitsstätte betrete, ist es halb zehn.

»Nanu, wo sind die denn alle?«, erkundige ich mich bei Silvie, unserer Büroassistentin, »blauer Montag heute?«

»Nee. Spaghetti Vongole«, sagt Silvie und sieht mich verwundert an. Da fällt mir das Meeting wieder ein. Unsere Agenturchefs fanden es lustig, die Konferenzräume nicht einfach mit Nummern oder wenigstens Städtenamen zu bezeichnen, wie es in anderen Unternehmen der Fall ist, sondern mit Essbarem. Spaghetti Vongole ist der zweitgrößte Meetingraum. Der größte heißt Schweinshaxn, und die zwei kleineren hören auf die

Namen Crème Brûlée und Dolmadakia. Diese Namenswahl soll demonstrieren, wie kreativ und querdenkend unsere Agentur arbeitet, wie international und augenzwinkernd.

»Ach du Scheiße.« Die Woche fängt ja gut an. Hektisch renne ich in mein Büro, werfe Wintermantel, Schal, Mütze und Handschuhe von mir, klemme mir mein MacBook unter den Arm und suche währenddessen wie jeden Tag nach dem UMTS-Stick. Ich liebe die moderne Technik, aber warum muss ausgerechnet etwas so Wichtiges wie dieses Ding so winzig und unscheinbar wie ein USB-Stick sein? Jeden Tag nehme ich mir aufs Neue vor, dem Teil einen speziellen Platz zu geben, an den ich es immer zurücklege, wenn ich es nicht mehr brauche. Das geht dann drei Tage lang gut, und danach fängt die Schlamperei von vorne an. Bisher habe ich den Stick immer wiedergefunden. In meinem Geldbeutel, in der Hosentasche, in einer leeren Kaffeetasse und einmal sogar im Blumentopf, der auf der Fensterbank steht. Meistens aber versteckt er sich unter den Papieren, die quer über meinen Schreibtisch verteilt sind. So auch heute, vermute ich und fege kurzerhand den ganzen Quatsch vom Tisch. »Klick-klack«, macht es auf dem Parkett, und schon habe ich ihn, meinen mobilen Internetzugang.

Jemand räuspert sich.
In der Tür steht mein Kollege Christian und sieht mich kopfschüttelnd an. »Kommst du?«, fragt er nur, »wir haben schon angefangen, aber es lohnt sich noch!«
»Bin schon da, sorry«, sage ich und streiche mir eine Haarsträhne hinters Ohr. In Romanen haben die Heldinnen ja fast immer widerspenstige Locken, ist mir mal aufgefallen, Haare, die ihre Besitzerinnen ärgern, indem sie ein bisschen wild aussehen und sich nicht bändigen lassen. Das Problem hätte ich auch gerne mal. Meine Haare sind nur widerspenstig, wenn ich sie im feuchten Zustand mit zwei Handvoll extrastarkem Schaumfestiger behandle und dann auf große Wickler drehe.

Tue ich das nicht, fehlt ihnen einfach der Elan. Sie hängen dann entweder einfach herunter oder laden sich auf und stehen zu Berge. Aber nicht wild-und-sexy widerspenstig, sondern nur elektrostatisch.

»Frau Frost? Fröstchen?« Christian winkt mir zu. Schweigend gehen wir in Spaghetti Vongole.

»Hab sie gefunden«, sagt Christian und schiebt mich auf meinen Platz.

»Sorry«, sage ich zu den anderen Projektgruppenmitgliedern und vor allem zu meiner Chefin, die dummerweise auch am Meeting teilnimmt, »tut mir echt leid. Ich hab verschlafen.« Erfahrungsgemäß ist es besser, die Schuld nicht auf die Münchner U-Bahn zu schieben. Meine Kollegin Harriet würde so eine Ausrede bloß mit »Komisch, ich dachte immer, du gehst zu Fuß ins Büro« kommentieren. Und ich müsste dann wieder Nagellackentferner in die Hydrokulturkügelchen ihres Ficus Benjamini gießen. Das ist doch pubertär.

Meine Chefin quittiert meine Entschuldigung mit einem knappen Kopfnicken und geht gleich zur Tagesordnung über. Unglücklicherweise ist dieses Montagmorgenmeeting auch noch eines, in dem es um einen besonders anspruchsvollen Kunden geht. Unsere Aufgabe ist es, für seine neue Coffeeshop-Kette eine multimediale Marketingkampagne zu entwickeln. Ich bin zusammen mit zwei Kollegen für das Thema Internet zuständig. Leider hat der Kunde wenig Ahnung von diesem Medium, wodurch sein Besserwisserfaktor automatisch um ein Vielfaches steigt. Aber das darf ich natürlich nicht einmal laut denken, schließlich sind wir der Dienstleister und der Kunde nicht nur König, sondern Goldenes Kalb.

Die Besprechung läuft nicht gut. Ich bin suboptimal vorbereitet, und ich hasse das. Immer häufiger streiche ich mir die Haarsträhne hinters Ohr, immer mehr Füllwörter plätschern aus meinem Mund, weil mir die konkreten Inhalte fehlen. Kurz bevor ich nervöses Nasenbluten bekomme, rettet mich Skype.

Meine Chefin hat ihren Laptop an den Beamer angeschlossen und zeigt an der Wand das Briefing des Kunden, als auf einmal mit einem fröhlichen Blubb ein Gesprächsfenster aufpoppt und die versammelte Mannschaft liest, was Clemens Thaler, der zweite Geschäftsführer, meiner Chefin schreibt:

> Hey, Schöne der Nacht. Still vibrating. Du machst mich vollkommen verrückt. xxx C.

Meine Chefin wird knallrot und klickt hektisch das Skype-Fenster weg. Zu spät. Wir sind alle aufs Schnelllesen trainiert und haben die zwei Zeilen innerhalb einer Sekunde erfasst. Und während die Chefin sich sehr schnell fängt und in scheinbarer Ruhe mit dem Briefing fortfährt, ärgere ich mich. In Zukunft werde ich immer »Schöne der Nacht« denken müssen, wenn ich sie anspreche. Hoffentlich rutscht mir das nicht irgendwann mal raus. Doch gut, dass ich jetzt lange keinen Alkohol trinken darf.

Was auch immer genau an Clemens vibrierte: es hat den Vorteil, dass meine mangelnde Vorbereitung ins Vergessen gerät und ich schnell ein paar Stichpunkte in den Mac tippen kann, bevor ich wieder an der Reihe bin. Zwei Stunden später sind wir alle heilfroh, Spaghetti Vongole verlassen zu können.

»Na, gehen wir jetzt eine Schweinshaxn essen?«, fragt Christian in die dezimierte Runde, nachdem die Chefin sich in ihr Büro eingeschlossen hat, vermutlich um dem vibrierenden Clemens die Leviten zu lesen.
»Au ja! Mit Knödeln und viel Sauce!«, begeistere ich mich und greife schon mal meinen Mantel und Schal. Meine Kollegen sehen mich verwundert an. Ich bin zwar keine Vegetarierin, aber auch nicht gerade als Fan der bayerischen Hausmannskost bekannt. Vor allem nicht vor ein Uhr mittags.
»Ich hab heute noch nichts gegessen«, sage ich entschuldigend,

und dann fällt mir auf, dass Christian nur einen Wortwitz gemacht hat, eine Anspielung auf unseren größten Konferenzraum. Ist echt nicht mein Tag.

Als der Stress am Nachmittag nachlässt, kehren die Sorgen zurück. Ich mache mir einen Kaffee. Koffeinfrei. Die Kapseln habe ich extra gekauft und bewahre sie heimlich in meiner Schreibtischschublade auf. Wenn ich jetzt an das Meeting von heute Morgen zurückdenke, kommt mir alles so albern vor. Die Blicke meiner Chefin ob meiner Verspätung. Meine Panik, weil ich nicht vorbereitet war. Die vielen Extrawünsche des Kunden, sein kompliziertes Briefing. Und der vibrierende Clemens. Dabei geht es doch nur um einen Coffeeshop. Als ob es in den deutschen Städten noch nicht genug davon gäbe. Starbucks, San Francisco Coffee Shop, Coffee Fellows und so weiter. Und jetzt noch einer. Mr Bean soll die Kette heißen. Von den anderen Läden dieser Art soll Mr Bean sich dadurch abheben, dass die Einrichtung nicht »clean« und »loungig« ist, sondern »gemütlich« und »individuell«. Sprich, sie wollen die Läden mit Möbeln vom Trödler und vom Antikmarkt ausstatten und Bücher in die Regale stellen statt Zeitschriften. Ich frage mich ehrlich, worin dann der Unterschied zu einem normalen Café bestehen soll. Aber für solche Fragen werde ich nicht bezahlt. Wozu mache ich das hier eigentlich alles? Wozu schlage ich mir oft die Abende und manchmal die Nächte im Büro um die Ohren, kämpfe um kreative Einfälle, bastle an Präsentationen, warum zum Teufel stecke ich meine gesamte Energie in Coffeeshops?

Obwohl mir die Lust am Kaffee vergangen ist, nehme ich den Becher mit und gehe ins Treppenhaus. Die oberste Etage unseres Bürogebäudes ist nicht belegt, und zwischen dem fünften, unserem, und dem sechsten Stockwerk kann man sich ungestört zurückziehen. Die Fenster haben dort tiefe Nischen, in denen man schön sitzen und über die Dächer von Haidhausen gucken kann. Hierhin habe ich schon manches Mal mein MacBook mitgenommen und die besten Ideen gehabt. Heute aber rufe ich Tom an.

»Hey, ich bin's, störe ich grad?«

»Nee, gar nicht, ich mache gerade eine Rauchpause.«

»Danke für die SMS von heute früh.«

»Na klar doch, der Tag stand fett in meinem Kalender! Endlich sind die zwölf Wochen rum!«

»Hm, ja. Ich war aber noch nicht beim Arzt. Hab erst am Mittwoch den Termin.«

»Das weiß ich, und ich weiß auch, dass das Risiko nicht von einem Tag auf den anderen bei null ist. Aber Charlie, ich hab dir doch gesagt, dass du keine Angst haben musst. Du bist ein Glückskind. Ich bin mir wirklich ganz, ganz, ganz sicher, dass alles okay ist. Vertrau mir.«

Er klingt wirklich sehr überzeugend. Ich fühle mich ein wenig besser.

»Soll ich mitkommen zum Arzt?«, fragt Tom und schiebt sofort hinterher: »Nein, Quatsch, Frank begleitet dich ja sicher, oder? Sorry. War eine blöde Idee.«

Ich hatte noch gar nicht darüber nachgedacht, Frank zu fragen, ob er zu meinem Frauenarzttermin mitkommen wolle, und ihm war das wohl auch nicht in den Sinn gekommen.

»Lieb von dir«, sage ich, »und nein, Frank hat sicher keine Zeit, aber ich schaffe das schon alleine. Danke.«

»Wann genau ist denn der Termin?«

»Am 16. um 8 Uhr.«

»Ich denke ganz fest an dich. Ab halb acht, spätestens. Und wenn du fertig bist, schickst du mir gleich eine SMS, okay?«

»Ja. Das mache ich.«

Warum hat Tom die Fähigkeit, mir so viel Mut zu machen? Warum nicht Frank? Ich muss an die vier Jahre denken, in denen es nicht klappte mit unserem Nachwuchs. Natürlich haben wir oft darüber gesprochen, aber eigentlich war immer ich diejenige, die zwischendurch verzweifelte, mit dem Schicksal haderte und mutlos war. Frank hingegen war sich immer sicher, dass es eines Tages klappen würde, er sprach mir Mut zu und ging scheinbar so entspannt mit der Situation um, dass ich ihm manchmal vorwarf, es sei ihm gar nicht ernst mit unserem Kinderwunsch. Ich habe aber nie tiefer nachgebohrt, wie es wirklich in ihm aussah.

»Charlie, weißt du was? Ich lade dich heute Abend zum Essen ein und ins Kino, und morgen Abend spielen wir Wii mit Markus und Sandra. Das wird dich ablenken. Und bevor du dich umschauen kannst, ist schon Mittwoch und du bekommst ein tolles neues Bild vom kleinen Racker!«
»Woher weißt du, dass es ein Er ist?«
»Das weiß ich halt einfach.«
»Damit bin ich aber nicht einverstanden. Mit Essengehen und Wii spielen allerdings schon!«

Ich bin so froh, dass ich Tom habe. Aufgeladen mit positiver Energie gehe ich wieder in mein Büro hinunter, lasse ohne schlechtes Gewissen den Coffeeshop Coffeeshop sein und surfe bei Facebook, Last.fm und Twitter, bis es halb sieben ist und ich den Computer ausschalten kann. Falls meine Chefin mich und mein Surfverhalten kontrollieren und es wagen sollte, zu meckern, muss ich ja einfach nur Skype erwähnen.

Dienstag

Ich habe Ärger mit Frank. Seiner Meinung nach sollte ich abends auf der Couch liegen, mich schonen und Kräutertee trinken. Dass ich verrückt werde, wenn ich einfach nur dasitze, will ihm nicht in den Kopf. Okay, ich hätte ihm gestern vielleicht sagen können, dass es später wird. Oder ihm überhaupt mitteilen, dass ich mit Tom indisch essen gehe und davor gar nicht mehr nach Hause komme. Normalerweise halten wir uns schon gegenseitig über unsere Freizeitaktivitäten auf dem Laufenden, obwohl wir kein Pärchen sind, bei dem der eine immer ganz genau weiß, wo der andere ist und was er gerade tut. Ich hatte noch nie Geheimnisse vor Frank – aber ich brauche meine Freiheit. Ich finde es furchtbar, wenn ich eine Freundin frage, ob sie mit mir etwas trinken geht, und sie dann etwas antwortet wie »Gerne, ich klär das mal mit Hannes ab«.

»Ich bin nicht krank, ich bin schwanger!«, fauchte ich heute Morgen Frank an, als er mich vorwurfsvoll ansah und sagte: »Gestern war es halb zwei! Ich hab den ganzen Tag nichts von dir gehört …«

»Ich war im Meeting! Spaghetti Vongole!«

»Aber sicher nicht den ganzen Tag.«

»Zwischendurch muss ich auch noch mal was arbeiten, und überhaupt, seit wann bin ich dir Rechenschaft schuldig?«

»Sag mal, suchst du Streit?«

»Ich? Wer hat denn angefangen?«

»Charlotte! Ich find's einfach nicht in Ordnung, wenn ich nicht weiß, wo du dich herumtreibst, und du dann mitten in der Nacht nach Hause kommst!«

»Ich treibe mich nicht rum. Ich war nur mit Tom essen.«

»Bis halb zwei?«

»Nein«, sagte ich giftig, »wenn du's genau wissen willst …«

»Ja, will ich.« Frank sah mich stur an, und links und rechts von seiner Nasenwurzel gruben sich zwei tiefe Kerben in seine Stirn.

»Meinetwegen. Wir waren von neunzehn bis einundzwanzig Uhr dreißig im Bombay Tandoori in der Rosenheimer Straße. Na ja, es kann auch Viertel vor zehn gewesen sein. Ich hatte Chicken Masala, dazu einen kleinen Salat und Apfelschorle. Danach sind wir spontan noch nach Schwabing gefahren und haben uns im Metropol Kino in der Feilitzschstraße *Control* angeschaut. Willst du die Handlung wissen?«

»Mein Gott, Charlotte, du kapierst es einfach nicht, oder?«, sagte Frank genervt. Und traf mich mit diesem Satz. Ich bin ziemlich empfindlich, wenn es um meinen Intellekt und meine Auffassungsgabe geht.

»Es geht nicht darum, dass ich dir nicht glaube, dass du mit Tom unterwegs warst«, fuhr Frank fort, »sondern darum, dass du, seit du schwanger bist, ständig unter der Woche erst mitten in der Nacht nach Hause kommst und ich mir Sorgen um dich mache. Um dich und um unser Baby, wohlgemerkt. Du musst doch auch mal schlafen!«

»Ständig ist ja wohl maßlos übertrieben«, gab ich zurück. »Ein Mal vor Weihnachten und jetzt gestern, das ist ja wohl nicht ständig!«

»Trotzdem mache ich mir Sorgen, verdammt.«

»Musst du aber nicht. Ich bin erwachsen.«

»Den Eindruck machst du momentan aber nicht.«

An diesem Punkt gingen mir die Argumente aus. Es war aber auch zu spät, um einzulenken. Heimlich nahm ich mir vor, Frank an diesem Abend nicht im Unklaren darüber zu lassen, wo ich sein würde, und beendete das Gespräch mit einem »Ich muss jetzt ins Büro«.

Jetzt ist es halb acht, und gleich werde ich aus der Arbeit zu Tom losfahren, um mit ihm, Markus und Sandra Wii zu spielen. Mein erstes Computerspiel seit den »Winter Games« auf dem C 64. Eigentlich hätte ich Frank fragen können, ob er nicht auch mitspielen möchte. Aber nach unserem Streit habe ich keine Lust auf seine Gesellschaft. Trotzdem werde ich ihn jetzt noch schnell anrufen, um ihm zu sagen, dass …

Mein Handy klingelt.

»Charlie? Bist du noch im Büro? Kannst du einen Beamer mitbringen? Ihr habt doch sicher einen, den du über Nacht mal ausleihen kannst?«

»Ich schau mal nach, Tom. Bis gleich.«

Da ich die Letzte im Büro bin, kann ich ungestört in Spaghetti Vongole, Schweinshaxn, Crème Brûlée und Dolmadakia nach einem Beamer suchen und finde tatsächlich einen. Eine halbe Stunde später bin ich in der Balanstraße.

Tom baut Beamer und Wii auf und erklärt mir, was ich mit dem Joystick machen muss. So viel anders als vor 20 Jahren ist das eigentlich nicht. Wir spielen zu viert Tennis und Fußball, wir boxen und schießen Tontauben, und ich habe so viel Spaß, dass ich nicht nur die Erdnuss in meinem Bauch vergesse und den morgigen Arzttermin, sondern auch mein Handy, das sich in meiner Handtasche befindet. Sehr tief unten in meiner Handtasche.

Dass es dort ungehört sieben Mal geläutet hat, merke ich erst, als ich total verschwitzt, außer Atem und glücklich im Taxi nach Hause sitze und mein Mobiltelefon aus der Tasche angle, um auf die Uhr zu sehen. Vier Anrufe in Abwesenheit. Drei Kurzmitteilungen. Die letzte lautet:

> Kann nicht schlafen. Wo bist du?!? Ich bin dir doch scheißegal.

Oh, Mist. Mir wird ganz heiß. Ich habe völlig vergessen, Frank noch anzurufen, bevor ich Wii spielen gefahren bin. Es ist halb drei Uhr morgens, und er hatte keine Ahnung, wo ich stecke. Mist, Mist, Mist.

»Was ist passiert?«, erkundigt sich der Taxifahrer.

Ich habe wohl laut geflucht. Weil es sowieso schon egal ist, erzähle ich ihm auf dem kurzen Weg von der Balan- in die Breisacher Straße, dass ich schwanger bin, und von meiner Sorge um mein Baby, vom Streit mit Frank, dem Wii-Spielen mit Tom und von meinem Fauxpas heute Abend.

»Na, wär ich aber auch sauer, wenn ich Mann wär«, meinte der Taxifahrer nicht unfreundlich, »wenn mei' Frau schwanger wär und Sorgen hätt und dann bis tief in die Nacht bei am andern Mann hockt statt bei mir ...« Ich beeile mich, ihm zu erklären, dass Tom kein »anderer Mann« in diesem Sinne ist, sondern mein bester Freund, den ich schon länger kenne als meinen Freund, also meinen Mann quasi. Obwohl wir nicht verheiratet sind. Was daran liegt, dass er mich einfach nie gefragt hat, ob ich …

Charlotte, was erzählst du da? O Gott, jetzt ist es also so weit. Ich bin eine verwirrte Frau in verschwitzten Klamotten, die in einer Nacht von Dienstag auf Mittwoch einem gut aussehenden türkisch-bayerischen Taxifahrer ihre Sorgen erzählt. Zum Glück sind wir angekommen.

»Alles gut«, sagt der Taxifahrer. Ich bin mir sicher, dass er »Alles Gute« meint, aber »alles gut« klingt auch nicht schlecht.

»Was macht's denn?«

»Nix. Basst scho.«

»Wie, nichts?« Ich schaue auf den Taxameter, aber der ist ausgeschaltet.

»Basst scho. Ist letzte Fahrt. Geld für Baby, okay? Alles gut.«

»Hören Sie, das ist echt total lieb von Ihnen, aber das geht doch nicht …«

»Doch geht. Für Baby. Tschuss. Güle güle.«

Ich bedanke mich bei ihm und steige verwirrt aus.

Frank ist, wie nicht anders zu erwarten war, stocksauer. Er möchte aber nicht mit mir diskutieren.

»Wir reden morgen«, sagt er, stopft sich Ohropax in die Gehörgänge und dreht mir im Bett den Rücken zu.

Na dann: Gute Nacht.

Mittwoch

Dreieinhalb Stunden später. Ich fühle mich, als sei ein Lastwagen über mich gerollt. Habe Muskelkater vom virtuellen Tennisspielen gestern Abend und ein schlechtes Gewissen. Wir haben keine Zeit zum Reden oder gar Streiten, morgens geht es bei uns immer etwas hektisch zu. Frank benimmt sich wie immer – fast. Aber ich kenne ihn gut genug, um zu wissen, dass da noch etwas kommen wird. Dann lieber gleich.

»Hey, es tut mir echt leid wegen gestern …«, beginne ich, »ich habe einfach total vergessen, dir Bescheid zu sagen, dass ich mit Tom, Markus und Sandra Wii spiele, und dann war das so unglaublich lustig, dass ich nicht auf die Uhr geschaut habe, und …« Falscher Text. Frank sagt nichts und sieht mich nur an.

»Ich habe jetzt dann den Frauenarzttermin«, sage ich, und Franks steile Nasenwurzelfalten glätten sich.

»Ja, stimmt. Es wird alles gut sein! Ruf mich danach sofort an, okay? Oder soll ich mitkommen?«

»Nein, das schaff ich schon alleine«, versichere ich ihm und schäme mich ein bisschen dafür, dass ich unser Baby missbraucht habe, um von gestern Abend abzulenken.

Als ich die Wohnung verlasse, piept mein Handy. SMS von Tom.

> Ich denk an dich – wie versprochen. Ich sitze in Gedanken neben dir und halte deine Hand! Alles wird gut. Denk dran, du bist ein Glückskind, und dein Baby ist stark und gesund!
> GLG, Tom

Bei meiner Frauenärztin laufe ich nervös im Wartezimmer auf und ab und frage mich ernsthaft, wie ich je die Ruhe besitzen konnte, *Gala* und *BUNTE* zu lesen und auch aufzunehmen, was dort geschrieben stand. Zum Glück bin ich die erste Patientin und komme schnell an die Reihe.

Die Sprechstundenhilfe drückt mir einen weißen Plastikbecher in die Hand, auf dem »Fr. Frost« steht. »Bitte einmal hier hinein«, sagt sie und zeigt mir die Toilette. Ich folgere, dass ich in den Becher pinkeln soll. Na ja, warum nicht? Als ich fertig bin, nimmt mir die Arzthelferin im Nebenzimmer noch Blut ab, checkt meinen Eisenwert, den Blutdruck und schickt mich auf die Waage.

»Sollte nicht lieber zuerst der Ultraschall gemacht werden?«, frage ich. »Ich meine, vielleicht ist ja die ganze Piekserei gar nicht mehr nötig …«

»Ach, Unsinn«, lacht die junge Helferin mit den blonden Locken. »Sie sind doch schon in der 13. Woche, da passiert nichts mehr!« Ich würde ihr so gerne glauben.

Dann endlich der erlösende Ultraschall. So schnell habe ich mich noch nie untenrum freigemacht und bin auf den gynäkologischen Stuhl geklettert. Konzentriert sucht meine Ärztin nach dem Embryo … sucht … und findet ihn. »Da haben wir ja das Kleine«, sagt sie, »das ist ja hübsch gewachsen!« Mein Herz schlägt schneller. »Und hier haben wir den Herzschlag. Schön regelmäßig und kräftig, da sehen Sie's?«
Ja. Ich sehe es. 150 Beats pro Minute. Ich sehe auch Arme, Beine und einen Kopf. Alles wild zappelnd und quietschlebendig. Und wieder laufen mir die Tränen an beiden Seiten die Schläfen hinunter. Ich glaube nicht, dass ich jemals so erleichtert und glücklich war wie in diesem Moment. Das Gefühl ist fast nicht auszuhalten.
Wie durch einen Nebel hindurch bekomme ich mit, wie meine Ärztin das Baby an ihrem Monitor vermisst. Fast fünf Zentimeter ist der Fötus schon groß.
»Die Nackentransparenzmessung mache ich auch gleich, die müssen Sie nicht extra bezahlen – ich finde, das ist Geldschneiderei.« Nackentransparenzmessung? Stimmt, da war was. In der 13. Woche kann man die durchführen, und wenn die Nackenfalte des Embryos zu dick ist, besteht ein statistisch gesehen erhöhter Verdacht auf eine Chromosomenbesonderheit – der euphemistische Ausdruck für das Down-Syndrom, zum Beispiel. Das Ganze geht zum Glück so schnell, dass ich keine Zeit habe, mir Sorgen zu machen. Ein paar Klicks am Bildschirm, und schon gibt es Entwarnung: »Alles im normalen Bereich. 1,5 Millimeter – alles zwischen einem und 2,5 Millimetern ist absolut normal.« Puh.

Keine Erdnuss mehr! Wir brauchen einen neuen Arbeitstitel. Wieder angezogen, bekomme ich von der Arzthelferin einen

Termin in vier Wochen. »Vielleicht kann die Frau Doktor dann schon sehen, was es wird!«, stellt sie mir in Aussicht.

»Wie, das kann man in der 17. Woche schon sehen?«

»Na ja, theoretisch schon. Wenn's nicht zu g'schamig ist …«

Ich kann befreit und herzlich mitlachen. Wie herrlich.

»Okay, vielen Dank und bis in vier Wochen!«, sage ich und nehme mir meinen Mantel.

»Halt, stopp, Sie bekommen noch Ihren Mutterpass!«

Den Mutterpass. Ein DIN-A5-Heftchen, das die Schwangerschaft dokumentiert. Jede Untersuchung wird darin verewigt, die Maße des Kindes, mein Gewicht, mein Eisenwert im Blut und so weiter. 62,5 Kilo wiege ich, steht da. Knapp an der Obergrenze meines Normalgewichts, das zwischen 57 und 63 Kilo schwankt. Ich kann mir noch gar nicht vorstellen, in ein paar Monaten vielleicht 73 Kilo oder mehr zu wiegen. Wahnsinn. Und im Mutterpass steht es schwarz auf weiß: Errechneter Geburtstermin ist der 27. Juli 2008. Allmählich fange ich ein wenig an, daran zu glauben, dass ich tatsächlich ein Baby bekommen werde!

Draußen auf der Straße krame ich mein Handy aus der Handtasche und stehe dann fünf Minuten so da, die eine Hand um mein Telefon, die andere auf meinem Bauch. Wen soll ich nun zuerst anrufen und von meinem zappelnden Fünf-Zentimeter-Glück berichten? Frank oder Tom? Das ungeschriebene Regelwerk für die schwangere Frau sieht natürlich vor, als Erstes den werdenden Vater zu informieren und dann erst den besten Freund. Aber ein kleines, gemeines Teufelchen in meinem Kopf flüstert mir zu, dass Frank ruhig noch ein paar Minuten warten kann. Schließlich hat er überhaupt kein Verständnis für meine angespannte Seelenlage der letzten Tage gezeigt. Wohingegen Tom sich rührend um mich gekümmert, mir Mut zugesprochen, mir zugehört und alles getan hat, um mich von meinen Sorgen abzulenken. Ich löse mich aus meiner Erstarrung und wähle eine Nummer.

14. WOCHE

(20. BIS 27. JANUAR 2008)

Donnerstag

Eigentlich ist Franks und mein Leben ganz schön langweilig. Bis auf die paar Wochen im Jahr, in denen wir wegfliegen. Aber die Mehrheit der Tage ist nicht gerade spannend. So wirklich fällt mir das erst auf, seit ich bestimmte Dinge nicht mehr tun darf, die ich auch vorher kaum getan habe. Ski fahren zum Beispiel. Eigentlich bin ich eine begeisterte Wintersportlerin. Seit ich drei bin, stand ich jede Saison zig Mal auf den Brettern und fast genauso oft im Stau auf dem Weg in die Berge. Aber seit zwei Jahren bin ich nicht mehr Ski gefahren. Genauer gesagt, seit einem Skiurlaub Anfang 2006, der nicht so optimal verlief. Frank und ich verließen München bei Tiefschnee und fuhren 400 Kilometer in unseren Südtiroler Urlaubsort, um dort grüne Wiesen vorzufinden. Zuerst konnte man nicht fahren, weil zu wenig Schnee lag. Dann schneite es endlich und man konnte nicht fahren, weil zu viel Schnee fiel. Bis auf zwei Pisten wurden alle wegen akuter Lawinengefahr gesperrt. Frank machte mich für diese Unbill verantwortlich (»Ich wollte ja aufs Sudelfeld fahren!«), und seitdem ist das Thema Skifahren in unserer Partnerschaft negativ besetzt und wir haben es nie wieder versucht. Aber jedes Mal, wenn ich an einem Montag auf Facebook die Fotos von Freunden sehe, die wieder ein fantastisches Schnee-Sonne-Hütten-Wochenende in Kaprun, Hochfügen oder am Arlberg verbracht haben, packt mich der Neid, und dann gibt es den fälligen Streit mit Frank.

»Wir unternehmen nie etwas Tolles!«

Diskussionen, die man so beginnt, haben kaum Chancen darauf, als angenehm und produktiv in die Beziehungsannalen einzugehen.

»Was soll denn das heißen?«

»Die anderen gehen zum Skifahren, Schneeschuhwandern, Langlaufen …«

»Langlaufen? Darf ich dich daran erinnern, dass du das anfangen wolltest, wenn du deine Lebensversicherung ausbezahlt bekommst?«

»Ich will auch Ski fahren!«

»Dann geh doch! Da brauchst du mich doch nicht dazu. Ruf Katrin an. Sie macht bestimmt mit.«

»Katrin ist auf Fuerte.«

»Na dann halt, wenn sie wiederkommt. Charlotte, willst du dich mit mir streiten?«

»Nein.« Gar nicht. »Ich will nur was erleben!«

»Du bist schwanger, du darfst im Übrigen gar nicht Ski fahren, viel zu gefährlich.«

»Dann will ich halt was anderes unternehmen. Nicht nur immer jeden Samstag in der Stadt rumlaufen. Ich will mal raus, was anderes sehen, machen, erleben!«

»Ich finde unsere Wochenenden eigentlich schön so, wie sie sind«, sagt Frank, »die Arbeitswochen sind anstrengend genug, ich will am Wochenende nicht auch noch Stress haben. Bisher fandest du das doch auch immer gut – ausschlafen, spät frühstücken und alles in Ruhe angehen lassen. Was ist denn auf einmal los?«

Wenn ich das wüsste. Mir geht es wohl zu gut, seit meine Angst, ich könnte mein Baby verlieren, schwächer geworden ist. Frank hat recht – bisher hatte ich an unseren entspannten Samstagen und Sonntagen nie etwas auszusetzen. Im Gegenteil, mir taten immer unsere Freunde leid, die sieben Wochenenden am Stück verplant waren.

»Wenn unser Baby da ist, können wir sowieso erst mal gar nichts mehr unternehmen«, starte ich einen Erklärungsversuch.

»Das stimmt doch nicht. Dann nehmen wir den Wurm halt mit«, beschwichtigt mich Frank. »Charlotte, das Leben ist nicht vorbei, wenn man ein Kind hat. Im Gegenteil. Es fängt erst richtig an!«

»Ach komm, das ist doch sentimentaler Schwachsinn«, sage ich, »sieh der Realität doch ins Auge: Mit einem Kind ist die Freiheit erst mal für lange Zeit futsch. Du musst alles planen, kannst nicht mehr spontan wegfahren, und wenn du es trotzdem tust, musst du den halben Haushalt mitschleppen. Darf ich dich daran erinnern, dass Steffi und Flo sich einen VW-Bus gekauft haben, als Julian auf die Welt kam?«

Frank sieht mich mit einer Mischung aus Verwunderung und Bestürzung an. Dann sagt er leise: »Aber du hast dir doch so sehr ein Kind gewünscht …«

»Ja, natürlich«, beeile ich mich zu sagen, »und es wird sicher auch ganz toll. Aber trotzdem würde ich die Zeit, die uns zu zweit bleibt, gerne noch besser nutzen.«

»Wir können ja am Wochenende am Kirchsee spazieren gehen«, schlägt Frank vor.

»Au ja, super.«

Frank entgeht mein spöttischer Unterton nicht.

»Ach so, ein ordinärer Spaziergang auf dem Land ist Madame wohl nicht gut genug«, sagt er giftig, »weißt du was? Du kannst mir jetzt mal den Schuh aufblasen. Mit dieser Laune, die du gerade hast, kann ich dir sowieso nichts recht machen. Ich gehe jetzt mit Michi ein Bier trinken. Ciao. Bis später.«

Spricht's, schnappt sich Mantel und Schal und verlässt unsere Wohnung.

Ich stehe sprachlos in der Küche, in der unser Streit stattfand, und starre auf das Spülbecken, in dem vier Teller einweichen, gemeinsam mit drei Kaffeebechern und einem Topf, in dem Nudelsauce war. Franks Werk. Unser Abspülverhalten könnte nicht unterschiedlicher sein. Frank stellt alles stundenlang in warmes Wasser, egal ob es sich um eine fettverkrustete Pfanne handelt oder einen abgeleckten Löffel, mit dem bloß ein Joghurt gegessen wurde. Ich hingegen spüle das Geschirr lieber unter fließendem, heißem Wasser ab. »Wasserverschwendung«, sagt Frank immer. »Ekelhaft«, nenne ich seine Abspülart. Und erinnere ihn gerne daran, dass wir uns schon seit drei Jahren eine Geschirrspülmaschine zulegen wollen, es aber nie auf die Reihe bekommen. Die unbefriedigende Geschirrspülsituation ist nur eines von vielen Provisorien, mit denen wir seit Jahren leben. Normalerweise stören mich diese Unzulänglichkeiten unserer Wohnung und unseres Lebens nicht. Nur Spießer haben immer alles perfekt. Aber manchmal, wenn mein inneres Chaos zu groß wird, sehne ich mich heftigst nach äußerer Ordnung. Dann würde ich gerne zu der Sorte Mensch gehören, die wenig Materielles besitzt oder deren Besitz zumindest überschaubar ist. Dann hätte ich gerne alle meine T-Shirts Kante auf Kante und nach Farben und Ärmellängen sortiert im Regal. Und eine eigene Schublade für Glühbirnen. Neue, unbenutzte, funktionierende Glühbirnen. Die kaputten würde ich sofort entsorgen.

Während ich also auf das Einweichinferno blicke, formt sich in meinem Gehirn langsam ein Gedanke. Ich muss hier weg. Nicht, um Frank eins auszuwischen, das wäre kindisch. Nein, ich will einfach nicht alleine sein, alleine mit dem ekelhaften Geschirr mit nudelsaucenorange verfärbter Spülmittelschaumkrone und dem Wäscheberg, der in die Maschine sollte, aber nicht kann, weil ich die trockenen Sachen noch nicht vom Wäscheständer genommen habe. Es gibt nur zwei Möglichkeiten: Entweder ich fange jetzt an zu spülen, Wäsche zusammenzulegen und zu waschen – oder ich flüchte.

Flüchten fühlt sich gut an. Die Winterluft belebt mich und macht mich wieder wach. Ich flüchte ein bisschen die Breisacher Straße entlang, vorbei an der Lisboa Bar mit ihrem leicht alternativen Publikum, dem schwer auszusprechenden El Perro y el Griego, wo man sehr gut spanisch essen kann, dem Julep's mit seinen gut gemixten Cocktails und der entspannten Escobar gegenüber. Kneipen, in die ich sonst gerne und oft gehe.

Haidhausen hat hier in unserer Straße eine fast berlinerisch anmutende Kneipendichte. Aber heute zieht es mich in keine von ihnen. Ich gehe weiter. Pariser Straße, Pariser Platz, weiter geradeaus. Komme schließlich zur Rosenheimer Straße. Während ich an der Ampel auf Grün warte, hole ich mein Handy aus der Handtasche und blättere in meinem Telefonbuch. Wen könnte ich anrufen? Katrin ist auf Fuerteventura und kommt erst am Sonntag wieder. Miriam hat heute Abend Spanisch-, Gitarren- oder Yogaunterricht, ich weiß es nicht mehr genau. Becky hat ein Date mit Pochsche-Tochsten, und Cora – nun, warum rufe ich Cora nicht an? So oft ich sie mit den anderen Mädels zusammen sehe und so viel wir schon zusammen erlebt haben – wir haben uns noch nie zu zweit getroffen. Ich weiß eigentlich nicht genau, warum nicht. Ist halt so. Und heute ist nicht der richtige Abend, um das zu ändern.

Während ich über Cora und unsere seltsame Freundschaft sinniert habe, bin ich weitergegangen. Habe die Rosenheimer Straße überquert und bin dann rechts abgebogen, ohne nachzudenken. Und nun stehe ich auf einmal in der Balanstraße vor der Hausnummer 23. Ich glaube, ich habe das, was ich jetzt tue, noch nie gemacht. Nur hundertmal davon gelesen, in Romanen. Dort klingeln die Menschen ständig unangemeldet bei Freunden an der Tür, und das hat sich auch nicht geändert, seit es Handys gibt und das Wort unangemeldet eigentlich genauso aus dem allgemeinen Wortschatz verschwinden müsste wie Wählscheibe.

Der Türöffner summt. Ich trete ein und nehme die Treppe in den zweiten Stock. Tom lehnt in seiner Wohnungstür und lächelt mich an. Er trägt Jeans, Filzpantoffeln und ein Foo-Fighters-Tour-T-Shirt. Einen kurzen Moment lang werde ich unsicher, ob ich ihn nicht doch auf dem Weg hierher angerufen oder ihm eine SMS geschickt habe, denn er sieht aus, als habe er mich erwartet.

»Hey Charlie, das ist aber eine schöne Überraschung«, sagt

Tom, »komm rein! Ich hab gerade einen Rotwein aufgemacht. Ach so …« Er verdreht die Augen. »… ich Depp, du darfst ja nicht. Aber ein paar Nudeln isst du mit, oder?«

Ich nicke nur und betrete seine Wohnung. Tom nimmt mir die Jacke ab und hängt sie an die Garderobe. Auch so ein Detail, das mir gefällt. Genauer gesagt, zwei Details: Tom besitzt eine Garderobe, und er hilft mir aus der Jacke. Er fragt immer noch nicht, was los ist und warum ich nicht vorher angerufen habe, sondern nimmt mich sanft an den Schultern und führt mich in seine große Wohnküche. Dort riecht es gut nach Essen, und auf der Anrichte steht ein Topf mit noch dampfenden Spaghetti. Eine Minute später steht ein großer Teller Nudeln mit Tomatensauce vor mir. Sogar frischen Parmesan hat Tom gerieben. Für sich selbst, denn er konnte ja nicht wissen, dass ich vorbeikomme. Sehr stilvoll, denke ich und versuche, das Bild unseres Tüten-Parmesans zu verdrängen, den ich regelmäßig als blaugrün verschimmelten Klumpen aus dem Kühlschrank fische und entsorge.

»Fang ruhig an und lass es dir schmecken«, sagt Tom und dekantiert seinen Rotwein in eine Karaffe. Ich merke, dass ich riesigen Hunger habe, und lasse mir das nicht zweimal sagen. Die Sauce identifiziere ich zwar als Barilla Gorgonzola-Tomate, aber sie schmeckt trotzdem köstlich.

»Bitte schön«, sagt Tom und stellt mir ein großes Glas Wasser hin und ein zierliches Grappaglas, in dem ein Fingerhut voll Rotwein ist. Ich bin von dieser Geste plötzlich unglaublich gerührt, murmle nur »Danke« und trinke schnell das halbe Wasserglas leer.

Wir essen schweigend. Sehr angenehm schweigend. Und in dem Maße, wie sich mein Magen füllt, entspanne ich mich. Als wir fertig gegessen haben, stellt Tom die Teller beiseite und sieht mich prüfend an.

»Charlie, geht's dir gut? Mit dem Baby ist doch alles okay, oder?«

»Soweit ich weiß, schon«, sage ich, »ach, Tom. Es könnte alles so einfach sein.«

»Isses aber nicht.« Es ist halb Frage, halb Feststellung.

»Nee.«

»Beziehungsprobleme?«

»Ich fürchte, ja. Ist das nicht bescheuert? Frank und ich hatten nie Probleme. Es war immer alles ganz einfach und harmonisch. Einfach schön. Und jetzt, wo alles noch viel schöner sein sollte, ist plötzlich der Wurm drin.«

»Wieso sollte jetzt alles noch viel schöner sein?«

»Na, weil wir ein Kind bekommen …«

»Also weil in dir ein Wurm drin ist?«

»Hahaha.«

»Charlie, du hast eventuell zu viele Frauenromane gelesen.«

»Vielleicht. Aber ich hatte es mir so schön vorgestellt. Dass Frank meinen Bauch streichelt, wir gemeinsam einen Namen aussuchen …«

»Sei mir nicht böse, aber du hast noch gar keinen Bauch.«

»Trotzdem ist da ein Baby drin.«

»Und was ist mit dem Namen?«

»Darüber gibt es keine Diskussionen. Wir wissen seit Jahren, wie wir unser Kind mal nennen wollen. Wenn es ein Mädchen wird, heißt sie Marlene, und wenn's ein Bub ist, wird es ein Jakob.«

»Na, dann streitet ihr euch wenigstens nicht darüber.«

»Darüber nicht …«, seufze ich und erzähle Tom von unserer heutigen Auseinandersetzung und vom Ärger, den ich in den letzten Wochen mit Frank hatte, wenn ich erst spät in der Nacht nach Hause kam. »Er versteht mich einfach nicht mehr«, sage ich, »nur weil ich ein bisschen schwanger bin, muss ich doch nicht jeden Abend zu Hause sitzen! Das muss ich noch lang genug, wenn das Baby erst mal da ist. Und überhaupt, ich kenne das gar nicht, dass ich Rechenschaft ablegen muss, wo und mit wem und wie lang ich ausgehe. Wir hatten immer eine so freie, entspannte Beziehung. Und jetzt spielt er auf einmal den Pascha.«

»Er macht sich halt Sorgen«, gibt Tom zu bedenken, »ich kann das schon verstehen. Weißt du, schwangere Frauen sind etwas ganz Besonderes. Auch wenn sie noch gar keinen Bauch haben. Sie haben einfach diesen gewissen Glow. Und du erst recht. Du strahlst so ein Glück aus, so einen Zauber … man muss dich als Mann einfach beschützen und hat gleichzeitig Angst, dass dir etwas passiert, wenn man nicht bei dir sein kann. Ich kann das so schlecht erklären. Vielleicht ist das einfach ein primitiver männlicher Beschützerinstinkt.«

»Hm …«

»Oder ist da noch etwas?«

Ich fasse mir ein Herz und erzähle Tom von meinen Gedanken, die ich in der Neujahrsnacht hatte und die mich seitdem nicht mehr loslassen.

»Es macht mir einfach Angst, dass ich weiß, ich werde wahrscheinlich nie wieder einen anderen küssen, nie wieder mit einem anderen schlafen, nie wieder neben einem anderen einschlafen. All das. Alles mit Frank, bis an mein Lebensende. Nie wieder verliebt sein, nie wieder Schmetterlinge im Bauch, nie wieder einem Herzinfarkt nahe, weil eine bestimmte Nummer auf dem Handydisplay erscheint. Nie wieder ein erstes Mal!«, resümiere ich.

»O doch, es wird viele erste Male geben«, sagt Tom. »Der erste Schrei eures Kindes! Sein erstes Lächeln. Der erste Zahn. Der erste Schritt, das erste Wort …«

»Ja, ich weiß«, sage ich, »aber das meine ich nicht. Ich meine nicht Frank und mich als Eltern, sondern als Paar.«

»Ich weiß schon, was du meinst.« Toms Gesicht sieht auf einmal anders aus. Ein bisschen müde und irgendwie älter.

»Weißt du, Charlie«, beginnt er und schaut in sein Weinglas, das er leicht in der Hand schwenkt, »ich weiß sehr gut, was du meinst. Anna hat mich genau deswegen verlassen.«

Mit Anna war Tom lange zusammen, fast acht Jahre. Die Trennung muss jetzt ungefähr drei Jahre her sein.

»Ich dachte, du hast mit ihr Schluss gemacht?«, frage ich erschrocken. Tom lacht ein wenig bitter.

»Ja, das stimmt. Weil ich es nicht mehr ausgehalten habe. Aber eigentlich hat sie mich verlassen. Ganz langsam und sehr schmerzvoll. Und irgendwann musste ich einen Schlussstrich ziehen. Sie hat sich sozusagen von mir verlassen lassen.«

Irgendwoher kommt mir das bekannt vor.

Tom fährt fort: »Anna hat sich auch irgendwann gefragt: War's das jetzt? Zunächst hat sie noch versucht, das, was ihr fehlte, innerhalb unserer Beziehung zu bekommen. Sie ist alleine in den Urlaub gefahren, um mich mal wieder richtig zu vermissen. Wir haben uns in Bars verabredet, als würden wir nicht zusammenwohnen, wir haben so getan, als wüssten wir nicht längst, wie der andere morgens um sieben aussieht und riecht. Und so weiter. Aber im Endeffekt blieb ich natürlich der Gleiche, und das Ganze hat langfristig nichts gebracht. Sie wurde immer unruhiger und unzufriedener. Fand unser Leben langweilig …«

Ich zucke zusammen.

»… und hat ständig davon gesprochen, dass sie etwas erleben will. Alles, was uns verband, zählte plötzlich nicht mehr, war öde, fad, ihr nicht genug.«

»Das tut mir leid, Tom. Ich wusste gar nicht, wie das damals genau war. Du hast nie darüber geredet. Ich wollte nicht in deinen Wunden stochern, entschuldige bitte …«

Er grinst mich an. »Keine Sorge. Die sind gut vernarbt. Tun nur manchmal noch weh, wenn das Wetter wechselt. Und außerdem kann man Anna und mich nicht mit Frank und dir vergleichen.«

»Nein? Nicht?«

»Nein. Hör mal, du bist schwanger, deine Hormone fahren gerade Achterbahn, Karussell oder sonst irgendwas. Das solltest du nicht unterschätzen.«

»Ich kann doch nicht alles auf die Hormone schieben!«

»Nein, aber einen Teil. Sei nicht so streng mit Frank. Und auch nicht mit dir. Es gibt keine perfekte Beziehung!«

»Ich weiß.« Ich nippe an meinem Likörglas mit dem Rotwein und seufze tief. »Aber nie wieder verliebt sein …« Ich schaue intensiv in die kleine Menge Wein in meinem Glas.

Tom nimmt mein Kinn in seine Hand, dreht mein Gesicht zu sich und sieht mich lächelnd an.

»Mein Schatz, Verliebtsein ist nicht alles. Eigentlich ist Verliebtsein nichts – nur ein Boogie-Woogie der Hormone!«

»Schon wieder die Hormone. Die müssen heute für alles herhalten, was?«

»Das mit dem Boogie-Woogie hat Henry Miller gesagt, glaube ich. Aber es stimmt! Das wirklich Wertvolle ist etwas anderes. Und das hast du mit Frank. Echte, tiefe, gewachsene Liebe. Eine Partnerschaft. Einen Mann, auf den du dich hundertprozentig verlassen kannst. Das ist doch viel mehr wert als ein paar blöde Schmetterlinge.«

»Aber Tom, weißt du nicht mehr, wie wunderbar sich diese blöden Schmetterlinge anfühlen? Kannst du dich nicht an das Gefühl erinnern, wenn die Welt auf einmal wie frisch gewaschen und bunt angemalt ist? Wenn auf einmal alles, was vorher da war, anders aussieht, anders riecht, schmeckt, sich anders anfühlt? Wenn alles aufregend und neu ist? Wenn man sich nichts Tolleres vorstellen kann, als stundenlang dem anderen in die Augen zu sehen, und wenn eine kleine Berührung der Hände einem den ganzen Körper kribbeln lässt? Wenn …«

»Doch.« Toms Gesicht sieht auf einmal seltsam verschlossen aus. Als ob er eine Jalousie hinuntergelassen hätte.

»Der Zauber eines Anfangs«, sagt er schließlich leise, eher zu sich als zu mir, und sieht wieder in sein Weinglas, obwohl das längst leer ist. »Doch, den kenne ich. Aber auch wenn dir das nicht gefällt – du romantisierst das ganz schön.«

»Tom, da gibt's nichts zu romantisieren. Sich zu verlieben, das ist das schönste und geilste Gefühl auf der Welt. Das ist Fliegen ohne Flügel. Der Rausch ohne Alkohol. Der Trip ohne Drogen. Der einzige Moment, in dem das Leben perfekt ist.«

»Womit wir wieder bei den Hormonen wären. Irgendwie also

doch Drogen.« Er grinst, als habe er einen besonders guten Witz gemacht. Aber ich kenne Tom zu gut. Er weiß selbst, dass das nur mäßig lustig war.

»Sag mal, kannst oder willst du mich nicht verstehen, Tom?«

»Ich verstehe dich besser, als du denkst. Aber du musst zugeben, dass dieser Rausch des Verliebtseins spätestens nach ein paar Monaten vorüber ist. Und das, was dann bleibt, zählt wirklich. Es ist vielleicht nicht so spektakulär wie dein Fliegen ohne Flügel, aber es ist im Endeffekt viel mehr wert. Und wenn man so etwas Verlässliches, Sicheres hat, sollte man dankbar dafür sein.«

»Ja, wahrscheinlich.«

Ich weiß, dass Tom recht hat. Und ich finde es süß, dass er Partei für Frank ergreift. Er ist eben ein echter Freund. Aber irgendetwas stört mich auch daran. Ich weiß nur nicht genau, was. Und genau genommen möchte ich es auch gar nicht wissen.

15. WOCHE

(27. JANUAR BIS 3. FEBRUAR 2008)

Sonntag

Ich bin auf dem Weg zum Flughafen, um Katrin abzuholen. Endlich kommt sie von ihrer mondähnlichen Lieblingsinsel Fuerteventura zurück. Habe ich schon mal erwähnt, dass ich nie verstehen werde, was sie an diesem Ort findet? Aber ich bin zum Glück nicht mehr in dem Alter, in dem ich Menschen missionieren wollte. Heute reiße ich mich sogar zusammen, wenn jemand Nickelback für Musik hält.

Während ich in meinem Golf die A9 entlangrolle, ganz entspannt auf der rechten Spur, weil ich mehr als rechtzeitig dran bin, fällt mir die CD ein. Die CD, die Tom mir am Donnerstagabend noch gab, bevor ich nach Hause ging. Genauer gesagt war es Freitag früh. Und noch genauer gesagt gab es die große Beziehungskatastrophe mit Frank, als ich gegen drei Uhr unsere Wohnung betrat.

»Wo warst du?!«
Ich fuhr zusammen und machte kehrt. Franks Stimme kam von rechts, aus dem Wohnzimmer, nicht von links, wo Bad und Schlafzimmer liegen. In der ganzen Wohnung brannte keine einzige Lampe, und ich hatte beim Eintreten auch im Flur kein Licht gemacht, weil ich Frank nicht wecken wollte. Langsam ging ich ins Wohnzimmer. Dort bot sich mir ein seltsames Bild, spärlich beleuchtet lediglich von der Straßenlaterne, die kühl durchs Fenster schien. Frank saß auf dem Boden vor der Couch, den Rücken ans Sofa gelehnt, die Beine angewinkelt. Ich sah, dass er ein Glas in der Hand hielt, und ich roch sofort, dass darin sein Laphroaig-Whisky war.

»Wo warst du?«, wiederholte er, und ich stellte fest, dass er relativ nüchtern war. Mein Freund gehört nämlich zu den Männern, die zwar nicht unbedingt wenig Alkohol vertragen, aber schon nach drei Bier anders reden. Zumindest merke ich es sofort, wenn Frank mehr als 0,5 Promille hat.

»Was machst du denn hier? Warum schläfst du nicht? Musst du morgen nicht arbeiten?«, versuchte ich es mit drei Gegenfragen.

»Doch«, Frank zuckte mit den Schultern und fuhr in fast gelangweiltem Ton fort: »Aber ich kann ja eh nicht schlafen, weil meine schwangere Freundin sich mitten in der Nacht irgendwo rumtreibt und nicht an ihr Scheiß-Handy geht.«

Wie ich diesen Tonfall hasse! Er benutzt ihn immer, wenn er etwas sagt, was normalerweise nicht seiner Wortwahl entspricht. Frank ist ein sehr gelassener, ruhiger Mensch und verachtet verbale Entgleisungen. Wenn er Dinge wie »rumtreiben« sagt oder die Vorsilbe »Scheiß-« bemüht, ist er wirklich wütend. Und der indifferente Tonfall verstärkt die Wirkung der Worte nur noch.

»Ich habe mich nicht rumgetrieben«, fauchte ich zornig, »und wenn ich dich erinnern darf, warst du derjenige, der sich seine Jacke geschnappt und die Wohnung verlassen hat, um was trinken zu gehen!«

»Ich war aber um elf wieder da«, sagte Frank.

»Ja und? Ich bin halt um drei wieder da!«

Er schnaubte verächtlich.

»Ich frage dich jetzt zum dritten Mal: Wo warst du?«

»Es geht dich zwar eigentlich nichts an, und ich bin dir keine Rechenschaft schuldig«, antwortete ich, »aber bitte: Ich war bei Tom.«

»Bei Tom? Warum?«

Mit dieser Frage hatte ich nicht gerechnet.

»Weil … weil Katrin noch im Urlaub ist …«, gab ich lahm zurück.

»Aha. Und weil du nur eine einzige Freundin hast, gehst du halt zu einem anderen Mann.«

»Frank, das hat doch keinen Sinn. Spar dir deinen Anfänger-Zynismus, er steht dir nicht. Was soll das?« Ich musste mich bemühen, nicht zu schreien, und zählte innerlich bis fünf, bevor ich ruhig weitersprach: »Tom ist mein bester und ältester Freund, das weißt du. Wir waren immer nur Freunde, sind nur Freunde und werden auch immer nur Freunde sein. Akzeptiere das bitte.«

Franks Tonfall wurde ein wenig normaler und verbindlicher.

»Ach, du weißt doch, dass ich nicht an Freundschaften zwischen Männern und Frauen glaube. Ich mag und schätze Tom. Aber es ist mir trotzdem nicht recht, wenn du die halbe Nacht bei einem anderen Mann verbringst! Und warum bist du nicht an dein Handy gegangen und hast nicht auf meine SMS geantwortet?«

»Oh. Moment mal.« Ich griff in meine Jackentaschen und durchsuchte meine Handtasche, die ich immer noch an der Schulter hängen hatte. »Tut mir leid. Ich habe es wohl hier liegen gelassen.«

»Toll, du, die ihr Handy immer dabeihat, umkehrt, wenn sie es mal liegen lässt, und es im Lokal beim Essen neben den Teller auf den Tisch legt, vergisst es einfach so zu Hause?«

»Ja, mein Gott, das kann doch mal passieren, oder? Ich weiß gar nicht, warum du dich so aufregst!«

»Charlotte, ich rege mich auf, weil ich seit vier Stunden hier hocke, versuche, dich anzurufen, eine SMS nach der anderen schreibe und mich frage, wo du bist und ob dir vielleicht etwas passiert ist! Herrgottnochmal, ich muss in vier Stunden wieder aufstehen, morgen ist Freitag, Heftschluss und der Mega-Stresstag, das weißt du doch!«

»Ich bin deine Freundin, nicht deine Leibeigene!«, fauchte ich und floh schon wieder. Diesmal ins Bad. Doch ich hörte noch, wie Frank »Ich bin dir doch scheißegal ...« sagte. Und dieser Satz machte mich so wütend, dass ich nach dem Zähneputzen nicht, wie ich es normalerweise getan hätte, zu ihm ging und die Versöhnung einläutete. Ich bin nämlich eigentlich ein sehr har-

moniebedürftiger Mensch, ich hasse Streit und möchte am lieb
ten immer mit allen Leuten um mich herum im Reinen sei
Aber diese emotionale Erpressung brachte mich dazu, alleine
ins Bett zu gehen und sogar relativ schnell einzuschlafen. Ob
Frank den Rest der Nacht mit Freund Laphroaig im Wohnzimmer verbrachte oder noch ein paar Stunden in unserem Bett
schlief, weiß ich bis heute nicht. Am Freitagmorgen war er
schon weg, als ich aufwachte und mich ins Büro schleppte, und
am Abend entschuldigte ich mich bei ihm. Dafür, dass ich so
lange unterwegs war, ohne Handy und ohne Bescheid zu sagen.
Aber nicht dafür, dass ich bei Tom war.

Die CD von Tom. Ich müsste sie noch in meiner Handtasche haben. Mit der rechten Hand wühle ich darin herum, während ich
mich bemühe, nach vorne auf die Straße zu schauen, und fühle
tatsächlich das eckige, flache Cover. Ich fummle es auf, und es
gelingt mir, die CD herauszulösen, ohne einen Blick zur Seite zu
riskieren. Mein CD-Player schluckt die Scheibe. Dann ertönen
Klaviertöne. Und viele Takte später fängt eine sanfte männliche
Stimme an zu singen.

> Wish I were with you
> But I couldn't stay
> Every direction
> Leads me away
> Pray for tomorrow
> But for today
> All I want is to be home

Die Stimme des Sängers kommt mir sehr bekannt vor. Ich spiele
das Lied noch einmal und höre genauer hin. Das ist doch Dave
Grohl, der Sänger der Foo Fighters. Ich wusste gar nicht, dass
die so wunderschöne Balladen können. Eigentlich hatte ich die
Band bisher eher als rockige Krachmacher auf dem Schirm. Erneut drücke ich die Zurück-Taste.

Wish I were with you
But I couldn't stay

Nein. Männer sind da anders. Tom hat mir dieses Lied nur aufgenommen, weil er es schön findet, oder vielleicht sogar nur, weil er sich dachte, dass es mir gefallen würde. Sicher hat er nicht mal auf den Text geachtet. Und wenn doch, hat er sich nichts dabei gedacht. Männer tun so was nicht. Und überhaupt – in 99 Prozent aller Songs geht es um die Liebe. Es ist fast unmöglich, eine CD zusammenzustellen, auf der es nicht um Zwischengeschlechtliches geht.

Trotzdem berührt mich das Lied sehr.

Als mir einfällt, dass ich die 15 weiteren Tracks auf der CD auch gerne noch anhören würde, bin ich schon an der Ausfahrt zum Flughafen und schaffe gerade noch Lied Nummer zwei: »I'll be waiting« von Lenny Kravitz. Dann muss ich die Musik ausstellen, weil ich sonst die richtige Einfahrt zum Gate, an dem Katrin ankommen wird, verpasse. Am Münchner Flughafen ist das nämlich ein bisschen kompliziert. In dem Moment, in dem man erkennt, dass es hier in die Parkgarage für Gate B hinuntergegangen wäre, ist man auch schon an der Einfahrt vorbeigerauscht. Dann muss man entweder bei C parken und weite Wege in Kauf nehmen oder den ganzen Pudding erneut umrunden, was ebenfalls dauern kann. Hochkonzentriert gelingt es mir, die richtige Abfahrt zu erwischen. Und da ich schon einmal eine halbe Stunde lang verzweifelt mein Auto in der Tiefgarage des Flughafens gesucht habe und schon fast dachte, es wäre gestohlen worden, bin ich diesmal auch so klug, mir den Buchstaben des Gates, die Nummer der Garage, die Ebene, die Farbe der Ebene, ihre Himmelsrichtung, meine Parkplatznummer und die aktuelle Lufttemperatur auf dem Ticket zu notieren. Als ich in der Ankunftshalle ankomme, steht Katrins Flieger noch nicht mal auf dem Monitor über den Glastüren.

Ich wandere ein bisschen umher, hole mir eine Latte macchiato und überlege, ob ich eine Zeitschrift kaufen und mich mit ihr gemütlich hinsetzen soll. Leider ist Letzteres am Münchner Flughafen ungefähr genauso schwierig wie das Treffen der richtigen Tiefgarage. Also gehe ich mit meinem Kaffee langsam auf und ab. Ich könnte über etwas nachdenken. Über Frank und mich zum Beispiel. Nein, lieber nicht. Oder über Tom. Noch schlechtere Idee. Dann fällt mir etwas ein. Ich könnte darüber nachdenken, wie ich meiner Chefin erzähle, dass ich schwanger bin! Diese Aufgabe schiebe ich nämlich schon zwei Wochen lang vor mir her. Und heute Morgen ist zum ersten Mal meine Lieblingsjeans, eine schwarzblaue Seven mit Schlag, nicht mehr ganz zugegangen. Ich musste ein Haargummi durch das Knopfloch fädeln, als Verschluss verwenden und so den Bund ein wenig erweitern. Gut, dass die T-Shirts und Oberteile in der letzten Saison wieder länger und A-liniger wurden und es sicher auch noch im kommenden Frühling und Sommer sein werden. So sieht man mein halb offenes Hosentürchen nicht. Trotzdem – sehr lange kann ich mein Mini-Bäuchlein nicht mehr verstecken.

Sonja – in meiner lässigen, internetaffinen Agentur duzt man sich natürlich quer durch alle Hierarchien – wird nicht begeistert sein, das ist klar. Sie ist acht Jahre älter als ich und hat keine Kinder. Natürlich weiß ich nicht, warum. Ich weiß, dass sie verheiratet war und nun in Scheidung lebt, aber warum ihre Ehe kinderlos blieb, ist mir unbekannt. Im schlimmsten Fall hat es nicht geklappt mit dem Nachwuchs, dann habe ich schlechte Karten. Andererseits ist Sonja zwar eine strenge und fordernde Chefin, hat sich bisher aber immer professionell verhalten. Fast immer. Ich muss grinsen, als ich an Skype denke. Wahrscheinlich ist es am besten, wenn ich gleich morgen früh zu ihr ins Büro gehe und es ihr sage, ohne Umschweife, ohne Drama.

Endlich entdecke ich Katrins Flug auf dem Monitor. LH 4429 aus Madrid ist im Anflug. Fünfzehn Minuten später kommt

Katrin durch die Glasschiebetüren, fröhlich winkend und »Huhu!« rufend, als sie mich erblickt. Sie sieht super aus. Obwohl sie sicher ahnte, dass in München immer noch tiefster Winter herrscht, trägt sie eine Dreivierteljeans und goldene Ballerinas an den sockenlosen Füßen. Das Fleisch dazwischen ist beneidenswert braun. Und der erholte Gesamteindruck wird durch das weiße T-Shirt mit Carmenausschnitt, das nahtlos gebräunte Schultern freigibt, nicht gerade geschmälert.

»Wow, du siehst toll aus«, sage ich ehrlich und umarme meine Freundin. Ihre Haare riechen nach Sonne und Meer.

»Du aber auch«, sagt sie, neigt sich dann zu meinem Bauch und spricht mit ihm: »Hallo Klaus-Bärbel, du bist aber gewachsen! Wie geht's dir? Alles klar da drin?«

»Katrin, nicht, die Leute schauen schon!«

»Ja und? Du bist schwanger, das ist doch kein Geheimnis!« Jetzt nicht mehr.

»Komm, wir fahren schnell zu dir nach Hause«, sage ich und will Katrins Beautycase nehmen.

»Nichts da«, protestiert sie und entreißt mir das winzige Köfferchen, »du darfst nichts Schweres tragen!«

»Komm, erzähl. Wie war's? Hast du Kontakt zu Sebastian gehabt? Hast du ihn vermisst? Wann siehst du ihn wieder? Bist du aufgeregt?«

Während wir zum Auto gehen, berichtet Katrin von ihrem Urlaub. Wie immer war es fantastisch im Robinson-Club auf Fuerte, wie sie ihre Insel liebevoll nennt. Ich höre mir geduldig die Geschichten vom tollen Wetter, dem fantastischen Strand, dem vorzüglichen Essen und dem abwechslungsreichen Sport- und Unterhaltungsprogramm an, aber eigentlich interessiert mich die Sache mit Sebastian viel brennender.

»Ja, wir haben ein paar Mal gemailt«, sagt Katrin, als wir auf die A92 einbiegen.

»Ein paar Mal? Nicht täglich?«, will ich wissen.

»Nö, ich wollte nicht meinen halben Urlaub im Internetcafé

verbringen«, sagt Katrin, »aber ich muss dir noch von unserer Mountainbiketour erzählen!«

»Katrin, lenk nicht ab!«

»Wovon?«

»Von Sebastian! Hast du ihn vermisst?«

»Ein bisschen.« Das kommt zögernd.

»Ein bisschen nur?«

»Charlotte, ich kannte ihn doch gerade mal zehn Tage lang, bevor ich in den Urlaub geflogen bin. Wie soll man jemanden vermissen, den man kaum kennt?«

»Oh, oh.«

»Wie, oh, oh?«

»Das hört sich nicht nach der großen Liebe an«, sage ich enttäuscht.

»Er kommt morgen wieder«, meint Katrin statt einer Antwort.

»Ja und? Holst du ihn vom Flughafen ab?«

»Ich habe ihn gefragt, ob ich ihn abholen soll. Habe aber keine Antwort bekommen.«

»Wann war das?«

»Vor vier Tagen.«

»Na ja, vielleicht ist er gerade irgendwo, wo er kein Internet hat?«

»Charlotte, der Mann besitzt ein iPhone.«

»Oh.«

Ich überlege kurz und frage dann: »Wie war es eigentlich bei deinem Abflug? Er wollte dich doch zum Flughafen bringen, weil er erst zwei Tage später selbst wegflog.«

»Ach, das hat er vergeigt.«

»Wie??«

»Er fährt doch diesen kleinen Lupo, in den mein Gepäck nicht reingepasst hätte. Also wollte er sich von der Firma einen größeren Wagen ausleihen. Das hat aber nicht geklappt oder er hat es vergessen. Also bin ich mit der S-Bahn zum Flughafen gefahren.«

Sebastian, den ich noch nie gesehen habe, verliert bei mir auf einen Schlag sieben seiner zehn Vorschuss-Sympathiepunkte.

»Sorry, Katrin, aber der Typ ist möglicherweise ein Stoffel.«
»Aber was hätte er denn deiner Meinung nach machen sollen?
Ein Auto mieten?«
»Nicht unbedingt. Romantisch wäre es zum Beispiel gewesen,
wenn er dich trotzdem zum Flughafen gebracht hätte. Mit der
S-Bahn. Das hätte Format, Stil und Originalität besessen.«
»Stimmt. Na ja, wir werden sehen.« Katrin klingt nicht sehr
verzweifelt.

»Erzähl lieber mal von dir!«, sagt sie, als wir gerade an der Allianz-Arena vorbeifahren. »Geht's dir gut? Keine Übelkeit? Wie
war der letzte Frauenarzttermin? Wächst dein Krümel schön?
Und ist alles okay mit Frank?«
»Dem Baby geht's super«, berichte ich, erzähle vom letzten Ultraschall und merke, wie sich dieses Grinsen wieder auf meinem
Gesicht ausbreitet. Ich habe mich immer noch nicht daran gewöhnt, dass ich einen sehr kleinen neuen Menschen in meinem
Bauch trage. Einen Menschen mit Kopf, Armen und Beinen,
ja sogar schon mit Fingern und Zehen. Und jedes Mal, wenn ich
mir das vor Augen führe, überwältigt mich dieses Wunder von
neuem.
»Und mit Frank … Ach, Katrin. Es könnte alles so einfach
sein.«
»Isses aber nicht?«
»Nein, gar nicht. Wir verstehen uns momentan nicht besonders
gut. Er begreift einfach nicht, dass ich, nur weil ich schwanger
bin, nicht brav abends zu Hause sitzen möchte. Es ist ja nicht
so, dass ich saufen gehe. Ich lebe strikt antialkoholisch und
trinke nur noch einen Milchkaffee pro Tag. Zigaretten rühre
ich nicht mehr an, und dank Rauchverbot hocke ich auch nicht
in verqualmten Kneipen. Und trotzdem macht er mir jedes Mal
Stress, wenn ich nach Hause komme!« Ich lasse die Uhrzeiten
meines Heimkehrens unter den Tisch fallen und fahre fort:
»Aber Tom ist total süß. Er hat mich in den langen Tagen vor
dem letzten Arzttermin so aufgebaut, echt toll.«

Ich erzähle meiner Freundin vom Essengehen und Kino, Wii-Spielen und Spaghettiessen mit Tom.

»Kein Wunder, dass Frank angefressen ist«, sagt sie nur.

»Aber warum?«

»Charlotte. Willst du das nicht sehen, oder siehst du es nicht? Tom ist ein Mann. Und Frank auch. Und du bist eine Frau. Franks Frau.«

»Freundin.«

»Egal. Muss ich es dir wirklich noch näher erklären?«

Ich biege auf den Mittleren Ring ab, was mir etwas spät einfällt und mir deswegen dank Spurwechsel, Schulterblick und hoher Verkehrsdichte ein paar Sekunden Aufschub verschafft.

»Aber Tom ist …«, beginne ich, als wir den Ring sicher erreicht haben, doch Katrin unterbricht mich.

»… dein bester Freund, ja. Trotzdem ist und bleibt er ein Kerl. Und noch dazu ein ziemlich attraktiver.«

»Echt? Findest du?« Ich beschließe, mir Tom beim nächsten Treffen etwas genauer anzusehen.

»Jedenfalls kann ich Frank sehr gut verstehen«, sagt Katrin, »versetz dich doch einfach mal in seine Lage. Oder stell dir vor, es wäre umgekehrt. Ihr bekommt ein Kind zusammen, und er verbringt seine Abende bis spät in die Nacht mit seiner besten Freundin, lässt sich von ihr ablenken, trösten, bespaßen und bekochen. Was würdest du sagen?«

Komisch, ich habe doch gar nicht erwähnt, dass es immer so spät geworden ist mit Tom. Woher weiß sie das?

»Aber ich empfinde nichts für Tom – außer Freundschaft«, sage ich, »und außerdem bin ich schwanger! Von Frank. Allein dadurch bin ich doch für Tom das uninteressanteste weibliche Wesen auf diesem Planeten, direkt nach seiner Tante Waltraut!«

»Ach ja? Hat er das gesagt?«

»Natürlich nicht. Aber das ist einfach so. Wenn eine Frau schwanger ist, und zwar von einem anderen Mann, wird sie für Tom automatisch neutraler als die Schweiz.«

»Bist du dir da ganz sicher?«

»Ja«, sage ich, »und selbst wenn nicht: Ich will nichts von Tom. Das ist ja wohl noch wichtiger.«

»Schon klar«, sagt Katrin, »ich wollte dir auch gar nicht unterstellen, dass da etwas nicht freundschaftlich abläuft. Ich wollte dir nur veranschaulichen, wie Frank denkt. Und warum er angefressen ist.«

Ich bin ganz froh, dass auf dem Ring kein Stau ist und wir zügig Katrins Wohnung in der Schwabinger Hohenzollernstraße erreichen. Wir tragen ihr Gepäck in den dritten Stock. Also, Katrin trägt und ich stapfe hinterher. Dann sortiert sie in ihrer großen, gemütlichen Küche, in der wir schon so viele Abende und Nächte gesessen, geraucht, getrunken und geredet haben, ihre Schmutzwäsche, während ich das Wasser aufdrehe und die Espressomaschine wiederbelebe.

»Vergiss es, ich habe leider keine H-Milch da«, sagt Katrin bedauernd. Ich antworte nicht, sondern öffne die Kühlschranktür und hole wie selbstverständlich die unangebrochene Packung Frischmilch heraus, die ich gestern gekauft habe. Dabei lasse ich den Kühlschrank so lange offen, dass sie auch den Bergkäse, die Lachscreme, den luftgetrockneten Putenschinken, die Paprika und den Joghurt sehen kann.

»Süße, du bist der Wahnsinn«, freut sie sich, »hast du etwa …« Sie öffnet ihren Vorratsschrank. »Krass! Pfisterbrot und Toast hast du auch gekauft! Danke, Charlotte.«

»Schon gut«, murmle ich und beschäftige mich schnell mit dem elektrischen Milchschäumer. Sie soll nicht sehen, dass ich gerührt von meiner eigenen Freundlichkeit bin.

Dienstag

Gestern Abend waren Frank und ich auf dem Geburtstag von Angela eingeladen. Angela ist eine alte Studienfreundin von mir, ihr Sohn Mika ist zweieinhalb. Sie feierte im No Mi Ya, einem bayerisch-japanischen Lokal in der Wörthstraße. Ich war aufgeregt, als ich das Restaurant betrat. Angela wusste noch nichts von meiner Schwangerschaft, wohl aber, dass ich gerne ein Kind wollte und Probleme damit hatte, schwanger zu werden. Umso mehr würden sie und ihr Mann Claus sich über die Neuigkeiten freuen.

»Hey Angela, alles Liebe zum Geburtstag!« Ich quetschte mich zwischen zwei Tischen hindurch, um das Geburtstagskind zu umarmen. »Frank kommt etwas später, er hängt noch in der Redaktion fest«, berichtete ich.

»Schön, dass du schon da bist«, fand Angela und küsste mich auf beide Wangen, »ich hatte eigentlich nicht vor neun mit dir gerechnet. Hast du Urlaub?«

»Nee«, lachte ich, »ach, du, ich mach mir nicht mehr so einen Stress. Es dankt einem eh keiner, wenn man jeden Abend bis acht oder zehn im Büro sitzt. Und mit der Arbeit werde ich so oder so nie fertig.«

»Hast recht. Komm, setz dich. Was möchtest du trinken? Bier?«

»Ein alkoholfreies, wenn's geht«, sagte ich und beobachtete Angelas Gesicht.

»Na klar«, sagte sie nur und bestellte mein Bier bei der Kellnerin. Sie schöpfte wirklich keinen Verdacht. Ich grinste innerlich und freute mich auf ihre Reaktion, wenn ich es ihr erzählen würde. Aber ich wollte auf Frank warten – schließlich sollte er den Moment auch genießen können.

Wir aßen eingelegten Spinat mit Sesamsauce, Satéspieße, grüne Bohnen und Sushi in allen Varianten, das auf großen Platten an die Tische gebracht wurde. Bei Sushi achtete ich darauf, hauptsächlich Vegetarisches zu erwischen, was allerdings einfach war, denn Angela isst weder Fleisch noch Fisch.

Um kurz nach neun kam dann auch endlich Frank.

»Na endlich«, flüsterte ich ihm ins Ohr, kaum dass er seine Jacke abgelegt, Angela gratuliert und sich neben mich gesetzt hatte, »ich platze schon fast, ich möchte es Angela und Claus doch heute Abend erzählen!«

»Was willst du erzählen?« Frank runzelte die Stirn.

»Frank! Was wohl!« Ich deutete mit den Augen auf mein gerade mal ahnbares Mini-Bäuchlein.

»Ach so«, sagte Frank, »findest du nicht, dass du ein bisschen viel Theater darum machst?«

»Na hör mal, es ist unser erstes Kind, und ich finde das alles irrsinnig aufregend, du etwa nicht? Das ist doch etwas ganz Besonderes!« Ich spürte, wie ein bisschen Wut in mir aufstieg, und stellte gleichzeitig fest, dass wir schon wieder fast am Streiten waren. Früher war das äußerst selten passiert. Was hatte sich nur geändert? Warum gelang es Frank auf einmal ständig, mich auf die Palme zu bringen? Waren das wirklich nur die Hormone und meine Nerven?

»Ja, schon«, unterbrach Frank meine Grübelei, »aber bleib mal bitte auf dem Teppich, Charlotte. Nur, weil du schwanger bist, hört die Welt nicht auf, sich zu drehen. Klar ist es spannend und neu und auch total toll, aber es ist doch auch das Normalste von der Welt, oder nicht?«

»Finde ich nicht«, widersprach ich, »oder hast du vergessen, wie lange wir es erfolglos versucht haben?« Mittlerweile hatte ich das Flüstern aufgegeben, weil die Lautstärke im No Mi Ya sowieso ziemlich hoch war und keiner der anderen Gäste verstehen konnte, worüber wir uns unterhielten. Ich hörte meine eigene Stimme und erschrak. Ich klang genauso wie meine Mutter, wenn sie sich darüber aufregt, dass der linke Nachbar schon wieder nicht vor seinem Haus Schnee geschippt hat. Meine Stimme war einen Tick zu hoch und etwas piepsig.

»Ach Maus …«, sagte Frank, »du hast ja recht. Natürlich ist es etwas ganz Besonderes, dass wir nun wirklich ein Baby bekommen.« Er legte seinen Arm um mich und zog mich zu sich heran. »Aber vergiss nicht, dass die anderen Leute es vielleicht nicht ganz so aufregend finden. Ich will doch nur nicht, dass du enttäuscht bist, wenn ihr Enthusiasmus nicht so groß ist, wie du ihn dir vorgestellt hast.«

Ich gab nach. Argumentativ und körperlich. Entspannte meine Muskeln und ließ auch den Kiefer locker. Wenn ich mich ärgere, beiße ich nämlich immer die Zähne fest aufeinander, was meinem Gesicht einen strengen und nicht gerade schönen Ausdruck verleiht.

»Na, ihr zwei Turteltäubchen?« Angela hatte ihre Geschenke ausgepackt und setzte sich zu uns.

»Angela«, ergriff ich die Gelegenheit, »ich muss dir was erzählen!« Jetzt bloß kein Riesen-Tamtam, ermahnte ich mich selbst, sag's einfach.

»Ja, was denn?«

»Ich bin schwanger.« Gegen das breite Grinsen, das von meinem Gesicht Besitz ergriff, konnte ich allerdings nichts tun.

»Nein! Wow! Charlotte, das ist ja fantastisch! Ich freu mich so für dich! Und für dich natürlich auch, Frank. Herzlichen Glückwunsch!«

»Danke dir.«

»Toll, dass es endlich geklappt hat. Du, und stell dir vor – ich bin auch wieder schwanger! Wann kommt denn euer Baby?«

»Am 27. Juli«, sagte Frank wie aus der Pistole geschossen, und ich sah ihn von der Seite an und freute mich, dass er sich gleich an das Datum erinnerte. Vielleicht hatte ich ihm unrecht getan. Er hat einfach eine ganz andere Art, mit Dingen umzugehen, als ich, ist ruhiger, in sich gekehrter. Was nicht heißt, dass ihn die Dinge nicht interessieren.

»Mensch, toll. Echt.« Angela fiel uns nacheinander um den Hals.

»Und deines? Wann hast du Termin?«

»Am 18. August«, sagte Angela. »Und stell dir vor – wir sind nicht die beiden einzigen Schwangeren heute Abend! Heike ist die Dritte im Bunde – ich glaube, sie hat ein paar Tage vor dir Termin, Charlotte. Heike, komm mal zu uns rüber! Schnell!«

»… bevor die Wehen einsetzen«, hörte ich Frank murmeln und warf ihm einen strafenden Blick zu.

Für die nächste Stunde drehte sich unser Gespräch ausschließlich um Entbindungstermine, Ultraschalluntersuchungen und Schwangerschaftsbeschwerden und -gelüste. Wir verglichen unsere Bäuchlein, unterhielten uns über Namen und Babyklamotten. Und irgendwann mittendrin merkte ich, dass ich unglaublich glücklich war. Endlich gehörte ich dazu. Endlich durfte ich mitreden, mich auch vorfreuen, endlich auch schwanger sein! Endlich war die Angst Vergangenheit, das alles vielleicht nie zu erleben. Ich stieg für einen Moment aus dem Preggietalk aus, nur für eine Minute oder vielleicht zwei, lehnte mich zurück und sog den Moment in mich auf. Und als ich zu Frank hinübersah, der sich angeregt mit Claus und ein paar anderen Männern unterhielt und fröhlich lachte, fühlte sich auch dieser Bereich meines Lebens wieder rund und richtig an. Plötzlich sah ich auch wieder, wie schön mein Freund war. Nicht, dass mir das Äußere so wichtig wäre. Aber wenn man jemanden liebt, findet man ihn automatisch schön. Und als ich Frank wieder schön fand, wusste ich, dass ich ihn noch liebte.

Freitag. Saalbach-Hinterglemm.

Ich bin in den Bergen. Manchmal ist das Leben schon seltsam. Erst vor ein paar Tagen habe ich mich bei Frank beklagt und über unser langweiliges Leben gejammert. Habe mich gegrämt, weil es immer die anderen sind, die tolle Dinge machen. Und im Internetzeitalter ist das ja alles noch viel schlimmer. Früher hat man sich auf Partys oder beim Bier in der Kneipe von Unternehmungen, Ausflügen und Urlauben erzählt und im schlimmsten Fall ein paar Fotos durchgeblättert. Heute aber kommt man der beneidenswerten Lebensgestaltung der Freunde kaum noch aus. Auf Facebook wird die Reise oder der Wochenendtrip zunächst schon Tage bis Wochen vorher angekündigt. »Michael freut sich schon irrsinnig aufs Tauchen in Ägypten« steht dort dann zu lesen oder, gerne auch ganz kosmopolitisch und für die englischsprachigen Freunde, »Isabell is on her way to St. Moritz«. Erste Neidgefühle kommen auf. Dann folgen die Statusmeldungen vom Handy aus. Auch wenn man es als daheim und im Büro Gebliebener nicht wissen möchte, wird man über die Wetterlage, die fantastischen Tauchgründe und das

Essen informiert. Und kaum sind die Urlauber wieder zurück, folgt das virtuelle Fotoalbum mit lauter glücklichen Gesichtern unter Wasser oder im Schnee. Die unfreiwillige Voyeurin des Ganzen – ich – fragt sich unwillkürlich, wann sie eigentlich das letzte Mal etwas Spannenderes fotografiert hat als die Sonne, die hinter der St.-Elisabeth-Kirche untergeht. Überall kann man heute in die Leben der anderen hineingucken, nicht nur bei Facebook, auch auf Flickr, Dopplr oder bei Twitter. Mehr noch, man wird fast genötigt, mitzubekommen, was die anderen so machen. Und auch wenn ich versuche, mich für Michael und Isabell zu freuen – manchmal wird mir durch die vielen bunten Internetfotos meiner Freunde erst so richtig bewusst, wie wenig eigentlich in meinem Leben passiert.

Dieser Zustand änderte sich vorgestern, als das Telefon klingelte.

»Hi, hier ist Markus! Wie geht's euch?« Markus ist nicht nur Toms bester Freund, sondern gleichzeitig ein guter Kumpel von Frank. Er nimmt Frank ab und zu mal in die Allianz-Arena zu Bayern-Spielen mit, denn sein Vater geht mit Uli Hoeneß Golf spielen. Tom ist zwar auch fußballbegeistert, sympathisiert aber aus mir unerklärlichen Gründen mit dem TSV 1860 München.

»Gut, danke, und selber?«

»Auch gut. Ach ja, herzlichen Glückwunsch übrigens zum Nachwuchs! Frank hat es mir letzte Woche erzählt.«

»Danke! Willst du ihn sprechen? Er ist mit Michi unterwegs, auf einem Whisky-Festival. Aber ich kann ihm sagen, dass du angerufen hast.«

»Du, ich wollte eigentlich fragen, ob ihr spontan Lust habt, mit in die Berge zu fahren. Von Freitag bis Sonntag. Sandra hat im Radio ein Wintererlebnis gewonnen und kann noch ein paar Leute mitnehmen!«

»Ein Wintererlebnis? Klingt ja spannend. Wenn es sich um Eisklettern oder Skifahren handelt, muss ich aber leider passen. Du weißt ja ...«

»Nee, schon klar. Es ist nichts Wildes. Schneeschuhwandern und ein schönes Hotel. Eher die romantische Schiene. Na, wie klingt das? Seid ihr dabei?«

»Das hört sich super an!« Ich sah vor meinem inneren Auge schon mein Fotoalbum »Schneeschuhgaudi« auf Facebook.

»Das Problem ist nur, wir müssten es wirklich bald wissen. Genauer gesagt, jetzt. Kannst du Frank erreichen und ihn fragen?«

»Ja klar, Markus. Ich rufe dich in zehn Minuten zurück!«

Aufgeregt wählte ich Franks Handynummer. »Der gewünschte Teilnehmer ist momentan nicht verfügbar. Wenn Sie eine Rückrufbitte per SMS senden wollen, drücken Sie bitte die 1.« Ich drückte nicht die 1, sondern schrieb lieber selbst eine Kurzmitteilung.

> Kannst du dir Freitag freinehmen? Wir können mit Markus und Sandra zum Schneeschuhwandern in die Berge fahren. Ich würde sehr, sehr gerne! Bitte melde dich gleich bei mir, wenn du das liest, es eilt! Danke, Bussi, C.

20 Uhr 34. Ich wartete. Nichts passierte. Keine SMS, kein Anruf. Um 20 Uhr 42 versuchte ich es noch einmal bei Frank. Sein Handy war immer noch ausgeschaltet. Mist.

Um 20 Uhr 45 rief ich Markus zurück.

»Hi Markus, Charlotte hier. Du, ich habe Frank nicht erreicht. Sein Handy ist aus. Aber er kann bestimmt einen Tag Urlaub nehmen. Sein Chef ist da nicht so. Wir kommen also sehr gerne mit!«

»Cool. Das freut mich!« Markus erklärte mir das genaue Prozedere des Kurztrips. »Ihr braucht eigentlich nichts außer ein paar warmen Klamotten, Bergschuhen und Skistöcken, wenn ihr habt. Die Schneeschuhe bekommen wir vor Ort gestellt. Und ihr könnt auch bei uns mitfahren, wir haben genug Platz im Auto. Sagen wir, Freitag um acht bei euch?«

»Super. Mensch, ich freu mich riesig. Ich war schon traurig, dass ich diese Saison gar nicht in die Berge komme, aber an Schneeschuhwandern habe ich gar nicht gedacht!«

»Wir auch nicht«, lachte Markus, »aber laut Radio ist das der neueste Trend und macht unheimlich viel Spaß. Na ja, wir werden sehen. Lustig wird es allemal.«

Und so kam es, dass ich jetzt in den Bergen bin. Genauer gesagt, in Saalbach-Hinterglemm und in einem schicken, modernen und riesigen Vier-Sterne-Hotel. Ich möchte gar nicht wissen, was die Suite kosten würde, wenn ich sie bezahlen müsste, und ich befürchte, sie ist größer als Franks und meine Wohnung. Im Badezimmer bekomme ich Agoraphobie, und der Spiegel dort ist so riesig, dass ich gar nicht weiß, wie ich wegschauen soll. Ich mag es nämlich nicht besonders, wenn ich mir ständig selbst begegne, während ich mir die Zähne putze oder das Gesicht wasche. Noch dazu in so einem perfekt ausgeleuchteten Bad wie diesem. In meinem Gesicht sehe ich Pickel, die ich noch gar nicht habe.

Aber sonst ist die Suite super. Der Bademantel ist dick und flauschig, die Frottee-Schlappen sind stabil, und ihre Sohle knickt nicht bei jedem zweiten Schritt unter den Zehen nach unten um. Ich kann es nicht leiden, wenn teure Hotels an ihren Hausschuhen sparen.

Das Schneeschuhwandern war fantastisch. Am Anfang sind diese großen Alu-Sohlen unter den Schuhen etwas gewöhnungsbedürftig, aber wenn man mal seinen Rhythmus gefunden hat, kommt man damit überraschend leicht voran. Wir machten eine leichte Tour im Talschluss, immer an der Saalach entlang. Am Wendepunkt gab es Kaiserschmarrn und heiße Schokolade auf einer Hütte, und dann ging es in der zunächst blauen und dann blauschwarzen Abenddämmerung zurück zum Ausgangspunkt in Hinterglemm. Während des Gehens fand ich das Schneeschuhwandern nicht anstrengend, aber jetzt, nach dem Schwimmen und dem Dampfbad, merke ich, wie müde ich bin. Ich spüre eine ganz spezielle Müdigkeit, die es nur im Winter gibt, und nur nach viel Bewegung in der Kälte. Ich liebe dieses Gefühl. Die schweren Glieder, die warme Haut, das sichere Wissen, heute Abend kein Einschlafproblem zu haben, sogar die trockenen Augen liebe ich, die sich schon darauf freuen, sich bald für mindestens acht Stunden schließen zu dürfen. Und ich genieße dieses Gefühl, weil ich weiß, dass ich heute nicht mehr ins Freie muss. Nur noch ein gemütliches Abendessen hier im Hotel, und dann darf ich mich mit einem Buch und einer Tafel Schokolade ins Bett kuscheln, noch ein wenig lesen und ziemlich bald selig einschlafen. Das Leben ist so schön.

»Ist das Leben nicht schön?«
»Mann, hast du mich erschreckt.«
»Tut mir leid.«
»Aber: ja. Das ist es.«
»Was ist was?«
»Das Leben. Schön. Wunderschön sogar.«
Er trägt den zweiten Bademantel. Und ein paar Haare auf der Brust, die schon ein wenig grau sind. Oder sind sie aschblond? So genau kann ich das von der Entfernung und mit meinen trockenen Augen nicht erkennen.
»Charlie, ist das wirklich okay? Soll ich nicht doch lieber fragen, ob sie noch ein zweites Zimmer haben? Wäre kein Problem!«
»Ach, Schmarrn. Das ist doch albern. Wir sind doch erwachsene Menschen.«
»Ja. Eben.«
»Wie meinst du das?«
»Vergiss es.«
»Mach dir keine Gedanken. Frank weiß Bescheid, ich habe vorhin mit ihm telefoniert, und er hatte nichts dagegen, dass wir uns die Suite teilen.« Gejubelt hat er auch nicht gerade, denke ich den Satz weiter. Eigentlich war er sogar alles andere als begeistert. Aber als ich meiner Stimme dann einen leicht verletz-

ten Klang gab, etwas leiser sprach und ihm vorwarf, er würde mir schlimme Dinge unterstellen und mir nicht vertrauen, lenkte er widerwillig ein. »Natürlich vertraue ich dir«, sagte er, »und trotzdem finde ich das nicht gut.«

Damit kann ich allerdings leben. Schließlich war das alles ganz anders geplant. Natürlich sollte Frank mit mir nach Saalbach-Hinterglemm fahren. Ein gediegenes Pärchen-Event sollte dieses verlängerte Wochenende werden. Leider hatte ich vergessen, dass Franks Kollege Urlaub hat und Frank deswegen nicht freibekommt, im Gegenteil, sogar am Samstag arbeiten muss. Angeblich hatte er mir das schon vor ein paar Wochen erzählt. Aber seit ich schwanger bin, funktioniert mein Kurzzeitgedächtnis nur noch mangelhaft.

Natürlich hätte ich Katrin fragen können, ob sie mitkommen will. Oder Becky oder Miriam. Aber Tom lag einfach näher. Ich wusste, dass er sowieso heute freihatte und am Wochenende nichts vor, außer endlich mal seinen Keller zu entrümpeln und Sachen zum Wertstoffhof zu fahren. Klar, dass er gerne bereit war, dieses Vorhaben auf die Woche drauf zu verschieben. Und schließlich kann Tom nichts dafür, dass er ein Mann ist. Sollte er deswegen auf ein Wochenende in den verschneiten Bergen verzichten müssen?

Das Abendessen ist vorzüglich. Trotzdem fühle ich mich danach ein bisschen, als sei es mir nicht ganz bekommen. Mir ist nicht schlecht, aber irgendwas stört mich.

»Tom, ich geh ins Bett. Bin todmüde. Gute Nacht!«

»Oh, war das doch zu viel für dich heute? Hoffentlich hast du dich nicht überanstrengt.«

»Ich bin schwanger, nicht krank!«

»Trotzdem. Auch wenn du es noch nicht spürst, da passieren doch momentan gewaltige Dinge in deinem Körper.«

»Seit wann interessiert dich mein Körper?« Ich grinse, merke aber im nächsten Moment, dass dieser Witz keine besonders gute Idee war. Tom wird nämlich rot. Ein seltener Anblick. Ich kann mich nicht erinnern, ihn schon einmal erröten gesehen zu haben.

»Gute Nacht«, wiederhole ich, winke ihm zu und trete die Flucht in mein Schlafzimmer an. Ich muss Frank unbedingt noch anrufen und ihm erzählen, dass die Suite zwei getrennte Schlafzimmer hat. Das wird ihn beruhigen. Obwohl … Nicht, dass Frank denkt, ich würde befürchten, ein Schlafzimmer mit Tom zu teilen, wäre ein Problem oder gar gefährlich. Vielleicht erwähne ich lieber nichts. Vielleicht rufe ich Frank auch erst morgen an. Wir gehören eigentlich nicht zu der Sorte Pärchen, die ständig miteinander telefonieren, nur weil sie mal für ein paar Stunden räumlich voneinander getrennt sind.

Samstag

Mein leichtes Unwohlsein ist verflogen. Wahrscheinlich war ich gestern einfach nur müde und habe die zehn Stunden Schlaf am Stück dringend gebraucht. Heute fühle ich mich großartig. Ich habe Energie, gute Laune und keinerlei körperliche Beschwerden. Die Sonne scheint, und ich freue mich unbändig auf einen weiteren Tag im Schnee. Auch heute steht wieder eine Schneeschuhtour auf dem Programm. Diesmal nicht unten im Tal, sondern oben auf dem Berg. Wir machen eine geführte Wanderung zu einer Hütte, die man sonst nur als Skitourengeher erreicht. Aber zunächst frühstücken Markus und Sandra, Tom und ich ausgiebig im sonnendurchfluteten Speisesaal des Hotels. Und zum ersten Mal in meinem Leben kann ich die blendend helle Morgensonne unbeschwert genießen. Die Schwangerschaft hat meine Haut zart und makellos gemacht. Nicht, dass ich vorher Akne hatte, aber ein paar Pickel verirrten sich selbst im Alter von über dreißig noch manchmal in mein Gesicht. Und wenn das passiert, büßt das Phänomen »von der Morgensonne geweckt werden« einiges an Attraktivität ein. Genauso wie die fast brutal helle Wintersonne, die durch den vielen Schnee noch verstärkt wird, mitten im Gesicht. Da wird jede vergrößerte Pore zum Krater. Aber die Hormone, die meine Psyche so durcheinanderbringen, machen meine Haut glatt und mein Haar dick und glänzend. Andersherum wäre es mir zwar lieber, aber das Leben ist kein Wunschkonzert. Und eine Schwangerschaft erst recht nicht.

Um zehn Uhr treffen wir Toni, unseren Schneeschuh-Guide, an der Rezeption. Er hat die Leihschuhe von gestern dabei und erklärt uns, wie der Tag ablaufen wird.

»Wir fahren mit der Gondel bis zur Mittelstation. Dort schnallen wir dann die Schneeschuhe an und machen uns auf den Weg zur Rossalmhütte. Auf der Hütte machen wir Mittagspause und Jause. Dann gehen wir weiter in dieses einsame Seitental …« Toni zeigt uns das Tal auf einer Karte. »Dort gibt es keine Skilifte und keine Touristen mehr, wir sind ganz unter uns. Ungefähr hier …«, er deutet mit dem Finger auf einen weißen Fleck auf der Karte, »… bauen wir dann unser Iglu für die Nacht!«

»Iglu?«, fragt jemand mit piepsiger Stimme, »Nacht?« Ich stelle fest, dass ich es bin.

»Keine Sorge«, sagt Toni lachend, »das hört sich kälter an, als es ist. Wir stellen euch Profi-Outdoor-Schlafsäcke zur Verfügung, die bei Temperaturen bis unter minus dreißig Grad warm halten!«

Mich friert schon bei der Verwendung der Wörter »Iglu« und »Übernachtung« in einem Satz. Es gibt ja Leute, die freiwillig nach Schweden fahren, um dort im berühmten Eishotel zu nächtigen. Ich gehöre nicht dazu. Meine Träume von exotischen Schlafplätzen haben eher mit Strand und Palmen zu tun als mit Eis und Schnee. Aber ich will keine Spielverderberin sein, und vor allem will ich mich nicht mit meiner Schwangerschaft rausreden, von der Toni sowieso nichts weiß.

Tom wirft mir einen besorgten Seitenblick zu, den ich eher spüre als sehe. Auf einmal bin ich sehr motiviert für eine Nacht im Iglu. Wenn mein Baby erst auf der Welt ist, werden meine

Nächte zwar nicht erholsam werden, aber das Abenteuer wird sich auf Schnullersuchaktionen und Schlafliedersingen beschränken. In einem halben Jahr werde ich vermutlich sehnsüchtig an die Nacht in den Bergen zurückdenken. Iglu, ich komme!

»Bist du sicher, dass du das mitmachen willst?«, fragt Tom, als wir den hellgelb gestrichenen Gang entlang und am Schwimmbad vorbei zu unserer Suite gehen, um uns umzuziehen. »Du musst keinem was beweisen. Das weißt du.«

»Klar weiß ich das«, sage ich und lüge: »Es geht auch nicht darum, jemandem etwas zu beweisen. Ich habe einfach richtig Lust auf dieses Abenteuer!«

Tom belässt es bei einem skeptischen Seitenblick.

In der Suite mache ich mich schneefest. Meine heißgeliebte schwarze Columbia-Skihose passt zum Glück gerade eben noch. Drei Jahre habe ich gebraucht, um sie zu finden – die einzige Skihose auf der Welt, die wirklich warm hält und in der ich gleichzeitig nicht aussehe, als hätte ich enorm dicke, dafür aber kurze Beine. Früher habe ich mir immer in diesen dünnen »Jethosen« den Hintern und die Schenkel abgefroren, nur weil sie eine schlanke Silhouette machten. Bis ich Miss Columbia fand, die perfekte Skihose. Ein hellgraues Skihemd, ein schwarzer Fleecepulli von Bench und darüber meine hellblaue Skijacke mit Fellkapuze komplettieren mein Winteroutfit.

»Tom, habe ich noch was Wichtiges vergessen? Mütze, Handschuhe, Handy, Kamera, Zahnbürste, Zahnpasta, Geld, Sonnencreme …«

»Geld? Wozu brauchst du oben am Berg Geld? In einem einsamen Seitental, in dem nur der Wind über die Schneeflächen pfeift? Dort kannst du dir keine Erbsensuppe kaufen …«

»TOM!«

»Charlie?«

»Gehen wir.«

Als wir zur Rezeption zurückgehen, um die anderen und Toni dort zu treffen, ärgere ich mich darüber, dass mir keine passende Antwort eingefallen ist. Aber leider war ich noch nie schlagfertig. Tom muss mich für völlig humorlos halten.

»Na, alle bereit für das große Abenteuer?«, ruft Toni gut gelaunt in unsere kleine Runde. Und mir wird auf einmal doch ein wenig mulmig zumute. Werde ich das packen dort oben? Bin ich noch fit genug? Ich erinnere mich ans Wii-Spielen und den Muskelkater, den ich vom virtuellen Tennis hatte. Meine mangelnde Fitness liegt natürlich nicht daran, dass ich ein Baby erwarte, sondern an meiner Faulheit. Die Schwangerschaft war die beste Ausrede, um das Joggen, das ich ein bis zwei Mal pro Woche eher lustlos betrieb, mit sofortiger Wirkung einzustellen. Seit Oktober, also seit dem Thailandurlaub, habe ich keinen Sport mehr gemacht.

»Das schaffst du schon«, flüstert Tom mir zu, als wir gemeinsam das Hotel verlassen und in Richtung Skilift marschieren, »mit links!« Als ob er meine Gedanken lesen könnte.

Das Fundament unseres Iglus steht schon, als wir am Nachmittag nach einer mäßig anstrengenden und wunderschönen Schneeschuhwanderung unseren Schlafplatz im wirklich sehr einsamen Seitental erreichen. Ich bin ein bisschen enttäuscht.

»Ich dachte, wir suchen uns selbst einen schönen Platz aus …«, sage ich zu Sandra.

»Das dachte ich auch. Aber wahrscheinlich würde es sonst zu lange dauern, das Ding zu errichten.«

»Toni, wie lange dauert es denn, so ein Iglu zu bauen?«

»Wenn man gut geübt ist, vier bis fünf Stunden«, klärt uns Toni auf. Aha. Deswegen also die Vorarbeit. Drei Schneeblockreihen der Igluwand stehen schon. Die Blöcke sind spiralförmig angeordnet, nicht gerade, fällt mir auf. Und ich muss mir eingestehen, dass ich mich noch nie zuvor mit dem Thema Iglu beschäftigt habe. Außer vielleicht im Fischstäbchenkontext.

»Jetzt müssen wir sehr exakt weiterarbeiten«, erklärt Toni und beauftragt uns, mit einer Schneesäge Blöcke aus dem festen Schnee am Boden zu schneiden. »Ungefähr 20 Zentimeter dick, 40 Zentimeter breit und 30 Zentimeter hoch, bitte.« Gar nicht so einfach. Toms und Markus' erste Versuche werden von Toni mit einem freundlichen Lachen quittiert: »Buam, macht's ihr Eiswürfel für die Drinks der Ladys, oder denkt ihr etwa, das seien 20 Zentimeter?« Markus gelingt die Schneeblocksägerei nach einer Weile jedoch ganz gut, und auch Tom fabriziert nach einigen weiteren Fehlversuchen ansehnliche weiße Bauklötze. Sandra und ich verlegen uns aufs Zusehen, Blöcke-Einpassen und Fotografieren. Die Zeit vergeht rasend schnell, und als es dämmert, setzen die Männer stolz den Schlussblock oben ins Iglu ein. Jetzt noch den Eingang ausbauen und einen kleinen Windfang formen, und fertig ist unser Schneehaus.

»Wir graben den Ein- und Ausgang etwas tiefer in den Boden«, erklärt Toni, »dann ist es nachher wärmer im Iglu.«

»Wieso?«, will ich wissen.

»Weil dann die Luft im Inneren des Iglus, die sich durch unseren Atem erwärmt, im Iglu bleibt und weniger kalte Luft von außen ins Iglu fließt«, erläutert Toni. »Denn ihr wisst ja, warme Luft steigt nach oben.«

Ich bin ehrlich begeistert und helfe mit, die Fugen zwischen den Blöcken von außen mit Schnee abzudichten. Bei Einbruch der Dunkelheit ist das Schneehäuschen schließlich fertig.

»Ich kannte Iglus bisher ja nur aus Eskimo-Cartoons«, sagt Tom zu Toni, »und ich hätte nie gedacht, dass so ein Ding so viel Platz bietet. Und es fühlt sich im Inneren wirklich wärmer an als draußen!«

»Das ist es auch«, sagt Toni, »ein Iglu ist wärmer, trockener und natürlich viel stabiler als ein Zelt. Wenn man das Iglu gut abdichtet, dämmt der Schnee hervorragend, und es ist im Inneren windstill. Und gar nicht so kalt, wie man denkt. Wenn also heute Nacht die Temperatur auf minus 20 Grad fällt, hat es im Iglu immer noch kuschelige zwei bis fünf Grad!«

Die Worte kuschelig und zwei Grad in einem Satz zu verwenden, finde ich gewagt, aber ich vertraue auf die Profi-Schlafsäcke. Die sehen gut aus. Innen Polarfleece, außen beschichtet, dazwischen Daunen. Statt Betten gibt es im Iglu Holzbretter, auf die Decken und Felle gebreitet werden.

»Und wo ist hier das Klo?« Sandra spricht aus, was wir alle denken.

»Wo immer du magst«, sagt Toni und macht eine weit ausholende Handbewegung in den mittlerweile dunkelblauen Abend hinein. »Tom, wir bohren einfach ein Loch in die Igluwand«, scherzt Markus.

»Womit wir wieder beim Thema ›zwanzig Zentimeter‹ wären …«

Statt einer Antwort bekomme ich einen Schneeball ins Gesicht. »Na warte!«

Ich stelle fest, dass Iglu-Bauen glücklich macht. Meine Sorgen habe ich wohl im Tal gelassen. Es ist einfach nicht möglich, sich hier oben in der eisigen Stille und unter diesem Sternenhimmel trübe Gedanken zu machen. Wobei der Abend in der alpinen Einsamkeit nicht so ruhig ist, wie ich gedacht hatte. Der Wind weht über den Bergkamm und um unser Iglu und macht Geräusche, die von einem zarten Flüstern über lautes Pfeifen bis hin zu einem energischen Jaulen reichen, das fast tierisch klingt. Nur zwischendurch, wenn der Wind eine Pause macht, ist es vollkommen still. Und der Sternenhimmel ist nur mit dem vergleichbar, den ich einmal im australischen Outback sah, 1200 Kilometer von der nächsten Stadt entfernt.

»Damit die Damen es noch etwas wärmer haben, gibt's jetzt zum Abendessen ein Fondue«, kündigt Toni überraschend an und packt tatsächlich einen Fonduetopf, einen Gaskocher, Fleisch und Gemüse aus.

»Im Iglu?«

»Natürlich!«

»Schmilzt dann nicht der Schnee?«

»Ein wenig, aber die Mauer ist so dick, dass das nichts ausmacht«, beruhigt uns Toni und fängt an, das Fondueset in der Mitte des Iglus aufzubauen. In kleinen Nischen in der Igluwand stehen brennende Kerzen.

Ein paar Stunden später liegen Markus, Sandra, Toni, Tom und ich in unseren Schlafsäcken. Toni bläst die letzte Kerze aus und wünscht uns eine gute Nacht. Dann ist es dunkel. So dunkel, wie es in der Stadt nie werden kann. Meine Augen sind geöffnet, finden aber keinen Anhaltspunkt. Jetzt weiß ich, was es bedeutet, die Hand vor Augen nicht sehen zu können. Ich spüre, wie sich ein leichtes Unwohlsein in mir ausbreitet. Die Wände des Iglus, sind sie noch da? Oder rücken sie im Gegenteil gerade enger über mir zusammen? Ich räuspere mich leise und stelle fest, dass ich durch dieses kleine Geräusch, das von den Schneewänden abprallt, wieder ein Gefühl für die Dimensionen des Raums um mich herum bekomme.

»Ich bin eine Fledermaus!«, flüstere ich leise nach rechts, denn dort vermute ich Tom.

»Hä?«

»Vergiss es. G'Nacht, schlaf gut.«

»Du auch, Charlie. Und träum was Schönes.«

»Ja. Du auch.«

»Charlie?«

»Ja?«

»Danke, dass du mich gefragt hast wegen des Wochenendes. Es bedeutet mir sehr viel, das mit dir erleben zu dürfen. Ich werde das nie vergessen. Das kann mir keiner mehr nehmen, auch wenn …« Tom verstummt.

»Auch wenn was, Tom?«

»Auch wenn. Einfach nur auch wenn.«

»Das glaube ich dir nicht.«

»Solltest du aber. Auch wenn du recht hast.«

Etwas Warmes, Weiches berührt sanft und flüchtig meine

Wange, Toms Schlafsack raschelt noch einmal kurz. Und dann ist es still.

Kurz bevor ich einschlafe, fällt mir auf, dass ich den ganzen Tag kein einziges Mal an Frank gedacht habe.

16. WOCHE

(3. BIS 10. FEBRUAR 2008)

Sonntag

Mein schlechtes Gewissen hält, vermutlich wegen der niedrigen Temperaturen im Iglu, bis zum nächsten Morgen. Als ich die Augen öffne, weiß ich sofort, wo ich bin, und bin fast ein wenig enttäuscht. Es hätte was gehabt, planlos zu erwachen und erst nach Minuten der Verwirrung zu erfassen: Ich bin auf 2000 Metern Höhe in einem Iglu! Ich blicke mich im Schneehaus um. Sandra und Markus scheinen noch tief zu schlafen. Von Sandra sehe ich lediglich einen Teil ihres blonden Haarschopfs, der aus dem Kopfteil des Schlafsacks quillt, und aus dem Deckenhaufen neben ihr schnarcht es. Tonis Schlafplatz ist verlassen und aufgeräumt. Der ist sicher schon draußen unterwegs, Schnee schmelzen oder einen kleinen Hirsch fürs Frühstück fangen.

Ich drehe den Kopf und blicke nach rechts. Toms Schlafsack ist zwar nicht ordentlich zusammengelegt wie Tonis, aber ebenfalls leer. Leise, um die anderen nicht zu wecken, stehe ich auf und ziehe mir als Erstes meine Goretex-Bergstiefel an. Ein Blick auf mein Handy verrät mir, dass es erst sieben Uhr dreißig ist. Ein wenig steif sind meine Glieder ja schon von der Nacht, aber das kommt eher von der harten Holzunterlage als von der Kälte. Mir ist erstaunlich warm, nur meine Nase, die aus dem Schlafsack herausschaute, ist kalt. Das ist sie aber auch zu Hause im 18 Grad warmen Schlafzimmer. »Kaltnasenmaus« nennt Frank mich deswegen immer. Frank. Das schlechte Gewissen meldet sich wieder. Dabei habe ich doch gerade an ihn gedacht, und sogar einigermaßen zärtlich!

Ich sinke auf die Knie und krabble durch den tiefergelegten Ausgangstunnel ins Freie. Die Sonne versteckt sich. Ich kann keine

Umrisse von einzelnen Wolken erkennen, der Himmel sieht aus wie der neutrale graue Hintergrund des Fotostudios am Weißenburger Platz. Der Tag wirkt verkatert, als ob ihm ein wenig übel ist. Vor mir erstreckt sich eine unberührte Schneefläche. Wir befinden uns auf dem Kamm eines Bergrückens, geschützt durch eine schmale Felskette, die den Grat vom Abhang zum Talgrund trennt.

Ich muss nachdenken. Und da ich das am besten kann, wenn ich mich bewege, stapfe ich los und quere den Bergkamm in die Richtung, in der ich das große Hinterglemmer Tal vermute. Vielleicht habe ich Glück und es bietet sich hinter dem weißen Hügel aus Schnee, der mir die Sicht versperrt, ein Blick in die Ferne. Der wäre fürs Kontemplieren hilfreich.

Überlegen, jetzt. Ich habe also gestern den ganzen Tag nicht einen Gedanken an Frank verschwendet. Aber ist das wirklich so schlimm? Der Tag war aufregend und anstrengend, ich habe neue Dinge ausprobiert, viel erlebt, mich konzentriert, körperlich gearbeitet und zum ersten Mal in meinem Leben beim Bau eines Iglus geholfen. Ich hatte schlicht und einfach keine Zeit, an Frank zu denken. Selbst mein ungeborenes Baby, das normalerweise ständig meine Gedanken bestimmt und in ihnen immer präsent ist, habe ich gestern zeitweise vergessen.

Ich stapfe ein Stück weiter bergauf, was ohne Schneeschuhe ganz schön anstrengend ist, weil ich bei jedem Schritt mehr als knietief im Schnee versinke, und überprüfe, ob ich Frank vermisse. Die ehrliche Antwort ist: im Moment nicht. Ich hätte nichts dagegen, wenn er mit mir hier in den Bergen und im Iglu wäre, aber ich bin auch nicht tieftraurig vor Sehnsucht nach ihm. Ist das jetzt der Anfang vom Ende unserer Beziehung oder nur eine normale Abnutzungserscheinung nach zehn Jahren? Ich kann mich noch gut an einen Skiurlaub in den Dolomiten mit Katrin, Miriam und Becky erinnern, als ich gerade ganz frisch mit Frank zusammen war. Das Wetter war perfekt, wir hatten Pulverschnee, ein schönes Hotel und nach dem Skifahren jede Menge Spaß am Schirm und dann in den Bars von Corvara. Und trotzdem hielt ich es nach drei Tagen nicht mehr aus, brach den Urlaub vorzeitig ab und fuhr mit dem Zug zurück nach München, weil ich Frank so sehr vermisste. Das hielt ich damals für wahre Liebe. Aber war es vielleicht nur Verliebtsein? Begehren? Trieb? Ich wollte zu Frank, damals, und genauer gesagt wollte ich in seine Arme. Ich wollte ihn umarmen, küssen, mich an ihn schmiegen, seinen Duft einatmen, seine Hände auf meiner Haut spüren, seine Lippen an meiner Hüfte, ich wollte mit ihm schlafen und den ganzen Tag das Bett nicht verlassen. Was man halt so tut, wenn man unsterblich verliebt ist.

Dass ich heute nicht mehr von der Begierde gebeutelt werde und Frank vermutlich auch nicht die Klamotten vom Leib reißen werde, wenn ich abends nach Hause komme, ist normal und nur natürlich. Eigentlich müsste das umgekehrt sein. Wenn der liebe Gott oder eine andere Instanz wirklich lebenslange Monogamie für den Menschen vorgesehen hat – warum nimmt dann das Begehren im Laufe der Jahre ab und steigert sich nicht, warum legt sich die Gewohnheit über jede Beziehung wie ein klebriger Film aus Blütenstaub über ein unter Linden geparktes Auto? Sicher wäre es kein Problem, es mit Hilfe von ein paar Hormonen hinzubekommen, dass das Verlangen jedes Mal, wenn ein Paar zusammen Sex hat, größer wird.

Ich habe den Hügel erklommen, und tatsächlich, von hier aus hat man eine gute Aussicht über das Glemmtal und die dahinter liegenden Bergketten. Ich bleibe stehen, verschnaufe und lasse meinen Blick schweifen, als er an etwas hängen bleibt. Etwa dreißig Meter vor mir sitzt jemand im Schnee, der mir den Rücken zukehrt. Und dann sehe ich auch die Spuren, die zu dieser Person führen. Tom war schlauer als ich und hat die Schneeschuhe angeschnallt, seine Spuren sind keine tiefen Löcher wie meine, sondern oberflächliche, verwischte Abdrücke.

»Guten Morgen«, sage ich leise, als ich direkt hinter ihm stehe. Tom zuckt zusammen und fährt herum. Er hat offensichtlich meine Schritte und mein Versinken im Schnee nicht gehört.

»Charlie, hast du mich erschreckt!«

»Entschuldige. Ich wollte hier nicht rumbrüllen. Es ist so schön ruhig.«

»Passt schon.«

Tom guckt mich an, als sähe er mich zum ersten Mal. Forschend, fragend, nachdenklich und ein wenig verwundert. Zwischen seinen Augenbrauen graben sich zwei steile Falten in seine Stirn, die mir bisher noch nie aufgefallen sind.

»Störe ich dich?«, möchte ich wissen, und es ist eine Frage, keine Floskel.

»Nein …« Die Art, in der er das sagt, macht ein Ja daraus.

»Ist etwas passiert?« Mann, Charlotte, hör auf damit, befehle ich mir selber, doch dann höre ich mich schon die nächste Frage stellen: »Habe ich etwas falsch gemacht?«

Die blödeste aller typischen Frauenfragen. Fehlt nur noch »Woran denkst du?«, aber ich kann gerade noch verhindern, diese Worte auszusprechen, indem ich mir von innen auf meine Lippen beiße.

»Nein, nein«, sagt Tom und zögert, bevor er weiterspricht. »Ich muss nur ein bisschen nachdenken.«

»Okay.«

»Hat aber nichts mit dir zu tun.«

Hätte er das nicht gesagt, ich wäre nicht auf die Idee gekommen, es könne etwas mit mir zu tun haben.

»Kein Problem. Ich gehe mal wieder zurück zum Iglu, ich … ich muss eh aufs Klo«, sage ich. Tom nickt nur, lächelt mit dem Mund, aber nicht mit den Augen. Die Lachfältchen um sie herum fehlen. Dann wendet er das Gesicht von mir ab und blickt wieder ins Tal hinunter. Ich drehe mich um und stolpere in meinen eigenen Spuren durch den tiefen Schnee zurück zu unserem kleinen Camp. Verwirrt und mit einem unguten Gefühl in der Magengegend. Dieses Verhalten passt nicht zu Tom. So habe ich ihn noch nie erlebt. Ich gehe am Iglu vorbei und hinter ein paar Felsen, schäle dort meine Skihose, die Strumpfhose und die Thermounterwäsche ein Stück meine Schenkel hinunter und pinkle dampfend in den Schnee. Bevor mir der Hintern anfriert, ziehe ich meine Klamotten wieder hoch und stapfe zurück zum Iglu. Als ich dort ankomme, krabbelt gerade Sandra gähnend aus dem Windfang, und dann sehe ich auch Toni, der wunderbarerweise Kaffee gekocht hat und uns dampfende Becher reicht. Der Kaffee ist schwarz und gesüßt – das Beste, was ich je getrunken habe.

»Guten Morgen, Charlotte! Mann, hab ich gut geschlafen. Toll! Wo is'n Tom?«, fragt Sandra und bindet ihren Pferdeschwanz neu.

»Ach, der wollte ein bisschen alleine sein und nachdenken«, sage ich beiläufig.

»Hm, er war gestern schon so komisch, findest du nicht?«

»Ich weiß nicht, ja, kann sein …«

Nein, finde ich eigentlich nicht. Oder ich habe nicht genau genug darauf geachtet, weil ich wieder mal die ganze Zeit nur mit mir selbst beschäftigt war.

17. WOCHE

(10. BIS 17. FEBRUAR 2008)

Dienstag

Ich habe ein Bäuchlein! Eine kleine Beule! Und bin unsagbar stolz darauf. Meine Jeans gehen ja schon länger nicht mehr zu, zumindest die engeren unter ihnen. Kein Wunder, denn ich wiege mittlerweile 64 Kilo. Ein Kilo mehr, als ich in meinen dicksten Zeiten je gewogen habe. Ich spüre immer noch keinerlei Übelkeit, und die wird nun auch nicht mehr kommen. Seltsame Gelüste auf ungewöhnliche Essenskombinationen sind mir ebenfalls fremd. Das Einzige, was anders ist als früher: Ich muss ständig etwas essen, völlig egal, was. Wenn ich eine Stunde lang nichts zwischen die Zähne bekomme, werde ich nicht nur unausstehlich, sondern mir wird auch flau im Magen.

»Mir wird jetzt gerade flau im Magen«, sagt Miriam und sieht mit angeekeltem Gesichtsausdruck zu, wie ich mit italienischen Grissini die grobe Leberpastete aus dem Käfer-Weihnachtspaket in mich hineinschaufle.
»Wieso? Schmeckt gut! Willste mal probieren?« Ich halte ihr die Schachtel mit den Grissini und das offene Glas mit der Pastete hin.
»Pfui Teufel. Danke, mir ist schon schlecht!«
»Auch gut. Du weißt ja nicht, was du verpasst!«

Am Sonntagabend war ich pünktlich zum *Tatort* wieder in Haidhausen. Markus und Sandra setzten erst Tom in der Balanstraße ab und brachten dann mich nach Hause. Markus bestand darauf, mir meine Sachen nach oben zu tragen, aber da Sandra unten im Auto blieb – in der Breisacher Straße wird man ganz schnell abgeschleppt, wenn man in zweiter Reihe steht –, musste er Franks Angebot, seinen 15 Jahre alten Aberlour Single Malt zu testen, leider dankend ablehnen. In diesem Moment war ich der unbefriedigenden Parkplatzsituation in Haidhausen ein bisschen dankbar. Ich habe gerne Besuch, aber nicht am Sonntagabend. Der Sonntagabend gehört dem Fernseher und mir. Und Frank natürlich.

Vorgestern Abend erwartete mich nach der *Tagesschau* allerdings eine kleine Enttäuschung. Ludwigshafen! Die ständig joggende Kommissarin Lena Odenthal und die Stadt, in der sie ermittelt, haben etwas Deprimierendes. Als ich um 20 Uhr 50 den Überblick über die Handlung verloren hatte und nicht mehr verstand, worum es eigentlich ging, schlug ich Frank vor, den Fernseher auszuschalten und ihn stattdessen in die Geheimnisse des Iglu-Bauens einzuweihen. Er stimmte zu, schmierte mir ein Brot und ließ mich erzählen.

»Und ihr habt wirklich die ganze Nacht in diesem Iglu verbracht?«

»Ja, es war gar nicht so kalt. Diese Spezialschlafsäcke halten echt warm. Und fünf Leute heizen ganz schön ein!«

»Hm. Und am Freitag, wo habt ihr da übernachtet?«

»Im Parkhotel in Hinterglemm.«

»Aha.«

»Was fragst du denn so komisch? Hab ich dir doch erzählt!«

»Warst du mit Sandra in einem Zimmer?«

»Nein, wieso?«

»Du hast dir also mit Tom ein Hotelzimmer geteilt?!« So, wie Frank das sagte, klang es, als hätte ich mir mit Tom ein Bett geteilt.

»Jetzt mach mal halblang. Es war kein Hotelzimmer, sondern eine riesige Suite, in der jeder von uns sein eigenes Zimmer mit eigenem Bett hatte«, erzählte ich wahrheitsgemäß.

»Trotzdem hättest du doch mit Sandra in ein Zimmer, Verzeihung, in eine Suite gehen können.«

»Frank! Tom und ich sind …«

»… Sandkastenfreunde, ja, ich weiß. Trotzdem. Er ist und bleibt ein Mann, und man muss Komplikationen ja nicht heraufbeschwören.«

»Komplikationen?«

»Herrgott, du weißt doch genau, was ich meine, Charlotte! Merkst du eigentlich nicht, dass Tom auf dich steht?«

Ich schnappte nach Luft.

»Wie kommst du denn auf diese abwegige Idee?«

»Von wegen abwegig. Bist du so blind oder tust du nur so? Du verbringst ganze Nächte mit Tom, hängst mit ihm in irgendwelchen Bars rum, obwohl du schwanger bist, ihr spielt Wii, geht zum Essen, ins Kino, du kommst unter der Woche mitten in der Nacht nach Hause, schläfst kaum noch. Und dann fährst du ein Wochenende mit Tom in die Berge, bewohnst ein Hotelzimmer mit ihm, hüpfst wahrscheinlich im Bademantel vor ihm herum, und ihr übernachtet nebeneinander romantisch im Iglu!«

»Ja und?« Woher wusste Frank das mit dem Bademantel?

»Ich finde das nicht in Ordnung.«

»Was ist denn daran bitte nicht in Ordnung? Unterstellst du mir etwas?«

»Nein. Aber versetz dich doch bitte mal in meine Lage. Oder dreh das Ganze mal um, wenn dir das leichter fällt. Stell dir vor, ich würde jeden zweiten Abend mit einer guten Freundin verbringen, du wüsstest nicht, wo ich bin, und ich würde erst um zwei Uhr morgens nach Hause kommen. Und dann ein Wochenende mit ihr in ein Hotel fahren, weil du arbeiten müsstest. Na?«

»Da wäre nichts dabei«, log ich.

»Das glaubst du ja wohl selber nicht.«

»Frank, bist du eifersüchtig auf Tom? Das brauchst du nicht zu sein. Er ist nur mein bester Freund. So wie Katrin. Nur dass er zufällig ein Mann ist.«

»Du weißt, was ich von Freundschaften zwischen Männern und Frauen halte!«

»Ja. Weiß ich. Aber dann glaub bitte an Freundschaften zwischen Männern und schwangeren Frauen. Selbst wenn Tom auf mich stehen würde – was er nicht tut –, guck dir doch mein Bäuchlein an, glaubst du im Ernst, er könnte mich als Frau wahrnehmen, wenn er das sieht? Wenn er sieht, dass in mir ein Kind wächst, das von einem andern Mann ist?«

»Ich finde dein Bäuchlein gar nicht abtörnend«, warf Frank ein.

»Du nicht! Weil du der Verursacher bist! Ist doch logisch.«

»Charlotte, ich weiß nicht, ob Logik in dieser Angelegenheit eine Rolle spielt. Ich habe einfach ein saublödes Gefühl, wenn du so viel Zeit mit Tom verbringst.«

»Aber das kann ich doch nur tun, weil es harmlos und ungefährlich ist!«

»Was ist denn das für eine Logik?«

»Weibliche Logik.«

»Das hieße ja, dass Tom nicht harmlos und ungefährlich bleiben würde, wenn du nicht so viel Zeit mit ihm verbringen würdest?«

»Nein, aus diesem Umkehrschluss wird nichts, sorry, Frank.«

»Ach, und wo bleibt deine Logik?«

»Du hast doch gesagt, dass Logik in dieser Angelegenheit keine Rolle spielt.«

»Na, weibliche zumindest nicht.«

»Aha, wenn dir die Argumente ausgehen, wirst du also sexistisch.«

»Maus. Ich wäre dir einfach sehr verbunden, wenn du ein wenig von deinem Tom-Trip runterkommen könntest. Triff dich halt mit Miriam oder Becky, aber spiel nicht dauernd mit dem Feuer. Bitte. Okay?«

Ich murmelte etwas von Freiheit, Privatsphäre und »mal sehen« und verfluchte Ludwigshafen und Kommissarin Odenthal. Bei Münster wäre es nie zu diesem Dialog gekommen.

Als wir gegen Mitternacht im Bett lagen, streichelte Frank meinen Bauch und wanderte irgendwann mit seinen Händen zu meinen Brüsten, dann zurück zum Bauch und weiter zu meinen

Hüften, Oberschenkeln und zwischen sie. »Ich finde schwangere Frauen total sexy, und ganz besonders dich«, flüsterte er, als er mir den Slip in die Kniekehlen schob und dann über meine Füße nach unten abstreifte. Es war das erste Mal, dass wir miteinander schliefen, seit ich von meiner Schwangerschaft wusste. Und wie alle ersten Male war es ein bisschen aufregend. So schlimm kann es um meine Beziehung nicht stehen, wenn ich nach zehn Jahren den Sex noch aufregend finde, dachte ich eine halbe Stunde später, kurz bevor ich glücklich und rundum zufrieden mit meiner Welt einschlief.

Heute hat Katrin mich zum Essen eingeladen. »Ich habe frischen schwarzen Trüffel und viel zu erzählen«, sagte sie am Telefon. »Kommst du heute Abend zu mir?«
Für Katrins Spaghetti al Tartufo fahre ich gerne nach Schwabing rüber.
Wir sind in ihrer gemütlichen Wohnküche, und Katrin sucht verzweifelt etwas.
»Charlotte, habe ich dir mal meinen Trüffelhobel geliehen?«
Sie blickt vom untersten Küchenschrank, in dem sie gerade gewühlt hat, streng zu mir auf.
»Sorry, bestimmt nicht. Du weißt doch, ich besitze nicht mal ein Salatbesteck oder einen Tortenheber, traust du mir wirklich einen Trüffelhobel zu?«
»Eben nicht«, sagt sie und seufzt, »gerade deswegen könntest du ihn dir doch von mir geliehen haben. Mann!«
»Habe ich aber nicht«, sage ich und ärgere mich über meinen logischen Fauxpas. »Frag doch mal deine Mutter!«
»Gute Idee«, sagt Katrin und greift zum Telefon.
»Hast du meinen Trüffelhobel?«, sagt sie statt einer Begrüßung und dann: »Na ja, hätte ja sein können. Und was? … Nein … Auch nicht … Keine Sorge, ich schicke dir dann eine Einladung zu meiner Hochzeit. Du verpasst sie garantiert nicht, du musst also nicht jedes Mal nachfragen, okay? Ja, ich dich auch. Bussi.«
Sie legt auf.

»Was war das denn?«, will ich wissen.

Katrin seufzt ein zweites Mal und sagt dann genervt: »Früher hat sie wenigstens noch gefragt: Und, wie sieht es aus mit den Männern, hast du mal einen netten kennengelernt? Aber mittlerweile beschränkt sich diese Frage auf ein einziges Wort: Und?!? Ich kann's echt nicht mehr hören. Wenn sie so scharf auf Enkelkinder ist, hätte sie halt selbst mehrere Kinder bekommen müssen, eines davon hätte sich bestimmt fortgepflanzt!«

»Ach Süße, deine Mutter meint das sicher nicht böse«, beschwichtige ich meine Freundin, »sie möchte halt, dass du glücklich bist.«

»Dazu brauch ich aber keinen Kerl und erst recht kein Kind«, sagt Katrin erzürnt, sieht dann mich an und fügt hinzu: »Du weißt, wie ich es meine, oder?«

»Klar. Apropos. Kannst du nicht mal von deinem Trüffelhobeltrip runterkommen und mir deine News erzählen?«

»Gute Idee.« Katrin hört auf, nach dem Utensil zu fahnden, und setzt sich an den Küchentisch, um der Knolle mit einem riesigen und verdammt scharf aussehenden Messer zu Leibe zu rücken und feine Scheibchen abzuhobeln.

»Also? Verzeihung: Und?!?«

»Nix und. Sebastian war krank. Deswegen wollte er nicht vom Flughafen abgeholt werden. Es ging ihm total dreckig, er hat den ganzen Flug über gelitten wie ein Hund und sich dann zu Hause drei Tage lang ins Bett gelegt.«

»Oh, romantisch.«

»Mei, jeder kann mal krank werden …«

»Klar. Und dann?«

»Nichts und dann. Wir haben uns noch nicht wiedergesehen.«

»Waaaaas???«

Katrin zuckt mit den Schultern und säbelt weiter papierdünne Scheibchen vom Trüffel. Ich kann ihn jetzt riechen und freue mich tierisch auf die Spaghetti mit Trüffelbutter.

»Letzte Woche haben wir mal gemailt«, fährt sie fort, »und ich hab ihm geschrieben, dass ich gerne mit ihm ins Kino gehen würde und mir jeder Tag passt außer Mittwoch. Worauf er zurückmailte und mir vorschlug, wir könnten uns doch am Mittwoch gemeinsam PS. *Ich liebe dich* ansehen.« Sie hört auf zu erzählen, lässt das Mördermesser sinken und sieht mich finster an.

»Oh.«

»Ja genau: oh.«

»Schlechte Filmauswahl.«

»Das auch. Und schlechte Wochentagauswahl.«

»Sag mal, will der nicht oder ist er ein bisschen doof?«

»Keine Ahnung. Ich glaube, er ist so ein Schusseltyp. Kann ja ganz niedlich sein. Aber …«

»… aber PS. *Ich liebe dich* geht gar nicht!«

»Vielleicht war es ein Scherz.« Katrin sieht nicht überzeugt aus.

»Damit macht man keine Scherze!«

Unsere Unterhaltung driftet von Schussel-Sebastian zum Thema, was bei der Filmauswahl für erste Dates zu beachten ist. Schließlich sagt es viel über einen selbst aus, welchen Film man vorschlägt. Aber da man am Anfang meistens noch nicht weiß, was der andere mag, ist es wohl am besten, einen Film nach dem persönlichen Geschmack auszusuchen.

»Das ist wie mit der Musik«, findet Katrin, »wenn man beginnt, sich in jemanden zu verlieben – am besten kurz davor –, sollte man ihm bald eine CD brennen. Einen Sampler mit den eigenen Lieblingstiteln. Und wenn der gar nicht ankommt, kannst du es eh vergessen. Ein ähnlicher Musikgeschmack ist wichtiger als der regelmäßige Gebrauch von Zahnseide.« Als sie Sampler sagt, muss ich kurz an die CD denken, die Tom mir gebrannt hat, verscheuche diesen Gedanken aber eilig.

»Zumindest, wenn einem Musik so wichtig ist wie dir und mir«, stimme ich zu.

»Ja, aber meinem Partner soll sie genauso viel bedeuten. Er muss nicht unbedingt genau das Gleiche hören wie ich – ich lasse mich gerne inspirieren und lerne neue Bands kennen –, aber die Richtung muss passen. Ein Alptraum, mit jemandem zusammen zu sein, der sich morgens von Xavier Naidoo wecken lässt oder Silbermond auflegt, um romantisch zu sein!«

»Du bist aber streng. So schlimm ist Silbermond nun auch wieder nicht.«

»Ach komm. Kennst du dieses Lied ›Das Beste‹? ›Du bist das Beste, was mir je passiert ist‹ – dieser Satz gehört sowieso verboten. Und dann auch noch in einem Lied und null ironisch, das geht gar nicht.«

»Meinst du wirklich, dass viele Leute so auf die Texte von Liedern achten?«

»Ich hoffe doch. Oder warum sonst ist Grönemeyer so wahnsinnig erfolgreich? An seiner Stimme kann es ja wohl nicht liegen.«

Ich lenke unser Thema wieder auf Katrins eventuellen Zukünftigen. So schnell gebe ich nicht auf. Es wäre einfach zu schön, wenn Frau W. mit ihrer 2007er-These recht behalten würde. Allerdings ist Sebastians Traumprinzfaktor nicht mehr besonders hoch, das muss ich mir eingestehen.

»Und was machst du jetzt?«

»Ich?«, sagt Katrin und lacht, »ich mache gar nichts. Außer abwarten und entspannt bleiben.«

»Hm.«

»Aber nun mal zu dir!«

Ich zucke zusammen und bedaure sehr, dass wir nicht wie sonst beim Kochen Prosecco oder Weißwein trinken, sondern nur Wasser.

»Bist du fertig mit dem Trüffelsäbeln? Dann werfe ich schon mal die Spaghetti ins Wasser. Ich habe nämlich Hunger!«

»Tu das. Aber lenk nicht ab. Hast du dich wieder eingekriegt, was Frank angeht? Vielleicht sind deine Zweifel auch normal, in deiner Situation. Und außerdem: Wer nicht zweifelt, liebt auch nicht!«

Woher hat sie denn diesen Spruch? Katrins Art der Fragestel-

lung veranlasst mich dazu, nichts weiter zum Thema beizutragen außer »Schon in Ordnung, alles wieder im Lot«.
»Na siehste. Geht doch. Schön!« Sie ist zufrieden damit.

Nach den Spaghetti al Tartufo geht Katrin zum Rauchen vor die Tür, während ich unsere Nachspeise vorbereite: Häagen Dazs, Cookies & Cream. Schon seltsam, wie man sich seine Realität selbst zusammenschustert. Katrin möchte einfach nicht, dass ich an Frank und unserer Beziehung zweifle. Sie hat Schwierigkeiten, mich zu verstehen und meine Probleme nachzuvollziehen – nicht, weil sie es nicht könnte, sondern weil sie es nicht will. Zugegeben, die Schwangerschaft mit dem lange herbeigesehnten Wunschbaby ist nicht gerade der ideale Zeitpunkt, um den Vater des Kindes in Frage zu stellen. Zumal dieser sich nichts zuschulden hat kommen lassen. Und wahrscheinlich ist es wirklich nur die Endgültigkeit meiner Beziehung mit Frank, die mich erschreckt. Ein Kind verbindet seine Eltern schließlich für immer, selbst wenn sie sich irgendwann trennen. Andere bekommen Panik vor dem Traualtar. Und ich eben beim Ultraschall. Hätte ich Frank doch heiraten sollen? Wäre mir dann dieser Eiertanz erspart geblieben? Und gehören Zweifel wirklich zur Liebe dazu, wie Katrin sagte?

Passend zum Nachtisch erzähle ich ihr vom Iglu-Bauen. Und muss dabei an Tom denken. Seit Sonntag habe ich nichts von ihm gehört. Zwei Tage sind zwar keine lange Zeit, aber trotzdem fühlt sich sein Schweigen unangenehm an. Es gibt in der fernmündlichen oder -schriftlichen Kommunikation genauso zwei Arten von Schweigen wie in der direkten. Ein angenehmes Schweigen in beiderseitigem Einverständnis. Es kann entstehen, weil es einfach nichts zu sagen gibt, weil Reden den Moment zerstören würde oder weil jeder gerade seinen eigenen Gedanken nachhängt – Gedanken, die man zwar teilen könnte, aber nicht unbedingt teilen muss. Solch ein Nichtreden ist schön, vertraut und vertrauensbildend. Aber dann gibt es eben noch das zweite Schweigen. Es zieht die Zeit in die Länge. Im direkten Miteinander können Sekunden sich wie Minuten anfühlen, wenn man krampfhaft nach einem unverfänglichen Thema sucht und das Hirn einem leergefegt erscheint wie die Fußgängerzone an einem Sonntagnachmittag. Dieses Schweigen entsteht, wenn man sich nichts mehr zu sagen hat, wenn man sich nicht mehr versteht oder jeder gerade seinen eigenen Gedanken nachhängt – Gedanken, die man nicht teilen kann und will.

Ich kann nicht genau sagen, warum, aber Toms Schweigen fühlt sich nicht gut an, und die zwei Tage erscheinen mir wie zwei Wochen.

Ich beschließe, nicht mit Katrin über Tom zu sprechen. Und ich werde mich diese Woche auch nicht bei ihm melden. Ein wenig Abstand tut vielleicht ganz gut.

Donnerstag

Heute darf ich wieder zum Frauenarzt. Wiegen, Eisenwert bestimmen, in den Becher pinkeln. Dann zu meiner Ärztin hinein.
»Wie geht's Ihnen, Frau Frost?«
»Super. Allmählich fühle ich mich ein bisschen schwanger. Und langsam sieht man auch das Bäuchlein«, berichte ich stolz.
»Sehr schön.« Sie sieht in ihre Unterlagen. »Spüren Sie das Kind schon?«
Sofort wieder Unsicherheit, ein kleiner Adrenalinstoß und ein bisschen Angst.
»Eigentlich nicht ... sollte ich denn?«
»Es gibt Frauen, die in der 17. Woche schon die ersten Bewegungen spüren«, sagt meine Ärztin, »aber in diesem frühen Stadium sind das meist Frauen, die schon zum zweiten oder dritten Mal schwanger sind. Man braucht ein wenig Übung, um das anfängliche Geblubber von den Bewegungen im Darm unterscheiden zu können.«

»Hm. Also nee, ich spüre echt noch gar nichts. Nicht mal Geblubber.«

»Wir machen gleich einen Ultraschall. Eigentlich ist der nächste erst in der 20. Woche dran, aber ich schreibe einfach ›Keine Kindsbewegungen spürbar‹ auf.« Sie sieht mein entsetztes Gesicht und fügt schnell hinzu: »Nur für die Krankenkasse.«

Zwei Minuten später bin ich beruhigt. Und bewegt davon, meinem Baby zuzusehen, wie es Purzelbäume schlägt.

»Sieht alles super aus«, sagt Frau Dr., »der Fötus ist jetzt ungefähr 11 Zentimeter groß. Die äußere Entwicklung des Körpers ist fast abgeschlossen. Sehen Sie die Finger, hier? Und da haben wir die Oberschenkel … hier die Wirbelsäule. Das hier ist der Kopf, man sieht schön die Zweiteilung des Schädels.«

Ich schaue und staune. Und mein Baby macht einen Satz.

»Ganz schön temperamentvoll, die Kleine!«, lacht meine Ärztin.

»Die Kleine?«

»Ups. Wollen Sie wissen, was es wird?«

»Ja! Ein Mädchen?!?«

»Es sieht ganz so aus. Jedenfalls sehe ich hier nichts, wo ich etwas sehen müsste, wenn es etwas zu sehen gäbe, wenn Sie verstehen, was ich meine.«

Ein Mädchen. Wir bekommen eine Tochter. Hallo, kleine Marlene. Willkommen in meinem Bauch, ich hoffe, du fühlst dich wohl darin. Mach's dir ruhig noch ein paar Monate gemütlich. Ich freue mich auf dich.

Noch nie war ich so glücklich.

Freitag

Ich habe von dir geträumt, Marlene, mein Kind. Ich hatte dich gerade zur Welt gebracht, unter unsäglichen Schmerzen, die ich selbst im Traum gespürt habe. Aber ich habe auch erlebt, wovon alle Mütter erzählen: dass die schlimmsten Qualen vergessen sind, wenn man sein Kind das erste Mal im Arm hält.

Du warst gar nicht sehr zerknautscht, kleine Marlene, nur deine dichten, dunklen Haare waren feucht und lockten sich wild um deinen Kopf herum. Man gab mir dich in einem weichen weißen Handtuch, und ich schlug es auf, um dich anzusehen. Du sahst wunderschön aus, und ich konnte mich nicht an dir sattsehen. Deine kleine Nase, die gerunzelte Stirn, das süße, dreieckige Mündchen. Und erst deine Augen! Sie waren die meiste Zeit geschlossen, weil du dich von der anstrengenden Geburt erholen und schlafen musstest, aber du hattest schon volle, lange, leicht nach oben gebogene Wimpern, die mich in großes Entzücken versetzten. Und einmal schlugst du die Augen auf und sahst mich an, nur kurz, aber ganz klar, als ob du dich vergewissern wolltest, auch am richtigen Ort zu sein, bei mir, deiner Mama. Ich betrachtete deine unfassbar winzigen Händchen und legte meinen Zeigefinger in deine Faust, die sich sofort fest um ihn schloss. Und die Füße! Fünf Zentimeter kleine Wunder.

Es wird genau so sein, wenn du auf der Welt bist, Marlene. Ich bin jetzt ganz beruhigt, denn mein Traum hat mir gezeigt, dass du nicht zu früh kommen wirst und dass du gesund sein wirst. Danke, dass du ihn mir geschickt hast.

Ich freue mich so sehr auf dich, Marlene. Ich weiß, dass ich alles andere als perfekt bin, aber für dich möchte ich besser werden, geduldiger, liebevoller, ausdauernder, für dich möchte ich kämpfen und da sein, immer, dein ganzes Leben lang. Ich verspreche dir, dass ich mein Bestes geben werde, dass ich dich lieben werde, so sehr ich zu lieben imstande bin, und dass ich alles tun werde, damit du glücklich bist.
Seit du in meinem Bauch bist, weiß ich, was Liebe ist. Eine andere Liebe als die, die ich bisher zu kennen glaubte. Eine Liebe, die nicht nach Gegenliebe fragt, die keine Leistung erwartet, die keine Bedingungen kennt. Seit du in meinem Bauch bist, kann ich verstehen, warum Eltern ihre behinderten Kinder genauso lieben, wie wenn sie gesund wären. Ich würde es auch tun. Ich

bin froh, dass du gesund bist, soweit man das bisher sagen kann, aber ich würde dich nicht weniger lieben, wenn du das Down-Syndrom hättest. Du musst auch nicht hübsch sein, um für mich das schönste Baby der Welt zu sein. Du darfst schreien, mir meinen Schlaf rauben, meine Nerven strapazieren, mir Angst und Sorge bereiten, in und neben die Windel machen oder an mein Ohr rülpsen, ich werde dich deswegen nicht weniger lieben.

Liebe Marlene, ich danke dir dafür, dass du beschlossen hast, mich als Mutter zu nehmen. Du wirst es nicht bereuen. Lass es dir einstweilen gutgehen bei mir und bleib noch ungefähr 23 Wochen. Ich finde es wunderbar, dich spazieren zu tragen, und ich bin nicht ungeduldig, obwohl ich mich so sehr darauf freue, dich kennenzulernen, dich zu sehen. Trotzdem zähle ich nicht die Tage bis zu deiner Geburt (es sind noch ca. 167), denn ich genieße jeden einzelnen davon.
Bis bald, mein Schatz!
Deine Mama

18. WOCHE

(17. BIS 24. FEBRUAR 2008)

Montag

Heute Morgen fahre ich ausnahmsweise mit dem Auto ins Büro, weil ich nach der Arbeit direkt zu meinen Eltern in den Vorort hinauswill. Am Ostbahnhof blicke ich an der roten Ampel zufällig in den Rückspiegel. Und sehe Tom, der in seinem weißen Saab direkt hinter mir steht. Ich winke. Keine Reaktion. Er bemerkt mich nicht. Und da ich einen dunkelblauen Golf fahre, erkennt er mein Auto nicht. Ich hupe. Der Autofahrer vor mir zeigt mir einen Vogel und dann auf die immer noch rote Ampel. Aber da man selten von vorne angehupt wird, ist es nur verständlich, dass Tom den Ton nicht auf sich bezieht und immer noch nicht reagiert. Na ja, denke ich, als ich weiterfahre und Tom irgendwann im Rückspiegel abbiegen sehe. Ist ja eigentlich auch egal. Warum ärgert es mich so, dass Tom mich nicht gesehen hat? Und warum ist mein Puls erhöht?

Im Büro angekommen, schaue ich auf mein Handy: kein Anruf, keine SMS. Nach meinem Arzttermin letzte Woche hatte ich Tom wie immer ein Update gegeben. Ich hatte nur geschrieben:

> Heute wieder FA-Termin gehabt. Alles ist gut. 11 Zentimeter. Es wird ein …

Um ehrlich zu sein, hatte ich auf diese SMS schon eine Antwort erwartet, ein gespanntes Nachfragen, ein »Und?!?«. Aber da kam nichts. Kein Anruf, keine E-Mail, keine Kurznachricht. Krank war Tom auch nicht, denn in seinem Last.fm-Profil konnte ich sehen, dass er über den Computer Musik hörte. Und da er das nur im Büro tut – bei sich zu Hause hat er eine altmodische Stereoanlage, in die er echte CDs einlegt –, wusste ich, dass er in der Arbeit war. Schon praktisch, das Internet und seine ganzen Communities. Zumindest muss ich mir keine Sorgen um Toms Gesundheitszustand machen.

Dienstag

Ich bin auf Kundentermin bei Mr Bean und darf mir das Lokal ansehen, das demnächst in Schwabing in der Nähe des Englischen Gartens eröffnet werden soll. Solche Kundentermine mag ich. Ich muss nichts präsentieren, nichts verkaufen, keine Lösungen finden, mich einfach nur ins Thema eingrooven. In diesem Fall kein unangenehmer Job, auch wenn ich so meine Zweifel habe an der Originalität des Businesskonzepts von Mr Bean. Aber den Kaffee bekommen sie gut hin, das muss man ihnen lassen, er schmeckt genau wie bei Starbucks, der San Francisco Coffee Company, den Coffee Fellows und World Coffee. Sogar der entkoffeinierte Cafè Latte ist genießbar.

Nach dem Termin habe ich frei, Überstunden abbauen. Ich spaziere durch den Englischen Garten und fühle mich wohl. Die Sonne scheint, und dieser 19. Februar hat schon etwas leicht Frühlingshaftes. Sogar ein paar blauviolette Leberblümchen sehe ich schon unter dem alten Laub hervorblitzen. Wenn man nur den März abschaffen könnte. Den braucht kein Mensch. Er ist nicht mehr Winter, aber auch noch nicht Frühjahr. Meistens ärgert er einen nach vier Monaten dunkler, kalter Jahreszeit noch einmal mit Schnee und kaltem Wind. Im März sieht alles hässlich aus, weil der Dreck des Winters noch herumliegt, und die Sonne leuchtet grell die Unordnung aus, da die Bäume noch keine Blätter haben. Unter den Schuhen knirscht der Rollsplit, und abends wird es kalt. Ich werde im dritten Monat immer krank, weil ich euphorisch die Socken weglasse. Im März gibt es keine Highlights. Außer Ostern, und das ist oft im April. Nicht mal zum Verreisen taugt dieser Monat – in Asien ist es heiß und regnerisch und in Südeuropa noch nicht sommerlich.

Man könnte sich hier in München mit Starkbier betrinken, um der Misere zu entfliehen, aber selbst das ist mir 2008 nicht vergönnt.

Während ich noch rätsle, wie ich den März dazu bringen könnte, schneller zu vergehen, piept mein Handy. Ich hole es aus der Tasche meines roten Mantels. Eine SMS ist angekommen.

Na, schönste Schwangere Münchens? Lust auf ein spontanes Mittagessen? Bin grad in der Uni-Gegend. LG Tom

Zufall? Schicksal? Anyway: Herzklopfen.

Witzig. Kannst du hellsehen? Bin grad im Englischen Garten. In 15 Minuten im Vorstadt-Café? LG, C.

Cool. Jep. Freu mich.

Auf dem Weg zum Vorstadt-Café in der Türkenstraße ertappe ich mich dabei, mein Spiegelbild in den Fenstern der Buchhandlungen und Cafés anzusehen. Ich bin ganz zufrieden. Ich trage ein rot-schwarzes Kleid, das durch sein geometrisches Siebzigerjahre-Muster mein Minibäuchlein höchstens von der Seite erkennen lässt. Denn obwohl ich sehr stolz auf den Bauchansatz bin, ist er noch weit davon entfernt, zweifelsfrei als Babybauch identifizierbar zu sein. Meine Füße stecken in hohen schwarzen Stiefeln mit Blockabsatz, und das Rot meines Mantels ist dasselbe wie das, das im Kleid vorkommt. Sogar Lippenstift habe ich heute mal aufgelegt. Ein Großteil davon befindet sich jetzt an einem Kaffeeglas von Mr Bean, aber die Restfarbe auf meinem Mund matcht ebenfalls genau mit Kleid und Mantel. Gar nicht schlecht für einen Dienstag.

Ich finde Tom im hinteren Teil des Vorstadt-Café, in der kleinen Lounge mit den roten Sofas. »Vorne war nichts mehr frei«, sagt er entschuldigend, springt auf und hilft mir aus dem Mantel. »Gut siehst du aus!«

»Danke. Ist doch nett hier. Wenn du mir später aus dem Sofa hilfst?«, sage ich, als ich in den roten Polstern versinke. »Beziehungsweise mich weckst, wenn ich einschlafe …«

Wir bestellen Nudeln.

Wir trinken Apfelschorle.

Wir reden.

Ich erzähle Tom von Mr Bean und von Katrins Mr Seltsam alias Sebastian. Wir sprechen über das Iglu-Wochenende, Musik, die Arbeit, Reiseziele und mein Baby.

»Was wird es denn nun eigentlich, das Kleine?«, fragt Tom. »Deine SMS von letzter Woche kam irgendwie unvollständig bei mir an. Nun sag schon …!«

»Das war doch Absicht mit der halben SMS«, will ich sagen, »warum hast du denn nicht nachgefragt?« Aber ich lasse es.

»Ich bekomme eine Tochter. Marlene.«

»Oh, toll! Mensch. Wahnsinn, dass man das jetzt schon wissen kann. Du hast dir ein Mädchen gewünscht, oder?«

»Insgeheim schon. Aber ich habe mir so lange eingeredet, dass es ein Junge wird, bis ich mir sicher war, dass es auch so ist.«

»Warum hast du dir eingeredet, einen Jungen zu bekommen, obwohl du dir ein Mädchen wünschst?« Tom runzelt die Stirn.

»Weil, Tom, weil, nicht obwohl.«

»Das verstehe ich jetzt nicht.«

»Noch nie was von Zweckpessimismus gehört?«

»Ach so. Aber was wäre denn so schlimm an einem kleinen Buben?«

»Nein, es wäre natürlich nicht schlimm. Aber ich habe mich die ganzen Jahre, seit ich ein Kind möchte, immer mit einem kleinen Mädchen gesehen«, erkläre ich. »Ich habe zum Beispiel einen Traum, den ich seit Jahren immer wieder träume – einen richtigen Traum, einen, den man in der Nacht träumt, wenn man schläft. Und in diesem Traum ist es Sommer und ich bin an einem kleinen See, der von Buchen umsäumt wird. Bei mir ist ein kleines Mädchen, ungefähr zwei Jahre alt, das ein weißes Sommerkleid trägt und blonde Haare hat ...«

»Nur du und die Kleine? Und wo ist Frank?«, fragt Tom und grinst.

Ich übergehe seine Frage. Sie gefällt mir nicht. Und noch weniger gefällt mir, dass ich sie mir noch nie selbst gestellt habe.

»Sag mal, Tom ...«

»Ja?«

»Wie ist das eigentlich, ich meine, so als Mann ...«, druckse ich herum und höre mich dann sagen: »Wie wirken schwangere Frauen auf Männer? Ich meine jetzt nicht Hochschwangere mit dickem Kugelbauch. Sondern Frauen, von denen man weiß, dass sie ein Baby bekommen, aber man sieht es noch nicht wirklich. Ist eine Frau nicht automatisch ein neutrales Wesen, wenn sie schwanger ist? Nicht mehr interessant für den Mann? Nicht mehr begehrenswert?«

»Wieso, findet Frank ...«

»Jetzt lass doch mal Frank aus dem Spiel«, sage ich ziemlich unwirsch, »um den geht's jetzt grad gar nicht.«

»Hm.« Tom nimmt einen Schluck Apfelschorle und überlegt. »Ich kann natürlich nicht für alle Männer sprechen. Genau genommen kann ich nur für mich sprechen. Und ich weiß auch nicht, wie es mir mit anderen schwangeren Frauen geht, weil du – von meiner kleinen Schwester mal abgesehen – die einzige Schwangere bist, mit der ich eng befreundet bin.«

Ich werde nervös. Tom macht eine Pause und denkt wieder nach. Dann sieht er mich an und sagt: »Sei mir nicht böse, Charlie.«

Ich bekomme Angst.

»Du siehst wunderschön aus. Du strahlst von innen. Deine Schwangerschaft hat dich weicher gemacht, sanfter. Deine Augen glänzen, und wenn du lachst, dann geht – verzeih mir die plumpe Metapher, aber mir fällt gerade keine andere ein – die Sonne auf. Man möchte dich beschützen, immerzu aufpassen, dass dir nichts passiert. Und begehrenswert ...«

Er macht wieder eine Pause, und ich halte die Luft an. Dann spricht er weiter, und seine Stimme klingt anders, als ich sie je gehört habe.

»Ja, du bist begehrenswert. Verdammt begehrenswert. Ich sollte eigentlich lügen und dir das Gegenteil sagen, weil ich dein bester Freund bin und nicht dein Mann, weil du unantastbar für mich bist, und ich rede mich hier gerade um Kopf und Kragen. Aber ich kann nicht unehrlich zu dir sein. Wenn ich dich sehe, möchte ich dich umarmen und nicht mehr loslassen, dich anfassen, an deinem Hals schnuppern und deinen Körper streicheln. So, jetzt weißt du es. Und jetzt darfst du mir eine schmieren, wenn du willst.«

Wunderschön.
Begehrenswert.
Unantastbar.

Ich schmiere Tom keine. Stattdessen küsse ich ihn.

19. WOCHE
(24. FEBRUAR BIS 2. MÄRZ 2008)

Montag

Natürlich bin ich Tom seit dem Kuss in den roten Polstern des Vorstadt-Cafés konsequent aus dem Weg gegangen. Natürlich habe ich mich in aller Form bei ihm entschuldigt und ihm erklärt, dass der Kuss nichts zu bedeuten hatte und sich nie wiederholen wird. Natürlich habe ich das getan, weil ich eine vernünftige, schwangere Frau bin, die ihr Leben im Griff hat und sich von ein paar hormonellen Schwankungen nicht aus der Bahn werfen lässt. Höchste Zeit, erwachsen zu werden. Wenn nicht jetzt, wann dann?

Die Wahrheit sieht leider anders aus. Nach dem Kuss, der viel zu beidseitig war, um als Unfall durchzugehen, zwanzig Sekunden zu lang dauerte, um freundschaftlich zu sein, und zu schön war, um schnell vergessen zu werden, sahen wir uns lange an, ohne etwas zu sagen. Erstaunlicherweise war dieses Schweigen und Sich-Ansehen kein bisschen peinlich. Eher wehmütig.
Jetzt schon.
Vielleicht, weil wir beide wussten, dass etwas angefangen hatte, was bald wieder enden muss, und weil wir beide ahnten, dass das keine fröhliche und unbeschwerte Angelegenheit werden würde.
Dann kam die Bedienung mit unseren Nudeln.
Wir aßen sie, zahlten dann und verließen das Café. Tom zündete sich, kaum dass wir vor der Tür waren, eine Zigarette an und murmelte: »Tut mir leid. Echt. Muss jetzt aber sein.« Erst da fiel mir auf, dass er in der letzten Zeit, die wir miteinander verbracht hatten, nie in meiner Gegenwart geraucht hatte. Während wir die Adalbertstraße hinuntergingen, blies er den

Rauch nach jedem Zug weit weg von mir in die andere Richtung, den Kopf dabei zur Seite drehend. Eine Geste, die mir völlig unerwartet die Tränen in die Augen trieb und Halsweh verursachte, als ich diese hinunterschluckte.

Wir trafen uns am nächsten Abend wieder und auch am übernächsten und dem darauf folgenden. Gingen essen, spazieren, in Bars und zum Bergwolf. Der Kuss wiederholte sich nicht, aber wenn wir nebeneinander gingen, hielten wir uns an den Händen. Ich war es, die Toms Hand irgendwann einfach genommen hatte, und er hatte sie mir nicht entzogen. Eine harmlose Sache, Hand in Hand zu gehen.
Frank erzählte ich nicht, was ich abends unternahm. Ich traf mich direkt nach der Arbeit mit Tom und kam spät nach Hause, aber nicht so spät, dass Frank sich Sorgen machen musste. Und er fragte an keinem der drei Abende, wo ich gewesen war.

Am Wochenende war die Stimmung spürbar gereizt in der Breisacher Straße. Vorgestern blieb ich sehr lang im Bett, obwohl ich nicht mehr müde war. Aber das war kein gemütliches Samstagsgammeln. Ich hatte einfach noch weniger Lust, aufzustehen, als Lust, liegen zu bleiben. Gegen elf tat mir der Rücken weh und ich krabbelte aus dem Bett.
»Morgen«, sagte Frank, der schon seit zwei Stunden auf den Beinen war und CDs sortierte, »na, ausgeschlafen? Möchtest du am heutigen Tag teilnehmen?«
»Was ist denn das für eine Begrüßung?«
»Es ist halb zwölf. Wollen wir dann bald los?«
»Los, wohin? Habe ich was verpasst, gibt es etwa ausnahmsweise einen Plan für heute?«
»Was soll denn das heißen? Ach so, stimmt ja, du findest unsere Wochenenden ja langweilig.« Franks Laune war jetzt endgültig ebenfalls im Keller. Trotzdem fuhr er mit einem kleinen Friedensangebot fort: »Ich dachte, wir gehen ein bisschen in die Stadt. Ich will unter Leute.«

»Na gut, meinetwegen. Ich muss eh mal nach Bauchbändern schauen.«

Das konnte nur schiefgehen. Und das tat es dann auch. Wir stritten uns nicht, aber als wir am Nachmittag wieder zu Hause waren, zog Frank sich ohne ein Wort ins Schlafzimmer zurück, um auf Bayern 1 »Live im Stadion« zu hören, während ich mich im Wohnzimmer auf die Couch kuschelte und in meinen Schwangerschaftsbüchern las. Sag halt was, dachte ich, während ich im Kapitel »Fünfter Monat« blätterte, sag was, Frank, stell mich zur Rede, meinetwegen schrei mich an, hau auf den Tisch, aber sag was! Warum schweigst du?

Der Sonntag war nicht wesentlich besser. Und ich bin froh, dass heute wieder Montag ist und ich ins Büro gehen kann. Ablenkung, andere Leute, Tapetenwechsel.

In der Kirchenstraße erreicht mich eine SMS.

> Guten Morgen, Sonnenschein. Wie war dein Wochenende? Meines war so lala, weil ich dich nicht gesehen habe. Aber jetzt ist ja zum Glück wieder Montag :-). LG Tom

Ich lächle und bin gerade dabei, zu antworten, als eine zweite Kurznachricht eintrifft:

> Ich bin ein Arschloch. Entschuldige bitte. Du bist eine werdende Mutter, und ich trage Verantwortung für dich. Die darf ich nicht missbrauchen.

> Jetzt mach mal halblang, Tom. Es ist doch nichts passiert. Und ich kann gut auf mich selbst aufpassen. Lassen wir den Dingen einfach ihren Lauf, es wird alles gut werden!

> Hm. Blöd, das per SMS zu diskutieren. Heute Abend Bergwolf? Ich hab in letzter Zeit immer so Lust auf Currywurst.

Und schon bin ich wieder mit Tom verabredet. Während meines Tages im Büro greife ich immer wieder zu meinem Handy und formuliere eine Absage-SMS nach der anderen. Am frühen Abend befinden sich im Mitteilungsordner meines Handys acht in zweierlei Wortsinn ungeschickte Kurznachrichten, und ich bin auf dem Weg zum Bergwolf in der Fraunhoferstraße. Toll gemacht, Charlotte, ganz klasse.

»Hey!«

»Hey, du. Na?«

Wie begrüßt man seinen besten Freund, in den man sich verliebt hat? Ich entscheide mich für eine Umarmung. Sie fühlt sich gut an. Er fühlt sich gut an. Und er riecht gut. Ich kann mich nicht erinnern, jemals vorher ein Aftershave an ihm erschnuppert zu haben. Nach fünf Minuten lösen wir uns aus der Umarmung.

»Currywurst, Pommes Schranke und ein Alkoholfreies?«

»Au ja.« Wir setzen uns auf helle Holzbänke hinten in die Ecke des Bergwolfs, der wie immer gut gefüllt ist. Im CD-Player läuft Franz Ferdinand, und ich fühle mich auf einmal wieder rundum wohl. Liegt das an Tom oder an der Kneipe?

»Dass ›Nichts passiert‹ Quatsch ist, weißt du ja wohl selbst, oder?«, eröffnet Tom unvermittelt unser Krisengespräch, auf das ich überhaupt keine Lust habe. Aber da muss ich jetzt wohl durch.

»Na ja … nur ein Kuss …«

»Nur ein Kuss.«

»Und ein bisschen Händchenhalten.«

»Ein Kuss, der mir eine schlaflose Nacht beschert hat, weil er mich völlig durcheinandergebracht hat. Der so schön war, dass ich ihn am liebsten hier und jetzt wiederholen würde, und dann noch tausend Mal.«

»Dann tu's doch.« Jetzt muss er mich packen, zu sich heranziehen und küssen, denke ich, und ein Spruch fällt mir ein: Für einen Kuss braucht man beide Hände.

Tom packt mich nicht. Stattdessen zerpflückt er einen Bierdeckel.

»Charlie, das geht nicht. Wie stellst du dir das vor? Du bekommst ein Kind von Frank ...«

»Ich weiß! Herrgott, müssen wir denn alles zerreden? Jetzt entspann dich doch mal. Du tust ja gerade so, als hätten wir eine Affäre. Haben wir aber nicht. Ich mag dich seit fast dreißig Jahren, Tom, und daran wird sich auch nichts ändern. Ich weiß auch nicht genau, was passiert ist, und mich verwirrt es auch, das kannst du mir glauben. Aber warum vertraust du gar nicht darauf, dass die Dinge schon so laufen werden, wie es richtig ist? Warum genießt du nicht einfach, was gerade ist?«

Tom nimmt meine Hand und küsst sie. »Weil ich uns beide in die Katastrophe rennen sehe, zielstrebig. Das geht einfach alles gar nicht.«

Toms weiche Lippen an meinen Fingerknöcheln und seine Worte bilden einen Widerspruch, der fast nicht zu ertragen ist. Zum Glück kommt unsere Currywurst, und er lässt meine Hand los. Wir essen und sprechen über andere Dinge. Und es ist eigentlich alles wie früher, stelle ich erleichtert fest.

Diese Wahrnehmung ändert sich schlagartig, als Tom mich später, auf dem Weg zur U-Bahn, unvermittelt in einen Hauseingang zieht und dort lange und verzweifelt küsst.

Donnerstag

Zwei Tage lang herrschte Funkstille zwischen Tom und mir. Kein Telefonat, kein Treffen, keine E-Mail, keine SMS. Ich nutzte die Zeit, um mich Frank wieder anzunähern. Und mir selbst verbot ich streng, Tom und ihn zu vergleichen. Denn natürlich schneidet der Mann, mit dem man seit Jahren Bett, Bad und Waschmaschine teilt, zwangsläufig schlechter ab als der Neue – selbst wenn der gar nicht so neu ist, als Mensch und als Freund. The grass is always greener on the other side, und das gilt ganz besonders für Beziehungen. Ich bemühte mich also, viel mit Frank zu reden – über unser Baby, die Arbeit, unsere Freunde, unsere Zukunft. Jedes Mal, wenn Tom sich in meine Gedanken stahl, nahm ich im Geiste einen roten Edding und malte damit ein dickes X über sein Bild. Es half! Frank blühte seinerseits unter meinen Bemühungen sichtlich auf und hatte wieder bessere Laune. Und heute, nur knapp drei Tage nach Toms Kuss im Hauseingang in der Fraunhoferstraße, hatte ich meine Welt wieder in Ordnung gebracht und war mächtig stolz auf mich.

Meine neue Weltordnung hielt bis heute Nachmittag. Als ich mir gerade beim Bäcker um die Ecke vom Büro eine Nussschnecke holte, piepte mein Handy.

Kennst du eigentlich den Film »Wer früher stirbt, ist länger tot«?

Kennen: ja, gesehen haben: nein. Soll aber super sein. Wieso?

Lust, ihn heute Abend mit mir anzuschauen?

Lust schon, aber das lassen wir lieber. Sei mir nicht böse. Ist mir zu gefährlich.

Mein Daumen schwebt über der Taste »Senden«. Natürlich ist diese SMS die einzig richtige Antwort. Los! Tom wird nicht böse sein. Senden? Nein. Wir sind erwachsene Menschen über dreißig, und es ist klar, dass diese Geschichte nicht weitergehen kann. Aber wir werden Freunde bleiben. Wegen zweier Küsse und ein paar romantischer Gefühle wirft man doch keine langjährige Freundschaft weg. Und noch ist es nicht zu spät, um die Kurve zu kriegen. Also, freundschaftliches DVD-Schauen heute Abend. Ist doch nichts dabei, wenn die Verhältnisse geklärt sind.

Klar, gerne! Soll ich was mitbringen? Wie viel Uhr?

Kaum ist Toms Antwort da – ich soll nichts mitbringen außer guter Laune (das meint er ironisch, sonst hätte ich gleich wieder abgesagt), und er ist ab halb acht zu Hause –, fällt mir ein, dass ich heute Abend schon verabredet bin. Mit Katrin. Wir wollten ins yum2take neben der Schrannenhalle gehen, ein gutes Thaicurry essen und dann in den Platzhirsch am Viktualienmarkt weiterziehen. Ich wollte erfahren, wie es mit Sebastian weitergegangen war und – ja, eigentlich wollte ich Katrin von Tom erzählen. Genauer gesagt von unserem Nachmittag im Vorstadt-Café, dem Kuss in den roten Polstern und dem zweiten Kuss im Hauseingang in der Fraunhoferstraße. Aber auf einmal bin ich unsicher. Dass sie mir nicht gerade begeistert auf die Schulter klopfen und gratulieren wird, ist eine Sache, doch mit Kritik kann und muss ich leben. Die andere Sache ist, dass ich unsere unterschiedlichen Situationen bedenken muss. Katrin, die seit über drei Jahren auf der Suche nach einem Mann ist, mit dem sie endlich zusammenziehen und eine Familie gründen kann, Katrin, die sich nach Liebe und Partnerschaft und einem Kind sehnt, auch wenn sie immer so tut, als habe das alles noch Zeit. Und ich, die alles hat: einen Freund, mit dem ich glücklich sein könnte, und sein Baby im Bauch. Ich, die all das aufs Spiel setzt, indem sie mit ihrem besten Freund knutscht.

»Hast du eigentlich auch mal an Tom gedacht?«, höre ich Katrin fragen und meine, den Duft des Thaicurrys riechen zu können.
Meine Güte. Ich muss ihr gar nicht in der Realität von meinen Verirrungen erzählen, meine beste Freundin funktioniert auch virtuell. Nein, ich habe nicht an Tom gedacht. Nicht so, wie sie meint. Natürlich habe ich viel an ihn gedacht, viel zu viel. Daran, wie seine Nase sich manchmal kräuselt, wenn er lacht. Daran, wie er mir Mut machte, als ich Angst hatte, mein Baby zu verlieren. An die Nacht im Iglu und wie beruhigend und

schön es war, seinen Atem direkt neben mir zu hören. An Tom im dicken weißen Bademantel des Hinterglemmer Hotels. Und seit ein paar Tagen an seinen Kuss. Wie lange hat Frank mich nicht mehr so geküsst? O nein, das sind schon wieder Gedanken für den dicken roten Edding. Als langjähriges Paar küsst man sich einfach nicht mehr so. Man knutscht auch nicht in Hauseingängen, und der Gedanke daran raubt einem nicht Atem und Verstand. Das ist traurig, aber es ist so. Und die meisten anderen können sehr gut damit leben und schätzen, was sie haben. Warum also nicht auch ich?

Ich habe nie daran gedacht, wie es Tom wohl gehen mag. Sein Anderssein am Schneeschuh-Sonntag in den österreichischen Bergen habe ich zwar bemerkt, aber nicht weiter hinterfragt. Wie mag es sich für ihn anfühlen, sich in seine beste Freundin verliebt zu haben, die unerreichbar für ihn ist? Wie mag es sein, eine Frau zu begehren, die von einem anderen Mann schwanger ist, noch dazu von einem Mann, den Tom kennt und schätzt, mit dem er sogar ein wenig befreundet ist?

Katrin ruft an, meldet mein Handy.
»Hey, Katrin«, melde ich mich und überlege blitzschnell, wie ich ihr jetzt in ein paar Worten sage, dass ich mich heute Abend nicht mit ihr treffen kann, weil ich dringend etwas mit Tom klären muss.
»Charlotte«, stöhnt Katrin genervt, »ich muss dir leider für heute Abend absagen. Mein Chef hat eine Deadline bei Gericht verschwitzt, und wir müssen jetzt eine Nachtschicht einlegen, Akten sortieren und den Widerspruch formulieren. Tut mir leid.«
»Mit tut's leid für dich! Das ist ja blöd. Aber mach dir keinen Kopf, das yum2take läuft uns ja nicht davon.«
»Gut«, sagt Katrin, »du, ich muss auch schon wieder Schluss machen. Wir sind echt im Stress. Ciao, Süße!«

Okay. Das Schicksal will offensichtlich, dass ich den heutigen Abend mit Tom verbringe. Und vermutlich möchte es auch, dass ich die Zeit nutze, um die Dinge mit ihm zu klären und schleunigst den Weg zurück in Richtung Freundschaft einzuschlagen. Eine warnende innere Stimme ruft mir noch zu »Triff ihn nicht in seiner Wohnung!«, aber ich bringe sie zum Schweigen. Wir werden schon nicht übereinander herfallen, sobald sich die Wohnungstür hinter uns schließt.

Freitag

Sind wir nicht. Übereinander hergefallen, meine ich. Aber leider war der Abend auch ohne ungezügelte Leidenschaft viel zu schön, um ihn mit einem traurigen Klärungsgespräch zu zerstören. Der Film war recht nett, glaube ich. Ich lauschte allerdings lieber Toms Atem, meinen Kopf an seine Brust gelegt. Seine rechte Hand, die auf meiner Hüfte lag, und sein Daumen, der neunzig Minuten lang das kleine nackte Stück Haut zwischen Jeans und Pulli streichelte, lenkten mich so sehr ab, dass ich der Handlung nicht ganz folgen konnte. Dabei ist *Wer früher stirbt, ist länger tot* bei weitem nicht so kompliziert wie ein James-Bond-Film.

Und als wir nach dem DVD-Schauen in der Küche saßen, weil ich einen spontanen Heißhungeranfall bekommen und Tom mir Toast gemacht hatte, nahm er auf einmal meinen rechten Fuß in seine Hände, legte ihn auf seinen Oberschenkel und begann, ihn zärtlich zu massieren. Ich dankte Gott dafür, dass ich kurz vor dem Verlassen der Wohnung im Bad in eine Pfütze getappt war und deswegen meine schon leicht schmuddeligen lila-gelben Ringelkniestrümpfe gegen ein paar frische schwarze mit Lochmuster ausgetauscht hatte.

Aber obwohl wir nicht über uns gesprochen haben, gehe ich davon aus, dass alles klar ist. Wir sind jetzt wieder Freunde. Wir haben uns nicht geküsst, obwohl wir sogar miteinander hätten ins Bett gehen können, ohne dass irgendjemand jemals davon erfahren hätte. Und Quentin Tarantino wird sowieso überschätzt.

Samstag

Heute war das Konzert von Nada Surf im Backstage-Werk. Baby hört mit, sagte mein Schwangerschafts-Newsletter. Deswegen blieb ich vorsichtshalber weiter hinten. Frank und Katrin waren auch dabei.

Nach dem Konzert zündete Katrin sich draußen eine Zigarette an und meinte beiläufig: »Sebastian ist auch hier. Er hat vorhin gesimst. Müsste gleich da sein.«

In diesem Moment war mir klar, dass das nichts mehr werden würde mit den beiden. Sie hatten sich seit Anfang Januar nicht mehr gesehen. Und als Sebastian dann vor uns stand, wurde mir noch etwas klar: Es war besser so. Nicht, dass er schlecht aussah. Im Gegenteil. Ein großer, attraktiver Mann mit einer guten Stimme und einer lässigen Lederjacke. Aber wenn einer schon Langeweile ausdünstet, bevor man mit ihm im Bett war (mit »man« meine ich Katrin), dann kann man ihn postkoital sowieso in der Pfeife rauchen.

Schade. Es wäre so schön gewesen, wenn Frau W. recht behalten hätte.

Sonntag

Warum sind Wochenenden auf einmal doof?

Ich weiß auch nicht. Doch. Ich weiß es schon. Und du auch.

Sag's mir, meine Schöne.

Weil wir uns nicht sehen. Die Sonne scheint, aber irgendwie ist es trotzdem neblig.

Warum fühlt sich etwas so Falsches so richtig an? Ich bin verwirrt. Und ich weiß nicht, was ich tun soll.

Ist es denn so falsch?

Ja, und das weißt du ganz genau. vds.

vds?

Vermisse dich sehr.

ida.

Ist das (jetzt) albern?;-)

Mag sein. Mir egal. Es ist, was es ist, sagt die Liebe.

Charlie, weißt du, was du da gerade geschrieben hast? Und was das (für mich) bedeutet? Und letztendlich auch für uns beide?

Ich weiß es, und es war nicht nur so dahingesimst, ja. Kennst du das Gedicht von Erich Fried?

Nein. Wie geht es?

Es ist Unsinn, sagt die Vernunft. Es ist, was es ist, sagt die Liebe. Es ist Unglück, sagt die Berechnung. Es ist nichts als Schmerz, sagt die Angst. Es ist aussichtslos, sagt die Einsicht. Es ist, was es ist, sagt die Liebe. Es ist lächerlich, sagt der Stolz. Es ist leichtsinnig, sagt die Vorsicht. Es ist unmöglich, sagt die Erfahrung. Es ist, was es ist, sagt die Liebe.

Wow. Hat er das für uns geschrieben? Oder sind wir so banal? Zwei Menschen von Milliarden, die dasselbe fühlen, die denken, sie seien vom selben Stern?

Liebe ist nie banal. Das kann die gar nicht.

Jetzt hast du's schon wieder geschrieben.

Tut mir leid.

Charlie, es zerreißt mich. Einerseits will ich bei dir sein, dich küssen, umarmen, streicheln, deinen wundervollen Körper entdecken dürfen, so viel Zeit wie möglich mit dir verbringen. Aber andererseits …

Andererseits? Frank. Und mein Baby. Das wolltest du doch schreiben, oder?

Ja. Es hat einfach keinen Sinn, oder?

Ich weiß nicht, ob es keinen Sinn hat, nur weil es keine Zukunft hat.

So habe ich es nicht gemeint. Aber du musst mich auch verstehen. Am Ende bin ich auch nur ein Mann. Und in einer aussichtslosen Lage. Ich will nichts kaputtmachen. Weder deine Beziehung noch unsere Freundschaft.

Bereust du unsere Küsse?

Nein. Wie könnte ich die bereuen. Aber ich will mehr. Und darf nicht. Es darf nicht sein.

Wir haben den Punkt verpasst, an dem man noch alles als harmlos hätte abtun können. An dieser Ausfahrt sind wir sehenden Auges vorbeigerauscht.

Harmlos? Du bist nicht harmlos, Charlie. Das warst du noch nie.

Was bin ich denn dann?

Das verführerischste, zauberhafteste, schönste, verlockendste, duftendste, lieblichste, magischste, besonderste Wesen, das mir je begegnet ist.

Das bin ich doch nur, weil du mich nicht haben kannst. Aber trotzdem danke. Diese SMS werde ich für immer aufbewahren und mich noch daran wärmen, wenn ich achtzig bin.

Womit wir wieder bei Erich Fried wären. Es ist aussichtslos, sagt die Einsicht. Es ist unmöglich, sagt die Erfahrung.

Es ist, was es ist …

Schatz, wir drehen uns im Kreis.

Ich weiß. Aber hat die Liebe nicht das ureigene Recht, zu leben?

Doch. Aber nicht auf diese Kosten. Der Preis wäre zu hoch.

Aha. Ist das nicht eher meine Baustelle? Und woher weißt du, dass ich nicht bereit wäre, den Preis zu zahlen?

Mach keinen Unsinn, Charlie.

Unsinn? Na ja, wenn du meinst …

Man kann sein Glück nicht auf einen Scherbenhaufen bauen. Glaub mir bitte, dass mir diese Tatsache so leid tut, wie mir selten zuvor etwas leidgetan hat. Aber ich bin ein Realist. Es würde nicht gutgehen. Und es wäre nicht fair.

Okay. Verstanden. Mein Kopf nickt, mein Herz schüttelt den Kopf. Äh … Ach, du weißt schon, was ich meine!

Ja. Was anderes: Kommt ihr am Samstag auf meine Geburtstagsfeier? Hier in meiner Wohnung. Ab acht. Ich würde mich sehr freuen.

Ja, WIR kommen. O Mann. Tom!!!!!!!!

Ich weiß. Glaubst du, für mich wird das einfach? Es wird mich zerreißen, dich mit Frank zu sehen, als Paar, als werdende Eltern. Dich strahlen zu sehen, dein süßes Bäuchlein, dein Glück, das ich dir so sehr gönne und das mir trotzdem weh tut. Aber wir müssen da durch. Wir müssen wieder Freunde werden.

Geht das denn?

Wenn wir es beide wollen, ja.

Okay. Ich muss jetzt aufhören, mh.

mh?

Denk mal nach. Kuss.

20. WOCHE

(2. BIS 9. MÄRZ 2008)

Tom macht schnell auf, als ich klingle. Zu schnell irgendwie. Und gemeinerweise trägt er nur noch graue Boxershorts und ein schwarzes T-Shirt, auf dem in orangefarbenen Buchstaben »Ich war's nicht!« steht. Kurz überfällt mich die Vision einer halbnackten Anita, die in der Schlafzimmertür erscheint und »Wer hat denn da geläutet, Hase?« fragt. Aber ich habe wohl doch zu viele Fernsehfilme der Woche gesehen. Anita bleibt mir erspart. »Tom, du könntest jetzt nach rechts greifen, meinen Schlüssel nehmen, der dort an deiner Garderobe baumelt, ihn mir geben und die Tür wieder zumachen«, sage ich.

»Ja, das könnte ich.«

»Ja.«

»Das sollte ich sogar.«

»Ja. Das solltest du.«

Tom schließt die Tür.

Nur leider hinter mir.

Ich wüsste, was jetzt passieren würde, wenn ich nicht schwanger wäre. Ich wäre natürlich um diese Uhrzeit längst nicht mehr nüchtern. Tom würde mir noch einen Gin Tonic mit Gurken mischen. In der Küche liefe die Foo-Fighters-CD, *Stranger Things Have Happened*, Song Nummer 6 von 13. Wir würden trinken, ein bisschen herumalbern, den Abend besprechen, und dann wäre die CD irgendwann bei Lied Nummer 12, »Home«, nur das Piano und Dave Grohls leicht belegt klingende, sanfte Stimme.

Wish I were with you
But I couldn't stay
Every direction
Leads me away

Tom und ich würden aufhören zu reden. Er würde sein Glas auf
der Arbeitsfläche der Küchenzeile abstellen, mir meines aus der
Hand nehmen und mit mir zu »Home« tanzen, eng und langsam wie in jeder schlechten Vorabendserie. Irgendwann würden seine Hände von meinen Hüften meinen Rücken hinauf-
wandern, um meine Schulterblätter kreisen und schließlich
meinen Nacken umfassen. Tom würde mich küssen, meinen
Körper dabei leicht nach hinten biegen. Irgendwann, die CD
wäre längst am Ende angelangt und es wäre still in der Küche
bis auf unseren schweren Atem, irgendwann würde Tom mich
sanft an den Schultern fassen, mich dabei weiter küssen und
mich rückwärts aus der Küche hinausschieben, den kurzen
Gang entlang und in sein Schlafzimmer, in dem er kein Licht
machen würde. Nach ein paar Schritten würde ich die Matratze
seines Bettes in meinen Kniekehlen spüren, und wir würden gemeinsam darauf hinabsinken, er über mir, warm und schwer
und immer noch mit seinen Lippen auf meinen. Geschickt
würde er mir mein T-Shirt abstreifen und meinen Hals küssen,
mein Schlüsselbein, mit den Zähnen die Träger meines BHs
über meine Schultern streifen und mit einer einzigen Handbewegung den Verschluss unter meinem Rücken lösen …

Ich starre Tom an. Bin mir sicher, dass er ahnt, was ich gerade
denke.
Und dann passiert etwas, das mich sofort die Fantasie vergessen lässt, die mir gerade noch die Knie zittern ließ. In meinem
Bauch beginnt es zart zu blubbern. Kleine Blasen steigen auf
und zerplatzen sanft innen an meiner Bauchdecke. Ich lege in-
stinktiv die Hand auf meinen Bauch, halte die Luft an und warte
darauf, dass es ein zweites Mal geschieht. Und tatsächlich, es

blubbert wieder, genau unter meinen Fingern. Ein nie gekanntes Glücksgefühl überschwemmt mich.

»Tom, ich spüre gerade zum ersten Mal mein Baby«, flüstere ich und spüre, wie mir die Tränen in die Augen steigen.

»Wahnsinn«, sagt Tom und räuspert sich, »wie fühlt sich das an? Komm, erzähl's mir.« Er nimmt mich an der Hand und führt mich ins Wohnzimmer. Zum Glück hat er noch nicht aufgeräumt. Ich finde es befremdlich, wenn jemand noch in der Nacht nach der Party das Chaos beseitigt. Der Couchtisch ist voller Gläser, Flaschen und Ränder, auf dem Sofa liegt ein schwarzer Pashmina, den ein weiblicher Gast vergessen hat, und bevor ich mich setze, trete ich auf eine leere Chipstüte. Tom geht noch schnell an seinem Laptop vorbei, der aufgeklappt auf dem Sideboard steht, und tippt etwas in die Tastatur. Kurz darauf höre ich die Foo Fighters. Zunächst bin ich etwas irritiert. Der Soundtrack meiner erotischen Fantasie mit Tom. Aber die Bilder verfliegen schnell, als es in meinem Bauch wieder zu blubbern beginnt.

»Komm her, fühl mal!«, rufe ich aufgeregt, und Tom setzt sich neben mich aufs Sofa. Er zögert, bevor er seine Hand leicht auf meinen Bauch sinken lässt, und ich weiß genau, was er denkt. Ja, natürlich sollte Frank der erste Mann sein, der die Bewegungen des Babys spürt.

»Da! Schon wieder! Hast du es fühlen können?« Ich könnte platzen vor Glück. Und ich möchte es so gerne teilen.

»Hm. Nee. Wo genau?«

»Na hier … und da. Jetzt wieder!« Ich lege meine Hand auf Toms und führe sie dorthin, wo es blubbert.

»Ich kann nichts fühlen.« Er sieht mich enttäuscht an.

»Wahrscheinlich ist das noch viel zu zart, um es von außen spüren zu können«, sage ich, »mach dir nichts draus. In ein paar Wochen kickt Marlene dich so kräftig mit dem Fuß in die Hand, dass du es sogar sehen kannst.«

»Hm …«

Nach einer Weile hört das Blubbern wieder auf. »Jetzt schläft sie …«, flüstere ich, als könnte ich mein ungeborenes Baby durch zu laute Worte wecken. »Ach, Tom, das ist so schön, sie endlich zu spüren. Ich glaube, das ist das schönste Gefühl der Welt!«

»Ich freu mich so für dich«, sagt Tom, und ich weiß, dass er das wirklich tut. Was sonst noch so in ihm vorgeht, möchte ich im Moment lieber nicht wissen. Ich möchte jetzt einfach ganz egoistisch mein Glück genießen. Die erste Bewegung meines Babys ist ein Moment, der nie wiederkehren wird.

Die Foo Fighters singen inzwischen »Home«. Wir sind vom Sofa auf den Boden gerutscht und sitzen dort in der Dunkelheit, aneinandergelehnt, und Toms warmer Atem streichelt meinen Hals. Keiner von uns sagt ein Wort. Und die Foo Fighters singen »Home« ein zweites Mal. Und ein drittes. Nach dem vierten Mal höre ich auf zu zählen.

> Wish I were with you
> But I couldn't stay
> Every direction
> Leads me away

»Es tut mir leid, Tom«, sage ich irgendwann so leise, dass ich mir nicht sicher bin, ob er mich verstehen kann.

»Es geht einfach nicht. Ich muss nach Hause.«

Langsam stehe ich auf, und als Tom sich mit mir erheben will, lege ich meine Hand auf seine Schulter und bedeute ihm, sitzen zu bleiben. Er nickt, nimmt meine Hand und legt seine Wange kurz daran. Dann lässt er mich los. Ich verlasse das Wohnzimmer, nehme meinen Schlüssel, der an seiner Garderobe baumelt, und gehe hinaus in die kalte Märznacht.

Als ich nach Hause komme und mich neben den warmen, schlafenden Frank ins Bett lege, fängt es an, hell zu werden.

21. WOCHE

(9. BIS 16. MÄRZ 2008)

Donnerstag

Heute muss ich in die Uniklinik. Meine Frauenärztin hat mir beim letzten Termin eine Überweisung in die Maistraße mitgegeben, zur Feindiagnostik, die man bis zur 22. Woche gemacht haben sollte. »Ausschluss embryonaler Fehlbildungen«, steht auf dem Überweisungsschein. Zum Glück hatte ich ausnahmsweise gleich geschaltet und nachgefragt, ob denn bei meinem Baby embryonale Fehlbildungen zu erwarten seien? Nein, beruhigte mich Frau Dr., das sei nur die Indikation, die auf dem Schein stehen müsse, damit die Kasse die Feindiagnostik übernimmt. »Zwischen der 20. und 22. Woche macht man den sogenannten großen Ultraschall«, erklärte sie mir, »natürlich kann ich den auch hier bei mir in der Praxis durchführen, aber mein Gerät ist etwas altmodisch und in der Uniklinik haben sie viel modernere. Ist doch toll, Sie können Ihr Baby sehen, die Kasse zahlt's – feine Sache, oder?«

Nicht hundertprozentig beruhigt fragte ich Angela und Heike, meinen Kugelclub, mit dem ich mich vorgestern zum Pizzaessen im Riva traf, wann sie denn zur Feindiagnostik gehen würden. Keine von beiden hatte einen Überweisungsschein bekommen. Ich hoffte auf supermoderne Ultraschallgeräte in den Praxen ihrer Frauenärzte und versuchte, mich nicht verrückt zu machen.

Um dreizehn Uhr fünfundvierzig treffe ich in der Maistraße ein. Meine Mutter ist schon da.

»Hallo, Mama!«

»Hallo, Kind! Was ist denn das da?«

»Das da ist mein neu erworbenes Bauchband. Hübsch, oder? Und total praktisch, ich kann meine normalen Hosen weiter tragen und einfach Knopf und Hosentürl offen lassen!«

Ich strecke stolz mein Bäuchlein heraus, das von einem rosa Bauchband gewärmt wird, auf dem sich zwei in Weiß aufgedruckte Füßchen befinden.

»Ja, sehr … praktisch.« Ich sehe meiner Mutter an, dass sie das Bauchbetonen nicht so klasse findet. Vor dreiunddreißig Jahren hat man eben noch alles getan, um den Babybauch so lange wie möglich zu verstecken, selbst wenn man verheiratet war. In der Frauenklinik der Universität geht es zu wie im Bürgerbüro. Nicht vom Andrang her, aber was die Bürokratie angeht. Ich muss eine Nummer ziehen, obwohl ich die Einzige bin, die vor dem Anmeldezimmer wartet. Nach einer angemessenen Zeitspanne von fünf Minuten werde ich in den Raum gerufen. Meine Mutter folgt mir. Ich lege die Überweisung meiner Ärztin und meinen Mutterpass vor.

»Sind Sie zum ersten Mal hier?«

»Ja.«

»Nein, hihi.« Das war meine Mutter.

»Mama!«

»Genau genommen ist meine Tochter zum zweiten Mal hier, sie wurde nämlich vor 33 Jahren hier geboren!«, informiert sie die Angestellte.

»Aha«, sagt diese mit unverhohlenem Desinteresse, haut einen Stempel auf meinen Patientenbogen und schickt mich ins Zimmer 157 im ersten Stock. Dort melde ich mich nach einigen Minuten des Wartens ein zweites Mal an und werde zu Zimmer 177 geschickt, vor dem wir wieder warten. Während der ganzen Prozedur sind wir die einzigen Patienten weit und breit. Ich suche die Deckenbeleuchtung nach der versteckten Kamera ab und habe schon Angst, dass plötzlich Frank Elstner hinter einer der Säulen hervorspringen könnte, als wir überraschend in das Untersuchungszimmer gebeten werden.

Der Professor und Leiter der Pränataldiagnostik ist ein kleiner Mann in den Fünfzigern mit einem österreichischen Akzent. Ich vertraue ihm sofort. Freundlich und routiniert fährt er mit dem Ultraschallkopf auf meinem eingegelten Bauch herum. Auf einem Flatscreen, der an der Wand hängt, kann ich in überraschend guter Qualität mein Baby sehen. Marlene ist wach und schlägt Purzelbäume, macht Schattenboxen und fuchtelt mit den Armen, soweit es möglich ist, unter Wasser zu fuchteln. Der Professor macht eine Doppleruntersuchung und erklärt: »Hier sehen wir den Blutfluss vom und aus dem kindlichen Herzen. Alles gleichmäßig, alles wunderbar. Und hier die Versorgung des Kindes durch die Plazenta über die Nabelschnur … die drei Gefäße der Nabelschnur … und hier die Versorgung der Plazenta von der Mutter aus.«

Ich schaue und staune. Meiner Mutter hat es die Sprache verschlagen. Ein bemerkenswerter Moment, und ich meine nicht den Doppler.

»Oh, was haben wir denn hier?« Der Professor sieht konzentriert auf seinen Bildschirm und knetet mit dem Schallkopf meinen Unterbauch. Dann wirft er einen Blick in meinen Mutterpass. »Seltsam …«

»Seltsam?«, piepse ich, und sofort fangen die Gedanken an, in meinem Kopf Karussell zu fahren. Mein Kind hat zwei Nasen. Oder zwölf Zehen. Es werden doch Drillinge!

»Was ist denn los?«, frage ich, als der Professor immer noch guckt und schallt.

»Keine Angst, alles in Ordnung mit der jungen Dame«, sagt er. »Oh – Sie wollten doch wissen, was es wird, oder?«

»Ich habe sogar schon einen Namen für meine Tochter ausgesucht«, sage ich ungeduldig, »aber was haben Sie denn Seltsames entdeckt?«

»Hier haben wir eine zweite Plazenta! Schauen Sie mal.« Er zeigt auf einen mittelgroßen Klumpen auf dem Bildschirm. »Es ist nicht ungewöhnlich, dass sich ein Teil des Mutterkuchens abtrennt und dann eine Nebenplazenta bildet«, erklärt er weiter, »aber in Ihrem Fall ist das seltsam – die zweite Plazenta befindet sich an der Vorderwand der Gebärmutter, also genau gegenüber der Hauptplazenta. Schwer möglich, dass sie dort hingewandert ist.«

Ich weiß nicht, wie gut Mutterkuchen zu Fuß sind, aber es kommt mir auch komisch vor.

»Und was bedeutet das?« Nun mal Butter bei die Fische, Professor!

»Es kann gut sein, dass ursprünglich eine Zwillingsschwangerschaft angelegt war«, sagt der Professor und schiebt seine Brille wieder die Nase hoch, »hatten Sie denn in der Frühschwangerschaft Blutungen?«

»Ja. In der achten Woche.«

»Nun, dann kann es gut sein, dass sich der zweite Embryo frühzeitig wieder verabschiedet hat. Das kommt vergleichsweise häufig vor, und meistens merken die Frauen es gar nicht. Na, aber Hauptsache, die junge Dame – wie, sagten Sie, war ihr Name? – ist fit, und das ist sie auf jeden Fall!« Er lächelt aufmunternd.«

»Marlene«, murmle ich und überlege, ob ich jetzt traurig sein muss. Ich fühle nämlich gar keine Trauer. Und auch keinen Schock. Ich bin eher erleichtert darüber, dass nun geklärt ist, woher diese Blutungen am Anfang kamen.

Eine halbe Stunde später stehe ich ohne Mutter, ohne den Professor und seine beruhigenden Worte im kalten Märzwind an der Lindwurmstraße. Kein Ort, um glücklich zu sein. Nicht einmal, wenn man glücklich wäre. Die Trauer, die ich vorher nicht gefühlt habe, hat nur Atem geholt. Und drückt nun mit aller Macht auf mein Herz und meine Lunge. Ich lege die Hände auf meinen Bauch und spüre Marlene, die sich bewegt, wenn ich still stehe. Mein armes kleines Mädchen. Hast deinen Bruder oder deine Schwester verloren. Ein Leben zu zweit war für dich geplant, du solltest nicht alleine sein, sondern dir meinen Bauch mit einem Geschwisterchen teilen. Und jetzt ist das andere weg, und du bist übriggeblieben. Sicher spürst du seine Abwesenheit.

Fühlst dich einsam und vermisst den zweiten schnellen Herzschlag, den du ein paar Wochen lang gewöhnt warst. Irgendwann hat er einfach aufgehört. Seitdem schlägt nur noch dein Herz – und meines natürlich.

Ich betrete eine Dönerbude, in der niemand ist außer dem Inhaber, einem älteren Mann, der mir wortlos und ohne zu fragen einen Kaffee und ein Wasser hinstellt und sich dann wieder entfernt.

Wirst du deinen Zwillingsbruder (ich bin mir sicher, dass es ein Junge war) vermissen, Marlene? Vielleicht wirst du dein Leben lang auf der Suche nach dieser verlorenen Seele sein. Vielleicht wird dir immer etwas fehlen, vielleicht wirst du dich immer nicht ganz vollständig fühlen, ohne zu wissen, woher dieses Gefühl kommt. Wirst dich verlieben und für kurze Zeit ganz sein, denken, dass du deine andere Hälfte nun gefunden hast und alles gut ist. Doch dann wird diese Liebe zerbrechen oder alltäglich werden, und du wirst das Loch wieder spüren, das in dir ist und das niemand dauerhaft füllen kann.

Ich rühre in meinem Kaffee und wünsche mir, ich könnte mit Marlene tauschen, ihren Verlust auf mich nehmen, ihr die lebenslange Suche nach jemandem, den sie nie finden wird, ersparen. Das muss Mutterliebe sein. Ich bin traurig, weil ich eines meiner Kinder verloren habe. Aber viel trauriger bin ich, weil mein Kind sein Geschwisterchen verloren hat.

Ich rufe Frank an.

»Maus, ist alles in Ordnung? Ist was passiert? Ist was mit Marlene?«, fragt er erschrocken, als er meine Stimme hört. Dabei habe ich bisher nur »Hallo« gesagt. Ich höre, wie er mit seinem Handy aus dem Büro geht, ein paar Schritte über den Gang und dann einen anderen Raum betritt, eine Tür hinter sich schließt.

»So, jetzt bin ich alleine. Bitte sag mir doch, was los ist.«

»Ich … ich habe Marlenes Zwilling verloren.«

»Du hast was? Verloren? Marlene?« Franks Stimme klingt ganz flach und heiser.

»Nein, nicht Marlene. Der geht es gut.« Ich erkläre ihm, was der Professor herausgefunden hat und was passiert ist.

»Charlotte, mein Gott, hast du mir einen Schrecken eingejagt. Ich dachte einen Moment lang, dass unser Baby … dass ihm etwas passiert ist!« Ich höre Franks Erleichterung. Und obwohl ich sie verstehen kann, macht sie mich wütend.

»Frank, kapierst du es nicht? Es wären Zwillinge geworden. Aber das zweite Baby ist weg. Sein Herz muss schon geschlagen haben, aber dann ist es gestorben und mit etwas Blut einfach abgegangen. In der achten Woche. Da war ein zweites Baby! Marlenes Bruder! Und nun ist nur noch sie da.«

»Charlotte, bitte dreh jetzt nicht durch. Freu dich lieber, dass es Marlene gutgeht. Das ist doch die Hauptsache.«

»Du verstehst überhaupt nichts!«

»Doch, ich versteh dich schon. Es ist natürlich traurig, dass das zweite … dass das zweite Baby nicht mehr da ist …«

»Gestorben ist!«

»Ja. Aber sieh's doch mal positiv.«

Ich schnappe nach Luft. »Was gibt's denn daran positiv zu sehen?!«

»Maus, bitte, beruhige dich. Ich meine doch nur, dass das Wichtigste ist, dass es unserer Tochter gutgeht. Und stell dir mal vor: Zwillinge! Es wird schon anstrengend genug mit einem Baby. Mit zweien auf einmal, das hätten wir doch gar nicht geschafft. Doppelt füttern, wickeln, herumtragen, trösten, anziehen, baden … Vielleicht ist es besser, wenn wir nur eines bekommen. Für den Anfang.«

»Du findest es allen Ernstes gut, dass ich Marlenes Zwilling verloren habe, weil dir zwei Babys zu anstrengend wären?« Ich höre meine eigene Stimme, die kalt und gleichzeitig voller Tränen klingt. Ich ahne, dass ich Frank mit meiner Zusammenfassung unrecht tue – aber sein Pragmatismus schmerzt mich zu sehr, um es nicht zu tun.

»Charlotte. Bleib bitte mal auf dem Teppich. Ganz ruhig.« Wie ich das hasse, wenn Frank mich so von oben herab behandelt, als sei ich eine hysterische Zwanzigjährige. »Du weißt, dass ich es nicht so gemeint habe. Ich wollte dir lediglich verdeutlichen, dass es das Wichtigste ist, dass es Marlene gutgeht! Kannst du dich nicht darüber freuen?«

»Im Moment nicht, nein.«

»Das solltest du aber.«

»Dann bin ich wohl eine schlechte Mutter, weil ich es nicht kann. Tschüs.« Ich drücke die rote Taste und beende unser Gespräch. Und bevor Frank mich zurückrufen kann, wähle ich Toms Nummer.

»Charlie! Na, wie war der Termin in der Uniklinik?« Er hat sich tatsächlich gemerkt, dass ich heute in der Maistraße war.

»Tom, ich … ich habe … ich muss … es ist …«

»Was ist passiert? Geht es dem Baby gut?«

»Ja. Aber …« Ich kann nicht weitersprechen.

»Wo bist du?«

»Lindwurmstraße. Alanya Döner.«

»Bleib da sitzen. Ich bin in einer Viertelstunde bei dir.«

Vierzehn Minuten später geht die Tür auf und Tom betritt den Dönerladen. Er wirft einen Blick auf meinen Kaffee, von dem ich kaum getrunken habe, drückt dem Besitzer einen Fünfeuroschein in die Hand und hilft mir in meine Jacke. Draußen vor der Tür wartet ein Taxi in zweiter Reihe, Tom öffnet die hintere Tür, und ich steige ein. Er setzt sich neben mich. »Jetzt weiter in die Balanstraße 23, bitte«, sagt er zum Taxifahrer. Dann nimmt er mich in den Arm und hält mich schweigend fest, bis wir seine Wohnung erreicht haben.

Auf Toms Sofa erzähle ich ihm die ganze Geschichte. Nicht nur die medizinische Seite, sondern auch meine Angst, dass Marlene ihr Leben lang ihren Zwilling vermissen wird.

»Es hört sich bestimmt total blöd an, wenn man um ein Baby trauert, von dem man bis vor einer Stunde noch gar nicht wusste, dass es überhaupt existiert hat«, schließe ich, »aber es war trotzdem mein Baby und Marlenes Geschwister. Und es ist nicht mehr da.«

»Das hört sich gar nicht blöd an«, sagt Tom. »Es ist doch völlig egal, ob man ein Kind in der achten, vierzehnten oder dreißigsten Woche verliert. Egal wie klein, es war dein Baby. Und du darfst jetzt auch traurig sein. Und dass du dir Gedanken um Marlene machst, ist genauso natürlich. Du bist eben eine Mutter!«

»Du findest also nicht, dass ich hysterisch bin und überreagiere?«

»Ehrlich gesagt wäre ich erschrocken, wenn du es locker nehmen würdest. Das wärst nicht du. Du bist doch nicht kalt.«

Dankbar schließe ich meine vom Weinen trockenen Augen und lehne mich an Tom an. Er sagt nichts mehr, wiegt mich nur in seinen warmen, festen Armen und streichelt dabei meine Schulter und meinen Rücken.

Als ich aufwache, öffne ich meine Augen nicht sofort. Ich weiß, wo ich bin, ohne mich umzusehen. Ich liege auf Toms Sofa, mit einer Decke zugedeckt, und Tom sitzt nicht mehr neben mir. Er sitzt oder kniet vor dem Sofa, ganz nah, ich kann seinen ruhigen Atem hören und die Wärme seiner Haut auf meinem Gesicht spüren. Ich weiß, dass er mich ansieht. Ich weiß nur nicht, wie lange schon. Langsam öffne ich meine Augen. Und blicke direkt in Toms. Er lächelt. »Pssssssst«, macht er und berührt mit seinen Lippen meine Wange. Küsst dann meine Stirn, meine Nasenspitze, wieder meine Wange, meinen Mund. Ich schließe die Augen wieder und bewege mich nicht. Toms Lippen berühren ganz zart mein Kinn, dann meinen Hals, schließlich die nackte Haut meines Schlüsselbeins. Dann spüre ich sie in der Kuhle am Halsansatz. Seine Fingerspitzen tasten meinen Nacken, fahren meinen Hals entlang zu meiner Schulter, dann am Arm hinunter bis zu meiner Hüfte. Nehmen dann den Weg zurück, wobei sein Handballen leicht meinen Busen streift. Absichtlich? Versehentlich? Ich hebe mein Kinn ein wenig an, strecke meinen Hals. Tom streichelt ihn, umfasst dann mit beiden Händen mein Gesicht. Küsst mich wieder auf die Lippen. Ganz leicht. Ich öffne meinen Mund ein bisschen, umfasse mit meinen Lippen die seinen, und nach einer Ewigkeit stupse ich sanft mit meiner Zungenspitze an die Innenseite von Toms Oberlippe. Ein Zittern läuft über seinen Körper. Er stöhnt auf, fast gequält, und seine Hände graben sich in meine Schultern. Ich setze mich auf dem Sofa auf, ohne meinen Mund von seinem zu lösen, und dann stehen wir zusammen auf. Küssen uns inzwischen heftiger, atemlos. Ich lege meine Hände auf Toms Brust und schiebe. Schiebe ihn nicht weg von mir, sondern weg vom Sofa, rückwärts in Richtung Schlafzimmer. In der Tür des Wohnzimmers sperrt er sich, murmelt etwas, das ich nicht verstehe, bleibt stehen, und ich habe nicht die Kraft, ihn weiterzuschieben. Doch bevor ich etwas sagen kann, gibt er auf einmal nach.

Als ich zum zweiten Mal aufwache, ist es draußen dunkel und ich liege nackt in Toms Bett. Er ist ebenfalls unbekleidet, hat den Kopf in seine Hand gestützt und sieht mich an. Und wieder weiß ich nicht, wie lange schon.

»Ich möchte nie wieder aufstehen«, flüstere ich. »Ich möchte einfach hierbleiben, bitte. Alles andere ist mir egal.« Ich befürchte, dass Tom jetzt etwas Schuldbewusstes sagt, von Reue spricht, sich schämt. Aber er lächelt mich an. »So viel zum Thema, wie schwangere Frauen auf mich wirken.«

»Nicht erotisch, oder?« Ich lächle zurück. Wie anders er aussieht. So jung. Fast weich sind seine Gesichtszüge. Die Falten zwischen den Augenbrauen sind verschwunden. Wie verliebt ich bin.

»Nein, gar nicht erotisch …« Er küsst meine linke Brust, dann die rechte, und während seine Lippen zu meinem Bauchnabel wandern und seine Hände gleichzeitig an den Innenseiten meiner Oberschenkel nach oben, versuche ich zu vergessen, wo, wer und wie viele ich bin. Ich möchte einfach noch ein bisschen mit Tom hier liegen und glücklich sein.

Freitag

Ich wache auf, diesmal in meinem eigenen Bett. Als Erstes fällt mir Marlenes verlorener Zwilling ein, und ich spüre einen Stich im Herzen und eine Leere in meinem Bauch, obwohl Marlene auch gerade aufwacht und sich genüsslich in mir zu räkeln scheint. Dann denke ich an den gestrigen Nachmittag und Abend, und es raubt mir kurzfristig den Atem. Na komm, schlechtes Gewissen, locke ich, komm, komm zu mir, breite dich aus, zerkratze mir das Gesicht, gib's mir richtig dicke, ich habe es verdient! Das schlechte Gewissen ziert sich. Ich höre Frank in der Küche hantieren und dabei »Read my mind« von den Killers pfeifen. Ein fröhliches Lied. Ein fröhlicher Frank. Ein werdender Vater, der mein Entsetzen über den Verlust des zweiten Babys nicht ernst nimmt. Hätte er gestern richtig reagiert, hätte ich nie Tom angerufen, der wäre nie innerhalb von vierzehn Minuten in die Lindwurmstraße gekommen, und dann wäre das alles nicht passiert.

O Gott, mir wird ganz anders, wenn ich mich erinnere. Aber nicht anders im Sinne von schlecht oder beschämt. Im Gegenteil …

Ich bin jetzt mal ehrlich zu mir selbst. Der gestrige Nachmittag und Abend fühlt sich so richtig an, wie er falsch war. Aber kann etwas falsch sein, das sich so richtig anfühlt? Oder hat es nur falsch zu sein, weil es nicht der Norm entspricht, sich schwanger in einen anderen Mann zu verlieben? Ich bin verwirrt. Nie habe ich Franks und meine Beziehung in Frage gestellt, nicht mal während unserer vielen kleinen Streitereien der letzten Zeit. Immer war mir klar, dass wir zusammengehören. Dass mich die Erkenntnis der Silvesternacht, von nun an für immer mein Leben mit Frank und unserem Kind zu teilen, so erschreckte, fand ich normal. Erwachsenwerden tut nun mal weh, und wenn man eine Familie gründet, ist die Zeit der Leichtigkeit für immer vorbei.

Aber dann kam Tom. Wie konnte ich fast dreißig Jahre lang mit ihm befreundet sein, ohne zu bemerken, welch feinsinnigen Humor er hat, wie aufmerksam er ist, wie sensibel? Wie konnte ich übersehen, dass er so fein geschwungene, weiche Lippen hat und eine Stimme, die mich beruhigt, egal was er mit ihr sagt? Wie um alles in der Welt konnte mir entgehen, dass Toms Hände auf meiner Haut mich süchtig machen und er echten Parmesan über seine Nudeln streut?

Frank macht sich gerade seinen Filterkaffee in der Küche. Er wird genau so viel Milch hineingießen, dass sich das Gebräu leicht dunkelbraun verfärbt, und dann zwei Löffel Zucker dazugeben. Schon höre ich das klingelnde Geräusch, mit dem der Löffel beim Umrühren an den Rand der Tasse schlägt, und an der Art des Klingelns erkenne ich, dass Frank heute sein zweitliebstes Kaffeehaferl benutzt, das dunkelblaue mit dem Plakatmotiv vom Oktoberfest 2005.

Eine heftige Sehnsucht nach Tom packt mich. Nach Tom? Oder nach Unberechenbarkeit, nach Neuem? Nach frischer Liebe statt süßem Filterkaffee? Ja und nein. Frische Liebe, ja. Aber nicht mit irgendjemandem. Sondern mit Tom. Ein neues Leben. Wie würde es aussehen? Auf jeden Fall bunt. Meine Welt hat mehr Farbe, seit ich in Tom verliebt bin. Wenn ich mit der Trambahn fahre und aus dem Fenster schaue, sieht die Stadt seit ein paar Wochen aus, als ob jemand sie bunt angemalt hätte. Ich entdecke ein Fotomotiv nach dem anderen und sehe Geschichten, wo früher nur Passanten waren. Wie ein Film fühlt sich mein Leben an, seit ich Tom liebe. Ein schnell geschnittener Film, in Farbe und mit unvorhersehbaren Pointen, spannend und atemlos, zärtlich und voller Gefühl. Sogar, wenn ich gar nicht mit ihm zusammen bin. Und Tom als Vater? Er hat ein Bild seines kleinen Neffen auf seinem Handy, als Hintergrund. Schon mal keine schlechten Voraussetzungen. Ich versuche, mir Tom vorzustellen, wie er nachts mit einer schreienden Marlene auf dem Arm durch die Wohnung läuft. Durch eine neue Wohnung, wohlgemerkt. Nicht Toms Wohnung, nicht Franks und meine Wohnung. Eine neue Wohnung in einem anderen Stadtteil. Dritter Stock, Altbau, Dielenböden, ein langer Flur, weiße Türen, eine große Wohnküche. Marlene schreit, Tom schreitet. Auf und ab, leise »Lalelu« summend. Irgendwann wird das kleine, laute Bündel leiser, wimmert noch ein bisschen, verstummt schließlich. Tom legt es behutsam in sein Bettchen, sch-sch-sch, schlaf, kleiner Spatz, alles ist gut.

Ob es wohl gutgehen kann, wenn man eine Beziehung mit einem Kind beginnt? Andere werden nach wenigen Monaten schwanger, bei uns käme die Beziehung erst während der Schwangerschaft. Ich lasse die Bilder weiterlaufen, halte sie nicht auf. Tom, Marlene und ich an einem Samstag im Supermarkt, Lachen an der Tiefkühltheke, ein Kuss beim Aufschnitt. Marlene, Tom und ich in den Bergen, die erste Wanderung mit Baby. Tom trägt die Kleine im Tragetuch, sie schläft selig, ihr Köpfchen an seine Brust gelehnt. Apfelschorle auf der Hütte, Stillen auf einer warmen Holzbank. Tom macht Bilder, ich sehe sein Lachen und wie sich seine Nase dabei kräuselt. Abends in einer kleinen Pension. Das Baby schläft, wir sind müde vom Tag. Tom, der mich streichelt, meinen Hals, meine Schlüsselbeine, meine Schultern und Arme, meine Brüste, meinen Bauch, meine Hüfte, meine Oberschenkel. Sein Körper auf meinem. Begehren, Lust. Und dann ein leises Fiepen, das sich schnell über energisches Quäken zu ohrenbetäubendem Geschrei steigert. Realitätsferne kann man meinem Traum nicht vorwerfen. Marlene zwischen uns im Bett, augenblicklich wieder zufrieden, und Tom, der mir ins Ohr flüstert, macht ja nichts, morgen ist auch noch eine Nacht …

Frank reißt mich aus meinem Tomtraum.

»Guten Morgen, Liebes! Geht's dir gut? Ich muss jetzt leider los. Aber ich habe heute Abend nichts vor. Wir könnten schön essen gehen, und dann erzählst du mir noch mal in Ruhe alles von gestern … wenn du magst. Was meinst du?«

»Frank, ich …«

»Ich weiß, dass meine Reaktion dir gestern sehr unpassend vorkam. Und ich kann dich schon verstehen. Es ist auch nicht so, dass mich das mit dem Zwilling nicht traurig machen würde … Aber ich versuche halt, es eher nüchtern und praktisch zu sehen. Und wir müssen doch stark sein, für Marlene.«

»Ist schon gut.«

»Es tut mir leid.«

»Ist gut, Frank. Ich bin dir nicht böse. Und ich muss dir auch noch was erzählen.«

Was rede ich da? Will ich Frank wirklich beichten, was gestern passiert ist? Auf die Gefahr hin, dass alles kaputtgeht? Zehn Jahre glückliche Beziehung für einen Seitensprung, der nicht mal einer war? Kein Seitensprung, nein. Das, was zwischen Tom und mir passiert ist und passiert, ist schlimmer als ein Seitensprung. Wir haben das Steckspiel nicht zu Ende gespielt, aber die Gefühle wiegen schwerer als zehn Mal Geschlechtsverkehr.

»Ich war gestern bei Tom. Den ganzen Nachmittag und den Abend, bis zehn. Er hat mich getröstet, mich geküsst, mich ausgezogen, mich angefasst. Nein, wir haben nicht miteinander geschlafen. Aber ich bin drei Mal gekommen. Und ich bin verliebt in Tom. So verliebt, dass ich überlege, mich von dir zu trennen und Marlene mit Tom aufzuziehen.«

»Charlotte, sei mir nicht böse, aber ich muss wirklich los. Wir reden heute Abend, okay?« Frank beugt sich zu mir hinunter und gibt mir einen Kuss. Offenbar habe ich mein Geständnis nur gedacht und nicht ausgesprochen. Ich hätte schwören können, meine eigene Stimme gehört zu haben.

Frank ist weg. Ich sollte mich auch langsam auf den Weg ins Büro machen, aber ich liege mit wild schlagendem Herzen und schweißgebadet im Bett und kann mich nicht bewegen. Ich war eben ganz knapp davor, meine Beziehung mit dem Vater meines ungeborenen Kindes zu beenden. Die Worte waren da, die

Sätze lagen fertig formuliert in meinem Kopf, ja schon auf meiner Zunge. Und beinahe hätte ich sie gesagt.

Wie im berühmten Flashback, den man angeblich hat, kurz bevor man stirbt oder zu sterben glaubt, läuft eine Diashow mit Bildern aus unserer Beziehung in mir ab. Unchronologisch und bunt. Eine Taverne auf Samos, klick-klack, nächstes Bild, Picknick im Englischen Garten, klick-klack, Isarfest mit Freunden, klick-klack, der erste Kuss an der U-Bahn-Station Sendlinger Tor, klick-klack, Silvester auf einer tief verschneiten Hütte in der Schweiz, klick-klack, samstags im Hofgarten, klick-klack, Singha am Lonely Beach, klick-klack, die Beerdigung von Franks Vater, klick-klack, Radfahren Hand in Hand entlang der Mangfall, klick-klack, Liebe im Maisfeld, klick-klack, Franks Haar, das sich widerspenstig zu locken begann, wenn er nicht zum Friseur ging, klick-klack, billiger Chianti am Ufer des Gardasees, klick-klack, Karneval in Köln, klick-klack, das Grübchen in Franks Kinn, klick-klack, ein WM-Spiel in Berlin, klick-klack, Franks Ohr an meinem gewölbten Bauch, klick-klack, seine noisettefarbenen Augen, die in der Sonne dunkler wurden. Und es sind nicht nur Bilder, es sind auch Geräusche und Gerüche. Franks Aftershave, das er benutzte, als ich ihn kennenlernte. Das Piepen meines Handys, wenn eine SMS von ihm eintraf. Der leicht staubige Bürogeruch der *SZ*-Redaktion. Songs von den Ärzten, von Radiohead und Coldplay. Der Duft von Sonnencreme auf warmer Haut. Gin Tonic. Penne all'arrabiata. Franks Weinen, als sein Vater starb. Sein tröstendes Summen, als er mich im Arm hielt, weil ich trotz unseres Kinderwunsches zum dreißigsten Mal meine Tage bekommen hatte. Das thailändische Zauberöl. Das Wupp-wupp des Ventilators, der durch die schwere Luft pflügte …

Ich muss mein Gedankenkarussell an dieser Stelle etwas anschubsen, damit es den Sprung in die Zukunft schafft. Wie würde es in Zukunft sein, wie wäre es mit Frank und Marlene?

Wie würden wir uns anfühlen, als Familie? Sicher nicht schlecht. Klar würden wir uns ab und zu streiten. Der Anfang wäre sicher anstrengend mit dem Baby. Schlaflose Nächte, Blähungen, Geschrei, Unsicherheit. Aber da wären auch die schönen Momente.

Guck mal, sie hat deine Augen. – Aber ihre Augen sind doch blau! – Alle Babys haben blaue Augen. In ein paar Monaten werden sie braun. – Meinst du? – Ja, bestimmt. – Aber den Mund hat sie von dir. – Schau dir diese kleinen Händchen an! – Wir haben das süßeste Baby der Welt. – Das sagen alle Eltern. – Ja, aber wir haben es!

Wir würden uns alle Aufgaben teilen. Frank wäre kein Vater, der sein Kind nur schlafend sieht. Er würde Marlene wickeln, anziehen, sie herumtragen, sie abends ins Bett bringen und ihr so lange etwas vorsingen, bis sie eingeschlafen ist. Am Wochenende würden wir zusammen die Welt neu entdecken, erst Haidhausen, dann ganz München, dann die Berge, nach und nach würden wir uns immer mehr trauen und Marlene einfach überallhin mitnehmen. Wir wären hingerissen von ihrem ersten Lächeln, würden den Inhalt ihrer Windeln besprechen, über die Dicke der nötigen Kleidungsschichten streiten und Hand in Hand an ihrem Bettchen stehen und ihren Schlaf bewundern.

Nein, ich kann Frank nicht verlassen. Ich kann ihm das alles nicht nehmen. Nicht sein Kind und nicht das Leben zu dritt. Wir haben so lange darauf gewartet, uns so lange darauf gefreut. Ich kann das einfach nicht alles kaputtmachen, nur weil ich mich in einen anderen verliebt habe. Ich habe kein Recht dazu. Und ich kann Marlene nicht ihren Vater nehmen. Ich werde Mutter, ich bin nicht mehr nur für mich alleine verantwortlich. Ganz abgesehen davon, dass ich gar nicht auf das weitere Leben mit Frank verzichten will.

Auf das mit Tom allerdings auch nicht.

Ich habe schon unzählige Filme gesehen und noch mehr Bücher gelesen, in denen eine Frau sich zwischen zwei Männern entscheiden musste. Leider ist das Ganze in der Realität – zumindest in meiner Realität – lange nicht so einfach wie im Fernsehfilm der Woche oder in den rosafarbenen Taschenbuchromanen mit geschwungener Schrift vorne drauf. Einerseits, weil die Heldinnen der TV- und Buchfiktion meistens nicht gerade ein Baby im Bauch haben, wenn das Leben sie vor die Wahl »Daniel oder Ernst?« stellt. Und andererseits, weil im Fernsehen und in den Romanen meistens relativ klar ist, wer der Gute und wer der Böse ist. Beziehungsweise, wer der Lustige und wer der Langweiler. Frank und Tom hingegen sind sich gar nicht so unähnlich. Franks Humor ist vielleicht ein bisschen subtiler und feiner als Toms, dafür hat Tom das sonnigere Gemüt. Aber beide sind aufrichtig, loyal, selbstbewusst, aber nicht überheblich, sie stehen mit beiden Beinen im Leben, eignen sich aber trotzdem dazu, mit ihnen zu träumen. Beide teilen meine Leidenschaft fürs Reisen, für gute Musik, guten Wein, feines Essen und die schönen Dinge im Leben. Tom hat ein bisschen mehr Stil, was die Wohnungseinrichtung angeht, dafür zieht Frank sich lässiger an. Tom ist blond und blauäugig, Frank hat dunkle Haare und braune Augen. Frank ist der Schönere der beiden, Tom der markantere Typ.

So komme ich nicht weiter. Und ich will so auch gar nicht weiterkommen. Das Problem liegt woanders. Mit Frank bin ich seit zehn Jahren zusammen, und mit Tom habe ich noch nicht mal geschlafen. Woher soll ich wissen, wie es mit Tom im Jahr 2018 wäre?
Bestenfalls so gut wie jetzt mit Frank, zischt mir eine böse innere Stimme zu. Vielleicht besser, als du es je zu träumen gewagt hast, sagt eine andere.

Beide kann ich nicht haben. Und wenn ich mich nicht bald entscheide, ende ich als alleinerziehende Mutter. Ein Worst-case-Szenario, das ich mir lieber nicht zu detailliert ausmale.

Was soll ich jetzt tun? Kann mir nicht jemand ein Zeichen geben? Mir diese Entscheidung abnehmen? Warum muss ich immer alles alleine machen? Verdammt.

Mein Handy piept. Das Zeichen? Nein, sicher Katrin, die sich mit mir treffen will. Ich drücke auf »Lesen«.

> Verwirrt. Durcheinander. Durch den Wind. Verzweifelt. Glücklich. Das Bett riecht immer noch nach dir. An Schlaf ist nicht zu denken. Nie mehr! Was soll ich jetzt tun?

Ich weiß es doch auch nicht, Mann.

Samstag

Jetzt auch noch Wochenende. Das passt mir gar nicht. Wie gerne würde ich mich mit Arbeit ablenken, am liebsten mit wunderbar oberflächlichen Aufgaben wie Marketing-Konzepten für Mr Bean und neue Namen für kalten Kaffee. Stattdessen laufe ich bei strahlendem Sonnenschein und gleißender Helligkeit mit Frank rund um den Walchensee. Es ist angenehm mild, überall blühen Krokusse, Schneeglöckchen und Leberblümchen, aber ich kann den Tag nicht genießen. Meine Gedanken drehen sich die ganze Zeit ausschließlich um Tom, und ich ertappe mich bei dem Gedanken, viel lieber bei ihm sein zu wollen. Die Sonne, die traumhafte Bergkulisse, das blau glitzernde Wasser, der nahende Frühling – das alles schmerzt mich heute unendlich. Weil es mich verhöhnt und mir zuruft: Das alles wirst du nie mit Tom erleben. Ha, und noch viel Schöneres werdet ihr nie zusammen erfahren. Alles, was du in Zukunft tust, wird damit behaftet sein, dass du es nicht mit Tom erleben kannst. Dein Glück wird sich ins Gegenteil verkehren, weil es den Wunsch erzeugt, es mit ihm zu teilen. Einen Wunsch, der zur quälenden Sehnsucht wird, weil er unerreichbar ist. Weil du dich nie von Frank trennen wirst. Weil du zu feige und bequem bist, Gewohnheit mit Vertrautheit verwechselst und Sicherheit mit Liebe. Dein ungeborenes Kind im Bauch kommt dir doch als Ausrede gerade recht. Natürlich kannst du dich nicht trennen, o nein, das tut man doch nicht, man trennt sich doch nicht vom Vater seines Babys. Eine schöne Ausrede, um nicht glücklich sein zu müssen. Herzlichen Glückwunsch.

Ich schlucke trocken. Woher kommt diese gemeine innere Stimme, und woher nimmt sie ihre Worte? Sind das wirklich Gedanken aus meinem Kopf und meinem Herzen? Und ist Marlene wirklich meine Ausrede, um mein Glück nicht greifen zu müssen?

Einen Moment lang hasse ich Frank, der lächelnd am Ufer des Walchensees neben mir hergeht, in die Sonne blinzelt und nicht spürt, welch dunkler Orkan in meinem Inneren tobt. Und im nächsten Moment schäme ich mich für meine Gefühle. Wenn Frank wüsste! Seine Eifersucht war berechtigt, er hat vor mir gespürt, dass sich zwischen Tom und mir etwas anbahnt, was ich hätte verhindern können, wenn ich mich einfach nicht darauf eingelassen hätte. Wahrscheinlich ist er so ahnungslos, weil er sich einfach nicht vorstellen kann, dass eine schwangere Frau ihren Mann betrügt. Beinahe betrügt. Ach was, Schluss mit der Augenwischerei und der Doppelmoral, Charlotte. Auch wenn du nicht mit Tom geschlafen hast, Betrug war es allemal.

Wieder bin ich kurz davor, Frank alles zu erzählen. Ich öffne meinen Mund, doch ich bringe keinen Ton heraus. Ich schließe meinen Mund wieder und versuche es mit Nachdenken, bevor ich etwas Unüberlegtes sage. Während wir durch ein kleines Wäldchen gehen und ich meine Jacke ausziehe, weil ich durch einen sanften Anstieg ins Schwitzen geraten bin, frage ich mich selbst, warum ich Frank von Tom und dem, was vergangenen Donnerstag in dessen Wohnung passiert ist, erzählen will. Ich komme zu dem Schluss, dass ich in erster Linie mein Gewissen erleichtern will und meine Verantwortung an Frank abgeben möchte. Dass er ein Recht darauf hat, zu wissen, was gespielt wird, um aus diesem Wissen heraus frei entscheiden zu können, ob er damit leben möchte oder nicht, ist nicht meine wahre Motivation. Also lasse ich meinen Mund geschlossen. Und weil es so schön weh tut, aber nicht so unangenehm ist wie mein schlechtes Gewissen, lasse ich meine Gedanken wieder um Tom kreisen und sehne mich nach seiner Nähe.

»Was is'n eigentlich los mit dir?«, fragt Frank eine halbe Stunde später. Endlich, denke ich, und: Muss das sein?

»Wie, was soll mit mir los sein?«

»Du bist so schweigsam. So kenne ich dich gar nicht. Geht's dir nicht gut?«

»Doch, mir geht's gut. Also körperlich. Alles in Ordnung.«

»Und seelisch?«

»Geht so.«

»Es ist wegen Marlenes Zwilling, oder?«

Es wäre so einfach. Ich müsste einfach nur »Ja« sagen oder nicken, hätte eine Ausrede für meine gedrückte Stimmung, und Frank hätte plötzlich auch ein schlechtes Gewissen. Aber ich kann doch mein verlorenes Kind nicht verraten und für meine Zwecke missbrauchen.

»Ja«, sage ich. »Aber ich will im Moment nicht darüber reden.«

Wie mies ich bin. So kenne ich mich gar nicht.

22. WOCHE
(16. BIS 23. MÄRZ 2008)

Die 22. Woche verging auf privater Ebene ereignisarm. Und zwar ganz bewusst. Ich verordnete mir ein paar Tage Abstand – zu Tom und zu Frank, soweit Letzteres möglich war. Es ist allerdings erstaunlich, wie leicht es in einer langjährigen Beziehung ist, vom Partner auf Distanz zu gehen, ohne dass er es merkt.

Ich vergrub mich einfach in Arbeit. Die Eröffnungsparty von Mr Bean stand an, und der Kunde hatte übersehen, dass ich eine Internet-Beraterin und Web-Marketing-Expertin bin, aber keine Eventmanagerin. »Das kriegst du schon hin«, sagte meine Chefin, als ich sie darauf hinwies. »Sei doch mal ein bisschen flexibel. Solange du noch da bist.«

Den letzten Satz hängt sie seit zwei Monaten an alles an, was sie zu mir sagt. Das ist ihre Art, mir mitzuteilen, dass sie es nicht gerade super findet, dass ich im Sommer in den Mutterschutz gehe.

Abends sank ich nach einem stressigen Tag stets erschöpft aufs Sofa, trank Tee und aß Kekse und spürte glücklich dem Strampeln und Boxen meines Babys nach, das mit jedem Tag deutlicher wurde. Ja, ich war glücklich. Marlene und ich waren glücklich. Und wenn ich ihre Bewegungen in meinem Bauch und unter meinen Händen fühlte, dachte ich für kurze Momente, dass es doch eigentlich zweitrangig war, mit welchem Mann ich in Zukunft leben würde. Vielleicht ja auch mit keinem von beiden. Aber ich hätte Marlene.

Mit Tom sprach ich gar nicht. Seinem Status bei Facebook entnahm ich, dass er in Stockholm auf Geschäftsreise war, was die

Sache etwas einfacher machte. Am Montag bekam ich eine SMS von ihm, schaffte es aber, sie unbeantwortet zu lassen. Und Tom hakte nicht nach. Aber ich meinte zu spüren, dass er sich ganz genauso fühlte wie ich: verwirrt. Durcheinander. Durch den Wind. Verzweifelt. Glücklich.

23. WOCHE
(23. BIS 30. MÄRZ 2008)

Mittwoch

»Wissen Sie eigentlich schon, wo Sie entbinden wollen?« Entbinden. Mir ist klar, dass der Schein dieses Wortes trügt. Denn die Bindung an das Kind geht doch mit der Entbindung erst so richtig los.

»Äh, nein. Muss ich das jetzt schon wissen?«

»Na ja«, sagt meine Frauenärztin, »wenn Sie in den Dritten Orden gehen wollen, schon. Aber Sie können natürlich auch in der Maistraße entbinden, in Großhadern, in der Taxisklinik oder im Rechts der Isar, das dürfte für Sie am besten zu erreichen sein ...«

Oje. Das ist nichts für mich, die Entscheidungen generell hasst. Und dann noch so wichtige. Schließlich ist es nicht unerheblich, wo das Erdenleben meiner Tochter beginnt. Und wie.

»Welche Klinik würden Sie mir denn empfehlen?«, versuche ich mich um die Entscheidung zu drücken.

»Och«, meint Frau Dr., »der Dritte Orden in Nymphenburg hat einen sehr guten Ruf und eine Kinderklinik gleich dabei – falls was sein sollte. Aber hier in München sind alle Geburtskliniken gut. Entscheiden Sie selbst.«

Als ich wieder im Büro bin, beginne ich also mit der Recherche. Und stelle rasch fest, dass sich die Websites der Geburtskliniken lesen wie Werbeflyer für Kaffeefahrten.

Bei uns bekommen Sie eine Wassergeburt gratis obendrauf! Sanfter Kaiserschnitt nach der Misgav-Ladach-Methode – Reißen statt Schneiden! Wählen Sie Ihre persönliche Geburtsmusik aus Tausenden von Titeln unserer umfangreichen Audiothek! A star is born – wir dokumentieren die Ankunft des neuen Er-

denbürgers mit einem professionell geschnittenen Video im AVI-Format!

Mir schwirrt der Kopf. Wenn die alle gleich super sind, muss ich andere Kriterien für meine Auswahl finden.

Ich rufe beim Dritten Orden an.

»Klinikum Dritter Orden München, Sie sprechen mit Schwester Nicole, was kann ich für Sie tun?«

Ich bringe mein Gebäranliegen vor.

»Grüß Gott! Ich bekomme ein Kind und würde das gerne bei Ihnen tun!«

»Wann ist denn der Geburtstermin, Frau Frost?«

»Am 27. Juli.«

»2008?«

»Äh, ja.« Hä?

»Tut mir leid, Frau Frost, aber wir sind bis Oktober ausgebucht. Sie hätten spätestens in der 10. Woche anrufen müssen. Auf Wiederhören und alles Gute!«

Hmpf. Ich streiche den Dritten Orden auf meiner Liste. Ohne Bedauern, denn in der 10. Woche hätte ich mich sowieso nicht angemeldet. Viel zu abergläubisch.

Großhadern geht nicht, da sind drei meiner Großeltern gestorben. Für mich ist das ein Abschiedsklinikum, keines, um jemanden willkommen zu heißen.

Ins Rechts der Isar will ich auch nicht – dort hat eine unfähige Assistenzärztin Frank einmal beinahe verbluten lassen, als er in einem Club in eine zerbrochene Bierflasche gestürzt war und sich den kleinen Finger fast amputiert hätte. Das Ganze ist zwar neun Jahre her und die Gute mittlerweile sicherlich Oberärztin, aber ich bin ein nachtragender Mensch.

Also Maistraße? Dort bin ich bekanntlich selbst zur Welt gekommen. Allerdings mache ich mir nach meiner Erfahrung von vor zwei Wochen Sorgen, dass ich dort unter Wehen erst Nummern ziehen und mich durchs ganze Klinikum warten muss, ehe ich in den Kreißsaal darf.

Bleibt also nur noch die Taxisklinik. Dienstags ist dort immer Infoabend. Ich melde Frank und mich für nächste Woche an und spüre ein Kribbeln im Bauch, das ausnahmsweise nicht von Marlene kommt. Langsam wird es ernst. Die Geburt rückt näher! Noch 16 Wochen. Höchstens.

Wie wird es sein, das Leben mit Kind? Alle meine Freunde, die Kinder haben, erzählen das Gleiche. Ein Kind stelle das bisherige Leben gnadenlos auf den Kopf, schüttle alles durch, kein Stein bliebe mehr auf dem anderen. Das mag ja sein. Aber wie sieht das konkret aus, so ein auf den Kopf gestelltes Leben? Klar, mit dem Weggehen ist es erst mal vorbei, und mit der Spontaneität auch. Nichts mehr mit »Lass uns heute Abend ins Kino gehen« oder »Komm, wir fahren am Wochenende an den Gardasee«. Schon klar. Aber wie fühlt es sich an, wenn einem das Leben aus der Hand genommen wird, wenn so ein neuer Mitbewohner alles durcheinanderbringt? Fühlt man sich manipuliert und hilflos, oder steht man staunend vor dem kleinen Wunder und lässt selig lächelnd zu, dass nichts mehr ist, wie es einmal war? »Beides«, sagte meine Freundin Angela, als ich sie danach fragte. »Es ist viel anstrengender, als man es sich vorstellen kann, aber auch viel schöner.« Solche widersprüchlichen Sätze hört man gerne von jungen Eltern. Und wahrscheinlich muss man sich erst fortgepflanzt haben, um das Paradoxe daran verstehen zu können und dann solche Dinge zu sagen wie »Seit Paulchen auf der Welt ist, bin ich ständig todmüde und überglücklich!«.

Ich nehme mir jedenfalls vor, zu staunen, mich zu wundern und mich möglichst wenig zu ärgern. Marlene darf mein Leben bestimmen, sie darf es auf den Kopf stellen, meine Gefühle strapazieren und meine Prioritäten gegen den Strich bürsten. Im Gegenzug soll sie allerdings ein Baby sein, das vieles mitmacht. Ein Baby, das gerne unterwegs ist, gerne die Welt entdeckt und sich zum Schlafen und Essen nicht zwingend in den heimischen vier Wänden befinden muss. Ich finde es furchtbar, wenn junge

Mütter ständig zu Hause hocken, weil Konstantin unbedingt um halb eins den Mittagsbrei in seinem Hochstuhl einnehmen muss oder Chiara nur in ihrem Bettchen schläft. Ebenso suspekt sind mir Eltern, bei denen man nach sieben Uhr abends eine SMS schicken muss, wenn man vor ihrer Tür steht, statt zu klingeln. So eine Unterhaltung im Flüsterton ist furchtbar anstrengend. Nein, Marlene wird lernen, zu schlafen, wenn sie müde ist – egal wo und bei welchem Geräuschpegel. Und spätestens, wenn sie zwei ist, möchte ich mit ihr nach Thailand fliegen …

So viel zur Praxis. Aber wie fühlt sich das an mit Kind? Wie fühlt es sich an, Mami zu sein? Wird sich meine Persönlichkeit verändern, wird mein Blickwinkel auf die Welt ein anderer sein? Zwangsläufig. Ein Stück weit ist das jetzt schon passiert. Seit ich weiß, dass ich schwanger bin, habe ich es keine Sekunde lang vergessen. Nicht mal morgens beim Aufwachen, wo ich manchmal Probleme habe, mich an meinen Nachnamen zu erinnern. Und nicht mal, als ich mit Tom im Bett lag. Es geht sogar so weit, dass ich mich nicht mehr daran erinnern kann, wie es sich anfühlte, nicht schwanger zu sein. Wahrscheinlich ist das ähnlich, wenn das Kind auf der Welt ist. Das Muttersein wird alles andere überlagern, und ich werde nicht mehr wissen, wie ich mich als Nicht-Mutter fühlte.

Gerade eben habe ich mich noch stark gefühlt, mich auf Marlene und das Leben mit ihr gefreut. Doch im nächsten Moment greift die Angst nach mir. Der Gefühlsumschwung geht so schnell, dass mir schwindlig wird. Was ist passiert, dass auf einmal nichts mehr klar ist? Frank und ich – eher hätte ich Chris Martins Songwriterqualitäten in Frage gestellt als unsere Beziehung. Es war alles so klar, dass ich nie darüber nachgedacht habe. Angenehm selbstverständlich war unsere wilde Ehe. Unerschütterlich. Und selbst als ich begann, mich in Tom zu verlieben, war mir immer klar, dass das nichts an Franks und meiner Beziehung ändern würde. Bis zu jenem Donnerstag, dem

13. März 2008. Was ist passiert? Warum haben Toms Hände meine Seele berührt? Oder bin ich einfach nur irgendwelchen Bindungshormonen zum Opfer gefallen, die beim Sex ausgeschüttet werden und mir nun unsterbliche Verliebtheit vorgaukeln? Nein, das kann nicht sein. Tom und ich hatten keinen Sex.

Könnte mir bitte jemand diese Entscheidung abnehmen? Ich bin nicht in der Lage, sie zu treffen. Du siehst doch, dass ich in anderen Umständen bin, Leben. Also mach was.

24. WOCHE

(30. MÄRZ BIS 6. APRIL 2008)

Gestern befand ich mich anderthalb Stunden lang mit ungefähr 79 anderen Schwangeren zusammen in einem Raum. 80 Bäuche, von »Da sieht man ja noch gar nichts« bis »Warten Sie noch oder pressen Sie schon?«. Und natürlich die dazugehörigen und mächtig stolzen Verursacher dieser Bäuche.

Während die Oberärztin über PDA und sanften Kaiserschnitt (»Wir lassen die Muskeln einfach reißen«) referierte, ließ ich meine Blicke über die Reihen um Reihen voller Pärchen in meinem Alter schweifen und fragte mich: Bin ich wohl die Einzige, die sich Gedanken darüber macht, in welcher Stellung diese ganzen Paare den Bauch jeweils gemacht haben? Und wenn ja: Bin ich pervers? Und ist es normal, dass mir diese Masse an Mitschwangeren unheimlich ist? Mindestens genauso unheimlich wie die vielen verschiedenen Gebärpositionen, die gerade vorne erläutert werden?

Im Hocken ginge das, erzählte die Oberärztin geradezu begeistert, oder im Stehen, natürlich auch im Liegen oder in der Wanne, mit an die Wand gemaltem Toskana-Ausblick und Aromatherapie nach Wahl. Sogar den Soundtrack zur Geburt dürfe man selbst mitbringen. Ich sah Frank von der Seite an. Er grinste. Aber eher selig. Bestimmt stellte er im Kopf schon die Songs für Marlenes Licht-der-Welt-Erblicken-Compilation zusammen. Und ich würde bis ans Ende meiner Tage an die schrecklichsten Schmerzen meines Lebens denken müssen, wenn eines der Lieder darauf im Radio kommt.

Irgendwie erinnerte mich die ganze Vorstellung, auf der wir uns da befanden, an eine Presseveranstaltung. Bei denen sitzt man auch mit lauter komischen Leuten in einem Raum, auf Stühlen, die unten an den Chrom-Beinen ineinander verhakt sind, und vorne lässt jemand eine Präsentation durchlaufen und verkauft sein Produkt. Und auch auf Presseveranstaltungen gibt es diese Streber, die tatsächlich auf den Satz »Gibt es noch Fragen?« die Hand heben und etwas wissen wollen. In diesem speziellen Fall war es eine leicht angeökte werdende Mutter, die die Oberärztin mit Fachfragen à la »Bieten Sie auch eine Sectio nach der Misgav-Ladach-Methode an?« bombardierte.

Ich kam mir ein bisschen unbedarft vor, und ein weiterer Seitenblick zum werdenden Vater zeigte mir: er sich auch. Immerhin hatten wir mittlerweile ein Argument für die Wahl dieser Geburtsklinik gefunden: der Taxisgarten, der sich direkt gegenüber befindet und in dem sich Ende Juli eine eventuell verzögerte Muttermundöffnungsphase sicherlich nett abwarten lässt.

Nahm ich das alles nicht ernst genug? Andererseits glaubte ich nicht, dass eine Überinformiertheit in Sachen Geburt mich in knapp vier Monaten entspannter an die Angelegenheit herangehen lassen würde. Das sind schließlich Profis in der Klinik, die jedes Jahr 3000 Babys auf die Welt bringen. Die werden schon wissen, was sie tun. Und wer weiß, vielleicht ist das ja alles gar nicht so schlimm, in der Wanne mit dem Toskanablick?

Ich lehnte mich gerade wieder beruhigt zurück, als ein werdender Vater Typ »Komme gerade direkt aus einem Projektleitermeeting« von der Oberärztin wissen wollte, wie denn das Worstcase-Szenario so sei, das sei ihm hier ja doch alles viel zu positiv dargestellt. Schließlich würden ja auch immer wieder Kinder und Mütter bei der Geburt sterben.

Ein Raunen ging durch den Raum, und ungefähr 70 von 80 Schwangeren (die restlichen fünf verstanden entweder kein Deutsch oder waren eingeschlafen) erhoben sich und strömten, sich gegenseitig mit ihren Bäuchen behindernd, dem Ausgang zu wie die Pinguine dem Meer. Ich auch. Und weil ich schon mal hier war, meldete ich mich gleich zur Geburt an. Beziehungsweise zum Vorstellungsgespräch für die Geburt. Richtig gelesen. Am 16. Juni ist der Termin. Hoffentlich passt mir da mein Lieblings-Hosenanzug noch!

PS. Kein Wort an Tom, kein Wort von Tom. Ich warte weiter darauf, dass etwas passiert. Und während ich warte, werde ich nächste Woche mit Frank nach Mallorca fliegen. Der Urlaub ist schon lang gebucht, und ich freue mich auf eine Woche in der Sonne. Wie Tom sich dabei fühlen mag, daran möchte ich lieber nicht denken. Die Frau, in die er verliebt ist, die er vielleicht sogar liebt, lädt Bilder ihres wachsenden Bäuchleins bei Facebook hoch und freut sich dort öffentlich auf ihren Urlaub. Kein Wunder, dass ich nichts von ihm höre.

25. WOCHE

(6. BIS 13. APRIL 2008)

Sonntag. Mallorca.

Unser letzter Urlaub zu zweit. Wie das klingt. Fast bedrohlich! Ich kann letzte Male generell nicht leiden. Sie sind eng verwandt mit den Nie-Wieders. Also sagen wir lieber: unser vorerst letzter Urlaub zu zweit. Schließlich können wir Marlene, wenn sie im Krippenalter ist, auch mal für ein bis drei Wochen bei den Großeltern parken und einen zweisamen Urlaub verbringen. Wenn wir das dann noch wollen. Ich will das dann bestimmt noch. Andererseits haben sich vor meinen Augen schon Karrierefrauen (und als solche würde ich mich nicht bezeichnen) in Übermuttis verwandelt, aber nie umgekehrt. Time will tell.

Ich hatte mir wieder mal unnötig Sorgen gemacht. Überhaupt bin ich ständig besorgt, seit ich schwanger bin. Nicht, dass ich vorher immer vor Optimismus gesprüht hätte, aber so dauerbeunruhigt war ich noch nie. Erst diese Ängste, das Kind zu verlieren. Wenn es ein Ultraschallgerät für zu Hause gäbe, hätte ich es mir ohne Zögern sofort angeschafft. Ich war sogar kurz davor, mir ein sogenanntes »Angel Sound«-Gerät bei eBay zu ersteigern. Damit kann man angeblich selbst die Herztöne des Babys abhören, ungefähr ab der 11. Woche. Allerdings ist die Fehlerquote so hoch, dass ich mich schon in noch größerer Panik sah, wenn ich den Herzschlag mal nicht finden sollte. Und ich wollte doch keine von den hysterischen Schwangeren sein, die sonntags in der Notaufnahme des Krankenhauses einlaufen und um einen Ultraschall betteln, weil sie denken, ihr Kind habe aufgehört zu leben. Nein, da war ich lieber zu Hause hysterisch, in meiner vertrauten Umgebung.

So eine Schwangerschaft ist jedenfalls ein Ritt von Angst zu

Angst. Man könnte ja meinen, dass die Sorgen weniger werden, wenn man das Baby erst spürt. Dem ist auch so. Ein paar Wochen lang war ich ziemlich entspannt, weil ich mein Baby ab und zu spürte, mindestens einmal am Tag. Meistens erst abends, wenn ich zur Ruhe kam und auf dem Sofa lag. Doch jetzt hat die Phase begonnen, in der Marlenes Tritte kräftiger werden und ich sie quasi ständig spüre. Manchmal ist für ein paar Stunden Ruhe – ich denke, sie schläft dann –, aber wenn ich meinen Bauch dann sanft knete oder leicht schüttle, kommt meistens eine Antwort. Aber wehe, wenn nicht. Dann können sich ein paar Stunden wie Tage hinziehen. Wahrscheinlich kommt mein Baby total übermüdet zur Welt, weil ich es nie schlafen lasse.

Zumindest eine Sorge war unbegründet: die, dass mich die Lufthansa nicht an Bord der Maschine lässt, weil ich schon im 7. Monat bin. Seit heute. Allerdings sieht man mir das nicht an, ich kann meinen Bauch sogar noch verstecken, wenn ich will. Heute trage ich eine lockere, türkisfarbene Tunika mit Bauchband zu Dreivierteljeans und weißen Turnschuhen. Und einen weißen Pashmina wegen der Klimaanlage im Flieger. Der große Schal kaschiert meinen Bauch besser, als ich es beabsichtigt habe. Ich bin doch so stolz auf ihn!

Palma de Mallorca empfängt uns mit 20 Grad und Sonnenschein. Als wir nach einer halbstündigen Suche unseren Mietwagenanbieter ausfindig gemacht haben, schickt er uns mit dem Autoschlüssel ins Parkhaus.

»Wie, kommt da keiner mit?«, fragt Frank irritiert.

»Nö, nicht bei den Billigverleihfirmen. Nur bei Sixt, Avis und so.«

»Hm, aber wenn das Auto Kratzer hat?«

»Jetzt müssen wir es erst mal finden.«

Wir machen uns auf die Suche.

»Wie, das da soll unser Auto sein?« Diesmal bin ich irritiert. Vor uns steht eine graublaue Schuhschachtel auf Rädern. Dagegen ist Katrins Skoda Fabia ein Maserati!

»Das ist ein Dacia Logan«, stellt Frank fest.

»Toll, lesen kann ich auch. Was ist das denn für eine Marke? Hab ich noch nie gehört. Und auch nie gesehen. Das hätte ich mir gemerkt.«

»Keine Ahnung, vielleicht der turkmenische Ableger von Opel oder so«, mutmaßt mein Freund, der sich zum Glück so sehr für Autos interessiert wie ein Vegetarier für Schlachtplatten. »Egal, Hauptsache, das Ding fährt, oder?«

»Klar«, sage ich und umrunde die Schuhschachtel, hole meine Digicam aus der Handtasche und fange an, die zahlreichen Beulen, Kratzer und Abschürfungen zu fotografieren. Als ich fertig bin, ist meine Speicherkarte zu einem Drittel voll, aber ich habe ein gutes Gefühl.

Wir machen uns auf den Weg zu unserer Unterkunft. Ich habe kein großes Hotel am Strand gebucht, sondern eine hundert Jahre alte Finca mitten auf dem Land, zwanzig Kilometer vom Städtchen Felanitx entfernt, inmitten von Wiesen, Feldern, Orangenbaumplantagen und Olivenhainen. Es gibt nur fünf Zimmer, und die Fotos im Internet versprachen ein kleines, rurales Paradies. Der blaugraue Schuhkarton fährt sich anständig und ist zwar hässlich, aber geräumig. Ich mag ihn fast schon ein wenig. Wir rollen über Nebenstraßen durch den Frühling, der hier schon viel weiter fortgeschritten ist als zu Hause. Die Wiesen sind grün, überall blühen Mohn und Margeriten, und die ganze Insel wirkt wie frisch gewaschen für die beginnende Saison. Nach einer Stunde haben wir »Es Passarell« gefunden und holpern die letzten Meter zu unserem Domizil über einen unbefestigten Feldweg. Das hohe Gras in der Mitte der Fahrspur kitzelt den Logan am Bauch, und als wir die Einfahrt passieren und auf dem Kies parken, stieben ungefähr acht Katzen in alle Himmelsrichtungen davon und zwei Golden Retriever nähern sich neugierig, aber freundlich. Wir steigen aus. Es duftet nach Orangenblüten, fast betäubend süß, Vögel zwitschern, und ein Brunnen plätschert.

»Das ist echt wie im Paradies!«, sage ich begeistert zu Frank.

»Ja, echt klasse«, findet er, beäugt die beiden Hunde aber skeptisch. Frank hat Respekt vor allen Hunden, und alle Hunde lieben Frank. Das passt nicht immer gut zusammen.

»Die wollen doch nur spielen«, sage ich spöttisch zu meinem Freund, der sich regungslos beschnuppern lässt, und ernte einen finsteren Blick.

»Na kommt, ihr zwei, gehen wir mal Herrchen und Frauchen suchen, okay?« Die beiden Tiere scheinen mich zu verstehen, denn sie folgen mir schwanzwedelnd zum Haupthaus.

Wir checken bei Spencer, dem unglaublich herzlichen britischen Finca-Besitzer, ein. Ich glaube, alle Engländer sind nett, jedenfalls habe ich noch nie einen unfreundlichen getroffen. Unser Zimmer befindet sich in einem kleinen Häuschen, ist mit dunklem Holz und hellen Stoffen eingerichtet und hat eine eigene große Sonnenterrasse. Wir testen die Liegen und schlafen sofort ein, denn unser Flug ging um sechs Uhr morgens.

Am Nachmittag machen wir eine kleine Erkundungsfahrt im Schuhkarton und decken uns auf dem Rückweg im »Eroski« in Felanitx ein, einem Laden, der weder Pornos noch Wintersportartikel feilbietet, sondern ein normaler Supermarkt ist. Bei den Joghurts schlägt meine Stimmung auf einmal um. Und das, obwohl ich es doch so liebe, Lebensmittel in ausländischen Supermärkten einzukaufen, wo alles so anders ist als zu Hause. Sonst bringt mich das manchmal sogar mehr in Ferienlaune als ein Spaziergang am Strand. Aber als ich so bei den Milchprodukten stehe, überspült mich plötzlich eine Welle der Traurigkeit, der ich hilflos ausgeliefert bin, weil sie keine Ursache hat, nicht mal einen Anlass. Ich schlucke. Mein Hals schmerzt. Ich will hier raus. Die Gänge des Supermarkts scheinen immer enger zu werden, die Decke senkt sich, und die fröhlich schwatzenden Mallorquiner bedrängen mich plötzlich von allen Seiten.

»Maus, alles in Ordnung? Du bist ganz blass um die Nase«, bemerkt Frank.

»Können wir … gehen?«, stoße ich mühsam hervor, und er fragt zum Glück nicht nach, sondern legt sanft seinen Arm um mich und geht mit mir zur Kasse. Während Frank bezahlt und unsere Einkäufe in Tüten verpackt, gehe ich auf die Straße und warte dort mit rasendem Herzschlag und einem engen Gefühl in der Brust auf ihn.

»Was ist denn passiert?«

»Ich weiß nicht.«

»Ist dir schlecht?«

»Nein. Ja. Weiß nicht.«

»Aber was ist denn los, Charlotte?«

»Nichts. Ich will heimfahren.«

Die Abendsonne scheint über Mallorca, als wir auf der kleinen Straße zurück zu Es Passarell fahren. Ich habe meine Sonnenbrille aufgesetzt und weine. Lautlos, dafür aber umso heftiger. Unaufhaltsam strömen meine Tränen unter der Brille hervor und tropfen auf meine Jeans, und ich versuche gar nicht erst, sie mit einem Taschentuch aufzuhalten. Ich merke, wie Frank mir besorgte und ratlose Seitenblicke zuwirft, aber ich kann nicht sprechen. Ich habe keine Ahnung, was passiert ist. Ich weiß nur, dass ich auf einmal nichts mehr weiß. Warum bin ich hier? Warum scheint die Sonne so hübsch durch die roten Mohnblumen, und warum kann ich mich auf einmal nicht mehr an diesem Bild freuen? Was tue ich auf dieser Insel, und warum habe ich mich so auf diesen Urlaub gefreut? Was soll ich auf der Finca, was bringt mir der Duft nach blühenden Orangenbäumen, und warum soll ich mich darauf freuen, morgen am Meer entlangzuspazieren?

»Maus, was ist denn? Bitte. Sag doch, was los ist!« Frank tut mir so leid, dass ich sofort einen erneuten Weinkrampf bekomme. Inzwischen sind wir zurück auf der Finca, und ich habe den Weg vom Auto zum Zimmer geschafft, ohne Spencer zu begegnen. Nur seine beiden Hunde haben uns begrüßt, freundlich, aber verhalten schlichen sie um mich herum und leckten meine Hände ab. Der ältere von ihnen legte sich auf die Fußmatte vor unsere Tür, als wolle er auf uns aufpassen.

»Ich weiß es doch nicht«, schluchze ich und vergrabe mich in den Kissen des Betts. »Wahrscheinlich nur die Hormone. Vergeht schon wieder. Lass mich einfach, bitte …«

Und Frank lässt mich. Der Gute. Er küsst mich so zärtlich wie hilflos auf die Schläfe, streichelt mir die Schultern, sagt mir, dass er mich liebt und dass er in der Nähe bleibt. Dann höre ich ihn ein Bier öffnen, das Rascheln einer Zeitung und wie er sich draußen auf die Terrasse setzt.

Ich muss erschöpft eingeschlafen sein, denn als ich aufwache, ist es bereits dunkel. Meine Augen fühlen sich an wie Schlauchboote und sehen sicher nicht wesentlich besser aus, aber das ist mir relativ egal. Einen Moment lang geht es mir gut, doch dann holt es mich wieder ein. Aber was eigentlich? Was ist passiert? Und warum? Wie kann die Lebensfreude mit einem Schlag verpuffen und dem heulenden Elend Platz machen? Es ist doch Sommer.

Ich taste nach meinem Handy, das auf dem Nachttisch liegt. Halb neun. Frank raschelt immer noch auf der Terrasse.

> Hilfe. Ich befinde mich in einem schwarzen Loch und finde keinen Ausweg mehr.

Die Antwort kommt schnell und macht mich wütend.

> Hä? Ich denke, du bist auf Mallorca und tankst Sonne???

Aber was habe ich erwartet? Tom ist der Letzte, den ich jetzt mit meinem Gefühlsabsturz belästigen sollte. Warum tue ich es dann? Warum ist er der Einzige, der mir helfen kann? Seit zwei Wochen haben wir uns weder gesehen noch gesprochen. Und jetzt ohne Vorwarnung diese SMS. Sein »Hä?« ist mehr als verständlich.

Wenn ich jetzt nicht mehr oder etwas Witziges zurückschreibe, kann ich die Situation vielleicht noch retten. Kurznachrichten sind geduldig. Ich tippe:

> Es geht mir so schlecht, Tom. Ich weiß nicht weiter. Bitte, hilf mir. Alles ist auf einmal grau und bedeutungslos, und ich weine seit Stunden.

O Gott. Es braucht keine zehn Sekunden Abstand zum Geschriebenen, und schon schäme ich mich dafür. Wie jämmerlich, wie selbstmitleidig, wie würdelos!

> Hey, Kopf hoch. Alles wird gut. Mach dir ein paar schöne Tage mit Frank in der Sonne, das wird dir und euch guttun! Ich denk an dich. Tom

Dir und euch. Tom tut so, als sei alles in Ordnung, als seien Frank und ich ein normales, mit ihm befreundetes Paar, dem er die zweisame Zeit von Herzen gönnt. Er tut so, als sei der 13. März nie geschehen, als habe er nie meinen Körper geküsst, als wäre er nie mit mir im Bett gewesen, als habe er nie von Liebe gesprochen, als sei das alles gar nicht passiert. Ich lese seine SMS noch einmal durch und beginne wirklich kurz zu zweifeln. Habe ich mir alles nur eingebildet? Nein. Wenn ich die Augen schließe, kann ich Toms Hände noch auf meinem Körper spüren und seinen Blick sehen, als ich nackt vor ihm auf seinem Bett lag. Und der Stromschlag, der mir von den Lungen aus in den Unterleib fährt, beweist die Echtheit meiner Erinnerung.

Ich kann Tom förmlich vor mir sehen, wie er seufzt, sich meine SMS noch einmal durchliest und ratlose Stirnfalten bekommt.

Vermutlich macht er sich danach direkt ein Bier auf, raucht in der Küche eine Zigarette und schüttelt zwischen den Zügen langsam den Kopf. Er setzt sich auf den Küchenstuhl, stützt die Unterarme auf die Oberschenkel und lässt den Kopf zwischen den Schultern sinken, während er in der rechten Hand immer noch die Zigarette hält, von der irgendwann das vordere Ende der Glut abfällt und als schwarzer Fleck auf den weißen Fliesen landet. Tom flucht leise vor sich hin, bleibt aber noch eine Weile so sitzen.

Ich habe gerade alles nur noch schlimmer gemacht, als es sowieso schon war. Und bevor ich schon wieder zu heulen anfange, drehe ich mich auf die andere Seite und schlafe einfach ein.

26. WOCHE

(13. BIS 20. APRIL 2008)

Dienstag

Wieder zu Hause. Der Urlaub wurde wider Erwarten doch noch ganz schön. Am zweiten Tag nahm ich all meinen Willen und meine verbleibende Energie zusammen und zwang mich dazu, mit dem Heulen aufzuhören und die Reise schön zu finden. Frank zuliebe. Am Anfang ging das noch zäh vonstatten. An der Cala Santanyi zog ich die Schuhe aus und wanderte barfuß den Strand entlang, die Füße in der zahmen Brandung. Normalerweise genügt das, um Glücksgefühle in mir auszulösen. Ich bin da eher einfach gestrickt: Sonne, Strand, Meer und nackte Füße, das reicht mir, um mich auf Anhieb happy zu fühlen. Am letzten Montag klappte das nicht sofort, aber nachdem ich dreimal den Strand auf und ab gelaufen war und mir immer wieder vorgesagt hatte, wie schön doch alles sei, ging es mir langsam besser. Fast gut. Zu gut. So gut, dass ich mit meinem Handy ein Foto von meinen Füßen mit den rot lackierten Nägeln im türkisfarbenen Wasser des Mittelmeers machte und es als Multimedia-Nachricht an Tom verschickte. Wieder antwortete er sofort.

> Sieht toll aus! Ich gönn's dir so sehr. Genieß das Meer! LG Tom

Er gönnte es mir so sehr. Und ich glaubte ihm das sogar. Aber er sollte mir meinen Urlaub nicht einfach so gönnen. Er sollte traurig zu Hause sitzen und sich grämen, weil ich mit Frank am Meer entlangspazierte und mir eine schöne Zeit machte. Wie konnte Tom mich lieben, wenn er nicht den Wunsch verspürte, bei mir zu sein?

Bücher retteten mich schließlich. Drei hatte ich mitgenommen, und am vierten Tag kaufte ich in einer deutschen Buchhandlung in Artá Nachschub. Krimis und Thriller von Henning Mankell, Sabine Thiesler, Elizabeth George und Peter James. Spannende Lektüre eignet sich am besten gegen Depressionen. Wenn wir also nicht gerade quer über die Insel fuhren, saß ich auf der Terrasse der Finca und las. Stundenlang. Frank war damit zwar nicht so ganz einverstanden – »Immer hast du die Nase in deinen Büchern, du unterhältst dich gar nicht mehr mit mir!« –, aber als ich ihn vor die Wahl stellte, ob er eine lesende oder eine heulende Freundin bevorzuge, entschied er sich für Ersteres.

Am letzten Tag fühlte sich dann wieder alles einigermaßen normal an. Wir kauften in Palma Babysachen, und ich ließ Marlene mitentscheiden, indem ich eine Auswahl an Kleidungsstücken nacheinander auf meinen Bauch legte. Wenn sie mich trat, nahm ich das Teil, das gerade dran war, und brachte es zur Kasse. Unvorstellbar, dass ich diese Hippie-Jeans mit aufgestickten Blumen tatsächlich in nicht allzu ferner Zeit meinem Kind anziehen werde, dachte ich. 3 bis 6 Monate, stand auf dem Etikett. Das würde noch in diesem Jahr sein. Wirklich komplett unvorstellbar.

Abends aßen wir im Viena in Ca's Concos, und ich nippte an einem kleinen Glas Rioja. Und ganz langsam kehrte ich in die Gemeinschaft der Genießenden zurück.

Drei Tage zuvor hatte ich mich beim Abendessen noch gefragt: Was machen all die Leute hier? Was finden sie so schön daran, hier zu sitzen und etwas Gutes zu essen? Warum lachen und scherzen sie, als ob es kein Morgen gäbe? Wie können sie so unbekümmert sein? Manche sogar ohne Alkohol. Mittendrin und nicht dabei, das war ich. Irgendjemand hatte einen Schalter umgelegt und meine »gute Hoffnung«, die ich im Bauch trug, in Hoffnungslosigkeit verwandelt. Ein schlimmes Gefühl, das schlimmste, das ich je erlebt hatte: die Bewegungen meines

Babys zu spüren und gleichzeitig zuzusehen, wie das Leben an Sinn verloren hatte.

Kurz bevor ich mich vom Strom meiner trüben Gedanken mitreißen ließ und in einem Strudel aus Selbstmitleid, echter Traurigkeit und Angst versank, fiel mir ein, was Tom einmal zu mir gesagt hatte, schon vor ein paar Jahren, als wir einfach nur gute Freunde waren: »Wenn dich eine Depression packt, kannst du nicht viel dagegen tun. Aber ganz am Anfang, wenn sie dich noch nicht voll erwischt hat, hast du noch eine Chance. Dann musst du kämpfen, so hart du kannst, und dann kannst du dich noch aus eigener Kraft aus dieser Lawine befreien. Wenn du erst zu tief drin bist, geht das nicht mehr. Dann muss dir jemand von außen helfen und dich wieder rausziehen.«

Also kämpfte ich. Mit Büchern, meinem Kopf und mit Franks Hilfe. Immer wieder hörte er sich geduldig an, wie schrecklich ich alles fand, und schaffte es, gleichzeitig Verständnis zu zeigen und mir die schönen Seiten des Lebens aufzuzeigen.

27. WOCHE
(20. BIS 27. APRIL 2008)

Katrin ruft an.
»Hallo Katrin!«
»Hey Charlotte!«
Ich höre, dass sie gut gelaunt und ziemlich aufgedreht ist.
»Hast du was getrunken? Es ist halb zehn Uhr morgens!«
»Nee«, kichert Katrin, »aber was zu erzählen! Hast du Lust auf
Frühstücken? Draußen, in der Sonne?«
»Sebastian?«
»Ja. Aber anders, als du denkst. Also, wie schaut's aus? Wo
willst du hin? Reitschule? Café Schwabing? Atlas? Forum?«
»Forum. In einer Dreiviertelstunde?«
»Ja. Ich freu mich!!!«, zwitschert sie und legt auf.

Jetzt bin ich wirklich neugierig. Während ich mich anziehe –
Jeans, Bauchband in Siebzigerjahre-Optik, Langarm-T-Shirt,
rehbraune Lederjacke –, versuche ich, mich selbst zu briefen.
Mein Eindruck von Sebastian war dermaßen schlecht, dass ich
jetzt Probleme damit habe, ihn wieder als potentiellen Lebens-
partner meiner Freundin zu sehen. Allerdings muss ich beachten, dass mein Eindruck zwar mies, aber auch kurz war. Vielleicht habe ich mich ja getäuscht. Es muss fast so sein. Ich steige
am Orleonsplatz in die 19er-Tram Richtung Pasing, fahre bis
zum Max-Weber-Platz und steige dort in die 18er um. Als ich
beim Forum in der Müllerstraße ankomme, habe ich mir so oft
Katrin und Sebastian – respektive das Bild, das ich von ihm
habe, die Momentaufnahme vom Nada-Surf-Konzert – Arm in
Arm und küssend vorgestellt, dass meine Abneigung gegen diesen Gedanken weniger geworden ist und ich bereit bin, mich

den Tatsachen zu stellen und diesen Typen als zukünftigen Freund meiner Freundin zu akzeptieren.

Katrin ist schon da und sitzt in der Sonne an der Hauswand, die Beine von sich gestreckt, den Kopf in den Nacken gelegt. Vor ihr auf dem Tisch steht eine Latte macchiato und ein Glas Prosecco. Ihre Sonnenbrille verdeckt ihr halbes Gesicht, dafür hat sie ihre Bluse ziemlich weit aufgeknöpft.

»Ich bin mit 30er eingecremt«, sagt sie statt einer Begrüßung, als sie mich entdeckt hat.
»Darf ich ein Foto von dir machen?«, frage ich.
»Wieso?«
»Du bist sooooo München. Wie du dasitzt, was du anhast, deine Getränke, die Sonnenbrille ...«
Katrin lacht und wirft sich in Pose. »Bitte schön!«
Als ich meine Bilder gemacht habe, setze ich mich zu ihr.
»Gut schaust du aus, Mami«, sagt Katrin.
»Mir geht's auch gut«, lüge ich.

Würde Katrin jetzt eine Augenbraue hochziehen und »Echt? Sicher? Möchtest du mir nicht etwas erzählen?« fragen, ich würde sofort ehrlich antworten. »Katrin, es geht mir beschissen«, würde ich sagen, »ich glaube, ich muss mich von Frank trennen. Ich habe mich in Tom verliebt. Es ist keine Schwärmerei, und es hat auch nichts mit Frank zu tun. Aber es hat mich unglaublich heftig erwischt. Ich kann nur noch an Tom denken, ich sehne mich danach, bei ihm zu sein, ich kann mein Leben nicht mehr genießen, weil ich mich überall fehl am Platz fühle und die einzig vorstellbare Erlösung darin liegt, bei Tom zu sein. Ich weiß nicht, ob ich Frank noch liebe. Ich glaube aber schon. Zwischen uns hat sich nichts verändert. Aber ich habe mich verändert. Wenn ich wüsste, dass das alles nur eine vorübergehende Spinnerei ist, dass sich die Leidenschaft in Kürze wieder in Luft auflöst, so wie sie gekommen ist, würde ich die Zähne

zusammenbeißen und aushalten, bis alles wieder normal ist. Aber was, wenn ich mich mein Leben lang nach Tom sehnen werde? Kann ich das riskieren? Was, wenn er dieser eine ist, nach dem ich tief im Inneren immer gesucht habe, ohne zu wissen, dass ich das tue? Kann ich ihn einfach ziehen lassen? Muss man sein Glück nicht am Schopf packen und festhalten?«
Katrins Augenbrauen bleiben entspannt.

»Also los jetzt. Wie ist das mit Sebastian?«
»Ich habe dir doch mal von diesem Anwalt erzählt, der letzten Sommer neu bei uns in der Kanzlei angefangen hat.«
»Der Pullunderträger? Was hat der mit Sebastian zu tun?«
»Genau, der Pullunderträger. Pullunder zu Cordhose.«
»Und das als Anwalt!«
»Na ja, bei Terminen mit Mandanten zieht er schon einen Anzug an, und vor Gericht trägt er ja eh die Robe.«
»Und was hat Mr Pullunder jetzt mit Sebastian zu tun?«
»Mr Pullunder ist Sebastian!«
»Hä? Du hattest doch erzählt, dass er so'n IT-Fuzzi ist?«
Ich verstehe gerade gar nichts mehr.
»Es scheint wirklich was dran zu sein, dass eine Schwangerschaft den Verstand angreift«, meint Katrin und grinst mich an, »Mensch Charlotte, check's halt: Mein Kollege heißt auch Sebastian!«
»Ach so. Ja und? Ist ja jetzt nicht der allerseltenste Name.« Irgendwie habe ich das Gefühl, dass ich immer noch nicht ganz mitkomme.
»Ich glaube, ich habe mich in Sebastian verliebt. In meinen Kollegen.«

Während ich noch überrascht nach Worten suche, erzählt Katrin weiter. Sie hat bereits letztes Jahr viel mit Sebastian gearbeitet, sich auch gut mit ihm verstanden und sich sogar ein wenig mit ihm angefreundet. Die beiden waren nach der Arbeit mit anderen Kollegen ab und zu etwas trinken gegangen und hatten sich sogar einmal zu zweit zum Kino verabredet. Alles war immer rein freundschaftlich gewesen und hatte sich auch so angefühlt.

»Charlotte, ich hatte ihn einfach so was von gar nicht auf dem Schirm«, sagt Katrin aufgeregt, »und das nur, weil er optisch kein Typ für den ersten Blick ist.«

»Pullunderträger halt.«

»Ja. Ist das nicht furchtbar oberflächlich, dass man sich von solchen Nebensächlichkeiten davon abhalten lässt, jemanden gut zu finden?«

»Doch. Aber es ist halt so. Erzähl weiter – wie und wann hast du gemerkt, dass du mehr für ihn empfindest?«

»Als ich angefangen habe, sein Blog zu lesen.«

»Er hat ein Blog?«

»Ja. Und zwar ein verdammt gutes.«

»Du hast dich also übers Internet in deinen Kollegen verliebt?«

»Ein bisschen vielleicht. Aber du kannst gleich wieder damit aufhören, diese Geschichte im Geiste an Miriam zu verkaufen.«

Miriam, unsere Freundin und meine Kollegin, träumt seit Jahren davon, mal ein Drehbuch zu schreiben und im Abspann des Films, der daraus entsteht, aufzutauchen.

»Wieso? Ist doch filmreif!«

»Nein. Ich wusste nämlich von Anfang an, dass Sebastian der Urheber dieses Blogs ist.«

»Och, schade. Anders wäre es romantischer gewesen.«

»Romantik ist bloß eine Stilepoche.«

Dieser Satz kommt mir bekannt vor und versetzt mir einen kleinen Stich.

»Weiter im Text. Wie ist euer Stadium?«

»Unklar. Ich glaube, ich bin für ihn nur eine gute Freundin.«

»Quatsch.«

»Doch.« Katrin macht jetzt einen leicht bekümmerten Eindruck.

»Charlotte, der Mann ist so gebildet. Er liest ungefähr drei Bücher pro Woche, hat außer Jura auch noch Philosophie studiert und hält mich garantiert für ein ungebildetes Dummchen!«

»Bullshit.« So kenne ich Katrin gar nicht. Sie leidet sonst nie unter mangelndem Selbstbewusstsein. Es muss sie echt erwischt haben!

»Wahrscheinlich denkt er nur, dass er als Mr Pullunder eh keine Chancen bei dir hat«, sage ich, »und deshalb zeigt er nicht, dass er auch in dich verliebt ist. Weil er sich keinen Korb holen will und sich denkt, wieso sollte sich diese Klassefrau, die auch noch super aussieht, in mich Pullunderträger verlieben?«

»Meinste echt?«

»Ja.« Das entspricht der Wahrheit. Ich bin wirklich überzeugt von meiner Theorie.

»Einer von euch beiden muss jetzt den ersten Schritt machen und etwas wagen«, fahre ich fort, »denn wenn das keiner tut, geht nie etwas vorwärts. Also – Angriff!«

»Ich kann so etwas aber ganz schlecht«, jammert Katrin, die bisher noch nie ein Problem damit hatte, erste Schritte zu wagen und auf Männer zuzugehen.

»Warum auf einmal so schüchtern?«

»Weil ich verliebt bin, verdammt! Weil er mir echt was bedeutet.«

»Verstehe ich ja. Aber jetzt stell dich doch nicht so an. Wann seht ihr euch das nächste Mal?«

»Heute. Wir wollten später in den Biergarten gehen. Am Nockherberg.«

»Sehr gut. Mach dir einen schönen Nachmittag mit ihm. Vielleicht ergibt sich ja schon was. Und wenn nicht, dann gestaltest du einfach die Abschiedsumarmung ein bisschen länger, als sie normal unter Freunden dauert. Wenn er auch mehr von dir will, wird er darauf reagieren. Garantiert. Und falls nicht, was ich für sehr unwahrscheinlich halte, dann bricht dir damit auch kein Zacken aus der Krone.«

»Das ist eine super Idee«, freut sich Katrin und fällt mir um den Hals. »Ich bin schon so aufgeregt! Wie mit 16!«

»Ach, das ist doch toll. Ich freu mich so für dich. Du hast das Glück echt verdient.«

»Danke. Komm, darauf trinken wir noch einen Prosecco. Du auch. Ein kleiner geht schon, den verkraftet Marlene, oder?«
»Marlene musste am Anfang schon ganz andere Dinge überstehen«, sage ich und denke mit schlechtem Gewissen an einen Wodka-Schnee-Exzess mit Miriam im Schmock.

Katrin bestellt zwei Prosecco auf Eis, und als die Bedienung die Getränke gebracht hat, stoßen wir an – auf Katrin und Sebastian den Zweiten.

»Langsam muss ich mal los«, sagt Katrin eine halbe Stunde später, »ich muss noch heim und mich lässiger anziehen. Cargohose und Kapuzensweatshirt, dachte ich. Oder?«
»Prima. Mach das. Lässig ist immer gut.«
»Sag mal, was ist eigentlich mit Frank und dir? Wieder alles in Ordnung?«
»Ja, passt schon. Alles klar.« Oh, wie gerne ich ihr mein Herz ausschütten würde. Aber der Augenbrauenmoment ist vorbei. Jetzt geht es nicht mehr, jetzt kann ich ihr nicht mehr von Tom erzählen. Alles. Von unseren vielen schönen Abenden im Herbst und Winter. Von den mittlerweile über tausend SMS, die wir uns geschrieben haben und von denen ich jede einzelne aufgehoben habe. Von Toms Liebes- und Begehrenserklärung, von unseren Küssen, vom Händchenhalten, von minutenlangen Umarmungen, vom frisch geriebenen Parmesan, vom Foo-Fighters-Song, der Fußmassage, dem DVD-Abend. Von der Nacht nach seiner Geburtstagsfeier und natürlich von Donnerstag, dem 13. März, dem Tag, an dem ich erfuhr, dass Marlene einen Zwilling hatte. Von Toms Trost, seinem Für-mich-Dasein, seiner Zärtlichkeit, seinen Händen, seinen Lippen auf meiner Haut, an meinen Beinen, meiner Lust, davon, dass ich beinahe mit ihm geschlafen hätte. Und von der schwersten Entscheidung, die ich in meinem Leben je zu treffen hatte. Davon, wie sicher ich mir war, dass ich trotz meiner Verliebtheit bei Frank bleiben möchte, freiwillig und gerne, und davon, wie mich diese Nacht mit Tom, die

ein Nachmittag war, aus der Bahn geworfen hat. Ich mache den Mund auf. Und schließe ihn wieder. Katrin soll ihr Liebesglück unbeschwert genießen können.

Ich muss da alleine durch. Schließlich habe ich mich auch alleine hineinmanövriert.

28. WOCHE

(27. APRIL BIS 4. MAI 2008)

Dienstag

Ich habe nächtelang wach gelegen, mich von der linken auf die rechte Seite gedreht und zurück, denn weitere Schlafpositionen stehen mir mittlerweile leider nicht mehr zur Verfügung. Ich bin in unserer Wohnung auf und ab gewandert, habe im dunklen Wohnzimmer am Fenster gestanden und in die nächtliche Breisacher Straße hinuntergeblickt. Ich habe meine verzwickte Situation sogar in Internet-Foren geschildert, anonym und verschlüsselt natürlich, und mir dort viel Kritik, viele zweifelhafte Ratschläge und sogar einen sehr weisen geholt. Ich habe das gesamte Internet nach ähnlichen Fällen wie meinem durchforstet und weiß nun, dass ich offensichtlich die einzige Frau bin, die sich während der Schwangerschaft in ihren besten Freund verliebt hat. Zumindest, wenn man den asiatischen und russischen Sprachraum mal ausklammert. Ich habe die Alternativen tausendmal durchgespielt, habe mir das Leben mit Frank vorgestellt, was nicht schwer war, mir ein Leben mit Tom ausgemalt, was mir fast genauso leicht fiel. Und sogar die ungeliebte dritte Möglichkeit habe ich in meinem Kopfkino erstehen lassen. Alleinerziehend. Das böse Wort. Ich habe resümiert, bin im Geiste Jahre zurückgegangen und Jahre in die Zukunft, habe die möglichen Folgen einer Entscheidung berücksichtigt. Zum Beispiel die, bei einer Trennung von Frank die Hälfte meiner Freunde zu verlieren.

Und während ich all dies tat, habe ich die ganze Zeit darauf gewartet, dass mein Herz mir sagt, was ich tun soll. Ich habe sogar gewürfelt, um herauszufinden, was mein Bauch will. Aber der ist momentan wohl so mit der Bewirtung und dem Beherbergen von Marlene beschäftigt, dass er sich vornehm zurückhielt.

Nach vielen sehr einsamen Tagen und Nächten traf ich schließ-
lich eine Vernunftentscheidung. Und zum ersten Mal in meinem
Leben war nicht mein Wohl das ausschlaggebende Argument.
Ich entschied mich im Sinne meiner kleinen Familie. Für Frank.
Für Marlene.

Ich formulierte also die Worte »Ich bleibe bei Frank«. In diesem
wichtigen Moment meines Lebens saß ich auf der Toilette und
starrte den weißen Duschvorhang mit den grünen Fröschen
darauf an. Déjà-vu. Vor ungefähr 20 Wochen saß ich schon einmal an dieser Stelle und erzählte dem Duschvorhang vom positiven Schwangerschaftstest. Ich nahm diese Wiederholung der
Geschichte als gutes Omen für meine Entscheidung und alles,
was ihr folgen würde, betätigte die Klospülung und wartete auf
Euphorie. Na gut, wenn schon keine Euphorie, dann wenigstens Erleichterung. Ich wartete noch eine Minute. Aber außer
meiner Blase fühlte sich in mir nichts erleichtert an. Vielleicht
ein bisschen Stolz? Nein, sorry. Stolz wäre unangebracht. Immerhin habe ich meinen nichtsahnenden Freund beinahe mit
einem anderen betrogen, ihm nichts davon erzählt und ihn wo-
chenlang verarscht. Da kann ich jetzt kein Gefühl des Stolzseins
erwarten, weil ich mich dafür entschieden habe, ihn nicht zu
verlassen. Echt nicht. Letzter Versuch: Aufbruchsstimmung,
Optimismus? Auch nicht. Nur Müdigkeit. Ich ging schlafen.

Heute geht es mir trotzdem ein wenig besser. Das Gefühl, das
mich momentan bestimmt, ist mit dem zu vergleichen, das man
hat, wenn man endlich die längst fällige Steuererklärung hinter
sich gebracht hat. Man tanzt nicht gerade durch die Wohnung
oder schmeißt ein Fest, aber man ist froh, diesen Punkt von der
Liste streichen zu können.
Bin ich wirklich so kaltschnäuzig? Irgendwas stimmt da nicht.
Ich misstraue mir selbst. Das hier war keine Steuererklärung,
hier ging es um mein Leben und meine Liebe, und ganz nebenbei noch um das Leben und Lieben zweier Menschen, die mir
am nächsten von allen stehen. Und ich habe ein Steuererklä-

rungsgefühl? Ich traue dem Frieden nicht. Aber lange kann ich mich sowieso nicht ausruhen. Ich muss mit Tom sprechen. Seit sechs Wochen haben wir uns nicht gesehen und nicht miteinander geredet. Ich schicke ihm eine SMS, und wir verabreden uns für den Abend im yum2take neben der Schrannenhalle.

Keine gute Wahl, stelle ich fest, als ich sieben Stunden später in dem kleinen Thai-Imbiss stehe. Ich bin zu früh. Tom auch. Drei Minuten vor acht betritt er das Lokal. Mein Herz macht einen erschrockenen Satz. Die sechs langen Wochen, die wie ein schützender Puffer zwischen unserem letzten Treffen (in Toms Bett!) und dem heutigen lagen, schnurren zusammen wie ein angestochener Luftballon. Ich sehe Tom an, blicke in seine graublauen Augen, schaue auf seine Hände und möchte sie halten und streicheln. Mein Blick wandert zu seinem Mund und ich möchte ihn küssen, möchte dabei die Augen geöffnet lassen und sehen, wie Toms helle Wimpern flattern, wenn er mich küsst. Tom umarmt mich und küsst mich drei Zentimeter neben meinen Mundwinkeln. Dabei atme ich seinen Duft ein. Die »Nie-Wieders« drängen mit aller Gewalt in meine Gedanken. Ihn nie wieder küssen. Nie wieder seinen Körper auf mir spüren. Nie wieder Händchen haltend durch die Stadt laufen. Nie wieder Fantasiereisen unternehmen. Nie wieder zusammen träumen. Nie wieder Liebende spielen. Nie wieder Liebende sein.

»W6, wie immer?«
»Weh? Ja.« Sex? Nein.
»Einmal grünes Curry mit Pute für die Dame«, bestellt Tom am Counter, »und einmal rotes Curry. Und zwei alkoholfreie Beck's, bitte.«
Wir bekommen unsere Getränke und ein kleines Ufo, das summt und leuchtet, wenn unser Essen fertig ist. Als wir uns zu einem anderen Pärchen, falsch, als wir uns zu einem Pärchen an den Tisch setzen, wird mir klar, dass dieser Ort denkbar ungeeignet ist, um ein Trennungsgespräch zu führen, um überhaupt

irgendein Gespräch zu führen, das sich um Privateres dreht als das Wetter oder die politische Weltlage. Also essen wir und reden nicht viel. Ich erzähle ein bisschen von Mallorca, und Tom berichtet, dass Stockholm eine sehr schöne Stadt ist. Als wir fertig gegessen und getrunken haben, meint er:

»Gehen wir woanders hin? Ins Für Freunde?«

»Gute Idee.«

Wir verlassen das yum2take und durchqueren die Schrannenhalle. Am südlichen Ausgang nehme ich Toms Hand. Ich will noch ein letztes Mal so mit ihm gehen, bevor die Zeit des »Nie-Wieders« beginnt, und präge mir das Gefühl ganz genau ein. Wir gehen über den verlassenen Viktualienmarkt, überqueren die Frauenstraße und schlendern die Reichenbachstraße entlang, spazieren über den schönen, neu angelegten Gärtnerplatz bis zum Für Freunde mit den roten Glühlämpchen an der Fassade. In der winzigen Kneipe ist eine Nische frei, in der ein altes, zerschlissenes Sofa genau Platz findet. Wir lassen uns dort nieder, Tom holt eine Apfelschorle für mich und ein Bier für sich.

»Tom, ich muss dir etwas sagen.«

»Ich weiß.«

»Ich will es kurz machen. Ich habe viel nachgedacht und habe mich entschieden. Für Frank. Ich kann mich nicht von ihm trennen. Es geht einfach nicht. Ich habe nicht aufgehört, ihn zu lieben. Obwohl ich dich auch liebe.«

»Ich weiß.«

»Ich weiß nicht, was ich jetzt noch sagen soll. Alles, was mir einfällt, klingt so schrecklich platt und abgedroschen. Ich sage es aber trotzdem, und du musst wissen, dass ich es so meine.«

»Okay.«

»Es ist mir nicht leichtgefallen, und ich hätte mir ein Leben mit dir wahnsinnig gut vorstellen können. Wir wären ein gutes Paar gewesen. Und ich möchte dich nicht verlieren. Wir kennen uns seit dreißig Jahren, wir sind so lange befreundet, ich will nicht, dass das alles vorbei ist. Ich weiß zwar nicht, wie, aber wir können doch vielleicht versuchen, wieder Freunde zu sein, oder?«

»Ja, natürlich.«

»Du bist so einsilbig.«

»Charlie. Es ist nicht so, dass ich damit nicht gerechnet hätte. Trotzdem zieht es mir seltsamerweise gerade den Boden unter den Füßen weg.«

»Das tut mir leid.«

»Muss es nicht. Ich habe einen Fehler gemacht. Ich hätte deine Situation nie so ausnützen dürfen. Ich war total egoistisch, habe dein Vertrauen missbraucht.«

»Quatsch. Du hast nichts und niemanden ausgenützt. Und ich war mindestens genauso egoistisch. Aber ich bin eine erwachsene Frau und hätte selbst Stopp sagen können, wenn ich gewollt hätte.«

»Ja, stimmt. Trotzdem. Ich hätte nie mit dir ins Bett gehen dürfen.«

»Das klingt so, als würdest du es bereuen!«

»Nein. Wie könnte ich das bereuen. Höchstens, weil keine andere Frau dieser Erinnerung das Wasser wird reichen können. Weil ich immer alle und alles, was ab heute passiert, mit dir und diesem Nachmittag vergleichen werde.«

»Hör auf. Ich will nicht wissen, wer meine Nachfolgerin ist.«

»Charlie, wir hätten das nicht tun dürfen.«

»Doch. Das ist Liebe. Liebe darf alles.«

»Nicht alles.«

»Leider nicht.«

»Ich respektiere deine Entscheidung. Und ich finde sie sogar gut, vom Verstand her, auch wenn es mir das Herz zerreißt. Aber ich stehe zu ihr und werde alles dafür tun, damit du sie umsetzen kannst.«

»Bitte, Tom, jetzt sag doch mal etwas, das nicht so gutmenschig ist. Ich fühle mich sonst noch schlechter.«

»Na gut. Ich habe mich auf diesen Abend vorbereitet, weil ich wusste, was kommt. Aber es hat nicht geklappt. Man kann sich auf so etwas nicht vorbereiten.«

»Es tut dir also auch ein bisschen leid?«

»Ein kleines bisschen. So, wie es mir leidtut, wenn die Roten Gauloises ausverkauft sind und ich Luckys rauchen muss.«

Wir lachen. Dieses Geräusch klingt seltsam mit Tränen in der Stimme, aber es tut gut.

»Komm, wechseln wir das Thema. Reden wir über etwas anderes, und tun wir noch ein Weilchen so, als wäre nichts passiert.«

»Nichts passiert am 13. März?«

»Nein, nichts passiert heute Abend.«

»Okay. Worüber reden wir?«

»Hm.«

»Schön warm für Ende April.«

»Ja, fast ungewöhnlich.«

Wir lachen wieder. Und schweigen dann. Auf eine traurige, aber schöne Weise. Eng aneinandergeschmiegt sitzen wir in unserer Nische, bis es Viertel nach eins ist und das Mädchen vom Tresen uns höflich hinauswirft.

Freitag

Die Aktion »Tom und ich werden wieder Freunde – und nicht mehr« beginnt. Das Leben ist kein Ponyhof, und Romantik ist bloß eine Stilepoche. Die Zeiten, in denen es wichtig war, dass es in meinem Leben erotisch knisterte und in meinem Bauch wild kribbelte, sind vorbei. Jetzt kommt eine neue Lebensphase. Die Natur und die Pharmaindustrie haben es nicht ohne Grund so eingerichtet, dass man selten frisch verliebt und schwanger zur gleichen Zeit ist. Und außerdem kommt ja in drei Monaten das ganz große, nie da gewesene, alles andere in den Schatten stellende, bedingungslose, überwältigende neue Gefühl dazu: die Mutterliebe.

Manchmal habe ich heimlich ein wenig Angst, dass diese Liebe bei mir verspätet einsetzen könnte wie der Milcheinschuss bei Kaiserschnittgebärenden. Und noch mehr Angst habe ich davor, dass diese Liebe sich vielleicht einen Scherz erlauben und bei mir einfach nicht so groß, nicht so nie da gewesen und so weiter sein könnte. Andererseits: Alle meine Mütter-Freundinnen sagen, dass es viel besser ist als alles andere, sogar noch besser als damals die Sache mit Holger. Oder Volki. Oder Gernot. Das beruhigt mich dann wieder ein bisschen.

Wie stellt man das bloß an? Wie fährt man den Zustand des Sich-verliebt-Habens wieder zurück auf Freundschaft? Geht das überhaupt? Ich bin doch sicher nicht die Erste, die so etwas tun muss. Ich bin eigentlich nie in etwas die Erste, weder im 50-Meter-Rennen in der Grundschule noch beim Besitzen eines iPhones. Im Marketingslang gesprochen, bin ich ein »early adopter«, also jemand, der relativ schnell erkennt, wenn etwas schick ist, und es dann nachmacht, kurz bevor es in der BILD-Zeitung steht.

Ich frage Tante Google. Aber was soll ich eingeben? Mit »verliebt bester Freund rückgängig« finde ich nur die Postings von Mädchen, deren bester Freund sich in sie verliebt hat. Ich versuche es mit »verliebt bester Freund rückgängig gegenseitig« und lande auf WELT ONLINE, die mit einem Bild aus *Harry und Sally* und mit einer wissenschaftlichen Studie aufwarten: »Ein Viertel der Single-Männer hegen ihrer besten Freundin gegenüber mehr als rein freundschaftliche Gefühle. Elf Prozent der Single-Frauen geht es genauso. Psychologen sprechen vom Harry-und-Sally-Syndrom.« Aha. Ich fühle mich nicht angesprochen. Nicht mal bei den mageren elf Prozent bin ich dabei. Ich suche noch ein Weilchen und komme zum deprimierenden Ergebnis: Mein Problem ist eher pubertärer Natur. In diversen Foren diskutieren 18-jährige Girls und 21-jährige Boys. Ich gebe auf. Vielleicht ist ja nicht mein Problem pubertär, sondern nur der Ansatz, eine Lösung dafür im Internet zu finden.

Nach langem Nachdenken komme ich zu dem Schluss: Es gibt zwei Möglichkeiten.

a) Die Distanzmethode

Den Kontakt für einen längeren, nicht näher spezifizierten Zeitraum einstellen. Abstand gewinnen, Küsse sacken und Erinnerungen verblassen lassen. Trachtenvogel, Bergwolf, Wii, die Balanstraße, Saalbach-Hinterglemm, Iglus, das Weihnachtsoratorium, die Foo Fighters, Wer früher stirbt ist länger tot, Tarantino-Filme, das Vorstadt-Café und frisch geriebenen Parmesan meiden. Alle Verbindungen über das Internet, zum Beispiel bei Facebook, Twitter, Last.fm und Skype, lösen bzw. sich von diesen Seiten fernhalten. Ausharren und warten, bis Gras über die Sache gewachsen ist, sich dann behutsam wieder annähern und ganz vorsichtig dort weitermachen, wo wir vor einem halben Jahr waren.

Vorteile: mit etwas Konsequenz relativ schmerzfrei durchziehbar, erfolgversprechend, eigene Beziehung entlastend.

Nachteile: Konsequenz vonnöten, Entfremdung möglich, Fragen von Frank aufwerfend.

b) Die Nähe-Methode

Weitermachen wie bisher, nur ohne Küsse, Liebes-SMS, Händchenhalten, Romantik, sprich, ohne alles Unplatonische. Viel reden, Freundschaft praktizieren. Warten, bis man sich daran gewöhnt hat und das »Plus« nicht mehr vermisst.

Vorteile: akut weniger schmerzhaft, scheinbar einfacher, kein Erklärungsbedarf gegenüber Frank.

Nachteile: nur scheinbar einfacher, gefährlich (besonders, wenn ich wieder Alkohol trinken darf), langwierig, langfristig eventuell schmerzhaft.

Nach Auflistung dieser Punkte entscheide ich mich ganz spontan für b). Jetzt muss ich das nur noch an Tom kommunizieren, meine Sehnsucht nach mehr ausschalten, und es kann losgehen.

Vielleicht hilft uns ja mein wachsender Bauch dabei. Irgendwann muss der Tom ja mal abtörnen, und irgendwann muss ich doch mal in die Phase kommen, in der Gedanken an Sex und Leidenschaft zeitweilig aus meinem Leben verschwinden. Spätestens zur Geburt dürfte sich das für eine Weile erledigt haben. Und wenn Marlene dann erst da ist, werde ich vermutlich keine Zeit mehr haben, mich so fürchterlich nach Tom zu sehnen. Hoffe ich.

29. WOCHE

(4. BIS 11. MAI 2008)

Sonntag

Es ist herrlich, schwanger zu sein. Besonders im 8. Monat. Der Bauch ist niedlich rund und prall, aber noch nicht so groß, dass er mich wesentlich behindert. Die anderen Leute müssen keine Angst haben, dass es gleich losgehen könnte und sie vielleicht mit schwallartig austretendem Fruchtwasser oder spontaner Geburtshilfe konfrontiert werden. Dementsprechend freundlich sind sie. Alle lächeln mich an, ich darf mich in U-Bahn und Tram setzen, obwohl ich noch nicht alt bin, und das Bad muss ich auch nicht mehr selbst putzen. Meine Haare sind dicht und glänzend wie nie, meine Haut ist glatt und rosig, und in den Füßen habe ich wundersamerweise weniger Wassereinlagerungen als im Sommer zuvor, in dem ich nicht schwanger war.

Ich weiß: diese kurze Zeit ist einmalig. Sie kommt nie wieder. Vielleicht werde ich noch einmal schwanger, wenn ich Glück habe, aber dann habe ich schon ein Kind. Und in meinem Alter ist es wahrscheinlich, dass Marlene dann noch nicht zur Schule geht. Schon komisch: Erstgebärende haben etwas Heiliges an sich, Schwangere mit Kleinkind an der Hand nicht. Und je kleiner Kind Nummer eins ist, desto größer ist der »Haben die kein anderes Hobby«-Faktor. Außerdem, erzählt Angela gerne ungefragt, hat man beim zweiten Kind sowieso keine Zeit mehr, seine Schwangerschaft zu feiern. Man ist zwar nur noch halb so ängstlich und besorgt, aber das liegt weniger daran, dass man cooler geworden ist oder einem das zweite Kind gar weniger wichtig wäre, sondern schlicht am Stress mit dem Erstgeborenen, das ja schon ganz gut zu Fuß ist.

Ich sollte also meine wunderbare, komplikationslose Schwangerschaft genießen. Und das tue ich auch. Meistens. Aber ich wäre nicht Charlotte, wenn dieser Frühsommer 2008 nicht einen bitteren Beigeschmack hätte, der so süß begann: Tom. Ich habe versucht, ihm meine »Freundschaft durch Nähe«-Theorie zu erklären, und er hörte mir geduldig zu, am Telefon, während ich in der Wohnung auf und ab lief und die Nachbarn unter uns damit wahnsinnig machte. Als ich mit meinem Vortrag fertig war, schwieg Tom eine ganze Weile. So lang, dass ich schon dachte, er habe aufgelegt.

Dann sagte er: »Das klingt alles ganz vernünftig. Aber ob es wirklich funktioniert, werden wir sehen. Ich glaube nicht, dass es dafür ein Rezept gibt.«

»Du klingst so kühl.«

»Ich bin nicht kühl. Ich bin realistisch.«

»Was aufs Gleiche rauskommt.«

»Charlie. Falls du es vergessen hast – in elf Wochen bekommst du dein Kind! Spätestens dann habe ich in deinem Leben nichts mehr verloren.«

»Tom, das …«

»Stopp, ich war noch nicht fertig«, unterbrach er mich, »natürlich will ich nicht aus deinem Leben verschwinden, natürlich werde ich weiter als dein ältester, bester Freund darin eine Rolle spielen, das hoffe ich zumindest. Aber ich kann und darf nicht mehr dein ›almost lover‹ sein, das weißt du doch genauso gut wie ich.«

»Natürlich! Wovon spreche ich denn die ganze Zeit!«

»Von Freundschaft, ja. Aber es hört sich irgendwie so anders an.«

»Kannst du das spezifizieren – dieses ›Irgendwie so anders‹?«

»Nein. Du weißt schon, was ich meine. Also hör bitte auf, dir etwas vorzumachen. Denk an dein Kind, denk an Frank. Genieß diese Zeit. Sie ist einmalig. Ich will, dass du glücklich bist.«

Schade, dass ich Toms Gesicht in diesem Moment nicht sehen konnte. Er sprach so abgeklärt, so über den Dingen stehend. Das gefiel mir gar nicht. Fiel es ihm denn nicht unendlich schwer, zu denken: Ich werde Charlie nie wieder in einen Hauseingang ziehen und küssen, sie nie wieder zu lange umarmen? Nie wieder ihre Hand halten, nie wieder das Stück Haut zwischen Hosenbund und Pulli streicheln, nie wieder ihre Füße massieren? Nie wieder mit ihr träumen? Nie wieder ihren Körper unter meinem spüren, nie wieder ihren Geruch in meiner Bettwäsche haben? Wieso brach ihm nicht schmerzgebeutelt die Stimme weg, als er Dinge sagte wie »Denk an Frank«? Warum will er, dass ich glücklich bin – ohne ihn und, noch schlimmer, mit einem anderen?

Weil er ein Mann ist. Weil er seine nötige Portion Drama aus einem Bundesligaspiel beziehen kann und ihm das genügend Würze für sein Leben ist. Weil er dich mag.

In mir stiegen leise Zweifel auf, die langsam zur Oberfläche trudelten und dort nicht zerplatzten, sondern Blasen bildeten. Vielleicht hatte ich mir das doch zu einfach vorgestellt mit der Freundschaft zwischen Tom und mir. Noch schlimmer als die Erkenntnis, dass es nicht leicht werden würde, ist die, dass ich das eigentlich gar nicht will.
Wie bewerkstelligt man etwas, was man nicht will? Wie übertönt man das Herz, das laut nach etwas anderem schreit? Und vor allem, wie wird man dabei auch noch glücklich?

»Du willst, dass ich glücklich bin? Das klingt nicht gerade, als ob du mich vermisst. Als ob ich dir irgendwas bedeuten würde.«
»Du bedeutest mir sehr viel, Charlie. Zu viel.«
»Davon spüre ich aber nichts.«
»Ich verstehe nicht, was du mir vorwirfst. Du wolltest doch, dass wir wieder Freunde sind. Alles, was ich tue, ist, daran zu arbeiten!«
»Ich bin aber kein Job-Projekt von dir, ich bin ein Mensch! Einer, den du liebst, wie du sagtest!«

»Ja. Und einer, mit dem ich keine Zukunft habe. Wirklich, Charlie, ich möchte mich nicht immer rechtfertigen müssen. Ich mag dir total unromantisch und kühl vorkommen, aber das ist nun mal meine Art, damit klarzukommen und fertig zu werden. Du kannst mir glauben, dass es für mich auch nicht einfach ist.«

»Ich glaube dir das. Aber ich spüre es nicht.«

»Verstehst du denn nicht, dass ich so handeln muss? Mir bleibt keine andere Möglichkeit.«

»Doch.«

»Siehst du.«

»Ich muss Schluss machen, Tom. Frank ist gerade nach Hause gekommen.«

Ein weiter Weg zum Glück.

30. WOCHE
(11. BIS 18. MAI 2008)

Sonntag

Perfekte Tage haben einen Haken. Wenn man, während man einen erlebt, bereits »Was für ein perfekter Tag« denkt, ist es im selben Moment vorbei mit der Perfektion. Denn ein perfekter Tag ist scheu und möchte nicht als solcher erkannt werden. Und wenn doch, dann bitte nur im Rückblick.

Heute war so ein Tag. Katrin feierte ihren Geburtstag mit einem Picknick im Englischen Garten, auf einer großen, etwas abgelegenen Wiese unter einer riesigen alten Eiche. Alle Freunde waren da. Die Sonne schien von einem wolkenlosen Himmel, es hatte angenehme 25 Grad, und zum ersten Mal konnte ich auch die Anwesenheit einiger Kleinkinder genießen, ohne wehmütig zu werden. »Heute in einem Jahr ist das dann Marlene, die auf dir rumkrabbelt«, sagte ich zu Frank, der gerade von Laura, der neun Monate alten Tochter einer Freundin, als Klettergerüst gebraucht wurde.

Er sah mich an, gab mir einen Kuss und grinste glücklich, nahm dann die Kleine und warf sie in die Luft, was ihr ein lautes, fröhliches Quietschen entlockte. »Noch mal?«

»Dadaaaa!«

»Also gut, noch mal. Juiiiii …«

»Quiiiiiiiiiek!«

»Noch mal?«

»Daaaaaada!«

»Okay, ein Mal noch. Achtung, und … juiiiiiii!«

»Übertreib's nicht, sonst spei…«, sagte ich, als Frank schon von einem Schwall Milch getroffen wurde, die Laura kurz vorher getrunken hatte.

»Hoppla«, sagte er nur und wischte sich mit einem Taschentuch das säuerlich riechende Erbrochene von der Schulter. »Na ja, scheint ja nicht so schlimm zu sein.« Laura hatte ihr eigenes Erbrechen kaum bemerkt, sie lachte bereits wieder und forderte mit lautem »Daaaaada!«, erneut in die Luft geworfen zu werden.

Ich wunderte mich ein bisschen und war sehr stolz und glücklich. Franks Reaktion auf Babykotze von oben war vielversprechend. Wenn man noch den Eigenkindbonus dazurechnete, würde er einen wunderbaren Vater abgeben.

Dann kam er, der verhängnisvolle Moment, in dem ich es dachte. »Was für ein perfekter Tag!« Und schon war es vorbei mit der Herrlichkeit. Sobald man einen Tag analysiert, für perfekt befindet und feststellt, dass man ihn gerade genießt, kann er nicht mehr perfekt sein. Ich versuchte noch, mich abzulenken, trank sogar einen Schluck Erdbeerbowle, lief danach barfuß über die Kieswege bis zu den Toiletten des Seehauses und zurück, um den Tag nicht zu sehr zu genießen, doch es war zu spät. In meinem Kopf ratterte es. Katrin, Geburtstag, Picknick, Freunde, Sonne, Wiese, Brise, Baum, Würstchen, Kartoffelsalat, Kuchen, Käsestangen, Gespräche, Gummibärchen, Musik, Vogelgezwitscher, Lachen, Grillduft, Frank, Kinder, Bauch, Vorfreude – die Zutatenliste für meinen perfekten Tag. Und obwohl ich mich in ein Gespräch mit Sebastian dem Zweiten stürzte und gleichzeitig mit Laura »Kuckuck« spielte, blinkte in meinem Kopf eine Zutat in roten Leuchtbuchstaben, die zu meinem perfekten Tag fehlte.

Tom, Tom, Tom, Tom, Tom, Tom …

Montag

Es gibt ein Lied von Funny van Dannen, das heißt »Räumliche Distanz«. Darin heißt es:

Wenn man so rumsitzt und sich so umschaut
Sieht man die Welt ringsumher.
Und wenn sie schön ist, benimmt man sich so
Als ob man ein Teil von ihr wär.
Wenn man so rumsteht und sich so umschaut
Fällt vielleicht wieder mal Schnee.
Und es wird Abend, wo ist die Liebe?
Ist sie da, wohin ich jetzt geh?

Während du lachst, sind viele andere traurig.
Und wenn du stirbst, werden viele einen Orgasmus haben.
Das hört sich schlimm an – ist es aber nicht ganz,
Denn zum Glück gibt es die räumliche Distanz.

Ich höre es gerade rauf und runter. Und es tröstet mich ein klein wenig. Sofern das möglich ist.

Meine Internetfreundin Hanna aus Bern sollte am 27. Mai ihr lang ersehntes Baby bekommen, genau zwei Monate vor mir, ebenfalls ein Mädchen. Sie hatte eine nahezu sorglose Bilderbuchschwangerschaft, ihr Kind war immer topfit, und oft schrieb sie mir per E-Mail lustige Anekdoten von ihrem »Schnügu«, wenn es es sich wieder mal quer in ihrem Bauch bequem gemacht hatte und sie aussah, als habe sie einen Laib Kastenbrot verschluckt. Hanna und ich haben uns noch nie gesehen und nur ein paar Mal telefoniert, aber durch die gemeinsam erlebte lange Zeit des Kinderwunschs ist sie für mich eine Freundin geworden.
Vor drei Tagen schrieb Hanna mir, dass sie sich auf den Weg ins Krankenhaus mache, weil sie einen Riss in der Fruchtblase be-

kommen habe und langsam, aber sicher auslaufe. Ich dachte mir nicht viel dabei, als ich ihre Mail las, denn schließlich waren es nur noch gut zwei Wochen bis zum errechneten Geburtstermin. Ich schrieb ihr noch zurück, obwohl ich wusste, dass sie meine E-Mail nicht mehr lesen würde. Wünschte ihr Glück und Kraft und viel Freude mit ihrem Baby.

Heute rufe ich nichtsahnend wie jeden Tag meine Mails ab und sehe gleich, dass eine von Hanna dabei ist, adressiert an Susi, Tamara, Elisabeth und mich. Der Betreff lautet »Unser Schnügu«. Ich freue mich auf Babyfotos und eine schöne, glücklich strahlende Hanna und öffne die Mail mit erwartungsfroh klopfendem Herzen.

Liebe Freundinnen,

steht da,

das Undenkbare ist passiert. Unser Schnügu hat es nicht geschafft. Ihr kleines Herz hat einfach aufgehört zu schlagen, nur ein paar Stunden, bevor sie auf die Welt kam. Sie war völlig gesund. Sie wog 3100 Gramm und war 51 Zentimeter groß, hatte ein süßes kleines Näschen und einen herzförmigen roten Mund. Die neun Monate mit ihr waren die schönste Zeit meines Lebens, und sie hat uns so viel Freude gegeben. Leider können wir ihr nichts mehr zurückgeben.

Hanna, Schnügu (* 11. Mai 2008) und Marcel

PS. Mein trauriger Geburtsbericht folgt. Aber nicht für die Schwangeren unter uns – sorry, Charlotte.

Ich muss den Text dreimal lesen, bevor ich das Unfassbare begreife. Hannas Kind lebt nicht mehr. Es ist in ihrem Bauch gestorben, und sie musste es still zur Welt bringen. In der 37. Schwangerschaftswoche.

Und während sie unter Schmerzen und Tränen ihr totes Baby gebar, saß ich mit meinem dicken Bauch auf Katrins Geburtstagspicknick und vermisste Tom. Ich schäme mich auf einmal sehr. Nicht dafür, Tom zu vermissen. Sondern dafür, nicht dankbar genug zu sein für das Wunder in meinem Bauch. Warum musste Hanna das Schlimmste passieren, was man sich vorstellen kann? Warum ihr, der Fröhlichen, die uns andere in den ganzen Jahren, in denen wir uns von Zyklus zu Zyklus hangelten und es einfach nicht klappen wollte, immer Mut zusprach und nie die Hoffnung aufgab? »Wir werden alle Mütter sein«, schrieb sie einmal, »ich weiß das. Macht euch keine Sorgen. Wir sind schon Mütter. Unsere Babys sind nur noch nicht auf der Welt.« Warum Hanna?

Ich weine. Ich leide mit. Kein Mitleid ist das, was ich empfinde, sondern echtes Mitgefühl. Und ich möchte Hanna etwas schreiben. Wäre ich bei ihr, würde ich mit ihr schweigen, still mit ihr trauern, aber weil ich 400 Kilometer von ihr entfernt bin, möchte ich mich äußern und nicht einfach betreten meinen Mund halten.

Ich finde ein Gedicht von Rainer Maria Rilke, das mir ein klein wenig tröstlich erscheint, und füge es in meine Antwort-Mail ein.

> Die Blätter fallen, fallen wie von weit,
> Als welkten in den Himmeln ferne Gärten;
> Sie fallen mit verneinender Gebärde.
> Und in den Nächten fällt die schwere Erde.
> Aus allen Sternen in die Einsamkeit.
> Wir alle fallen. Diese Hand da fällt.
> Und sieh dir andre an: es ist in allen.
> Und doch ist Einer, welcher dieses Fallen
> Unendlich sanft in seinen Händen hält.

Ab heute wird sich nichts mehr so anfühlen, wie es das vorher tat.

31. WOCHE

(18. BIS 25. MAI 2008)

Montag

Eine Woche ist vergangen, und ich denke nach wie vor ständig an Hanna und ihr totes Baby. Es ist gar nicht mal in erster Linie die Angst, dass mir etwas Vergleichbares passieren könnte, die mich so quält. Es ist das tief empfundene Mitgefühl. Obwohl ich meine kleine Marlene bisher nur von Ultraschallbildern und von ihren Bewegungen in meinem Bauch kenne, liebe ich dieses Kind. Es hat mein Leben verändert, bevor es überhaupt auf der Welt ist. Ich bin jetzt schon Mutter, obwohl ich noch kein Baby im Arm habe. Und die Vorstellung, Marlene jetzt noch zu verlieren, schnürt mir die Kehle zu und treibt mir die Tränen in die Augen und über die Wangen. Jedes Mal, wenn ich an Hanna denke, passiert das. Im Büro, in der Tram, zu Hause. Morgens, mittags, abends.

»Nimm dir das doch nicht so zu Herzen«, meinte Frank, der aber selbst ganz blass wurde, als ich ihm von Hanna und dem Schnügu erzählte, »das ist nicht gut für dich! Und unser Baby spürt deine Traurigkeit doch auch.«
»Ich weiß, aber ich kann nicht anders.«
»Ja. Ich verstehe dich schon. Aber du kennst diese Hanna doch gar nicht wirklich. Ich meine, du hast sie ja nie getroffen, oder?«
»Nein. Aber wir haben fast vier Jahre Kinderwunsch zusammen durchlebt. Mit all den Tiefen. Wir haben uns beieinander ausgeheult, wenn wir wieder mal unsere Tage bekommen haben, haben miteinander mitgefiebert, wenn es noch Grund zur Hoffnung gab, haben uns mit der anderen gefreut, als es endlich geklappt hatte. So etwas verbindet sehr.«

»Ich wusste nicht, dass es so schlimm für dich war«, sagte Frank und sah mich betroffen an.

»Das war es auch nicht – nicht immer«, antwortete ich und versuchte, ihm das zu erklären. »Es gab Tage und Wochen, in denen ich sehr gelitten habe, und es gab Zeiten, in denen so viel anderes passierte, dass ich nicht so viel an ein Baby dachte. Ich war nicht die ganzen vier Jahre unglücklich, das wäre ja furchtbar. Aber ich bin schon sehr, sehr froh, dass es doch noch geklappt hat.«

»Ich auch. Und mit unserem Baby wird alles gut werden. Ganz bestimmt. Bitte mach dir nicht zu viele Sorgen.«

Ich versprach Frank das, machte mir mittelmäßig viele Sorgen und trauerte weiter mit Hanna.

Seit dem 12. Mai empfinde ich meine Schwangerschaft noch intensiver als vorher. Manchmal wundere ich mich, wie ich den Alltag weiter in gewohnter Weise und Qualität meistere, bin ich doch mit meinen Gedanken fast ständig bei Marlene. Je runder mein Bauch wird, desto besser kann ich mir vorstellen, wie sie aussehen wird. Allmählich fange ich an, Dinge für sie anzuschaffen. Ein paar Bodys in Größe 50 zum Beispiel und zwei Strampler. Wie winzig diese Kleidungsstücke sind! Söckchen. Erstlingsmützen. Eine Babydecke. Eine weiche Haarbürste, ein paar Schnuller, ein Fieberthermometer. Nur dazu, das Kinderzimmer einzurichten, kann ich mich einfach nicht durchringen. Hanna hatte das gemacht und Bilder davon geschickt. Vom weißen Babybett mit Himmel, der Wiege, der Wickelkommode, der Krabbeldecke und den Giraffen, Nashörnern und Zebras, die sie mit Schablonen an die Wand gemalt hatte. Unvorstellbar, was jetzt mit all dem geschieht. Mir würde es schon das Herz brechen, nur ein paar Bodys und Schnuller wegräumen zu müssen, wie muss es einem da erst ergehen, wenn man ein gesamtes Kinderzimmer wieder abbauen muss?

So laufe ich durch meine Tage, kümmere mich um Mr Bean, nehme an Meetings teil und versuche, mir nicht ständig vorzustellen, wie ich Marlene auf dem Arm schaukeln, baden, wickeln und stillen werde. Und wenn ich das doch tue, hänge ich in Gedanken stets ein »Wenn alles gutgeht« an meine Vorstellung. Hanna, Hanna. Wenn ich doch nur irgendwas für dich tun könnte, liebe Freundin.

Mittwoch

Heute sehe ich mir mit Becky zusammen im Cinema in der Nymphenburger Straße *Sex and the City – der Film* an. Eine Woche vor dem Kinostart und auf Englisch. Ein Freund von Becky arbeitet bei der *Abendzeitung* und hat zwei Presse-Preview-Einladungen für uns ergattert. Ich überlegte eine Weile, ob ich das Angebot nicht lieber ablehnen sollte. Es erschien mir fast pietätlos, ins Kino zu gehen und sich auch noch darauf zu freuen, nur anderthalb Wochen nach Hannas stiller Geburt. Aber Becky, der ich kurz von der traurigen Geschichte erzählt hatte, überredete mich. »Es hilft Hanna nicht, wenn du zu Hause sitzt und weinst«, sagte sie, »das Leben geht weiter. Ihres und deines. Klingt grausam, ist aber so.«

Ich hatte nicht besonders viel von diesem Film erwartet. *Sex and the City* ist schon so lange her. Ich kann mich noch an die Folge erinnern, in der Carrie 35 wurde. Als wir die damals ansahen, fand ich das alt. Es muss also ewig her sein.
Sex and the City – der Film übertrifft jedoch all meine nicht vorhandenen Erwartungen. Die Story ist gut, die Dialoge sind witzig, und ich verstehe jedes Wort – bei einem Film im Original nicht selbstverständlich, obwohl mein Englisch ziemlich gut ist. Und ich muss ständig weinen. Zuerst denke ich noch, dass das an meiner Schwangerschaft liegt oder an Hanna. Neuerdings rührt mich sogar der *Weltspiegel* zu Tränen, wenn er von einer Känguruplage in Westaustralien berichtet. Aber dann blicke ich

nach rechts und sehe, dass Beckys linke Wange feucht ist und ihre rechte vermutlich auch. Den Rest gibt mir Carrie, als ihre Off-Stimme beim Wiedersehen und der Versöhnung mit Mr Big sagt: »It's not logic. It's love.« Die Dämme brechen. Zum Glück werde ich als Schwangere auf der Toilette vorgelassen, als der Film aus ist. Um mich herum lauter verdächtig gerötete Augen, zerknüllte Taschentücher, verrutschte Mascaras. Mädels, habt ihr euch gut amüsiert im Kino? O ja. Was haben wir geheult!

Abends erzähle ich Frank vom Film.

»Was ich allerdings ein bisschen unlogisch fand, war die Szene, in der Charlotte – die hochschwangere Charlotte – beim Lunch Mr Big trifft und dann auf einmal ihre Fruchtblase platzt und die Geburt losgeht, so schnell, dass er sie gerade noch ins Krankenhaus bringen kann.«

»Wieso ist das unlogisch? Ich dachte, das ist immer so?«

»Nein. In den meisten Fällen platzt die Fruchtblase erst während der Geburt. Und selbst wenn sie es vorher tut – nur, wenn das Baby noch nicht tief im Becken ist, muss man sich sofort flach hinlegen und auf dem schnellsten Wege ins Krankenhaus fahren.«

»Echt? Warum?«

Ich erkläre Frank, dass das Baby, sofern es noch zu weit oben liegt, beim Verlust des Fruchtwassers ins Becken rutschen und die Nabelschnur »mitnehmen« kann und diese zwischen Kopf und Becken eingeklemmt wird.

»Das ist ja gruselig! Liegt denn Marlene schon tief genug im Becken?«, fragt er besorgt.

»Jetzt doch noch nicht. Ich bin gerade mal in der 31. Woche. Außerdem liegt sie eh noch mit den Füßen nach unten.«

»Ach so. Und das ist alles ganz normal?«

»Na ja, allmählich könnte sie sich schon mal in die Schädellage drehen. Aber sie hat noch Zeit, manche Babys machen das erst in der 35. Woche.«

»Und wenn sie es nicht tut?«

»Darüber mache ich mir Gedanken, wenn es so weit ist.«

»Hm … Gibst du mir mal dein Schwangerschaftsbuch? Ich glaube, ich sollte allmählich mal etwas über die Geburt nachlesen.«

Ich reiche Frank einen Stapel Ratgeber und schreibe im Geiste eine Notiz an mich selbst: Um Geburtsvorbereitungskurs kümmern! Langsam wird es spannend.

Samstag. Riva sul Garda.

»Ist das dein Ernst?«

»Mein voller Ernst.«

»Charlotte, du spinnst! Ich fahr doch nicht für zwei Tage 800 Kilometer Auto!«

»Ach komm, jetzt sei nicht langweilig. Silke und Michi sind auch unten, Steffi und Flo sowieso, und Katrin und Sebastian der Zweite auch!«

»Ja, aber die sind schon seit Donnerstag unten. Bei vier Tagen würde ich ja nichts sagen, aber 800 Kilometer …«

»Frank. Bitte. In zwei Monaten ist unser Baby da, dann ist es für lange Zeit vorbei mit den spontanen Wochenenden am Gardasee. Bitte lass uns fahren.«

Ich musste noch ein bisschen an Frank hinreden, aber die Aussicht auf ein Wochenende mit Freunden und nicht zuletzt auf Bergkäseessen im La Grotta brachte ihn schließlich dazu, einzuwilligen.

»Also gut. Obwohl ich immer noch nicht verstehe, warum du dir das unbedingt antun willst. In München soll das Wetter eh viel schöner werden.«

»Ich muss hier einfach noch mal raus …«

Warum ich unbedingt weg wollte, wenn auch nur für ein kurzes Wochenende, erklärte ich ihm nicht. Ich brauchte Ablenkung davon, ständig an Hannas Baby zu denken. Und Ablenkung davon, an Tom zu denken – von dem ich jetzt schon drei Wochen lang nichts gehört hatte.

Ich hatte ja keine Ahnung, wie unangenehm das sein kann, wenn man jeden Tag auf eine Nachricht von einem Mann wartet. Klar kannte ich die Geschichten vom Warten am Telefon. Früher konnten Frauen tagelang das Haus nicht verlassen, weil er ja anrufen könnte. Heute erkennt man die wartenden Wesen daran, dass sie alle drei Minuten auf ihr Handy blicken und, auf diese hohe Frequenz angesprochen, Dinge sagen wie »Ach, ich hab bloß keine Armbanduhr an«. Ich kannte dieses Phänomen aus Büchern und von meinen Freundinnen, aber nicht aus meinem eigenen Leben. In einer Beziehung wartet man grundsätzlich nicht auf das Sichmelden des anderen, und in der Zeit vor Frank hatte ich zwar durchaus meine Probleme mit den Männern, jedoch nie damit, dass sie sich nicht meldeten. Im Gegenteil, meistens meldeten sie sich zu häufig und gingen mir damit irgendwann auf den Geist.

»Tja … He's just not that into you!«, war deswegen meine brutale Antwort, wenn Katrin, Miriam oder Becky mal wieder rätselten, ob dem Angebeteten vielleicht sein Handy beim Hundeschlittenfahren unter die Kufen geraten war.

Heute schäme ich mich für meine Holzhammerart. Und ich leide.

Ich leide, weil Tom mein Freundschaft-durch-Nähe-Projekt sabotiert, indem er einfach abtaucht. Ich leide, weil ich keine SMS mehr von ihm bekomme. Und im Web-2.0-Zeitalter muss man ja an so vielen Fronten leiden. Mein Skype bleibt stumm, egal, wann ich online gehe. Am schlimmsten ist es, wenn wir beide gleichzeitig online sind und trotzdem kein Chatfenster aufpoppt. »Nachrichten in diesem Chat sind älter als 99 Tage«, informiert mich der Dienst jeden Tag über meine Qual. Ja, ich weiß. Verdammt. Dann gibt es da noch Facebook, Twitter, Flickr und Last.fm. Wenn Tom Fotos von Bike- und Wanderwochenenden einstellt, werde ich rasend vor Eifersucht. Mit klopfendem Herzen muss ich jedes Bild ansehen. Manchmal ist Anita auf den Fotos zu sehen. Es gibt zwar keinen Hinweis darauf, dass sie sich erfolgreich an Tom rangeworfen hat, aber allein die Tatsache, dass die beiden mit Markus und Sandra in der Schweiz beim Mountainbiken waren, hätte mich beinahe dazu gebracht, Tom als Freund auf Facebook zu entfernen. Dann allerdings wüsste ich gar nicht mehr, was er so macht, und das würde mir noch mehr zusetzen. Social Web ist eine gemeine Angelegenheit für Menschen, die unglücklich verliebt sind.

Seit Wochen verfolge ich also Toms Leben übers Internet und wünsche mir jeden Tag, er würde mich wieder an seinem Leben teilhaben lassen. Manchmal kann ich sogar sehen, welche Musik er gerade hört. Oft ist »Home« von den Foo Fighters dabei.

> Wish I were with you
> But I couldn't stay
> Every direction
> Leads me away ...

Und dann frage ich mich: Hört er dieses Lied und denkt dabei an mich? An unsere Abende, unsere Gespräche, unsere Vertrautheit? Denkt er an meine Stimme, mein Gesicht, den Geruch meiner Haare, an meine Lippen, meine Hände und das Stück Haut zwischen Hosenbund und Pulli? An mein Schlüsselbein, das er küsste, daran, wie er später alleine in seinem Bett lag und in den Laken meinen Geruch erschnupperte? Ist er dann traurig, sehnsüchtig, kurz davor, mich anzurufen? Und legt dann mit einem Seufzer das Handy wieder aus der Hand und geht eine rauchen? Oder ist es anders: Kann er das Lied schon wieder hören, einfach, weil er es schön findet? Ist die Verbindung dieses Liedes mit mir schon verblasst, sind Melodie und Text wieder neutral zu ertragen? Geht das überhaupt? Bei mir nicht. Wenn ich ein Lied einmal mit einem Menschen verbinde, bleibt das für immer so – selbst wenn ich es täglich höre. Die Information ist so tief in mir gespeichert, dass sie nicht löschbar ist. Aber vielleicht ist das ja bei Tom anders. Vielleicht ist er auch längst über unsere kleine Geschichte, die nicht mal eine richtige Affäre war, hinweg, vielleicht meldet er sich deswegen nicht bei mir?

Ich weiß es nicht. Aber ich brauche eine Auszeit vom Grübeln. Und da kommt der Gardasee gerade recht.

32. WOCHE
(25. MAI BIS 1. JUNI 2008)

Lieber Tom!

Manchmal frage ich mich, ob die Schöpfung (oder Evolution, was aufs Gleiche rauskommt) vielleicht an einem kritischen Punkt angelangt ist. Nicht seit heute, aber erst seit ein paar tausend Jahren. Ob nicht die Menschen immer intelligenter werden und immer sensibler, so dass bei vielen die Instinkte nicht mehr wirklich funktionieren, weil sie hinterfragt werden.

Lebensfreude hat etwas mit Überlebenswillen zu tun, im Prinzip hängt das doch alles zusammen. Wozu Liebe, Verlieben, Sex? Zur Arterhaltung, wenn man es nüchtern betrachtet. Instinkt, damit es immer weitergeht – aber warum, das kann einem keiner sagen. Und wenn man erst mal anfängt, darüber nachzudenken, drehen sich die Gedanken im Kreis.

Ist nicht vieles einfach nur Ablenkung von diesen quälenden Gedanken an das Warum? Arbeit, Aktivitäten, Kultur, Unternehmungen, Freunde treffen, lesen, Musik – natürlich ist das alles per se lebenswert und sinnvoll, aber wenn man anfängt, darüber nachzudenken, ob all das einen nicht nur vom Un-Sinn des Lebens ablenken soll, verliert man schnell das Gefühl, das mit diesen Dingen einhergehen muss, damit sie Sinn bekommen.

Manchmal glaube ich echt, dass das, was gerade mit mir passiert, der Preis ist und die Kehrseite für meine anderen, positiven Seiten. Zum Beispiel für meine Fähigkeit, sehr intensiv zu empfinden.

Wenn ich zum Beispiel Dich und mich, uns, nehme: Ich habe die Zeit mit Dir so stark empfunden, dass es ein fast schmerzhaftes Glück war. Jede einzelne Berührung, jeder Blick, jedes Wort, jeder Kuss. Ich weiß nicht, ob das alles für mich intensiver war als für andere Menschen, ist auch egal, für mich jedenfalls war es unbeschreiblich. Und obwohl ich die ganze Zeit wusste, dass ich Dich und unsere gemeinsame Zeit bitterlich vermissen würde, hat mich das nicht davon abgehalten, mich komplett in dieses Gefühl reinzuwerfen.

Was will ich Dir damit sagen? Das fragst Du Dich sicher längst. Vielleicht will ich Dir sagen, dass Du für mich mehr bist als eine hormonelle Verirrung. Am Anfang dachte ich ja noch, dass Deine Anziehung auf mich damit zusammenhängt, dass ich mir auf einmal mit Frank nicht mehr so sicher war. Weißt Du noch, wie ich Dir von meinen Zweifeln erzählte, davon, dass es mir Angst macht, nie wieder einen anderen zu küssen als Frank, durch unser Kind für immer an ihn gebunden zu sein, nie wieder einen verzaubernden, magischen Anfang einer Liebe zu erleben? Kurze Zeit später (oder vielleicht schon viel eher) verliebte ich mich in Dich. Es muss Dir so vorgekommen sein, als würde ich Dich für eine kurze, letzte Flucht aus meiner Beziehung mit Frank benutzen, als seist Du der Komparse in meinem persönlichen Torschlusspanikfilm. Aber – endlich kann ich diesen Satz mal aufschreiben – es ist nicht so, wie es aussieht!

Meine Gefühle für Dich haben nichts mit Frank zu tun, das habe ich inzwischen herausgefunden. Er und ich verstehen uns wieder sehr gut, und wir freuen uns gemeinsam auf unser Baby. Ja, und auf unser Leben zu dritt, als Familie. Wir haben auch Respekt vor der großen Aufgabe, aber ich bin mir sicher, dass unsere Beziehung sie überstehen und an ihr reifen wird.

Wenn ich so glücklich bin mit Frank, fragst Du Dich jetzt vielleicht, warum schreibe ich Dir dann lange Mails und jammere Dir vor, wie sehr ich Dich vermisse? Wobei ich das ja noch gar nicht getan habe. Hätte ich aber noch.

Die Antwort ist: Ich weiß es nicht. Ich dachte immer, dass man nur einen Menschen lieben kann. Und wenn man schon einen zweiten zu lieben beginnt, dachte ich, dann bestünde das größte Problem darin, sich für einen von beiden entscheiden zu müssen. Ja, das war schwierig. Denn wie sollte ich vergleichen,

Euch vergleichen? Wie kann man zwei Menschen miteinander vergleichen? Ich kann keine Listen mit Pros und Contras zu Menschen anlegen, die ich liebe. Ich würde am liebsten nicht einmal eine Rangliste aufstellen, wenn ich nicht dazu gezwungen wäre.

Aber noch viel schwieriger als die Zeit der Entscheidung ist die Zeit danach. Jetzt. Vielleicht sollte ich mehr nach vorne schauen und weniger zurückblicken. Aber ich will und kann die Vergangenheit, die noch so frisch ist, nicht loslassen. Ich will die Zeit mit Dir weder missen noch vergessen.

Aber warum war ich glücklich, als wir noch »normale« Freunde waren? Das ist alles so unlogisch, Tom. Ich verstehe die Welt nicht mehr. Warum laufe ich seit unserem Abschied im Für Freunde mit einem Loch in meinem Herzen herum? Ich kenne Dich doch schon so lange. Fast dreißig Jahre! Wie können ein paar Wochen, ein paar Abende und Nächte, tausend Kurzmitteilungen, Küsse und Berührungen alles verändern? Warum habe ich manchmal das Gefühl, einen Fehler gemacht zu haben? Wo bleibt die Erleichterung und die Gewissheit, dieses satte, zufriedene Gefühl, das Richtige getan zu haben? Es wird Zeit, dass jemand die ctrl+z-Funktion für das Leben erfindet.

Bitte antworte mir und sag mir, was wir jetzt machen.
Deine Charlie

PS. Ich habe noch ein paar Zeilen für Dich aufgeschrieben. Eine Art Gedicht. Ich hoffe, es gefällt Dir.

Wie kann das sein
dass du überall bist
wo ich vorher schon war
als ich dich noch nicht kannte?
Du spiegelst dich
im Autolack

auf der nassen Straße
und im Wasser des Kanals.
Wie kann das sein
dass du überall bist
wo ich vorher schon hinsah
als ich dein Gesicht noch nicht kannte?
Du schaffst es sogar
auf die Innenseiten meiner Augenlider
wenn ich sie schließe
und nicht mal spiegelverkehrt.

33. WOCHE
(1. BIS 8. JUNI 2008)

Von Tom kam bisher keine Antwort auf meine Mail bis auf eine Art Empfangsbestätigung per SMS:

> Danke für die E-Mail. Ich melde mich dazu. Jack

Diese Kurznachricht hätte mich in tiefe Verzweiflung gestürzt, hätte da nicht Jack statt Tom gestanden. Jack, so hatte Tom sich in einer SMS, die er mir vom Skifahren schickte, das erste Mal genannt:

> Hier ist es großartig. Es schneit die ganze Zeit, wenn es so weitergeht, kommen wir gar nicht mehr runter von der Hütte. Wish you were with me. Dann könnte es bis in alle Ewigkeit schneien. Kisses, Jack

> Oh. Wie schön. Jack?

> Denk mal nach. Ich schicke dir eine Eisblume, schöne Rose. J.

Jack und Rose, das Liebespaar aus *Titanic*. Ich war sehr überrascht, als Tom mir an einem Abend in der Neva Bar gestand, den Film drei Mal gesehen zu haben. »Wirklich? Du mochtest *Titanic*? Ist ja nicht zu fassen. Einer meiner Lieblingsfilme, und das, wo ich doch amerikanische Blockbuster verabscheue und eigentlich nur europäische Independent-Filme mag …«
»Ja, doch, *Titanic* hat mich tief beeindruckt. Ist doch eine der schönsten Liebesgeschichten seit *Romeo und Julia*.«

»Ich habe ihn übrigens vier Mal gesehen.«

»Dann müssen wir ihn noch einmal zusammen auf DVD anschauen. Ich halte dir während des ganzen Films die Augen zu und wir ziehen wieder gleich.«

Leider war es dazu nie gekommen.

Dienstag

Auf einmal werden meine Sorgen und Sehnsüchte rund um Tom ganz klein. Denn heute Morgen werde ich brutal aus meiner problemlosen Bilderbuchschwangerschaftswelt gerissen. Ein Routinetermin bei meiner Frauenärztin, auf den ich mich sehr gefreut hatte, denn seit dem letzten Mal darf ich vor der Untersuchung eine halbe Stunde ans CTG, den Cardiotokographen. Andere Schwangere haben mir immer erzählt, dass diese Messung der kindlichen Herztöne langweilig sei, aber ich genieße es sehr, im ruhigen, kühlen Zimmer auf der Seite zu liegen, dem galoppierenden Puls meines Babys zu lauschen und dabei die *BUNTE* zu lesen. Auch heute ist das wieder schön und entspannt, und die Herztöne sehen super aus, immer zwischen 120 und 140 Schlägen pro Minute. Wehen zeigen sich auch noch keine. Ich bin sehr zufrieden.

Bei der Ultraschalluntersuchung macht meine Ärztin ein ernstes Gesicht.

»Stimmt was nicht? Wird's doch ein Junge?«, sage ich und hoffe, dass sie auf meinen Scherz eingeht und mir die Angst nimmt.

»Nein, nein …«, sagt sie und schaut weiter konzentriert auf ihren Bildschirm, während sie mit dem Schallkopf auf meinem eingegelten Bauch herumfährt.

»Ich vermesse Ihr Baby gerade noch einmal. Für meinen Geschmack ist es ein bisschen zu klein«, sagt sie dann.

»Und was bedeutet das?«, piepse ich und merke, wie mir kalter Schweiß ausbricht. Das Wörtchen »zu« macht mir solche Angst. Klein wäre nicht schlimm, aber »zu« bedeutet, dass etwas nicht stimmt, nicht der Norm entspricht.

»Quicklebendig ist die Kleine ja«, fährt Frau Dr. fort und zieht die Mundwinkel nach oben, denn sie hat gesehen, dass ich blass geworden bin, »gar nicht so einfach, da Kopf und Bauch zu vermessen!«

Als sie endlich fertig ist, schätzt der Computer das Gewicht meines Babys auf 1400 Gramm.

»Das ist schon ein bisschen wenig für die 33. Woche«, sagt sie.

»Und woran kann das liegen? Ich habe selbstverständlich weder geraucht noch Alkohol getrunken! Zumindest nicht, seit ich weiß, dass ich schwanger bin!«

»Davon bin ich bei Ihnen auch ausgegangen, Frau Frost. Ich muss dazu sagen, dass dieses Gewicht nur eine Schätzung ist, die auf den Körpermaßen des Babys beruht. Und ein richtiger Brummer war Ihre Kleine noch nie. Trotzdem würde ich Ihnen raten, noch einmal in die Maistraße zu gehen und dort einen Doppler machen zu lassen. Einfach nur, um sicherzugehen, dass die Kleine noch richtig versorgt wird.«

»Okay. Das mache ich. Wann soll ich hingehen?«

»Ich rufe gleich selbst dort an und vereinbare einen Termin, sonst lassen die Sie zwei Wochen warten, und das wäre mir dann doch etwas zu unsicher«, sagt meine Ärztin und greift zum Telefonhörer.

Mein Kopf summt laut, als ich die Praxis verlasse. Wie in Trance sperre ich mein Fahrrad auf und schiebe es ein Stück. Noch heute habe ich den Termin in der Uniklinik.

Dass mein Bauch nicht riesig ist und dass die Leute weit ihre Augen aufreißen, wenn ich auf die Frage »Wann ist's denn so weit« mit »In sieben Wochen« antworte, hat mich bisher nicht beunruhigt. Im Gegenteil, ich fand es sehr angenehm, nicht zum bewegungsunfähigen Wal mutiert zu sein, und war stolz darauf, jeden Tag einige Kilometer mit dem Rad unterwegs zu sein.

Die Angst lähmt mich so, dass ich niemanden anrufe. Weder Frank noch meine Mutter. Und auch nicht Katrin oder Tom. Ich schicke nur eine schnelle SMS an Miriam und schreibe ihr, dass es mir nicht gutgeht und ich heute nicht mehr ins Büro komme. Dann radle ich langsam nach Hause und lege mich dort ins kühle Schlafzimmer. Auf dem Rücken kann ich schon länger nicht mehr liegen, weil mir binnen weniger Minuten schlecht und schwindlig wird. Das Gewicht des Babys drückt auf die Vena Cava, und das Gehirn bekommt zu wenig Blut.

Ich streichle meinen Bauch, den ich so liebe und der noch keinen einzigen hässlichen Streifen hat, was hoffentlich auch so bleibt. »Marlene«, sage ich leise, »hörst du mich? Geht's dir gut, kleine Maus? Wirst du ordentlich versorgt?«

Als Antwort bekomme ich einen heftigen Tritt in meine Handfläche.

34. WOCHE
(8. BIS 15. JUNI 2008)

Marlene geht es gut. Grenzenlos waren meine Erleichterung und mein Glück, als ich die Uniklinik wieder verließ und immer wieder den Bericht des Professors an meine Ärztin durchlas. 1600 Gramm hatte er berechnet, immerhin 200 mehr als sie. »Na ja, a Riesin wird's ned«, hatte er gesagt und dabei gelächelt, »aber die Versorgung ist nach wie vor bestens, machen Sie sich keine Sorgen. Ihrer Kleinen geht's super!«
Sehr zartes Kind, so lautet die Diagnose auf dem Patientenblatt. Der Rest sei unauffällig. Und unauffällig ist in der Mediziner-sprache ja immer gut.
Als ich Frank anrief und ihm von meinem aufregenden Tag er-zählte, meinte er: »Warum hast du mich denn nicht früher an-gerufen? Ich wäre natürlich mitgekommen in die Uniklinik. Und ich hätte dich beruhigen können. Ihre Zartheit hat unsere Marlene von mir. Ich habe bei meiner Geburt gerade mal 3000 Gramm gewogen.«
»Na, dann bin ich ja beruhigt.«

Zeit, durchzuatmen und sich wieder den unangenehmen Din-gen des Lebens zu widmen. Zum Beispiel: im Googlemail-Account nachsehen, ob Tom vielleicht geantwortet hat.

Liebe Charlie,

danke für Deine E-Mail. Ich würde lügen, wenn ich sagen würde, dass ich mich nicht sehr darüber gefreut hätte. Und ich weiß auch, dass Du gerne von mir hören würdest, dass ich Dich jeden Tag vermisse, mich nach Dir sehne, an unsere wunder-

schöne Zeit zusammen denke und sie mir zurückwünsche. Ich könnte Dir das alles täglich sagen und schreiben, und ich müsste nicht lügen. Aber ich tue es nicht.

Warum nicht? Weil es uns nicht weiterbringt. Vielleicht war es ein Fehler, diese Geschichte zu beginnen. (Ich weiß, mein Herz, jetzt rümpfst Du die Nase, weil Du keine »Geschichte« sein möchtest und Dir das zu billig klingt, aber Du weißt schon, wie ich es meine.) Nicht, weil es nicht wunderschön war. Es waren die außergewöhnlichsten, zauberhaftesten und glücklichsten Wochen meines Lebens. Nebenbei bemerkt auch die erotischsten, sinnlichsten, leidenschaftlichsten. Aber das Ganze hat so viel mörderisches Potential in sich. Ich möchte nicht, dass Deine kleine, werdende Familie zerstört wird. Davor habe ich einfach tierische Angst. Und davor, ewig darunter zu leiden, dass ich Dich nicht haben kann. Denn das war mir – im Gegensatz zu Dir – von Anfang an sehr klar. Natürlich habe ich immer wieder gehofft, sonst wäre ich nicht so egoistisch gewesen und hätte Deine Verzweiflung, als Du vom Verlust von Marlenes Zwilling erfahren hast, nicht ausgenutzt. Ich schäme mich im Nachhinein dafür. Nicht dafür, mit Dir im Bett gewesen zu sein, versteh mich nicht falsch. Sondern für die Umstände, die das ermöglicht haben.

Wir müssen es irgendwie hinbekommen, normal miteinander umzugehen, Charlie. Es muss möglich sein, dass ich mich – genau wie früher auch – mal ein paar Wochen nicht bei Dir melde, ohne dass Du sauer oder traurig bist. Wenn wir uns treffen, darf maximal ein kleines Knistern übrig sein, das uns zum Lächeln bringt, das uns an diese schöne Zeit erinnert, das aber Vergangenheit ist. Solange wir uns umarmen und uns dabei fragen, ob der andere nicht vielleicht doch noch mehr will, ist das ein Krampf und keine Freundschaft.

Du magst mich für kaltherzig und berechnend halten, und ich bin Dir deswegen nicht böse. Aber ich muss nach vorne schauen, versteh mich bitte. Ich kann mich nicht ein Leben lang nach Dir verzehren. Ich möchte mich wieder verlieben, eine Frau finden, mit der ich glücklich sein und eine Familie gründen kann. Und wenn ich immer nur zurückschaue und diese zerstörerische Traurigkeit zulasse, dann werde ich das nicht schaffen.

Sei stark, Charlie. In ein paar Wochen wird sich Dein Leben sowieso um 180 Grad drehen, nichts wird mehr sein wie vorher, und wenn alles gut läuft, wirst Du Deiner Tochter später mal erzählen können, dass ich ein besonders alter und guter Freund von Dir bin. Dabei wirst Du lächeln, wissend, mit ein bisschen Wehmut, aber nicht traurig.

Und Du hast recht: Du warst vorher glücklich. Bevor wir mehr als Freunde wurden. Also ist es auch möglich, wieder glücklich zu sein. Glaub daran! Ich tue es.

Dein Tom

Ist ja schön, dass du fest daran glaubst, bald wieder glücklich zu sein, Tom. Wunderbar. Freut mich, dass dir das alles so leicht fällt!

Ich spüre eine brennende Wut im Bauch. Toms väterlicher, abgeklärter Tonfall schmeckt mir überhaupt nicht. Was bildet er sich ein? Ich will nicht, dass es ihm leichtfällt, mich abzuhaken. Ich will nicht, dass er drübersteht. Ich will nicht, dass er es schafft, loszulassen, dass er nach vorne schaut und guter Dinge ist. Es ist egoistisch von mir, aber ich fühle mich abgewertet von Tom. Ungeliebt. Charlotte? Charlie? Sollte nicht sein, konnte nicht sein, Haken drunter, fertig. Auf zur nächsten Frau. Einer Frau, die frei ist, nicht schwanger und nicht unerreichbar.

Wenn ich mich jetzt einfach nie wieder bei Tom melde, wie lange wird es dauern, bis er es merkt? Wird es ihm weh tun, seine Sehnsucht verstärken? Ja, das ist kindisch. Aber vielleicht würde es mir auch ganz gut tun, den Kontakt vorerst abzubrechen.

Gar nicht so einfach in Zeiten des sozialen Internets. Tom und ich sind auf so vielen Kanälen miteinander verknüpft. Facebook, Flickr, Twitter, Skype, Last.fm und so weiter. Ich nehme mein MacBook, gehe online und beginne damit, Tom aus meinem virtuellen Leben zu eliminieren. Auf Flickr reduziere ich unseren Status von »Freund« auf »Kontakt«. Das ist noch relativ einfach. Ein Klick und fertig. Er wird's nicht mal merken, dass er in Zukunft nicht mehr alle meine Bilder ansehen darf. Auch bei Twitter ist es einfach, denn Tom nutzte den Dienst sowieso selten. Er wird mir dort nicht fehlen und mein Fehlen kaum registrieren. Facebook ist schon schwieriger. »Wollen Sie Tom Zauner wirklich als Freund entfernen?« Ja. Tom hat dort über 200 Kontakte. Ich jetzt nur noch 151. Wie lange wird es dauern, bis er merkt, dass er keine Updates mehr von mir erhält? Und dann Skype. Ich könnte natürlich auch einfach nicht mehr dort online gehen. Aber es verschafft mir eine seltsame Befriedigung, seinen Namen aus meiner Kontaktliste zu löschen.

Das gute Gefühl hält an. Ein paar Minuten zumindest. Dann fühle ich mich schon wieder einsam. In Zukunft werde ich nicht mehr sehen können, ob Tom online ist, welche Musik er gerade hört, werde seine Fotos von Wochenenden und Geschäftsreisen nicht mehr ansehen können. Ich werde nicht mehr mitbekommen, was er macht. Aber das ist auch gut so. Wenn ich ihn schon nicht vergessen kann, dann will ich ihm wenigstens nicht täglich im Internet über den Weg laufen.

Ciao, Tom, bye-bye, Jack. Komm nicht zurück!

35. WOCHE
(15. BIS 22. JUNI 2008)

Mittwoch

Heute war ich zum ersten Mal im Geburtsvorbereitungskurs. Okay, ich bin ein bisschen spät dran. Aber da ich nicht davon ausgehe, dass mein Baby zu früh kommt, geht es sich noch genau aus. In der 38. Woche ist der letzte Kurstermin.

Ich hatte mir extra eine Hebammenpraxis ausgesucht, die nicht an ein Geburtshaus angeschlossen ist. Ich wollte nicht zu einer Hausgeburt überredet werden, ich wollte kein Schwangeren-Yoga und kein Erstgebärenden-Pilates machen und keine Alnatura-Mütter in luftigen Leinenkleidern und Allzwecksandalen kennenlernen. Deswegen befindet sich »meine« Hebammenpraxis mitten in Schwabing und direkt neben einem San Francisco Coffee Shop statt einem Naturkostladen. Die Räume sind bonbonfarben getüncht, das Logo zeigt einen stilisierten, stylischen Kinderwagen, und zu trinken gibt es neben dem üblichen Schwangerschaftstee auch eisgekühlte Coke Zero und sogar echten Kaffee.

Und auch der Geburtsvorbereitungskurs widersprach meinen schlimmen Befürchtungen. Andererseits war ich fast ein wenig enttäuscht – ich hatte mich schon darauf gefreut, Miriam und Katrin vom Gruppenhecheln und kollektiven Schamlippenzwinkern zu berichten. Nichts dergleichen fand statt. Wir bekamen praktische und interessante Informationen über Schwangerschaft und Geburt, es wurde weder gesungen noch irgendwie besonders geatmet.

»Hat noch jemand Fragen?«, wollte Gabi, die Chef-Hebamme, kurz vor Ende der Stunde wissen. Ich meldete mich.

»Ich bin jetzt in der 35. Woche«, erzählte ich und erntete erstaunte Blicke der anderen, die ihre Kinder im September oder Oktober erwarteten und zum Teil runder waren als ich. »Ja, ich weiß, mein Bauch ist klein, aber es ist alles okay mit meinem Baby, wird halt ein eher zierliches Mädel«, fuhr ich routiniert fort. »Was ich fragen wollte – meine Kleine liegt immer noch in Beckenendlage. Gibt's irgendeinen Trick, mit dem ich sie dazu bewegen kann, sich doch noch zu drehen? Ich möchte eigentlich keinen Kaiserschnitt.«

»O ja, da kann man einiges machen«, sagte Gabi, »mach gleich nachher einen Termin bei mir aus, dann tun wir etwas, damit deine Kleine die richtige Lage findet. Was du jetzt schon zu Hause tun kannst, erkläre ich dir gerne im Anschluss …«

Auf dem Heimweg radelte ich bei Kaufhof vorbei und erwarb einen neuen Wecker, der klingeln kann, statt nur zu piepen oder Musik zu machen. Und eine starke Halogentaschenlampe.

Samstag

Silke und Michi, die Roths, die seit über einem halben Jahr standesamtlich vermählt sind, heirateten gestern kirchlich. Ich hatte mich sehr auf die Feier gefreut und mir extra bei »Paulina« ein schwarz-weißes Umstandskleid gekauft, in dem ich nicht nur schwanger und sexy aussah, sondern mich sogar so fühlte. Um dicke Knöchel, die die Erotik etwas gemindert hätten, zu vermeiden, war ich vormittags zur Hebammenpraxis geradelt und hatte mich zwanzig Minuten lang nadeln lassen, gegen Wasser in den Beinen, Füßen und Händen. Zusätzlich hatte ich mir noch kühlendes Fußspray und abschwellendes Fußgel besorgt. Gut ausgerüstet fuhr ich also mit Frank nach Glonn im Südosten von München, wo die kirchliche Trauung stattfand.

Diesmal genoss ich den Tag, ohne ihn genießen zu wollen, tappte also nicht in die Perfekter-Tag-Falle. Sie schnappte trotzdem zu. Gleich drei Mal. Das erste Mal, als ich meinen Blick in der barocken Kirche umherschweifen ließ und er schmerzhaft an Tom hängen blieb wie eine Fingerkuppe an einem herausstehenden Holzspreißel. Mit Tom hatte ich nicht gerechnet, und sein Anblick traf mich völlig unvorbereitet. Zum Glück sah ich ihn von hinten, denn er saß zwei Reihen schräg vor uns im Kirchenschiff. Ich rang noch um Fassung, als mich die zweite Erkenntnis in Form eines blonden Haarschopfs traf. Tom war nicht alleine auf der Hochzeit von Silke und Michi. Der Hochzeitsmarsch erklang von der Orgel über uns. Alle erhoben sich. Taaa-ta-ta-taaa, taaa-ta-ta-taaa. Braut und Bräutigam schritten lächelnd durch den Gang, und ich lächelte tapfer zurück. Als sie an Tom vorbeikamen, traf mich der dritte Schlag. Seine Begleitung war Anita.

Sonntag

Ich weiß nicht, ob Tom und Anita ein Paar sind oder ob sie ihn nur auf die Hochzeit begleitete. So etwas soll ja vorkommen. Katrin hat sogar mal ihren Ex, mit dem sie nicht mal vorgibt, gut befreundet zu sein, auf eine Hochzeit mitgenommen. »Alles ist besser, als ohne Partner auf so ein Event zu gehen, da fühlst du dich sonst wie ein Vegetarier im Schlachthof!«, sagte sie damals.

Natürlich hätte ich Tom fragen können, ob er mit Anita nur auf Hochzeiten geht oder auch ins Bett. Und natürlich hätte ich die beiden auf der Feier etwas genauer beobachten können, um das herauszufinden. Das dachte ich auch. Doch es war nicht auszumachen, ob die beiden ein Paar waren oder nicht. Ich behielt sie den ganzen Abend im Auge, so gut das ging, ohne aufzufallen. Kuss sah ich keinen. Aber vielleicht hielt sich Tom auch nur zurück, weil er befürchtete, dass ich sonst vor lauter Schreck eine Frühgeburt erleide. Zuzutrauen wäre ihm das. Andere gemeinsame Freunde konnte ich auch nicht nach Toms aktuellem Beziehungsstatus fragen. Alle wissen, dass er mein ältester und engster Freund ist. Unter normalen Umständen wäre ich also die Erste gewesen, die von einer neuen Tomfreundin erfahren hätte. Aber es herrschen eben andere Umstände.

Nachdem die quälende Hochzeit vorbei und meine Knöchel nachts um zwei endlich dick genug waren, um Frank zur Heimfahrt zu bewegen, folgte heute Teil zwei der emotionalen Folter: Fotos gucken. Angespannt klickte ich mich durch das gesamte Flickr-Album mit 189 Bildern, sah mich selbst ein paar Mal in meinem sexy Kleid, fand mich gar nicht mehr so sexy, wie ich mich gefühlt hatte, hielt jedes Mal, wenn ein neues Bild lud, die Luft an und bereitete mich auf ein Kussfoto von Tom und Anita vor. Ein solches blieb allerdings aus. Zum Glück. Zum Glück? Vielleicht wäre es eine Lösung gewesen. Eine schmerzhafte, aber zumindest wirkungsvolle. Tom mit neuer Freundin, das hätte mich zumindest davon abgehalten, ihm ab und zu noch sehnsüchtige Mails zu schreiben oder über iTunes Songs zu schenken, die selbstverständlich immer etwas zu bedeuten hatten. Neulich etwa schickte ich ihm Zarah Leanders »Ich weiß, es wird einmal ein Wunder gescheh'n«. Und bereute es fünf Minuten später bitterlich. Zum Glück hat er den Gutschein für das Lied laut Einkaufsstatistik nie eingelöst.

Als ich das letzte Bild im Album von Silke und Michi erreicht hatte, atmete ich also tief auf. Und klickte zum Spaß auf den Tag »Silkes und Michis Hochzeit«. See all public content tagged with »silkesundmichishochzeit«? Ach ja, warum nicht! Klick. Oh. Es gibt ein zweites Album von gestern. Ein anderer Gast der Hochzeit, »Rasender Roland« nennt er sich, hat ebenfalls Fotos hochgeladen. Seine Fotos sind fantastisch. Gute Motive, wenig Tiefenschärfe, mit einer Spiegelreflexkamera aufgenommen. Ich bin begeistert. Mal was anderes als die üblichen

Hochzeitsknipsereien! Bei Bild zwölf findet mein Angetansein jedoch ein jähes Ende. Bild zwölf heißt »Junges Glück« und zeigt nicht das verliebte Brautpaar, sondern Tom und Anita in einem von mir unbeobachteten Moment. Tom hat Anitas Kopf in seine Armbeuge geklemmt, beugt sich ein wenig zu ihr hinunter, so dass sie ihren Kopf in den Nacken legen muss, und küsst sie. Ich sehe gleich, was das für ein Kuss ist. Ein stürmischer und für die Geküsste überraschender, ein leidenschaftlicher Knutscher mit Schwung und Zunge. So leidenschaftlich, dass man auf dem Foto die Bewegungsunschärfe erkennen kann. Mir wird schlecht. Hastig und mit einer riesigen Wut im Bauch klicke ich die anderen Fotos durch. Ich finde kein zweites Kussfoto mehr, das Tom und Anita zeigt. Aber das spielt keine Rolle. Das eine genügt mir vollkommen.

Mein Gott, wie gerne würde ich jetzt eine rauchen. Oder mich betrinken. Ich werde noch wütender auf Tom. Warum betrügt er mich während meiner Schwangerschaft, in der Zigaretten und Alkohol für mich tabu sind? Das ist nicht fair. Ich habe keine Chance, meine Gefühle in irgendeiner Art zu betäuben. Und in mich hineinfressen darf ich sie auch nicht, denn in mir drin ist Marlene, mein Baby, und wer weiß, ob sie nicht Schaden nimmt von so viel Zorn und Eifersucht.

»Ich gehe noch eine Runde um den Block«, sage ich zu Frank, der gerade sein Nachmittagsschläfchen unter dem Sonnenschirm auf dem Balkon hält. Zum Glück fragt er nicht, warum oder ob er mitkommen soll, sondern hebt nur im Halbschlaf eine Augenbraue. Ich glaube, er hat mich gar nicht richtig gehört. Auch egal. Umso besser.

So wie ich bin, in einem alten, ausgeleierten Leinenrock aus der H&M-Sommerkollektion 2001, der unter meinen Bauch passt, und einem Tanktop in Größe XL, schlüpfe ich in Flip-Flops, schnappe mir nur meinen Schlüssel und verlasse die Wohnung. Ich biege in die Wörthstraße ein und gehe bis zum Johannisplatz, dann weiter bis zum Wiener Platz. Es ist ein schöner Sommertag, und in Haidhausen ist der Himmel los. Eisessende Pärchen turteln mir entgegen, Mütter schieben ihre nacktwadigen Babys spazieren, Kinder fahren silberne Tretroller, und Senioren gehen ohne was zum Überziehen auf die Straße. Und alle gucken sie auf meinen süßen, prallen Bauch, wandern dann mit ihrem Blick höher – die Männer natürlich nicht, ohne kurz an meinem schwangeren Busen hängen zu bleiben – und bedenken mein Gesicht mit einem wohlwollenden Lächeln. Dieses Lächeln sieht immer gleich aus, egal, wer es lächelt. Es gibt eine Art von Lächeln, die ausschließlich für sichtbar Schwangere reserviert ist. Ich genieße die fremde Zuwendung, aber in meinem Inneren brodelt es immer noch. Zum Glück ist Sonnenbrillenwetter. Deswegen genügt es, wenn ich als Antwort die Mundwinkel nach oben ziehe, wenn mich jemand anlächelt. Keiner kann meine traurigen Augen sehen.

Ich gehe am Hofbräubiergarten vorbei, gelange in die Maximiliansanlagen hoch über der Isar und laufe flussabwärts Richtung Friedensengel. Hier im kühlen Schatten der Bäume sind seltsamerweise weniger Menschen unterwegs als in den glühenden Straßen Haidhausens. Ich kann meine Gesichtsmuskeln entspannen und die Tränen laufen lassen. Warum tut Tom so etwas? Und warum ausgerechnet mit Anita? Wie lange geht das schon? Ist er verliebt? Liebt er sie? Mehr als mich? Hat er sie mit mir betrogen oder mich mit ihr? Oder ist sie einfach seine Neue? Wie schrieb er mir kürzlich?

> Ich möchte mich wieder verlieben, eine Frau finden, mit der ich glücklich sein und eine Familie gründen kann.

Das ging ja schnell, Tom. Gratulation. Dein Brief ist noch nicht mal zwei Wochen alt, und schon hast du dein Vorhaben in die Tat umgesetzt. Ist Anita etwa auch schon schwanger? Wann kommt denn das Baby? Ist ja ein richtiges Kind der Liebe!

Ich werde gerade ein wenig hysterisch und beruhige mich selbst mit leisen Sch-sch-Lauten. Wer weiß, ob Tom und Anita wirklich ein Paar sind. Vielleicht war der Kuss im wahrsten Sinne des Wortes nur eine Momentaufnahme. Ob ich mal den Rasenden Roland fragen soll? Nein. Zu peinlich. Und außerdem – küsst man so, so leidenschaftlich, so stürmisch, wenn man nicht verliebt ist? Wohl kaum. Autsch, autsch, autsch. Schmerz.

Eigentlich sollte ich froh und dankbar sein. Auf diese Weise findet die Geschichte mit Tom, auch wenn es sehr weh tut, wenigstens ein rasches Ende. Ich meine, was sehnsüchtige Mails, iTunes-Geschenke und so weiter anbelangt. Wenn ich in Versuchung gerate, so etwas abzuschicken, muss ich mir nur das Foto vom Rasenden Roland noch einmal anschauen. Vielleicht sollte ich es mir ausdrucken, mehrfach, und überall hinheften, wo ich häufiger bin. Damit ich es nicht vergesse. Irgendwann wird der Schmerz nachlassen.

Trotzdem, Tom. Warum musst du dich ausgerechnet mit Anita trösten? Sie ist mollig. Sehr mollig. Gut, das bin ich auch, aber ich werde in einem Monat wieder abnehmen und sie nicht. Ich gebe zu, Anita ist appetitlich mollig, aber sie ist noch dazu nicht die Hellste. Sie ist niedlich, aber doch keine ernstzunehmende Frau! Ist das die Mutter deiner Kinder, Tom? Oder hast du sie nur ausgewählt, weil sie sowohl optisch als auch charakterlich das Gegenteil von mir ist? Soll ich diesen Kuss gar als Kompliment an mich auffassen? Es gelingt mir nicht. Dazu fehlt mir eindeutig das Selbstbewusstsein. Das zumindest besitzt Anita. Mehr als es ihr zusteht.

Ich mache auf dem Flip-Flop kehrt und gehe, so rasch ich das kann, ohne zu watscheln, zurück nach Hause. Die Akte Tom ist hiermit für immer geschlossen. Schluss, aus, basta. Es wird ihm noch leidtun, aber dann ist es zu spät. Zu spät, zu spät, dann ist alles zu spät.

36. WOCHE

(22. BIS 29. JUNI 2008)

Montag

»Charlotte, geht's dir gut???«

»Umpf, ja, wieso?«

»Was machst du denn da, Maus?!?«

»Die indische Brücke!«

»Ist das Yoga?«

»Nein. So ähnlich. Das ist Drehgymnastik. Umpf.«

Ich liege auf dem Rücken vor unserem Sofa, drei Kissen unter dem Po, die Beine auf der Couch, und stemme mein Becken samt Babybauch in die Höhe, was nicht so einfach ist, knapp vier Wochen vor dem errechneten Geburtstermin. Aber wenn's hilft?

»Marlene muss sich bald drehen«, keuche ich und sehe dabei Frank von unten an, »sonst wird sie zu groß dafür! Und dann …«

»Was und dann?«

»Dann müssen sie sie per Kaiserschnitt holen.«

»Wäre das so schlimm?«

»Schlimm nicht, aber ich hätte schon lieber eine spontane Geburt.«

»Spontan? Klingt ja nett. Wie ein … Sonntagsausflug ins Grüne.«

»So nennt man eine natürliche Geburt«, kläre ich ihn auf, »oder gefällt dir ›vaginal‹ besser?«

»Dann doch lieber spontan.«

»Eben. Dafür müsste sich Mademoiselle aber langsam mal ganz spontan drehen.«

»Und dazu machst du die Turnübung?«

»Die indische Brücke, korrekt. Angeblich wird es der Kleinen dadurch so unbequem in ihrer Lage, dass sie sich eine andere sucht.«

»Aha. Na ja. Gibt's denn da kein Medikament?«

»Doch, ich nehme schon Globuli und trinke Bachblüten.«

»Medikament, meinte ich. Nicht Hokuspokus.«

»Homöopathie ist doch kein Hokuspokus!«, beginne ich, sehe dann aber davon ab, diese Diskussion aus meiner Lage heraus weiterzuführen. »Hilf mir lieber mal.«

»Was kann ich tun?«

»Schau mal in der Küche, da liegen eine neue Taschenlampe und ein Wecker. Bitte bring die beiden Sachen hierher.«

Frank tut wie geheißen und erscheint kurze Zeit später wieder im Türrahmen. »Charlotte, was hast du vor? Eine Höhlenexpedition? Sollen wir das nicht lieber machen, wenn Marlene etwas größer ist?«

Fünf Minuten später klingelt der Wecker ohrenbetäubend. Dabei liegt er auf meinem Schambein. Und Frank kniet neben mir und fährt mit der eingeschalteten Taschenlampe meinen Bauch hinunter, vom obersten Beginn der Wölbung bis hinunter zum Wecker. »Marleeeeeene«, lockt er zärtlich, »hörst du den Papa? Und siehst du das Licht? Schau mal, da unten spielt die Musik! Da ist es toll, willst du nicht mal schauen?«

Schade, dass jetzt keiner da ist, der das filmen kann.

Mittwoch

Nach dem Geburtsvorbereitungskurs habe ich heute direkt einen Termin zum »Moxen«. Hebamme Gabi bittet mich, es mir auf einem der gemütlichen Behandlungsbetten bequem zu machen und die Schuhe auszuziehen. Dann holt sie eine Zigarre und zündet sie an. »Das ist eine Beifuß-Zigarre«, erklärt sie, »ich halte jetzt das glühende Ende an einen Akupunkturpunkt an deinem kleinen Zeh. Wenn es so heiß wird, dass es weh tut, ziehst du einfach den Fuß weg und wir machen eine kleine Pause. Durch die Aktivierung dieses Punktes und durch den Beifuß werden die Kindsbewegungen aktiviert und verstärkt.«

Aha. Ich, die die Wirksamkeit von Globuli gegenüber allen Skeptikern verteidigt, sich mit Schüßler-Salzen auskennt, Bachblüten schluckt und viel von Akupunktur hält, bin nun doch ein wenig skeptisch.

»Schaden kann das ja nicht, oder?«

»Nein«, lacht Gabi, »und jetzt entspann dich …«

Ich entspanne. Und denke: Schade, dass heute ein heißer Junitag ist und nicht kalter Dezember. Dann wäre das Glühen am Zeh sicher angenehmer. Es wird heiß. Und heißer. Und dann ziehe ich den Fuß weg.

»Gut, kleine Pause. Und noch mal.«

Ungefähr fünf Minuten, nachdem Gabi mit dem Moxen begonnen hat, kommt auf einmal Leben in meinen Bauch. Ich habe das Gefühl, dass Marlene aufwacht und sich genüsslich streckt.

»Wow, sie turnt herum!«, sage ich und lege meinen bebenden Bauch frei, »schau mal!«

»Das kommt vom Moxen«, meint Gabi verschmitzt und glüht weiter an meinem Zeh herum. Und Marlene fängt an zu tanzen. Mein Bauch beult sich sichtbar aus, und einmal meine ich sogar einen kleinen Fuß gesehen zu haben.

»Kann sein, dass sie sich drehen will«, sagt Gabi stolz, »da stoßen die sich manchmal richtig ab!«

Als wir mit der Sitzung fertig sind, tastet Gabi meinen Bauch ab und versucht, Marlenes Lage herauszufinden.

»Ganz hat sie sich noch nicht gedreht«, sagt sie, »aber immerhin liegt sie jetzt quer. Die Füßchen sind auf der rechten Seite. Der Kopf ist links. Es ist also nicht mehr weit!«

Gut, dass Marlene so zart ist, denke ich, sonst würde ich jetzt aussehen, als hätte ich einen Laib Brot verschluckt.

Abends findet dann das Fußball-EM-Spiel (stimmt, es gab noch etwas anderes außer meiner Schwangerschaft ~~und Tom~~) statt, Deutschland gegen die Türkei. Eigentlich wollten wir das Spiel mit vielen Freunden zusammen im Biergarten auf dem Olympiaberg schauen. Aber da der Wetterbericht für diesen 25. Juni 2008 heftige Gewitter vorhersagt und es von Westen schon ganz dunkel dräut, ändern wir unsere Pläne und verlegen das Fußballschauen ins Trockene: in den Saal des Taxisgarten-Wirtshauses. Ich ziehe einen schwarzen Schwangerschaftsrock an und dazu ein weißes T-Shirt mit »GERMANY«-Aufdruck, der Zahl 13 und einer schwarz-rot-gelben Flagge. Dieses Shirt habe ich noch von der WM 2006 übrig. Es spannt nun zwar ein wenig über dem Bauch und lässt ein ungefähr zehn Zentimeter breites Stück Haut frei, aber es passt noch. Ich streife mir noch eine schwarz-rotgelbe Hawaiiblumenkette über und bin fertig für das große Event. Ich sehe großartig aus, finde ich. ~~Schade, dass Tom mich so nicht sehen kann.~~

Anpfiff um 21 Uhr. Der Gewitterregen ist gerade vorbei. Schlimm, wenn man beim Fußballschauen kein Bier trinken darf – noch schlimmer, wenn es ein so spannendes, nervenzerreißendes Spiel ist wie dieses. Ich kann gar nicht hinsehen. Mir scheint, die Türken sind besser als die Deutschen. Die Fluch- und Bierhol-Frequenz meiner anwesenden männlichen Freunde unterstützt meine These.

»Na, wann ist es denn so weit?«

Wie jetzt? Ist das tatsächlich eine männliche Stimme, die mich das fragt, mitten im EM-Halbfinale, in Minute 18? Ich sehe mich nach dem Fragesteller um. Tatsächlich. Es ist ein Kumpel von Frank, Jens ist sein Name, glaube ich, oder war's Sven oder Bernd? Immer diese Namen mit e.

»Ende Juli.« Ich setze einen klar hörbaren Punkt hinter Juli.

»Ach, echt, schon? Das ist aber ein niedlicher kleiner Bauch. Und wo wirst du entbinden?«

»Da drüben.« Wieder mit Punkt. Mit dem Kopf deute ich in

Richtung Taxisklinik, die nur einen Steinwurf entfernt liegt. Normalerweise bin ich nicht so unhöflich, vor allem nicht, wenn ich nett nach meinem Baby gefragt werde. Aber jetzt will ich Fußball sehen!

Oder lieber doch nicht. Scheiße. Die Türken haben eben gerade das 1 : 0 erzielt, und ich hab's nicht gesehen, weil ich mit dem Kopf in Richtung Taxisklinik deuten musste.

»Ist ja lustig«, findet Jens-Sven-Bernd, völlig unbeeindruckt ob des aufgeregten Tumultes im Saal, der »Fuck«-Schreie der Deutschen und der vereinzelten »Tür-ki-ye, Tür-ki-ye!«-Rufe unserer ausländischen Mitbürger, »da hat meine Frau vor einer Woche unser zweites Kind bekommen!«
»Herzlichen Glückwunsch«, sage ich zum frischgebackenen zweifachen Vater, diesmal ohne Punkt, weil es erstens eh nichts bringt und ich zweitens nicht unverschämt werden will. »Da war doch bestimmt der Lehmann dran schuld, der Vollpfosten, oder?«
Jens, Sven oder Bernd guckt erschrocken.
»Souverän sah er nicht aus«, sagt Frank und ballt verzweifelt die Fäuste, »aber vorher hat der Lahm einen Fehler gemacht, der zum Gegentreffer führte!«
Oh, nee. Ausgerechnet mein Lieblingsspieler, der kleine Philipp, der mich immer ein wenig an Nemo aus dem Pixar-Film erinnert.
Zum Glück gleicht Schweinsteiger kurz darauf aus. Der Saal tobt. Und die paar wenigen rotgewandeten Anhänger der gegnerischen Mannschaft tauschen »Tür-ki-ye!« gegen »Scheisndreck«.

Halbzeitpause. Es steht immer noch 1 : 1. Die anderen gehen nach draußen in die vom Gewitter dampfende, warme Sommerabendluft. Überall rascheln Zigarettenschachteln und klicken Feuerzeuge. Wie gerne hätte ich jetzt auch eine Zigarette.

Oder ein Bier. Oder beides. Aber ich bleibe stark. Hauptsächlich, weil es so asozial aussieht, wenn eine Frau mit Kugelbauch an einer Zigarette zieht und dazu ein Bier in der Hand hält. ~~Tom hätte mich nicht mal in die Nähe von Zigarettenrauch gelassen.~~

Nach der Pause geht das Spiel leider weiter. Ich betrachte interessiert meine unlackierten Fingernägel und erinnere mich an Zeiten, in denen ich ein Kind war und unbedingt *Aktenzeichen XY ungelöst* schauen wollte, aber den Anblick der nachgestellten Szenen nicht ertragen konnte und deswegen immer auf den Teppich starrte, bis ich meinte, in seinem hohen Flor kleine Kulturen von archaischen Stämmen zu sehen. In der 57. Spielminute ist auf einmal das Bild weg. Lautes Aufstöhnen im Saal. Jeder erwartet natürlich, dass man nach wenigen Sekunden wieder etwas sieht, weil man heute eigentlich immer nach wenigen Sekunden wieder etwas sieht. Wir leben schließlich im digitalen Zeitalter. Doch das Bild bleibt verlustig, und Bela Rethy versucht sich als Radioreporter, Ton haben wir nämlich noch. Es gelingt ihm eher schlecht. Das hat er halt nicht gelernt. Nach ein paar Minuten, die sich wie eine halbe Stunde anfühlen, gibt es auf einmal wieder etwas zu sehen – die Bilder des Schweizer Fernsehens. Die deutsche Mannschaft hat sich während des Bildausfalls offensichtlich erholt, denn wir sehen sie nun deutlich besser spielen.

In der 78. Minute köpft Klose das 2 : 1. Kaum habe ich mich beruhigt und will nun den Rest des Spiels genießen, gleichen die Türken wieder aus. 2 : 2 in der 85. Minute. O nein! Verlängerung? Gar Elfmeterschießen? Bitte nicht. Die Minuten verrinnen, diesmal doppelt so schnell wie beim Bildausfall, die Türken setzen alles auf eine Karte, haben Chancen, und dann schießt in der letzten Minute Philipp Lahm das erlösende 3 : 2. Kurz darauf ist Schluss. Deutschland steht im Finale der Fußball-EM. Und ich würde immer noch unheimlich gerne eine rauchen. ~~Und mit Tom den Sieg feiern.~~

37. WOCHE

(29. JUNI BIS 6. JULI 2008)

Heute ist erfreulicherweise für Ablenkung gesorgt: Paartag des Geburtsvorbereitungskurses.

»Muss ich da mit?«, maulte Frank, als ich ihn in der Früh um acht weckte.

»Was meinst du, warum es Paartag heißt? Damit ich dort als Einzige solo auftauche? Vergiss es.«

»Okay, okay.« Verhältnismäßig schnell war er auf den Beinen und unter der Dusche. So ein Bauch macht schon Eindruck, wenn man ihn anklagend herausstreckt und dabei noch die Hände dort abstützt, wo man die Hüftknochen zuletzt gesehen hat.

»Maus?«

»Ja, Hase?«

Wir schlendern durch den sommerlichen Schwabinger Nachmittag. Der Kurs ist vorbei, und es war gar nicht so schlimm. Frank musste weder hecheln noch pressen und hat dafür die Fliegerhaltung an einem Plastiksäugling gelernt.

»Habe ich dir schon mal gesagt, wie sehr ich mich auf unser Baby freue?«

»Ja, ungefähr jeden Tag. Aber ich kann es immer wieder hören.«

»Ich habe aber auch ein bisschen Angst.«

»Angst, wovor?«

»Sagen wir lieber: Respekt. Vor der Aufgabe, der Verantwortung, dem neuen Leben, das bald beginnt. Meinst du, wir kriegen das hin mit so einem Baby?«

»Es ist ja zum Glück nicht irgendein Baby, sondern unseres!«, antworte ich und lächle Frank aufmunternd an.

»Klar, unser Baby. Zur Hälfte du, zur Hälfte ich. Schon unglaublich. Aber werden wir das alles schaffen? Die schlaflosen Nächte, das Geschrei, die Kinderkrankheiten, die Erziehung?«

»Zum Glück muss man ein Baby erst mal nicht erziehen. Und bis das so weit ist, sind wir da reingewachsen, glaub mir.«

»Ja, ich versuche es. Wir werden das schon schaffen. Aber wir müssen immer zusammenhalten, hörst du?« Er zieht mich fest an sich, und wir bleiben an einer Straßenecke stehen.

»Natürlich halten wir zusammen!« Was für eine Frage.

»Ich hatte in letzter Zeit den Eindruck, dass du mit deinen Gedanken oft ganz woanders warst«, sagt Frank, und ich fühle etwas Kaltes in meiner Kehle, als hätte ich gerade ein großes Stück Eis hinuntergeschluckt.

»Wirklich?« Mehr bringe ich nicht heraus.

»Ja. Du warst oft so abwesend.«

»Da habe ich dann wahrscheinlich gerade Marlene gespürt und an sie gedacht.«

»Und dabei so traurig ausgesehen?«

»Das kam dir nur so vor. Ich sehe doch immer traurig aus, wenn ich nicht lächle. Das weißt du doch. Und wenn ich mich konzentriere, kann ich nicht lächeln, also sehe ich traurig aus.«

»Hm.«

»Jetzt mach dir nicht so viele Gedanken. Es ist alles in Ordnung.«

Bald zumindest, füge ich stumm hinzu, ganz bald, Frank. Ich bemühe mich. Ich versprech's dir. Auf einmal sehe ich mich selbst und das, was ich in den letzten Wochen und Monaten alles getan habe. Ich sehe mich auf dem Sofa liegen und an Tom denken, sehe mich SMS an ihn schreiben, E-Mails verfassen, speichern, überarbeiten, abschicken. Sehe mich im Auto, Toms CD im Player, »Home« von den Foo Fighters auf Dauerrepeat. Sehe mich durch die Nacht fahren. Wish I were with you. Sehe mir zu, wie ich in Selbstmitleid und Drama bade, wie ich es für höchst tragisch halte, mich in meinen besten Freund zu verlieben, während ich schwanger von meinem Partner bin. Vielleicht ist es sogar ein bisschen tragisch. Vielleicht ist es das auch nicht. Vielleicht ist es billig. Banal. Aber eigentlich ist es egal, was es ist. Wichtig ist, was ich daraus gemacht habe. Und das ist durchaus tragisch. Warum? Weil ich einen Hang zum Übertreiben habe oder weil ich einfach empfindsam bin? Drama Queen oder Sensibelchen? Egozentrikerin oder verzweifelt liebende Frau? Es spielt keine Rolle. Es ist, was es ist, und so, wie es sich anfühlt, ist es richtig für mich, ist es meine Geschichte, die sicher im Rückblick irgendwann einmal einen Sinn ergibt.

»Liebst du mich eigentlich noch?«, fragt Frank.
Ich lasse mir Zeit mit meiner Antwort.
»Ich mag dich nicht immer«, sage ich dann, »ich begehre dich auch nicht immer. Ich finde nicht alles gut, was du sagst. Ich verstehe dich nicht immer. Manchmal gehst du mir tierisch auf die Nerven, wenn du wieder alles besser weißt oder Dinge an mir kritisierst, die du selbst nicht besser machst. Ich kann es nicht leiden, dass du deinen Teller nie richtig leer isst, und dass du immer früher ins Bett gehst als ich, finde ich auch ziemlich nervig. Oder, anders ausgedrückt: Natürlich liebe ich dich.«

Romantik ist schließlich bloß eine Stilepoche.

Ich glaube, ich habe es jetzt geschafft. Ich bin über den Berg. Wenn ich an Tom und Anita denke, werde ich zwar immer noch wütend und traurig, aber ich kann diese Gefühle schnell in den Griff bekommen. Ich gehöre zu Frank. Mein Kopf ist sich da ganz sicher, und mein Herz eigentlich auch, das ist nur momentan etwas überfordert durch die ganzen Geschehnisse der letzten Monate und nicht zuletzt durch die Schwangerschaft. Bei so viel neuen Gefühlen und so viel Liebe für einen Menschen, der erstens noch sehr klein ist und den ich zweitens nur von unscharfen Schwarzweißbildern kenne, ist es nur logisch, dass mein Herz nicht ganz Schritt halten kann und dem Kopf hinterherhinkt. Aber bald werden beide wieder auf einer Linie sein. Und dann wird alles gut.

Wieder zu Hause, beschließe ich, das zu tun, was Frauen immer tun, wenn eine Beziehung zu Ende geht. Oder eine Affäre. Oder ein Flirt. Sie vernichten Beweise. Kurznachrichten, E-Mails, Fotos, Briefe, Geschenke. Die dramatisch veranlagten machen ein kleines Lagerfeuer und verbrennen den Kram. Ich bin zwar dramatisch veranlagt, verzichte aber auf offenes Feuer im Wohnzimmer und möchte nicht bis zum nächsten Grillabend warten. Außerdem lassen sich SMS so schlecht anzünden. Also schreite ich zur digitalen Vernichtung digitaler Beweise, dass die Geschichte (sie Affäre zu nennen, weigern sich mein Herz und mein Gewissen synchron) mit Tom jemals stattgefunden hat. Ich tilge alle 1259 Kurzmitteilungen, die sich von und an Tom angesammelt haben. Bei einer

   – Das verführerischste, zauberhafteste, schönste, verlockendste, duftendste, lieblichste, magischste, besonderste Wesen, das mir je begegnet ist –

zögere ich. Schließlich habe ich Tom versprochen, sie für immer aufzubewahren und mich noch an ihr zu wärmen, wenn ich achtzig bin. Aber im aktuellen Zusammenhang fühlt sie sich gar nicht mehr gut an. Das besonderste Wesen, das ihm je begegnet ist? Ha, ha. So besonders, dass man mich nach zwei Wochen mal eben gegen eine Anita austauschen kann. Ich lösche auch diese SMS. Es tut sehr weh. Aber es muss sein. Ich wähle auf meinem MacBook den Ordner »Büro« an, in dem ich Fotos von Tom gesammelt habe, und leere ihn. Das Geräusch von zusammengeknülltem Papier, das mein Mac beim Löschen von Dateien von sich gibt, ist sicher extra für Frauen mit Liebeskummer entwickelt worden. Ich stelle den Ton lauter und lasse den Computer weiter virtuell Papier zerknüllen. Es macht fast schon ein bisschen Spaß. Knüll, knirsch, delete!

Geschenke besitze ich keine von Tom. Nichts Greifbares wird von ihm bleiben. Auch gut.

Jetzt noch die E-Mails. Es sind nicht furchtbar viele, nur um die hundert. Ich lösche alle bis auf seine letzte, die von vor drei Wochen. Lese sie mir wieder und wieder durch, besonders den einen Absatz:

> Es waren die außergewöhnlichsten, zauberhaftesten und glücklichsten Wochen meines Lebens. Nebenbei bemerkt auch die erotischsten, sinnlichsten, leidenschaftlichsten.

Vielleicht kann ich mir diese Zeilen ja merken und sie irgendwann einmal ohne Zusammenhang herauskramen, um mich an ihnen zu wärmen. Vielleicht hat Tom sie wirklich so gemeint, wie er sie geschrieben hat. Vielleicht sind sie sogar wahr. Oder waren es zumindest in dem Moment, als er sie mir schrieb.

Das Telefon klingelt. Es ist Katrin, die meinen Bericht vom Paartag hören möchte. Ich enttäusche sie mit meinen Erzählungen von unserem skandal- und hechelfreien Tag, und sie schwärmt mir zur Strafe vom grandiosen Sex mit ihrem Pullundermann vor, der im Sommer zum Glück keine Pullunder trägt, sondern Polohemden. Auch nicht viel besser.

Als ich ins Wohnzimmer zurückkomme, sitzt Frank vor meinem MacBook. Es ist zwar mein Computer, aber er darf ihn selbstverständlich benutzen, wann immer er möchte. An seiner Haltung sehe ich, dass etwas nicht stimmt. Kerzengerade und völlig bewegungslos, wie eingefroren, sitzt er vor dem Klapprechner. Und dann fällt mir siedend heiß ein, dass ich einen riesigen Fehler gemacht habe. Als das Telefon klingelte, bin ich einfach aufgestanden, ohne das Programm zu schließen, das im Vordergrund geöffnet war. Es war Outlook mit der E-Mail. Toms Mail.

»Ich glaube, du musst mir einiges erklären«, sagt Frank. Seine Stimme klingt gleichzeitig belegt und kalt.

»Es ist nicht so, wie du denkst«, möchte ich sagen und verstehe auf einmal, warum Ertappte diesen unglaublich blöd klingenden Satz äußern. Es ist wirklich nicht, wie Frank denkt. Es ist anders. Ganz anders. Und es ist nicht besser.

»Ja, ich erkläre dir alles«, sage ich und bin erstaunt, wie klar ich klinge, habe ich doch das Gefühl, jeden Moment in Ohnmacht zu fallen. Frank denkt jetzt sicher, ich sei eiskalt. Aber das ist nur der Schock, will ich sagen, bringe jedoch kein weiteres Wort heraus.

»Aber nicht jetzt«, sagt Frank und steht vom Computer auf, den Rücken immer noch ungewohnt gerade, meinem Blick ausweichend.

»Wie, nicht jetzt?«

»Ich muss das erst mal verdauen. Das war krass. Ich habe nur gelesen, was auf dem Bildschirm zu sehen ist. Aber das hat mir genügt. Ich muss hier raus. Warte nicht auf mich.«

Spricht's, schnappt sich seine Jacke, Schlüssel und Geldbeutel, schlüpft hastig in ein Paar Turnschuhe und verlässt unsere Wohnung. Ich höre ihn die Treppen hinunterlaufen und dann die Haustür zufallen. Ich springe zum Fenster, sofern man meine Fortbewegungsart mit meinem Melonenbauch noch springen nennen kann, und sehe Frank eiligen Schrittes die Breisacher Straße Richtung Wörthstraße entlanggehen. Dann ist er weg.

Ich rutsche an der Wand hinunter auf den Boden. Sitze einfach nur da, und eine riesige Flut von Gedanken und Gefühlen überschwemmt meinen Kopf und mein Herz, so dass ich das Gefühl habe, unter Wasser zu atmen. Aus diesem Strom von Emotionen formt sich nach Minuten oder Stunden ein Satz: Das war's dann wohl. Ich habe es vergeigt. Meine Beziehung mit Frank ist zu Ende, er wird mich verlassen, ich habe keinen Freund mehr. Ich bin jetzt Single. Schlimmer noch, Single-Mum. Alleinschwanger, alleingebärend, alleinerziehend. Zehn Jahre Beziehung einfach weggeworfen, zehntausend Erinnerungen verdorben, zehn Millionen Glücksmomente zerstört. Meine Seligkeit, derer ich mir nicht bewusst war, ist vorbei, mein Alptraum wird wahr, und ich trage selbst die alleinige Schuld daran.

Stopp. Kein Selbstmitleid.

Die heftige Sehnsucht danach, die Zeit zurückzudrehen, nur ein kleines bisschen, nur bis zu dem Moment, in dem das Telefon klingelte und ich vom Rechner aufstand, überfällt mich. Hätte ich doch nur oben links in den kleinen roten Kreis geklickt, oder zumindest in den gelben, Frank hätte Toms Mail nie gelesen. Nie wäre er an mein Postfach gegangen! Aber so musste er ja lesen, was direkt vor ihm auf dem Bildschirm prangte. Ich werde wütend auf mich selbst. Wie konnte ich nur so blöd sein? So blöd, die Mail offen zu lassen? Und so blöd, dich in Tom zu verlieben, fährt meine innere Stimme fort. Nein, so blöd, mit ihm ins Bett zu gehen, korrigiere ich mich. Das Verlieben ist passiert, weil es passieren konnte. Aber alles Weitere hätte ich verhindern können und müssen.

Jetzt sitze ich da, genau drei Wochen vor Marlenes errechnetem Geburtstermin, und bin alleine. Ich habe keine Ahnung, wann Frank wiederkommt. Sein Handy sehe ich von meinem Platz an der Wand aus auf dem Tisch liegen, ohne dass ich dazu aufstehen muss. Ich kann ihn also nicht mal erreichen.

Ich versuche, mich auf das Gespräch mit Frank vorzubereiten. Aber ich gebe bald auf. Das ist kein Meeting, hier geht's nicht um Coffeeshops, sondern um meine Beziehung und den Menschen, der mir am wichtigsten im Leben ist.

Na, das fällt mir ja früh ein. Aber auf eine verrückte Art und Weise bin ich fast froh über die kalte Angst, die mich umklammert hält. Ich habe fast Panik, wenn ich daran denke, dass

Frank mich verlassen könnte. Weil ich mir ein Leben ohne ihn – im wahrsten Sinne des Wortes – nicht vorstellen kann. Ich kann es mir nicht ausmalen. Es geht nicht. Dieses Gefühl, das ich gerade habe, diese nackte Angst ist das Schlimmste, was ich je gefühlt habe. Als ob ich auf dem Dach eines hohen Gebäudes stünde und plötzlich unten ein riesiges Loch ins Fundament gerissen würde. Ich spüre mein Haus schwanken, ich höre es knirschen, ich fühle, wie der eben noch feste Beton unter meinen Füßen plötzlich weich und nachgiebig wird, und das ganze Gebäude beginnt, langsam und ächzend in sich zusammenzusacken. Ich versuche, mich an einem Geländer festzuhalten, aber das ist sinnlos, weil das Geländer mit dem Haus verbunden ist. Der Himmel rückt immer weiter weg, das Haus und ich rutschen und fallen dann, und unten ist nur Staub in großen weißen Wolken.

Aber immerhin weiß ich nun, was ich will. Diese Art von Panik hat mich nie überfallen, wenn ich mir vorstellte, mein Leben ohne Tom zu leben.

Ich hoffe nur, dass es jetzt nicht zu spät ist. Komm zurück, Frank.

38. WOCHE

(6. BIS 13. JULI 2008)

Montag

Frank kam am Sonntagabend sehr spät wieder, leicht ange-
trunken, und verbrachte die Nacht im Gästezimmer, das irgendwann mal Marlenes Kinderzimmer werden soll. Wenn …
Ich wage fast nicht, mir auszumalen, was passieren wird, wenn
er sich gegen mich und unsere Beziehung entscheidet. Denn
dann müsste ich mit Marlene in eine kleinere Wohnung ziehen.
Weg aus der Breisacher Straße, aus unserer schönen 3-Zimmer-
Altbauwohnung mit dem schönen Parkett und den hohen Wänden. Weg aus meinem Leben.

»Wie lange möchtest du denn nicht mit mir reden?«, frage
ich ihn, als er mit seinem Kaffee am Küchentisch sitzt, bevor
er in die Redaktion fährt. »Einen Tag, eine Woche, einen Monat?«
»Ich weiß es noch nicht. Ich kann's dir echt nicht sagen.«
»Frank, in drei Wochen kommt unser Baby zur Welt! Ich kann
es doch nicht gebären, wenn du nicht mit mir redest! Wie stellst
du dir das vor?«
Er sieht mich an, verletzt und ein bisschen verächtlich. »Ich
glaube, das hättest du dir überlegen müssen, bevor du mit Tom
ins Bett gestiegen bist.«
Da hat er wohl recht. Scheiße, Scheiße, Scheiße. Ich gehe zurück
ins Bett, rolle mich dort ein, so gut ich das noch kann mit meinem dicken Bauch. Und weine. Es schüttelt mich vor Schluch-
zen, und ich beiße in mein Kissen, damit Frank es nicht hört. Ich
weine nicht, um ihn unter Druck zu setzen. Ich weine, weil ich
so verzweifelt bin wie nie in meinem Leben.

Mittags ruft er auf meinem Handy an. Ich sehe seinen Namen auf dem Display, und meine Hände fangen unkontrolliert an zu zittern, so dass ich kaum die grüne Taste drücken kann.

»Frank?«

»Kannst du in die Stadt kommen? Ich möchte mich mit dir treffen und deine Erklärung hören.«

Eine Spur von Erleichterung. Er will mit mir reden. Immerhin etwas. Ich bekomme vielleicht noch eine Chance.

»Heißt das, du gibst mir noch eine Chance? Uns?« Hör auf, Charlotte, setz ihn nicht unter Druck, halt einfach die Klappe!

»Das weiß ich noch nicht. Ich habe doch gesagt, ich will mit dir reden.«

»Okay. Um eins im Cameleon am Sebastiansplatz?«

»Gut. Bis dann.«

Auf dem Weg in die Innenstadt fühle ich mich wie in einem Film, deren Regisseurin ich nicht mehr bin. Nach außen hin bin ich eine hochschwangere Frau in einem fröhlich bunten Umstandskleid und mit Flip-Flops an den geschwollenen Füßen, die sich mit ihrem Freund zum Mittagessen trifft. Aber es ist alles falsch. Mein Gott, was würde ich dafür geben, wenn es wirklich so wäre, wie es aussieht. Warum merkt man erst, dass man glücklich war, wenn vielleicht alles vorbei ist? Wie blind war ich eigentlich? Wie konnte ich Frank nur so hintergehen, nicht merken, wie wichtig er mir ist, wie sehr mein Leben mit seinem zusammenhängt? Ich will, dass dieser Alptraum ein Ende hat.

Ich bin zu früh dran, weil ich nicht zu spät kommen will. Nicht heute. Mir ist kotzübel. Ich bestelle ein Wasser, weil ich etwas bestellen muss. Nippe daran und bin kurz davor, mich auf das Kopfsteinpflaster des Sebastiansplatzes zu übergeben.

Dann sehe ich Frank auf mich zukommen. Er geht sehr gerade, immer noch, seine sonst so lässige, entspannte Körperhaltung ist steif und angestrengt. Der Anblick sticht mir direkt in mein Herz.

»Hallo«, sagt er.

»Hallo.«

»Willst du was essen?«

»Nein, danke.«

»Ich auch nicht.«

»Dann trinken wir eben nur was.«

»Also, Charlotte«, sagt er und sieht mich endlich wieder direkt an. »Mich würde jetzt einfach mal interessieren, was du zu dieser Mail sagst. Ich nehme an, du kennst sie gut. Und ich möchte, dass du mir alles erzählst. Wie das anfing, wann, was passiert ist und wie du dir vorstellst, was jetzt passieren soll. Ich höre.«

Ich räuspere mich, schlucke trocken und beginne zu erzählen. Fange ganz von vorne an. Erzähle von meinen Abenden mit Tom, den harmlosen. Berichte, wie wir langsam immer enger und vertrauter wurden, enger und vertrauter, als wir es nach den vielen Jahren Freundschaft sowieso schon waren. Während ich spreche, versuche ich, zu analysieren, wann genau ich mich in Tom verliebt habe, wann es klick gemacht hat. Aber es gibt keinen genauen Zeitpunkt. »Das kam alles ganz schleichend. Und als ich gemerkt habe, dass ich mich verliebt habe, war es zu spät.«

»Was heißt zu spät? Du willst mir doch nicht erzählen, dass du einfach so mit ihm in die Kiste gehüpft bist, weil man das schon mal tut unter guten Freunden, und dann gemerkt hast, hoppla, ich bin ja in den Typen verliebt?«

»Frank, bitte sei nicht so zynisch.«

»Ich habe ja wohl das Recht, so zynisch zu sein, wie ich will«, sagt er und schnaubt dabei verächtlich.

Ich bleibe ruhig. Wie ich das mache, weiß ich selbst nicht. Aber ich darf jetzt nicht durchdrehen. Ich habe noch eine Chance, vielleicht etwas zu retten. Vielleicht alles zu retten.

»Nein, natürlich war das nicht so. Ich habe Tom geküsst, im Vorstadt-Café, nachdem er etwas sehr Schönes zu mir gesagt hat«, erkläre ich und sehe den Schmerz in Franks Gesicht. Dann berichte ich weiter, lasse nichts aus, beschönige nichts. Erzähle von dem Tag, an dem ich erfuhr, dass ich Marlenes Zwilling verloren hatte.

»Du warst so kalt, als ich dich anrief. Du hast das alles abgetan und meinen Schmerz nicht verstanden, nicht respektiert. Das ist keine Entschuldigung für mein Tun, aber es war so.«

»Ja, das stimmt. Das war ein Fehler von mir. Ich habe einfach versucht, ruhig zu bleiben, es praktisch zu sehen. Und ich gebe zu, ich habe mir nicht genügend Gedanken um dich und deine Gefühle gemacht. Vielleicht kann ich das als Mann auch nicht so gut nachfühlen, was es bedeutet, ein Kind zu verlieren. Das tut mir leid.«

»DU musst dich nicht entschuldigen!«

»Ich konnte ja nicht ahnen, dass du gleich mit Tom schläfst, nur weil er in dieser Angelegenheit sensibler war als ich und besser reagiert hat.«

»Ich habe nicht mit ihm geschlafen.«

»Und das soll ich dir glauben?«

»Ja. Es ist aber auch egal, eigentlich. Es macht die Sache nicht besser, aber es ist wahr: Wir waren zusammen im Bett, hatten aber keinen Sex. Wie gesagt, egal.«

»Ich glaube dir.«

»Danke.«

»Aber du hast recht, es macht es nicht besser.«

»Nein.«

»Und dann?«

»Dann habe ich versucht, es zu beenden. Habe mit Tom gesprochen und ihm gesagt, dass ich mich für dich entschieden habe, mit dir zusammenbleiben will, dass es keine Zukunft für ihn und mich als Paar gibt.«

»Was heißt versucht? Ist danach noch etwas passiert zwischen euch?«

»Nein.«

»Ich wiederhole mich, aber: Warum sollte ich dir das glauben?«

»Weil es die Wahrheit ist.«

»Okay. Nehmen wir an, es stimmt. Warum dann diese Mail? Das war doch die Antwort auf eine von dir!«

»Ja.«

»Und kaum die Antwort auf eine ›Tom, es ist vorbei‹-Mail.«

»Doch. Aber so einfach ist das nicht. Es tut mir leid, das so sagen zu müssen, aber das mit Tom war keine billige Affäre aus Torschlusspanik oder Hormonchaos heraus. Ich habe mich wirklich in ihn verliebt.«

»Und bist es immer noch?«

»Nein. Ja. Nein. Jetzt nicht mehr.«

»Entscheid dich mal, bitte.«

»Herrgott, Frank, weißt du nicht mehr, wie das ist, wenn man verliebt ist? So ein Gefühl kann man nicht einfach ausknipsen, abschalten, vergessen. Das muss vergehen!«

»Nein, ich weiß nicht, wie das ist. Ich habe mich im Gegensatz zu dir während unserer Beziehung nicht in eine andere verliebt.«

»Wirklich nicht? Nie? Auch nicht ein kleines bisschen? In den ganzen zehn Jahren nicht?«

»Charlotte, wir reden hier nicht über mich, sondern über dich. Lenk nicht ab.«

Der Kellner kommt, um die Bestellung aufzunehmen, steht an unserem Tisch und guckt fragend. Wir ignorieren ihn, und er tritt schweigend den Rückzug an.

»Okay. Aber ich hätte auch sagen können, dass das alles nur eine sexuelle Geschichte war, dass Tom mir nichts bedeutet hat. Wenn das so gewesen wäre, hätte ich ihn längst abgehakt. Aber es ist eben nicht so.«

»Es wäre mir lieber so. Aber ich schätze, dass du die Wahrheit sagst.«

»Das war meine Geschichte. Ich bin fertig.«

»Harter Tobak. Ich hätte wirklich nie gedacht, dass mir das einmal passieren würde. Und ich weiß nicht, wie ich damit umgehen soll. Ich habe dir vertraut, Charlotte, und zwar nicht, weil du schwanger bist. Ich dachte, dass unsere Beziehung dir etwas bedeutet, dass du gerne mit mir zusammen bist, dass du dich auf unser Leben zu dritt genauso freust wie ich. Ich bin gelinde gesagt enttäuscht, dass es nicht so ist.«

»Aber es ist doch so! Unsere Beziehung bedeutet mir sehr, sehr viel, ich bin super gerne mit dir zusammen, und ich freue mich wahnsinnig auf das Leben zu dritt!«

»Warum dann das mit Tom? Warum, Charlotte, verdammt, warum? Warum musstest du alles kaputtmachen? Ich begreife es einfach nicht. Was hat dir gefehlt bei mir, was habe ich dir nicht gegeben? Aufmerksamkeit? Komplimente? Schmetterlinge im Bauch? Habe ich nicht zugehört, bin ich dir zu langweilig, was ist es?«

»Nichts von alledem. Ehrlich, Frank. Ich dachte zwischendurch selbst, dass ich mich ein wenig langweilen würde in unserer Beziehung. Aber das war nicht der Grund, warum ich … warum das mit Tom passiert ist. Der Grund ist einfach und allein, dass ich mich in ihn verliebt habe und es zu spät gemerkt habe. Zu spät, um es noch rechtzeitig zu stoppen. Glaubst du nicht, dass so etwas einfach passieren kann?«

»Die Liebe als Himmelsmacht oder wie?«

»Wenn du so willst, ja.«

»Okay. Ich kann mir mit viel Mühe vorstellen, dass man sich verliebt, ohne es zu wollen. Aber ich weiß nicht, warum man dann blind in eine Affäre rennen muss, wenn man das eigentlich nicht will.«

»Ich weiß es auch nicht. Aber es ist passiert. Und es tut mir unendlich leid, Frank. Ich wollte dich nicht verletzen, und ich will dich nicht verlieren.«

»Du verlierst mich nicht.«

Was hat er da gesagt? Ich muss mich verhört haben. So einfach kann es doch nicht sein.

»Aber glaub ja nicht, dass alles so einfach ist«, fährt er fort, als könne er meine Gedanken lesen.

»Wie soll es denn nun weitergehen?«

»Willst du die Beziehung mit mir noch? Antworte ehrlich, aus vollem Herzen. Willst du mit mir zusammen sein? Und zwar nicht nur, weil wir ein Baby bekommen? Ich weiß, es ist ein bisschen schwierig, dir jetzt vorzustellen, nicht schwanger zu sein«, sagt er und wirft einen Blick auf meinen Bauch, der ein wenig Zärtlichkeit enthält, wie ich entzückt feststelle. In mir keimt vorsichtige Hoffnung.

»Ja, Frank. Ich will mit dir zusammen sein. Das Baby spielt dabei keine große Rolle. Mein größter Fehler war, dass ich das erst sehr spät gemerkt habe. Vielleicht zu spät.«

»Hm.«

»Gehen wir noch ein bisschen spazieren? Ich kann nicht mehr sitzen, mir tut alles weh.«

»Ja, natürlich. Gehen wir.« Da ist er wieder, mein Frank. Für einen Moment lang klingt seine Stimme normal, ist sein Blick besorgt und liebevoll.

Wir zahlen unsere zwei Getränke, die wir fast nicht angerührt haben, und gehen eine Runde in der Innenstadt spazieren. Frank ruft kurz bei seinen Kollegen an und teilt ihnen mit, dass er erst später wieder ins Büro kommt. Ich werte das als gutes Zeichen. Immerhin bin ich ihm noch so wichtig, dass er seine Arbeit hintanstellt. Der pflichtbewusste Frank, der lieber Urlaub nimmt, als sich krankschreiben zu lassen.

Wir gehen und reden. Fast schon entspannt. Und nicht mehr über Tom, sondern über uns. Über unsere Vergangenheit, über Schönes, über Lustiges, über Fehler, Verwundungen und Narben. Und wir sprechen über die Zukunft. Zwar nicht über die als Paar, aber über Marlene. Und als Frank – vielleicht aus Versehen – sagt, dass er gerne mit der Kleinen nach Thailand fliegen möchte, wenn sie zwei oder drei Jahre alt ist, bin ich für einen Moment lang überglücklich. Also zieht er tatsächlich in Erwägung, uns noch eine Chance zu geben!

Ich verlange keine Entscheidung von ihm, ich beiße mir auf die Zunge, um ihn nicht zu fragen, wie es nun konkret weitergeht. Als wir uns zwei Stunden später, ich bin mittlerweile körperlich völlig erschöpft, meine Füße brennen höllisch, und mein Bauch zieht schmerzhaft, voneinander verabschieden, tun wir das mit einer Umarmung.

»Bis heute Abend.«

»Ja, bis später. Ciao.«

Unendlich müde und fertig, aber auch ein bisschen erleichtert fahre ich mit der U-Bahn nach Hause, schleppe mich die Treppen hoch in unsere Wohnung und lege mich aufs Bett, wo ich nach ein paar Sekunden einschlafe.

Als ich wieder aufwache, brauche ich einen Moment, bis mir wieder klar wird, wie meine Situation ist. Es schmerzt, aber da ist auch Hoffnung. Vielleicht wird alles gut. Frank liebt mich, und vielleicht liebt er mich genug, um mir zu verzeihen.

Und dann denke ich an Tom. Eigentlich hätte ich erwartet, dass sich meine Reue auch auf seine Person bezieht, dass ich mir gar nicht mehr vorstellen kann, warum ich ihn geküsst habe, damals im Frühling im Vorstadt-Café. Aber seltsamerweise ist es nicht so. Ich denke an Tom, und obwohl ich unsere Affäre gerne ungeschehen machen würde, denke ich liebevoll an ihn. Ich spüre sogar ein bisschen Sehnsucht, und der Gedanke an das Foto, auf dem er Anita küsst, tut nach wie vor weh.

Wie sagte Carrie im *Sex and the City* Film? »It's not logic. It's love.« Ja, Carrie. Du hast es zwar anders gemeint, aber eigentlich gehört dein nicht nachvollziehbares ewiges Begehren Mr Bigs, dein Nicht-von-ihm-lassen-Können in dieselbe Kategorie wie mein Gefühlschaos. Unlogisch. Bescheuert. Fast ein bisschen krank. Aber Liebe.

Dienstag

Frank kam gestern Abend zu seiner normalen Zeit aus der Redaktion, er sprach mit mir. Er war noch etwas reserviert, aber immerhin aßen wir zusammen und unterhielten uns über die bevorstehende Geburt von Marlene. Es war fast wie früher. Mit dem kleinen, aber essentiellen Unterschied, dass ich immer noch nicht wusste, ob er sich nun wirklich schon dazu durchringen konnte, es offiziell noch einmal mit mir zu versuchen. Gib ihm Zeit, sagte ich mir immer wieder im Geiste vor, sei geduldig, dräng ihn nicht, gib ihm Zeit.

Ruhe bewahren. Warten. Abwarten. Cool bleiben.

Mittwoch

Ich muss jetzt wöchentlich zur Kontrolle bei meiner Frauenärztin. Langsam wird es ernst. Ich bin angezählt. Beim heutigen Ultraschall stellte meine Ärztin fest, dass Marlene sich nicht nur nicht in Schädellage gedreht hat, sondern auch nicht mehr quer liegt. Wie ein kleiner Buddha – ein sehr zarter Buddha – hockt sie in meiner Gebärmutter, die Füßchen nach unten.

»Lassen Sie sich in der Taxisklinik einen Termin für den Kaiserschnitt geben«, sagte Frau Dr. ohne überflüssiges Pathos, »eine Geburt aus der Beckenendlage heraus würde ich Ihnen beim ersten Kind nicht empfehlen. Machen Sie es sich nicht schwerer, als es sein muss. Bei einem Kaiserschnitt haben Sie wenigstens hinterher kein Problem mit Inkontinenz. Der Termin wird ungefähr zwei Wochen vor ET festgesetzt, das heißt, Sie bekommen Ihr Baby so um den 14. Juli herum. Vielleicht können Sie sich sogar das Datum aussuchen!«

Na, wenn das mal meine Chefhebamme Gabi hören würde. Sie, die das Thema Kaiserschnitt im Geburtsvorbereitungskurs nur kurz am Rande streifte und mit unverhohlener Verachtung darüber sprach, wie Reinhold Messner über die Besteigung eines Achttausenders mit Sauerstoffgerät.

»Okay, mache ich«, sagte ich und verließ die Praxis.

Nix da, dachte ich, als ich zusammen mit meinem Bauch auf mein Fahrrad stieg. Auf keinen Fall lasse ich mein sowieso sehr zartes Baby zwei Wochen früher holen. Ich hatte mich nämlich informiert. Ein Kaiserschnitt wegen Beckenendlage wird nur deswegen so früh angesetzt, weil die Kliniken keine Lust auf

Nacht-und-Nebel-Aktionen haben, sondern lieber planen. Medizinisch spricht nichts dagegen, noch nach Einsetzen der Wehen eine Schnittentbindung zu machen. Und wenn es dann so weit ist, wird mich sicher niemand abweisen, nur weil ich nicht angemeldet bin.

Donnerstag

»Charlotte?«

»Guten Morgen.«

»Ich habe jetzt lang genug nachgedacht. Ich will dich nicht unnötig quälen. Jeder hat eine zweite Chance verdient, und du ganz besonders. Versuchen wir es noch einmal. Ich will dir verzeihen und versuchen, dir wieder zu vertrauen. Enttäusch mich nicht. Du bist doch mein Lieblingsmensch. So, und jetzt muss ich in die Redaktion, bin schon viel zu spät dran.«

So einfach ist das also. Diese Sätze kamen jetzt so schnell und überraschend, dass ich nicht mal Zeit für Herzklopfen, Schweißausbrüche oder einen inneren Trommelwirbel hatte. Einfach so dahingesagt hat er sie, als würde er über die Wochenendplanung sprechen, mein Frank. Diese alles entscheidenden Sätze. Und nun ist er weg. Ich kann es noch nicht ganz glauben. In meinem Inneren breitet sich ein Glücksgefühl aus, aber es überschwemmt mich nicht heftig, wie meine Gefühle das sonst gerne tun, es sickert ganz gemächlich durch und füllt meine Seele. Ich bin grenzenlos erleichtert und froh, aber mir ist nicht nach Feiern zumute. Zu groß ist meine Scham, Frank das angetan zu haben. Jubeln wäre jetzt fehl am Platz. Ich freue mich still, vorsichtig und heimlich. Aber nicht weniger intensiv.

Vielleicht habe ich echt noch einmal Glück gehabt.

39. WOCHE

(13. BIS 20. JULI 2008)

Mittwoch

Langsam wird es eng. Eng in meinem Bauch, der mittlerweile doch größer geworden ist, als ich es mir jemals vorstellen konnte, und eng in meinem Herzen. Als nach ein paar Tagen die riesengroße Erleichterung über Franks Entschluss, mir noch eine zweite Chance zu geben, ein wenig nachließ und sich meine Gefühlswelt halbwegs normalisierte, merkte ich, dass ich trotz allem noch an der Akte Tom zu knabbern hatte. Wie gerne hätte ich die ganze Geschichte noch rechtzeitig vor Marlenes Ankunft zu einem schönen, runden Ende gebracht. Aber was wäre ein schönes, rundes Ende für diese Geschichte? Das Konzept Happy End versagt in diesem Fall wieder einmal. So etwas wie zwischen Tom und mir, eine Liebe, die aus einer Freundschaft entstand und ebenso schön und zauberhaft wie verboten und aussichtslos war, kann nicht schön und rund enden. Sie endet zwar auch nicht hässlich und scharfkantig, denn es hat nie einen Eklat gegeben, keinen heftigen Streit, keine brutale Amputation von Gefühlen. Es ist eher ein leises Verglühen. Ein Verglühen, das sich sehr lange hinzieht, vor allem, weil ich immer wieder kräftig in die noch heiße Asche puste.

Eigentlich sollte ich fulltime damit beschäftigt sein, mich um meine Beziehung mit Frank zu bemühen, sein Vertrauen wiederzugewinnen, ihm zu zeigen, dass er die richtige Entscheidung getroffen hat. Eigentlich. Uneigentlich ist es aber so, dass ich mir trotzdem immer noch Gedanken um die Freundschaft zwischen Tom und mir mache. Ich weiß immer noch nicht, ob sie zu retten ist. Momentan bin ich viel zu empfindlich, um mit Tom befreundet zu sein. In einer Freundschaft geht es robust zu, da darf man nicht gleich beleidigt sein, wenn der andere Part mal etwas Besseres zu tun hat, als auf E-Mails zu antworten. In einer echten Freundschaft gibt es Vermissen, aber keine Sehnsucht. Nähe, aber keine Eifersucht. Interesse, aber kein Besitzdenken. Eine Freundschaft darf nie zu exklusiv sein. Sonst engt sie ein, begrenzt, statt zu befreien.

Der Weg dorthin ist weit. Und ich bin mir immer noch nicht sicher, ob ich dort überhaupt hinmöchte. Es hat auch was, jemandem nachzutrauern, der einen nicht wollte. Im Alltag mit Baby wird nicht viel Platz für Romeo-und-Julia-Dramen sein. Zwischen Pampers und Dreimonatskoliken werden Frank und ich vergessen, Sex zu haben, und wir werden es nicht vermissen, keine zweisame Zeit mehr für uns zu haben, weil wir zu müde sein werden, um darüber nachzudenken. Für lange Zeit werde ich in erster Linie Mutter sein und dann Frau. Und wenn ich mal Sehnsucht danach spüre, mich als Frau zu fühlen, werde ich an Tom denken und traurig sein, dass er mich nicht wollte.

Ob er mich gar nicht vermisst?
Schluss jetzt, Charlotte. Nicht schon wieder Öl ins Feuer gießen. Lieber ablenken. Es gibt noch so viel zu tun, bevor das Baby kommt.
Ach ja? Was denn? Ich nehme meine Checkliste zur Hand.

To Dos bis 27. Juli 2008

- Kinderwagen kaufen (Achtung, 6 Wochen Lieferzeit!)
- Wickelkommode aufbauen (Markus fragen?)
- Erstausstattung fürs Baby kaufen/leihen (Wickelauflage, Klamotten, Schlafsack, Babybadewanne, Bürste, Teefläschchen, Fieberthermometer, Windeln, Schnuller, Tragetuch, Still-BHs, Stilleinlagen)
- Jobprojekte (bes. Mr Bean) übergeben und in Mutterschutz gehen (private Sachen vom Firmen-PC löschen!)

- Wiege aus elterlichem Keller holen (renovierungsbedürftig?)
- Geburtsvorbereitungskurs besuchen
- Autositz kaufen
- Elternzeit anmelden
- Mutterschaftsgeld beantragen
- Elterngeld beantragen (geht erst nach Geburt)
- Nachsorgehebamme suchen
- Kinderarzt suchen
- Kliniktasche packen
- Friseurbesuch
- Profi-Fotos vom Bauch machen lassen

Stolz hake ich einen Punkt nach dem anderen ab. Trotz meines Liebeskummers ist mir alles im letzten Moment doch noch irgendwie gelungen. Bis auf den letzten Punkt der Liste. Den habe ich einfach vergessen. Ich rufe meine alte Schulfreundin Bea an, die Fotografin ist und im Westend ein kleines Fotostudio hat, und erläutere ihr mein Anliegen.

»Kein Thema, das mache ich total gerne«, sagt sie, »wann willst du denn vorbeikommen? Mitte August ist es bei mir total ruhig, wegen der Schulferien.«

»Hm, Mitte August ist ein bisschen spät.«

»Wie weit bist du denn?«

»In der 39. Woche.«

»Oh!«

»Ja, aber ich glaube, dass das Baby erst Anfang August kommt. Ich habe das irgendwie im Gefühl.«

»Dann lass uns doch Montag, den 28. 7., ausmachen«, sagt Bea, »ich trag dich ein. Um zehn? Ich freu mich auf dich und deinen Bauch!«

Zufrieden mache ich auch hinter den letzten Punkt meiner Liste einen Haken und fühle mich vorbereitet und gut organisiert. Das Baby kann kommen. Nur drehen sollte es sich noch schnell. Draußen regnet es, deswegen kann ich nicht ins Schwimmbad fahren, wie ich es in den letzten Wochen oft getan habe. Ich beschließe, zum Floaten zu gehen, packe meine Tasche und nehme die Trambahn Richtung Isartor.

Vermisst du mich eigentlich gar nicht?

Das kann jetzt nicht sein. Ich kann diese SMS unmöglich gerade an Tom geschickt haben. »Übermittelt an: Tom/D1«, meldet mein Handy. Toll, Charlotte, echt super. Zwischen Denken und Tippen ist bei anderen Menschen ein automatischer Widerstand eingebaut, der nur durch Alkoholmissbrauch manchmal versagt. Und du schickst nüchtern solche Kurzmitteilungen hinaus!

Tom reagiert natürlich nicht. Er lässt diese SMS unbeantwortet wie die meisten, die ich ihm in letzter Zeit geschickt habe. Und die wenigen Antworten, die ich bekam, waren stets so kühl und distanziert, dass sie mir mehr weh taten als mich zufriedenstellten. Dass auf diese SMS gar keine Antwort folgen würde, war mir schon klar, als ich sie verschickte. Trotzdem tat es für einen Moment lang gut, es zu tun. Ein paar Minuten lang genoss ich die wilde Hoffnung, er könnte etwas Schönes, Sehnsüchtiges oder einfach nur Nettes antworten und meine Seele damit streicheln.

Schwerelosigkeit ist ein Gefühl, das einem als Hochschwangere eher selten zuteilwird. Selbst in meinen Träumen kann ich jetzt, gegen Ende der Schwangerschaft, nicht mehr fliegen. Aber im Floating-Tank funktioniert das Schweben sogar mit Zehnmonats-Babybauch und 76 Kilogramm. Ich liege im warmen Salzwasser, das exakt meine Körpertemperatur hat und das ich deswegen gar nicht spüre, weder kühl noch warm. Das einzige Geräusch, das ich vernehme, ist das Schlagen meines Herzens. Ich spüre, wie sich meine Muskeln entspannen, einer nach dem anderen. Und als ich kurz vorm Wegdösen bin, geht auf einmal ein Ruck durch meinen Bauch, gefolgt von einem heftigen Beben. Ich erschrecke. Fühlen sich so Wehen an? Aber obwohl ich noch nie welche gehabt habe, weiß ich, dass das keine sein können. Nein, Marlene ist es, die sich bewegt, und als ich die Augen öffne und meinen Bauch betrachte, der aus dem Wasser ragt, sehe ich wieder diese Beulen, die ihre Füße in meine Bauchdecke treten.

»Hey, mein Schatz«, murmle ich leise und streichle meinen Bauch, »alles okay? Geht's dir gut? Du musst keine Angst haben. Wir sind beim Floaten, das ist gesund und entspannend.« Marlene hält kurz inne, als ob sie mir zuhören würde, und rumort dann weiter. »Nun ist aber gut«, sage ich beruhigend, »was regt dich denn so auf?« Die Antwort ist eine kleine Ferse in meiner Handfläche. Fast kann ich den Fuß festhalten. Und dann begreife ich, was gerade passiert. Marlene dreht sich in Position, um auf die Welt zu kommen.

40. WOCHE

(20. BIS 27. JULI 2008)

Samstag

»Bist du sicher, dass ich nicht zu Hause bleiben soll?« Frank sieht besorgt aus.

»Quatsch. Geh du nur in den Biergarten. Der Abend ist viel zu schön, um daheim zu sitzen. Und mir geht's gut!«

»Wenn es dir so gut geht, warum kommst du dann nicht mit? Bitte. Es wäre viel schöner, wenn du dabei bist.«

»Ach, lass mal, ich habe keine Lust. Es sind zwar nur Senkwehen, aber sie nerven trotzdem ziemlich. Ich lege mich lieber noch ein bisschen hin.«

»Hm. Na gut. Ich bin nur drüben im Hofbräugarten, okay? Mein Handy ist frisch geladen, und ich lege es vor mir auf den Tisch. Wenn etwas ist, rufst du sofort an, und ich bin in fünf Minuten bei dir, ja?«

»Jaha.«

»Soll ich nicht doch lieber ...«

»Frank! Nun geh endlich. Das Baby kommt frühestens am zweiten August, das habe ich dir doch gesagt!«

Als Frank weg ist, lege ich mich aufs Sofa. Ich habe Bauchweh, und mein Rücken schmerzt. Ich möchte gar nicht wissen, wie es den Frauen, die einen wirklich großen Bauch haben, gegen Ende der Schwangerschaft gehen mag.

Marlene ist heute sehr aktiv, und ich rede ihr gut zu, in ihrer Position zu bleiben und sich nicht wenige Tage vor der Geburt wieder zurückzudrehen. Ich sollte etwas essen. Aber ich habe keinen Appetit. Außer auf Eis vielleicht. Cuja Mara Split. Das wäre jetzt das Einzige, was ich gerne zu mir nehmen würde.

Aua. Was war das? Ein Krampf läuft über meinen Bauch und endet im Rücken. Und noch einer. Warum sagt einem keiner, dass die Senkwehen auch schon schmerzhaft sind? Das kann ja heiter werden.

Ich muss aufstehen und umherlaufen. Im Liegen ist es nicht mehr erträglich. Dreißig Schritte hin, dreißig Schritte her. Hin und her. Und wieder eine Wehe. Eine Senkwehe. Eine Senkwehe? Oh, schon wieder eine. Verdammte Scheiße, ist das unangenehm. Dass mein Körper aber auch immer gleich so übertreiben muss. Als die nächste Schmerzwelle mich überrollt, muss ich stehenbleiben, mich am Bücherregal festhalten und kurzzeitig das Fluchen einstellen. Und zwei Minuten später klammere ich mich am Bettpfosten fest. »Pfüüüüüüüüüh ...« O mein Gott. Ich veratme Wehen. Wie im Geburtsvorbereitungskurs gelernt. Aber ganz automatisch.

Vielleicht sollte ich doch allmählich Frank Bescheid sagen? Soll ich? Oder nicht? Die nächste Wehe beantwortet meine Frage mit nie erahnter Heftigkeit. Es reißt mir fast den Boden unter den Füßen weg. Ich schnappe mir mein Handy und tippe zwischen zwei Schmerzattacken:

Magst du doch nach Hause kommen? Es wird nicht besser, irgendwie eher schlimmer. Und bring mir bitte ein Eis mit. Cuja Mara Split, wenn sie haben.

Nicht mal eine Minute später trifft die Antwort ein:

Klar, bin schon unterwegs. Halt durch, Maus. Bis gleich. Hoffe, Capri ist auch okay.

Mein Handy piept ein zweites Mal. Hoffentlich bringt er mir kein Magnum mit, auf Schokolade habe ich jetzt gar keine Lust.

Wie man die Sonne an einem verregneten Tag vermisst.

Es dauert einen Moment, bis ich den Zusammenhang herstellen kann. Doch dann muss ich lächeln.

Draußen scheint die Sonne. Der 26. Juli 2008 ist ein heißer Hochsommertag. Ein Tag, an dem man sich gar nicht vorstellen kann, jemals wieder zu frieren, in den Regen hinauszublicken und sich die Sonne herbeizusehnen. Und doch weiß ich, dass ich das bald wieder tun werde. Nur nicht jetzt. Jetzt muss ich mich mal eben verabschieden und mein Kind zur Welt bringen.

Anette Göttlicher

Paul darf das!

Maries Tagebuch
Originalausgabe

ISBN 978-3-548-26683-1
www.ullstein-buchverlage.de

Marie ist seit einem Jahr glücklich mit Jan. Er ist bei ihr eingezogen und spricht immer häufiger von einem gemeinsamen Kind. Marie genießt die normale, harmonische Beziehung und freundet sich sogar mit dem Gedanken an Nachwuchs an. Doch eines Tages taucht Paul, von dem sie fast ein Jahr lang nichts gehört hat, wieder auf. Und Maries geordnete Welt gerät exakt in dem Moment ins Wanken, als ihr Pauls Duft in die Nase steigt.

»Und jede Frau wird ein Stück Marie in sich selbst entdecken.« *Cosmopolitan*

Conni Lubek
Anleitung zum Entlieben
Roman
Originalausgabe

ISBN 978-3-548-26807-1
www.ullstein-buchverlage.de

In *Anleitung zum Entlieben* beschreibt Lapared (auch Lpunkt, Lchen, Rindvieh ...) ihre Trennung von 119, eine schwierige Trennung, denn 119 ist ein Mann und ihre große Liebe. Dennoch ist Lapared sich sicher: Ihre Trennung von 119 wird mustergültig sein. Ein Beispiel an Konsequenz und Geradlinigkeit. Sie verlässt ihn schließlich nicht zum ersten Mal.

Entstanden aus einem der beliebtesten Internet-Tagebücher.

250 000 Besucher, Platz 1 der Weblog-Charts!